DIE JOHANN-STRAUSS-VERSCHWÖRUNG

Maria Jelenko wuchs in Wien und den USA auf und studierte Politikwissenschaft sowie Publizistik in Wien. Sie begann ihre berufliche Laufbahn bei einer Wirtschaftszeitung und in Kulturinstitutionen, bevor sie als Chefredakteurin die Online-Auftritte verschiedenster österreichischer Tageszeitungen aufbaute und leitete. Die Autorin lebt in Wien und im Waldviertel, ist verheiratet und hat zwei erwachsene Kinder.

Dieses Buch ist ein Roman. Die Umstände, unter denen sich die Geschichte abspielt, entsprechen jedoch weitgehend historischen Tatsachen. Weitere Informationen finden sich im Nachwort auf S. 288.

Maria Jelenko

DIE JOHANN-STRAUSS-VERSCHWÖRUNG

HISTORISCHER
KRIMINALROMAN

emons:

Bibliografische Information der Deutschen Nationalbibliothek
Die Deutsche Nationalbibliothek verzeichnet diese Publikation
in der Deutschen Nationalbibliografie; detaillierte bibliografische
Daten sind im Internet über http://dnb.d-nb.de abrufbar.

© Emons Verlag GmbH
Cäcilienstraße 48, 50667 Köln
info@emons-verlag.de
Alle Rechte vorbehalten
Umschlaggestaltung: Nina Schäfer, unter Verwendung
der Motive von Shutterstock/Lisa-S; Husjak
Gestaltung Innenteil: DÜDE Satz und Grafik, Odenthal
Lektorat: Julia Lorenzer
Druck und Bindung: GGP Media GmbH, Pößneck
Printed in Germany 2025
ISBN 978-3-7408-2505-8
Historischer Kriminalroman
Originalausgabe

Unser Newsletter informiert Sie
regelmäßig über Neues von emons:
Kostenlos bestellen unter
www.emons-verlag.de

Für meine Familie

Ein Abend und eine halbe Nacht im Sperl, wenn die Gärten in Üppigkeit blühen, ist der Schlüssel zum Wiener sinnlichen Leben. Charakteristisch ist der Anfang des Tanzes. Strauß beginnt seine zitternden, nach vollem Ausströmen lechzenden Präludien, sie klingen tragisch, wie eine noch vom Schmerz der Geburt umklammerte Glückseligkeit; der Wiener legt sich sein Mädchen tief in den Arm, sie wiegen sich aufs Wunderlichste in den Takt. Man hört noch eine ganze Weile diese langgehaltenen Brusttöne der Nachtigall, mit denen sie ihr Lied anhebt und die Nerven bestrickt, bis plötzlich der schmetternde Triller hervorsprudelt; der eigentliche Tanz beginnt mit seiner ganzen tosenden Geschwindigkeit, und hinein in den Strudel stürzt sich das Paar. Diese Orgien dauern bis gegen den Morgen, da nimmt Österreichs musikalischer Held Johann Strauß seine Geige und geht heim, um einige Stunden zu schlafen, um von neuen Schlachtplänen und Walzermotiven zu träumen für den nächsten Nachmittag in Hietzing. Die heißen Paare stürzen sich in die warme Wiener Nachtluft hinaus und das Kosen und Kichern verschwindet nach allen Straßen.

Heinrich Laube (1806–1884)

PROLOG
EIN TOTER AN BORD

Es war Nacht auf hoher See. Schnaufend wälzte sich der gigantische Dampfer »Rhein« durch den Atlantik, mit knapp zwölf Knoten von Bremerhaven Richtung New York. Der massive schwarze Rumpf trotzte den tintenblauen Wellen, die sich im Glanz der Sterne schäumend an ihm brachen. Der Seegang in dieser Nacht war stärker als zuvor, das Tosen des Meeres umspülte das träge Schiff. Die Segel, frühere Meister des Windes, hingen nutzlos herab. Die eiserne Kraft der Moderne hatte sie überflügelt. Der rhythmische Takt der Dampfmaschine durchdrang die salzige Luft, schwarze Rauchschwaden stiegen aus den Schornsteinen auf und vermischten sich mit den Wolken am Horizont.

Unter den Passagieren des Zwischendecks herrschte eine seltsame Ruhe. Es waren größtenteils Auswanderer, die, eingepfercht in ihren Stockbetten, ihre Heimat hinter sich gelassen hatten und in den unbeleuchteten Schlafräumen von einem besseren Leben in der Neuen Welt träumten. Das monotone Stampfen der Schiffsmotoren, das Klatschen der Wellen – all das war nur wenige Tage nach Abfahrt des Ozeanriesen für sie zu einer fernen Melodie geworden. An den scharfen Gestank nach Erbrochenem, der vom unablässigen Schwanken des Schiffs herrührte, hatten sie sich längst gewöhnt. Selbst das Geräusch der leeren Spirituosenflaschen, die im Takt der Maschinen rhythmisch auf dem Boden rollten, nahmen sie kaum noch wahr. Der Alltag auf dem tosenden Meer hatte sie stumpf gemacht für die Unannehmlichkeiten, die das Leben für Passagiere der Holzklasse mit sich brachte. Hoffnungen und Sehnsüchte hatten von ihren Gedanken Besitz genommen, während sie dem Unbekannten entgegenstrebten.

Weit über ihnen hüllte die Nacht das verlassene Deck in

einen kühlen Schleier aus weißer Gischt und milchigem Licht, das die Mondsichel auf das Schiff der norddeutschen Reederei Lloyd warf. Der scharfe Wind brachte die Taue zum Knarren, die Planken zum Vibrieren. Der Gestank vom Rauch aus den Schornsteinen und der ölige Geruch der Maschine aus dem Schiffsbauch lagen schwer in der Luft und vermischten sich mit dem algigen Dunst. Die einzige Laterne an der Bordwand des Decks warf einen flackernden Schatten auf eine wachsame Gestalt – es war der leicht torkelnde Nachtwächter Erwin aus der Kaiserstadt Wien, der sich, gehüllt in Regenmantel und Regenhut, bei seinem abendlichen Rundgang an der salzverkrusteten Reling festhielt und dem Rufen der im spärlichen Mondlicht jagenden Seevögel über dem Schiff lauschte, bevor er seine Runde fortsetzte, in der Hand eine Flasche Schnaps. Auf dem Weg Richtung Bug hielt er kurz inne. Die Umrisse einer Person schälten sich aus der Dunkelheit.

»Wer da?«, schrie Erwin gegen den salzigen Wind. Eine Böe trieb seinen Ruf jedoch jäh in die nächtlichen Gewalten des tosenden Wassers, er blieb ungehört.

Es war der europaweit gefeierte Musiker Johann Strauss junior, den seine Schlaflosigkeit an die frische Luft getrieben hatte, während seine Gedanken unablässig um seine bevorstehenden Konzerte in Boston und New York kreisten. Allein in Boston hatte er sich für das gigantische Weltfriedensjubiläum, das vom 17. Juni bis zum 4. Juli stattfinden sollte, zu nicht weniger als sechzehn Konzerten verpflichtet. Bei jedem Konzert würden laut Organisatoren mindestens zweitausend Musiker teilnehmen und seine Walzer begleiten. Diese Dimensionen waren selbst für Strauss, der in seiner Heimat durchaus an Superlative gewöhnt war, unvorstellbar. Nein, es waren weniger die Strapazen der bevorstehenden Veranstaltungen, die ihm in den letzten Tagen den Schlaf raubten. Vielmehr war es eine zähe Angst, die dem ohnehin hypernervösen Komponisten unruhige Nächte bereitete. Eine Angst, von der er bereits in seiner Heimatstadt Wien ergriffen worden war, als er sich nach langem Hin und Her zu der Reise durchgerungen hatte, und die ihn seit Beginn dieses ihm äußerst waghalsig erscheinenden Abenteuers in eine fremde Welt nahezu lähmte.

Strauss strich sein dichtes schwarzes, von einem Windstoß zerzaustes Haar aus der gewölbten Stirn. Nervös suchten seine dunklen Augen das leere Deck ab, während er gezielt auf eine windgeschützte Ecke in der Mitte des Dampfers zusteuerte. Hier fühlte er sich sicher, hier rauchte er gern eine Zigarre, um sich von der ihn ständig begleitenden Angst abzulenken. Furchtsam kontrollierte er das dunkle Wasser auf ein mögliches Hindernis. *Was, wenn der Kapitän eingeschlafen ist und das Schiff unkontrolliert gegen einen aus den Fluten ragenden Felsen donnert? Was, wenn es mit einem entgegenkommenden Dampfer kollidiert? Oder gar mit einem Wal?*

Er besann sich. »Was bin ich doch für ein Narr!«, rief er aus, während sich über seiner leicht gebogenen Nase eine Falte bildete. Verärgert über die sich unermüdlich im Kreis drehenden Gedanken versuchte er, sich mit einer energischen Handbewegung auf etwas anderes zu konzentrieren. Sein Erfolgsstück »Donauwalzer« schoss ihm in den Kopf, während er angestrengt die gewaltigen Wassermassen unter sich fixierte, um zur Ruhe zu kommen. Doch er blieb unruhig, fühlte sich beobachtet – nicht nur in diesem Moment. Diese Empfindung hatte ihn von Anbeginn der Reise begleitet. Jemand schien ihm auf Schritt und Tritt zu folgen. Jetzt, in der unberechenbaren Dunkelheit der Nacht, verstärkte sich dieses Gefühl noch. »Eine Schnapsidee, dass ich mich zu dieser verdammten Überfahrt überreden hab lassen«, entfuhr es ihm unwillkürlich. Hilfesuchend blickte Strauss hinauf zum Krähennest, das sich hoch oben am vorderen Mast des Schiffs befand, darauf hoffend, einen diensthabenden Matrosen zu erspähen. Doch soweit er das von seinem Platz aus beurteilen konnte, war die Aussichtsplattform leer – um diese Uhrzeit kaum verwunderlich.

Der Musiker versuchte, seine Gedanken abzuschütteln, und holte sich die Erinnerungen an die letzten Vorbereitungen vor seiner Abreise zurück ins Gedächtnis, während er immer noch auf die Weite des Ozeans starrte. In Wien hatte er ein Testament aufgesetzt, in dem seine Frau Henriette, die er liebevoll »Jetty« nannte, als Universalerbin eingesetzt war. Jetty war in der erst kürzlich bezogenen Villa in Hietzing zurückgeblieben, um sich um seine Finanzen zu kümmern. Für den Fall, dass nicht nur ihm, sondern auch ihr während seiner Abwesenheit etwas zustoßen sollte, hatte er die Gründung einer Stiftung für verarmte Künstler angeordnet. Außerdem musste er wegen seiner Amerikareise seinen langjährigen Künstlervertrag mit der russischen Stadt Pawlowsk brechen und einen möglichen Schadenersatzprozess in Kauf nehmen. Die hohe Summe, die ihm mit der Amerikareise winkte, würde seine sommerlichen Einkünfte in Pawlowsk jedoch bei Weitem übertreffen. Das war mit ein Grund, warum er sich für dieses Abenteuer hatte breitschlagen lassen.

Nachdenklich strich sich der Maestro über den kräftigen Schnurrbart und die stattlichen Koteletten, wie er es immer zu tun pflegte, wenn er sich konzentrierte. Dabei kam ihm in den Sinn, wie viel Arbeit ihn nach seiner Rückkunft nach Wien erwarten würde. Im Jahr darauf sollte nicht nur die Wiener Weltausstellung stattfinden, bei der er mit einem eigens dafür zusammengestellten Orchester, der »Wiener Ausstellungs-kapelle«, in einer gigantischen Halle aufzutreten plante. Auch das fünfzigjährige Jubiläum des musikalischen »Familienimperiums Strauss« stand mit einem Wohltätigkeitskonzert im Musikverein bevor. Mit Grauen dachte er an dieses Ereignis. Waren doch seine geliebte Mutter Anna und sein Bruder Pepi zwei Jahre zuvor verstorben. Zuletzt war die Beziehung zu Pepi und seinem anderen Bruder Edi von Streitereien und Intrigen geprägt gewesen. Trotz der ständigen Querelen hatte er Edi die Strauss-Kapelle überlassen, um für sein neues Projekt, die Operette »Indigo und die 40 Räuber«, den Rücken frei zu haben – die richtige Entscheidung, wie der Erfolg des Stücks später zeigen sollte. Zudem wollte er nach seiner Rückkehr mit der Operette »Der Karneval in Rom« beginnen. Jetty plante die Uraufführung für den kommenden Frühling. Und mit der »Fledermaus« ging ihm bereits die Musik für eine weitere Operette durch den Kopf.

Strauss' Gedanken wurden jäh unterbrochen, als er unmittelbar hinter sich Geräusche wahrzunehmen glaubte. Erst einen dumpfen Ton, dann klang es, als würde ein klirrender Säbel auf Stein stoßen. Oder war es doch eher ein Quietschen? Abrupt drehte er sich um und spähte ums Eck. Seine Augen suchten fieberhaft nach der Quelle der Laute, die ihn so plötzlich aus seinen Überlegungen gerissen hatten. Doch er konnte nichts Konkretes entdecken. Da, für einen flüchtigen Moment meinte er trotz der Dunkelheit und der Gischt einen Schatten zu erkennen, der kaum zehn Meter von ihm entfernt zu Boden sank, und dann noch einen.

Der Maestro schüttelte den Kopf. »Mein Schlafmangel bringt mich noch um den Verstand«, grummelte er und griff umständlich in seine Manteltasche, um sein Zigarrenetui hervorzukramen. Beim Versuch, die Zigarre anzuzünden, scheiterte er jedoch – der Wind hatte an Kraft zugelegt. Keine Chance, das Streichholz am Brennen zu halten. Mit einem genervten Seufzer knöpfte er die obersten Messingknöpfe seines dunkelblauen Mantels zu, steckte die Rauchutensilien wieder in seine Tasche und tastete sich vorsichtig über die gischtnassen Planken zum Stiegenabgang, um zu seiner Kajüte zurückzukehren.

Doch was war es tatsächlich, das die Aufmerksamkeit des Musikers erregt hatte? War es nur Einbildung gewesen, wie er vermutete? In Wirklichkeit hatte es sich um einen schrillen Schrei gehandelt, der jedoch beinahe zur Gänze vom tosenden Lärm des Windes und der Wellen weggetragen wurde. Den Schrei eines jungen Mannes mit rötlichem Haarschopf. Der Mann war zu Boden gestürzt, als ihn jemand von hinten niederrang. Zuvor hatte ein kurzer Kampf stattgefunden, daher der dumpfe Aufprall, den Strauss zuerst vernommen hatte. Der Rotschopf hatte schließlich einen Brüller von sich gegeben, als ihm sein Angreifer ein Messer seitlich in den Rücken stieß. Unbemerkt musste ihm jemand mit leisen, entschlossenen Schritten auf das Deck gefolgt sein. Doch wer mochte Interesse daran gehabt haben, den jungen Mann niederzuringen, um ihm dann ein Messer in den Rücken zu jagen? Und warum ausgerechnet hier, mitten auf hoher See? Und was hatte dieser Mann, der jetzt leblos dalag, überhaupt zu nächtlicher Stunde dort zu suchen gehabt? Hatte er, so wie Johann Strauss, ebenfalls an Schlaflosigkeit gelitten? Oder war er dem Musiker unbemerkt gefolgt?

Weder die kurze Rauferei noch der gellende Schrei des Opfers wurde von den Passagieren der »Rhein« vernommen. Nicht von denen, die auf dem Zwischendeck lagen, und auch nicht von den betuchten Gästen der ersten Klasse in ihren Luxuskabinen.

Als der Nachtwächter seine letzte Runde drehte und an Deck kam, wäre er fast über den Leichnam des Unbekannten gestolpert, der in einer Blutlache auf den Planken lag. Vor Schreck ließ Erwin seine beinahe leere Flasche fallen.

»Jessas!«, entfuhr es ihm. »A Leich!«

Sofort raffte er seinen vom Salzwasser triefenden Mantel und eilte zur Schiffsglocke, die mit der Kapitänskajüte verbunden war. Am Horizont schälte sich langsam die Morgendämmerung aus der Dunkelheit der Nacht und malte den Himmel vorsichtig in sanfte Pastelltöne, als der beleibte Kapitän Johann Carl Meyer atemlos bei der Schiffsglocke ankam.

Das stolze Dampfschiff pflügte seinen Weg durch die wilde See und hinterließ eine schimmernde Spur aus Gischt und Schaum, als ein Leichnam, eingewickelt in ein altes Segeltuch, von der Reling ins Meer geworfen wurde. Man schrieb den 8. Juni 1872, genau ein Jahr vor dem großen Börsenkrach, der den Wiener Aktienmarkt ruinieren würde. Und ein englischer Detective nahm auf der Suche nach der wahren Todesursache die Fährte auf.

ZAHNWEH-HERRGOTT

»Dieser Lump!« Johann Strauss junior, Sohn des legendären Komponisten Johann Strauss, runzelte verärgert die Stirn, während er im Speisezimmer seiner Hietzinger Villa bei Spiegelei mit Speck saß und in der Morgenausgabe der Neuen Freien Presse schmökerte. Vor ihm türmte sich frisches Gebäck in einem Brotkorb, daneben ein duftender Gugelhupf und verschiedene Käsesorten. Der Musiker nahm seinen Kneifer von der Nase und warf die resche Kaisersemmel, in die er gerade gebissen hatte, auf den Frühstücksteller. Seine beiden Doggen sprangen erschrocken auf.

»Was bedrückt dich?«, wollte seine Frau Henriette, »Jetty«, wissen, die ihm gegenübersaß und mit unerschütterlicher Gelassenheit Rechnungen sortierte. Sie trug ein aus einem glänzenden silbergrauen Seidenstoff gefertigtes Kostüm, das reich mit Faltenvolants sowie goldfarbenen Seidenfransen und Knöpfen verziert war. Ihr dunkles Haar war zu einem kunstvollen Knoten aufgesteckt.

»Der Zirnig, der Trottel, hat schon wieder einen neuen Vertrag bekommen, diesmal vom Dommayer.« Wütend knallte Strauss ihr die Zeitung vom 30. April 1872 vor die Nase und wies mit dem Finger auf eine kurze Notiz, über der ein Bild seines musikalischen Kontrahenten mit seinem überdimensionierten Kaiser-Franz-Joseph-Bart abgebildet war.

Jetty las vor: »›Der ehemalige Strauss-Verleger Matthias Hasleitner hat für Strauss' aufstrebenden Kompositionskonkurrenten Friedrich Zirnig einen Supercoup gelandet: Ein ganzes Jahr lang darf Zirnig, Kapellmeister des Arbeiter-Bildungswerks, im Café Dommayer dreimal wöchentlich auftreten. Ausgerechnet im Dommayer! Am 15. Oktober 1844 hatte hier Johann Strauss Sohn mit seiner neu zusammengestellten Kapelle debütiert, seinen ersten großen Walzer (›Gunstwerber‹)

dirigiert und damit einen durchschlagenden Erfolg verzeichnet. Zirnig bestreitet nebstbei auch das Promenadenkonzert in den Blumensälen der Gartenbau-Gesellschaft, das Johann und Josef Strauss vor zwei Jahren zu wohltätigen Zwecken veranstalteten und bei dem sie sich vor der Abreise nach Pawlowsk vom Publikum verabschiedeten. Zirnig ist der neue Publikumsliebling, weil er –‹«

»Nicht weiterlesen, das ertrage ich nicht!« Strauss fuhr seine Frau an, die erschrocken zusammenzuckte. »Publikumsliebling. Pah, wenn ich das nur höre! Da beschere ich den vergnügungssüchtigen Wienern Monat für Monat und Jahr für Jahr Melodien, die zu den besten zählen, die dieses Jahrhundert gehört hat, und dann das.« Er sprang auf. »Undankbares Pack!«, rief er empört, fuhr sich durch sein krauses Haar, entriss Jetty die Zeitung und knallte sie auf den Tisch.

Durch den Radau aufgeschreckt, steckte sein Diener Stefan Detoni, den das Ehepaar »Stepi« nannte, vorsichtig den Kopf zur Tür herein, um zu sehen, was seinen Herrn so erregte.

»Lass den Fiaker spannen!«, befahl ihm Strauss.

Von der Maxingstraße her drang der Lärm eines neumodischen Omnibusses in den Raum. Die drei Jahre zuvor gegründete »Wiener Allgemeine Omnibus-Aktiengesellschaft« führte unter anderem auch eine Linie nach Schönbrunn. Die Busse schnaubten und polterten unterhalb der einstöckigen Strauss-Villa vorbei und erzeugten einen entsetzlichen Gestank und dabei auch noch ohrenbetäubende Hup- und Motorengeräusche.

»Herrschaftszeiten, dieser Lärm!« Der Musiker knallte das Fenster zu, aus dem man einen freien Blick auf die kaiserliche Sommerresidenz Schloss Schönbrunn hatte. Lärm war etwas, das der Komponist sehr schlecht vertrug. Ob seiner zahlreichen Auftritte in den Wiener Konzertsälen und des stetigen Drucks, ständig neue Musikstücke zu schaffen, um die unersättliche Musikleidenschaft der Wiener Gesellschaft zu befriedigen, war sein bereits fragiles Nervenkostüm seit geraumer Zeit überlastet. Seine innere Unruhe und seine Ängste wurden auf eine harte Probe gestellt. Das pulsierende Leben der Stadt hatte sich in den letzten Jahren zu einer undurchdringlichen Klangkulisse verdichtet. An jeder Ecke boten Verkäufer den vorbeieilenden Passanten laut schreiend ihre Zigaretten, Heizkohle oder frisch gedruckte Tageszeitungen an. Das Hämmern von Werkzeugen hallte aus den Handwerksbetrieben oder von den Pflasterarbeiten auf den Straßen. Monoton polternde Maschinen dröhnten aus den zahllosen Fabrikhallen bis in die hintersten Gassen der Außenbezirke. Der Lärm der Pferdebahnwägen oder, wie die Wiener zu sagen pflegten, »Glöckerlbahnen«, die wie kriechende Schlangen unvermittelt um die Ecken bogen, war allgegenwärtig. Dazu gesellte sich das unaufhörliche Getrampel der Kutschen. Und schließlich hallte das Singen des Windes immer wieder durch die engen Straßen Wiens. Kurzum, die moderne Zeit hatte der Ruhe vergangener Epochen ein Ende gesetzt.

»Jetzt beruhig dich wieder! Du musst da drüberstehen, das einfach ignorieren. Dann ist Zirnig der Verlierer.« Die um sieben Jahre ältere Jetty, der Ruhepol in dieser Ehe, war ebenfalls aufgesprungen und hatte die Schulter ihres Mannes ergriffen. »Schau dich an. Mit deinen sechsundvierzig Jahren bist du längst ein gemachter Mann. Vom Hasleitner hast du gerade einmal allerhöchstens fünfzig Gulden für eine Tanzkomposition bekommen, vom Spina kriegst du zehnmal so viel, und das seit über acht Jahren! Und du ärgerst dich über den Zirnig? Der Hutmacher ist doch gegen dich ein armseliger Tropf. Dem zahlt der Hasleitner höchstens zwanzig Gulden für einen Walzer.« Jetty setzte sich wieder. Dann fuhr sie mit gedämpfter Stimme fort: »Und vergiss eines nicht: Du darfst bei der Wiener Weltausstellung nächstes Jahr mit deinem Orchester auftreten, nicht er! Eigentlich wäre er dafür vorgesehen gewesen. Du weißt, wie gerne er das gemacht hätte.«

Strauss zog seine dunklen Brauen zusammen und sah seine Frau nachdenklich an. Wie fast immer hatte sie recht, wenn es ums Geschäftliche ging. Zirnig war talentiert, keine Frage. Der gelernte Hutmacher, der nun in der Obhut seines ehemaligen Musikverlegers Matthias Hasleitner stand, mit dem er selbst sich vor Jahren überworfen hatte, konnte ihm bei Weitem nicht das Wasser reichen. Ja im Grunde musste er einem fast leidtun, bedachte man, wie wenig er im Verhältnis zu ihm, Strauss, verdiente. Und er wusste, dass Zirnig alles dafür gegeben hätte, bei der Wiener Weltausstellung in der Rotunde im Prater zu stehen und ein Orchester zu dirigieren. Doch diese Ehre würde ihm selbst zuteilwerden. Schließlich war er der Walzerkönig von Wien! Und er wusste auch, dass Zirnig gern eines seiner Werke beim Concordia Ball der Pressevertreter in den Sophiensälen aufführen wollte. Dieser Ball galt als einer der glamourösesten in ganz Wien. Nicht nur, weil der Veranstalter das sommerliche Schwimmbad im Winter zu einem Tanzparkett umfunktionierte – eine besonders raffinierte Idee, wie Strauss fand –, sondern auch, weil sich hier alle wichtigen Politiker und Journalisten einfanden, um zu tanzen und sich zu vernetzen. Aber der Ball war nun einmal fest in der Hand seiner Familie. Zuerst in der seines Vaters, später waren die Säle zur Wirkungsstätte von ihm und seinen beiden Brüdern samt ihren Kapellen geworden. Strauss dachte an die Stücke, die er dem Ball gewidmet hatte, etwa die Walzer »Morgenblätter« oder »Leitartikel«.

»Vielleicht solltest du nach deiner Amerikareise wieder einmal auf Kur fahren? In Bad Ischl plant Elisabeth Gräfin Seilern und Aspang, eine Villa zu bauen, sie will dich unbedingt dorthin einladen, wenn sie fertig ist. Möglicherweise bereits im Herbst.«

»Ich fahre nicht wieder in den depperten Kurort und schon gar nicht nach Amerika, wie oft soll ich dir das noch sagen! Was, wenn mich einer dieser Indianer massakriert?« Ärgerlich strich sich der Musiker eine schwarze Locke aus der Stirn.

»Geh, Schani! Bad Ischl war doch für dich stets ein Ort der

Entspannung. Bei der Sommerfrische konntest du dich noch jedes Jahr von den Mühsalen erholen und neue Energie tanken«, rief ihm Jetty in Erinnerung. »Und was die Reise betrifft: Du sagst doch immer, dass du dich dein ganzes Leben lang weiterentwickeln willst. Also musst du den nächsten Schritt wagen – auch wenn er über den Ozean führt.« Ihre dunklen Augen blitzten gewieft.

Johann Strauss sollte beim großen »Weltfriedensfest« in Boston in einer gigantischen, eigens errichteten hundertfünfundsechzig mal hundertfünf Meter großen Halle seine Walzer und Polkas zum Besten geben. Für dieses Engagement würde er stattlich belohnt werden.

»Ich will nicht fahren! Gerade läuft hier in Wien alles so gut. Man feiert meine Musik, ich bin sogar erfolgreicher, als mein Herr Papa es jemals war. Und du weißt doch, dass ich das Reisen hasse.« Der Komponist legte seine Stirn in Falten und strich sich über den Schnurrbart und die Koteletten, bevor er fortfuhr: »Die Vorbereitungen für die Weltausstellung in Wien im kommenden Jahr mit dem neuen Orchester und das fünfzigjährige Bestehen unseres Familiengeschäfts mit dem Wohltätigkeitskonzert im Musikverein werden uns viel Zeit abverlangen.«

»Die Leitung dieses Konzerts kannst du getrost deinem Bruder Edi überlassen«, entgegnete seine Frau kühl und fügte hinzu: »All die Vorbereitungen liegen ohnehin in meiner Hand. Ich selbst werde dich nicht nach Amerika begleiten, sondern in Wien bleiben und mich während deiner Abwesenheit um die Geschäfte kümmern.«

Strauss schien davon unbeeindruckt zu sein. Im Gegenteil: Dass er ohne sie nach Boston reisen sollte, machte ihn für dieses Unternehmen nur noch unempfänglicher. Zwar hatte er tatsächlich ein gutes Gefühl dabei, wenn sie die organisatorischen Vorbereitungen für ihn übernahm, aber ohne ihre Begleitung über den Atlantik auf einem dieser Dampfschiffe? Unmöglich!

»Vor hunderttausend Zuschauern wirst du in Boston spielen, zweitausend Musiker sollst du dirigieren, hat der Organisator, Patrick Gilmore, versprochen. So eine Gelegenheit darfst du dir nicht entgehen lassen. Du musst auf mich hören!« Und Jetty legte nach: »Erinnere dich, du hast es mir zu verdanken, dass du letztes Jahr von all deinen Funktionen deines Titels als k.u.k. Hofball-Musikdirektor und den damit verbundenen Pflichten entlassen wurdest und dass dir das Obersthofmeisteramt zugestanden hat, den Ehrentitel bis an dein Lebensende weiterzuführen.«

Wieder einmal hatte Jetty recht. Dieser Titel war ihm besonders wichtig gewesen. Ohne ihr geschäftliches Geschick wäre ihm dieser Schachzug niemals gelungen. Dann hätte er auch den Rücken nicht frei gehabt für die Produktion der Operette »Indigo und die 40 Räuber«, mit der er im Vorjahr einen so überwältigenden Erfolg gefeiert hatte. Doch das war etwas völlig anderes. Bei der Amerikareise ging es um Leben und Tod – jedenfalls in den Augen des Künstlers. Trotzig rief er aus: »Mein Entschluss steht fest: Ich werde nicht nach Boston fahren!«

Mit diesen Worten nahm Strauss seine Jacke vom Garderobenständer, setzte seinen Hut auf, schnappte sich seinen Spazierstock und rauschte an der verdutzten Jetty vorbei zur Eingangstür. Die beiden Hunde umschwänzelten ihn erfreut, weil sie dachten, ihr Herrl würde sie auf einen Morgenspaziergang in den Schlosspark mitnehmen, wie meistens um diese Zeit. Doch an diesem Tag war nicht daran zu denken. Mit einem lauten Knall schmiss er die Tür hinter sich zu und stieg in den Fiaker, der vor der Villa auf ihn wartete. »Zum Heinrichshof!«, gebot er dem Kutscher.

Kopfschüttelnd blickte Jetty ihrem Mann nach. Wie sollte dieser verletzliche Mensch, der nach außen hin immer ruhig und galant war, innerlich aber vor Anspannung und Nervosität jeden Moment zu zerplatzen drohte, das alles nur bewerkstelligen? Auch von seiner Statur her war ihr Gatte nicht sehr robust. Wenn man bis in die Morgenstunden auf der Bühne steht, mit Kutschen auf schlechten Fahrwegen von Ball zu Ball hetzt, seine Zeit in stickigen, mit Kerzenlicht notdürftig beleuchteten Sälen verbringt, dann baut man keine Muskeln auf, sondern wird kränklich und schwach, dachte sie. Und Bewegung an der frischen Luft war ihm verhasst, bis auf seine tägliche kurze Runde mit den Hunden im Schlosspark.

Wie früher sein Vater hatte der Komponist einen vollen Terminkalender. Im Sommer spielte er jeden Montag im »Dommayer«, am Dienstag und Freitag im Volksgarten, mittwochs im »Großen Zeisig«, donnerstags in »Valentins Bierhalle«, samstags in »Engländers Restauration« und am Sonntag im »Casino Unger« in Hernals. Dazu kamen noch Konzerte im Prater, im »Sperl«, in den Sofiensälen und den k.u.k. Redoutensälen sowie in Schwenders Etablissement oder im »Casino Zögernitz« in der Döblinger Vorstadt.

Jetty seufzte. Sie kannte dieses Leben nur zu gut. Immerhin hatte sie selbst jahrelang in England und Wien Auftritte als Opernsängerin absolviert. Wegen der vielen Bälle war die Wintersaison noch hektischer, wenn die Wiener Gesellschaft noch intensiver als sonst nach modernen und immer neuen Musikstücken lechzte. Oft musste die Kapelle geteilt werden, dann dirigierte Strauss die ersten Tänze einer Veranstaltung, übergab den Taktstock einem Subdirigenten und eilte zur nächsten. Im Frühling erst hatte er die anstrengende Faschingssaison hinter sich gebracht. Nach dem verlorenen Krieg gegen Preußen und dem für das Kaiserreich erniedrigenden Ausgleich mit Ungarn war die Tanzwut besonders ausgeprägt. Die Wiener suchten Ablenkung in der angespannten und von Unruhen geprägten Stimmung. Verhaftungen und Verurteilungen von demonstrierenden Arbeitern, die sich gegen die Repressionen wandten, hatten vor wenigen Monaten zu massiven Protesten und mehrtägigen Krawallen geführt. Diese staatlichen Maßnahmen einschließlich der Auflösung von Arbeiterbildungsvereinen verstärkten die Unzufriedenheit und das Aufbegehren in der Bevölkerung. Nein, Jetty beneidete ihren Gatten nicht um seinen gehetzten Alltag. Eine weitere unliebsame Folge neben seiner inneren Unruhe war seine Schlaflosigkeit. Während sie darüber sinnierte, fiel ihr Blick auf eine Anzeige in der Zeitung.

»Cigarettes Indiennes aus Cannabis Indica«, stand da fett gedruckt. Und darunter: »Dieses neue Mittel wird von einer großen Anzahl von Ärzten in Frankreich und in anderen Ländern empfohlen, um verschiedene Affectionen der Atmungswerkzeuge zu bekämpfen. Das Einathmen des Rauches dieser Zigaretten wirkt wohltätig gegen die heftigen asthmatischen Anfälle, nervösen Husten, Heiserkeit, Schlaflosigkeit, Kehlkopfleiden und vieles mehr.«

Sollte sie ihm solche Zigaretten besorgen? Nein, besser nicht. Vielleicht, dachte sie, während sie sich erneut den vielen Rechnungen und Korrespondenzen zuwandte, brauchte der Schani die innere Unruhe, um dieses Meer an unerschöpflichen Melodien zu kreieren? Na ja, wenigstens bestritt er nur noch Auftritte, bei denen er ein fixes Engagement hatte.

Mit ihrer goldenen Tintenfeder unterzeichnete sie eine Rechnung. Ihre Gedanken wanderten nach Bad Ischl. Den Sommer über nahm ihr Mann oft an gesellschaftlichen Ereignissen und musikalischen Aufführungen in dem Kurort teil. Bad Ischl war ein Zentrum der österreichischen und internationalen Gesellschaft, und Strauss war ein gern gesehener Gast bei Konzerten und Bällen. In den letzten Jahren hatte er den kaiserlichen Ort jedoch vermehrt durch Pawlowsk bei St. Petersburg getauscht. Den diesjährigen Vertrag mit Pawlowsk würde sie auf jeden Fall stornieren müssen, wenn sie ihn dazu überreden konnte, doch nach Boston zu fahren, überlegte sie. Dann sammelte sie die am Tisch ausgebreiteten Zettel ein, um den beiden Doggen ihr Essen zuzubereiten.

Vorbei am Schloss Schönbrunn wackelte der Fiaker an diesem ersten vorsommerlichen Vormittag Ende April durch die

Vororte von Wien – erst durch Hundsturm, dann durch das belebte Margareten. Die Knospen der Forsythien blühten in leuchtendem Gelb, der Duft des Frühlings erfüllte die Luft. Die Pferde trabten in einem gemächlichen Rhythmus, während Strauss nervös an seinen Nägeln kaute. Kaum saß er in einer Kutsche, begleitete ihn die Angst vor einem Unfall. Um sich abzulenken, sinnierte er über den Anfang einer möglichen nächsten Operette, die ihm sein Freund Richard Genée kürzlich schmackhaft machen wollte. »Der Karneval in Rom« sollte das Stück heißen. Gleich zu Beginn der Aufführung reiste ein Maler mit der Kutsche durchs Land und verliebte sich in ein junges Mädchen. Strauss, angeregt durch seine eigene Fahrt und um seine Angst zu vertreiben, summte eine Melodie. Ja, dies könnte tatsächlich die Ouvertüre zu der neuen Operette sein.

Der Fiaker quälte sich durch die engen Gassen von Mariahilf, wo die Menschen bereits emsig ihren Geschäften nachgingen. Weiter vor sich hin summend streiften seine Gedanken zu Florenz »Flo« Ziegfeld, seines Zeichens Direktor der Musikakademie in Chicago und Agent in Europa für das Bostoner Weltfriedensjubiläum, das größte Musikfestival der Welt. Ihn sollte er im Café Heinrichshof treffen. Ziegfeld war der Sohn eines friesischen Auswanderers, der erst wenige Jahre zuvor mit seiner Familie nach Chicago gezogen war. Der Musikagent war im Auftrag des jungen und ehrgeizigen Organisators des Festivals, des Kapellmeisters der US-Unionsarmee und Impresarios Patrick Gilmore, nach Wien gekommen, um den Vertrag mit Strauss zu finalisieren. Strauss hatte Gilmore im Vorjahr kennengelernt, als sich der Ire auf seiner Europareise in Wien aufhielt. In der Kaiserstadt war er auf der Suche nach den besten Musikern Europas gewesen, die im Auftrag des US-Präsidenten im Rahmen des »World's Peace Jubilee«, der hundertjährigen Unabhängigkeitsfeier der USA von England, bei einem riesigen Musikfestival auftreten sollten. Die beiden hatten sich angefreundet, und in seinem Überschwang hatte

Strauss seinem neuen Freund seine Teilnahme an dem Festival zugesagt.

Nun war Ziegfeld extra angereist, um in Wien noch offene Punkte rund um das Übereinkommen zu besprechen. Für den Maestro stand jedoch fest: Er würde dem Amerikaner, wie schon zuvor Jetty, klarmachen, dass die Reise für ihn auf gar keinen Fall in Frage kam. Er war hier in Wien viel zu beschäftigt. Dass er sich in erster Linie vor der Überfahrt ängstigte, würde er wohlweislich für sich behalten.

Sie hatten sich im Café verabredet, obwohl Strauss es hasste, ins Kaffeehaus zu gehen. Wenn er nicht beruflich hinmusste, vermied er diese gesellschaftlichen Treffpunkte. Überhaupt war ihm die Öffentlichkeit lästig. Jeder einzelne Auftritt am Dirigierpult kostete ihn Überwindung. Und so war er nur selten in Kaffeehäusern oder an anderen öffentlichen Orten zu sehen, wenn er nicht gerade dirigierte. Aber Ziegfeld hatte darauf bestanden, dass sie sich im Heinrichshof trafen. Danach wollte Strauss ihn zu einer Matinee in der Oper einladen. Dort gab man an diesem Tag Eduard Bauernfeld und Franz Schubert. Das Konzert war wegen Bauarbeiten vom Musikverein ins Opernhaus verlegt worden.

Der Fiaker hatte den majestätischen und prachtvollen Heinrichshof im Herzen Wiens erreicht, der vis-à-vis der nur drei Jahre zuvor im Beisein von Kaiser Franz Joseph und Kaiserin Elisabeth eröffneten Hofoper auf einer Länge von fünfzig Metern am Opernring lag. Gegenüber der Oper befand sich auch das Palais Todesco, in dem Jetty, geborene Treffz, eine Juwelierstochter, früher residiert hatte, als sie noch die Lebensgefährtin des betuchten Industriellen Moritz von Todesco und als Sopranistin an der Oper aktiv war.

Im Erdgeschoss beherbergte der Heinrichshof das gleichnamige Café – ein beliebter Treffpunkt von Musikliebhabern und Opernfreunden. Strauss ließ sich absetzen und drückte dem Kutscher beim Ausstieg eine Münze in die Hand. Wegen seines morgendlichen Ausbruchs war er viel zu früh dran. Als er durch die moderne Glastür das Entree betrat, fiel sein Blick auf eine Runde eleganter Herren, die neben dem Eingang an einem Ecktisch unter einem der vielen fünfzehnköpfigen Luster saß. Inmitten des Quartetts hockte kein Geringerer als Friedrich Zirnig.

Der leicht untersetzte Musiker saß mit dem Rücken zu Strauss – und doch erkannte dieser seinen Konkurrenten an dessen Haltung und seiner Frisur, sein spärliches Haupthaar trug er stets seitwärts gekämmt. Von hinten konnte man die Spitzen seines voluminösen Schnurrbarts erahnen, die ihm seitlich aus dem Gesicht hervorstanden. Sogar von hinten sieht er aus wie ein typischer Wiener Strizzi, dachte Strauss. Seitdem er ihn einmal öffentlich so bezeichnet hatte, war Zirnig bei den Wienern der Spitzname »Strizzi«, die nicht sehr rühmliche Bezeichnung eines Kleinkriminellen, geblieben.

Zirnig war gerade dabei, sich lauthals über eine Person auszulassen. Strauss hielt abrupt inne – noch befand er sich in einem toten Winkel des Raumes, konnte aber jedes Wort genau vernehmen. Bei näherem Hinhören wurde ihm gewahr, dass er selbst das Objekt dieser Brandrede war. Zirnig schimpfte unverhohlen über ihn, nannte ihn abfällig »Jud« und spielte damit auf seinen jüdischen Großvater an, der in Wien das Wirtshaus »Zum heiligen Florian«, auch »Judenwirtshaus« genannt, geführt hatte. Er hatte sich in der Donau ertränkt, weil es zu wenig Geld abwarf und er seine Familie nicht ernähren konnte. Zirnig bezeichnete Strauss auch als einen »oberflächlichen Möchtegern-Musiker«, der »nichts anderes machte, als seinen gleichnamigen Vater zu kopieren«, der ja der »eigentliche Walzerkönig« gewesen sei. »Dabei …«, sagte Zirnig, und seine Stimme bekam einen höhnischen Klang, »… dabei war sein Bruder Pepi tausendmal begabter als er!«

Josef, genannt »Pepi«, ebenfalls Komponist und Konzertmeister, war zwei Jahre zuvor in Warschau während eines

Konzerts auf der Bühne kollabiert. Die Familie hatte den Bewusstlosen sofort zurück nach Wien gebracht, wo er kurz vor seinem dreiundvierzigsten Geburtstag verstarb. Seinen Tod hatten die Gazetten als »mysteriös« und »schleierhaft« bezeichnet.

»Wahrscheinlich steckte sein eifersüchtiger Bruder hinter seinem Ableben«, äußerte Zirnig jetzt eine gewagte und unverschämte These. »Das Familienunternehmen hat er ja auch erfolgreich zerstört.« Damit spielte er wohl auf die Verwerfungen zwischen den drei Brüdern an, die jahrelang musikalisch zusammengearbeitet und sich gemeinsam mit Jetty um das Management des erfolgreichen Musikunternehmens gekümmert hatten.

Strauss kochte innerlich vor Wut. Wie konnte dieser aufgeblasene Kerl in aller Öffentlichkeit so über ihn sprechen? Am liebsten hätte er ihn angesprungen und erwürgt. Doch der Musiker besann sich. Würde er sich in diesem Moment gehen lassen, so wären die Titelseiten der Zeitungen nicht nur am nächsten Tag, sondern die kommenden Monate mit Sicherheit ihm gewidmet, die Klatschreporter würden den Vorfall genüsslich ausweiden. Einen gesellschaftlichen Eklat konnte er sich nicht leisten. Immerhin hatte er einen Ruf zu verteidigen. Und der war nicht immer der beste gewesen. Eine Zeit lang hatte er mit dem Vorwurf der Reporter zu kämpfen gehabt, nachlässig und impulsiv zu sein und das Geld mit vollen Händen auszugeben. Und als junger Mann war er eine Weile vom höchsten Adel geächtet worden, weil er sich nach den Revolutionsjahren den Freiheitskämpfern angeschlossen und mehrere einschlägige Stücke komponiert hatte, darunter die »Barrikaden-Lieder«, der »Revolutions-Marsch«, die »Studenten-Polka« oder der »Studenten-Marsch«. Durch diese Kompositionen, so hieß es, unterstütze er die revolutionäre Strömung und beziehe damit auch eine politische Haltung. Einige seiner Stücke waren sogar verboten worden. Und als er während eines Auftritts eine Passage der »Marseillaise«

einbaute, musste er sich vor der Polizei verantworten. Allein seiner Redegewandtheit war es zu verdanken gewesen, dass er einer Anklage entkam.

Während Strauss den Worten seines Widersachers lauschte, erkannte er, wie groß dessen Hass und Neid auf seinen Erfolg sein musste, wenn er ihn auf diese Weise öffentlich diskreditierte. Die Worte seiner Frau gingen ihm durch den Kopf. »Du musst da drüberstehen, dann ist Zirnig der Verlierer.« Er dachte erneut daran, dass er, Strauss, und nicht wie ursprünglich vorgesehen Zirnig den begehrten Auftrag erhalten hatte, bei der Wiener Weltausstellung im kommenden Jahr das Orchester zu leiten, was ihm nicht nur eine Menge Geld, sondern auch einen weiteren Titel und viel Ruhm und Ehre einbringen würde. Und so stolzierte er selbstbewusst und aufrecht am Tisch des Quartetts vorbei.

Nicht ohne Genugtuung bemerkte er, dass das Lästermaul im Eck jäh verstummte, als er vom ehrerbietenden Ober mit den Worten »Schön, dass Sie uns wieder einmal beehren, Maestro«, begleitet von mehrmaligen Verbeugungen, einen Tisch am Fenster zugewiesen bekam.

Sofort wirbelten mehrere Köpfe herum. Jemand, der dermaßen devot begrüßt und als »Maestro« angesprochen wurde, musste etwas ganz Besonderes sein. Im nächsten Moment ging ein Tuscheln durch den Raum. Die Gäste des Cafés erkannten den umtriebigen Musiker selbstverständlich sofort, schließlich war er beinahe täglich Thema der Berichterstattung in den Kulturteilen der Zeitungen. Man nickte Strauss wohlwollend zu, die Damen schenkten ihm ihr charmantestes Lächeln, und Strauss, der ganz in seinem Element war, grüßte zwinkernd zurück. Dass ihm die Herzen der Damen zuflogen, war für ihn längst zur Gewohnheit geworden. Triumphierend nahm der Musiker die verstohlenen Blicke von dem Tisch zur Kenntnis, an dem die vier Herren saßen, die gerade ausgelassen über ihn gelästert hatten.

Ziegfeld erschien nicht. Stattdessen hatte er einen Boten ins Café geschickt, um Strauss mitzuteilen, dass er soeben mit Verspätung aus Amerika angereist sei, sich erst im Hotel »Weiße Rose« in der Taborstraße einquartieren müsse und Strauss bitte schön vor der Oper auf ihn warten solle. So blieb dem Musiker nichts anderes übrig, als zu einer Zeitung zu greifen und die Zeit bis zur Matinee mit Lesen totzuschlagen. Schließlich ging er dazu über, die Noten, die ihm in der Kutsche durch den Kopf gegangen waren, auf einer Serviette niederzuschreiben. Zweimal wurde er dabei von Gästen unterbrochen, die ein Autogramm von ihm erbaten.

Ziegfeld wartete vor dem ehrwürdigen Eingang, als Strauss schließlich vor dem Opernhaus auftauchte. Der Theater- und Musikproduzent aus Chicago präsentierte sich als imposante Erscheinung, gekleidet in einen makellos sitzenden dunklen Anzug, der ihm die Aura weltmännischer Souveränität verlieh. Sein Haar, modisch nach amerikanischem Vorbild in der Mitte gescheitelt, vervollständigte dieses Bild.

Gerade als Strauss seinen Gast mit einer höflichen Geste willkommen heißen wollte, umringte eine Schar junger Damen den gefeierten Musikstar. Ihre Augen leuchteten in Erwartung eines begehrten Autogramms, ähnlich den Gästen im Café zuvor. Mit einem freundlichen Lächeln und bewundernswerter Geduld signierte Strauss die ihm dargebotenen Karten, während er zugleich die widerspenstigen Locken, die ihm in die Stirn gefallen waren, lässig nach hinten strich und seinem wartenden Gast ein entschuldigendes Zeichen zukommen ließ.

Kaum in der Loge, schleuderte Strauss dem überraschten Ziegfeld impulsiv die Worte entgegen: »Es tut mir leid, aber Sie sind umsonst nach Wien gekommen. Niemals werde ich nach Amerika fahren! Es ist zu riskant. Mit Sicherheit würde ich bei der Überfahrt ertrinken.« Er hatte seine Scheu, über seine Angst zu sprechen, über Bord geworfen.

Mit ruhiger Stimme erinnerte ihn der Dreißigjährige: »Sie

können nicht in Wien bleiben. Sie haben doch den Vertrag bereits unterschrieben.«

»Das ist nicht wahr. Das muss Jetty hinter meinem Rücken getan haben. Ich habe nichts unterschrieben. Damit ist das Thema für mich abgeschlossen«, entgegnete Strauss aufgebracht, bevor er in versöhnlicherem Ton hinzufügte: »Jetty und ich freuen uns aber, wenn Sie morgen bei uns in Hietzing dinieren. Es gibt Taube, und die ersten Erdbeeren sind reif.«

Ziegfeld sagte zu. Den Rest der Matinee verbrachten sie gemeinsam beim Genuss der Musik.

Als der Amerikaner am nächsten Tag in der Strauss-Villa ankam, regnete es in Strömen. Es war ein warmer Frühlingsregen, und die Natur dankte es ihm mit einem Duftbouquet aus Blüten und frischen Blumen. Überschwänglich empfing das Ehepaar den Gast aus Chicago. Jetty war besonders bemüht, weil sie hoffte, Ziegfeld würde ihren Mann doch noch überreden, die Reise anzutreten. Dreieinhalbtausend Pfund, das war ja nicht nichts! Von dem Geld könnten sie jahrelang ohne Stress und mit nur wenigen Auftritten leben. Ihr Mann könnte sich währenddessen neuen Stücken widmen – weitere Operetten komponieren oder an seiner zweiten Oper arbeiten.

Der Gastgeber hatte ein schlechtes Gewissen, den Musikmanager enttäuscht zu haben. Das Hausmädchen Anna servierte als Vorspeise Taube, danach gab es Schnitzel, bevor sie Palatschinken und schließlich Erdbeeren mit Zucker auftischte. Zur Taube schenkte Strauss Ziegfeld ungarischen Tokajer ein. »Ich will ja nicht unhöflich sein«, bemerkte er in Anspielung auf seine brüske Zurückweisung am Vortag. »Aber eine solche Reise mit all den Strapazen und meiner Neigung zur Seekrankheit würde ich schwerlich überleben«, erklärte er, während sie anstießen. »Außerdem kennen Sie ja die hygienischen Bedingungen auf einem solchen Schiff«, brachte er ein weiteres Argument vor.

Der Musikveranstalter probierte es noch einmal und ließ

all seine Überredungskünste spielen, um ihn von der Reise zu überzeugen. »Gilmore hat mich gebeten, Ihnen zu übermitteln, dass Sie zusätzlich zu der vereinbarten Gage freie Überfahrt und während des gesamten Aufenthalts freie Kost und Logis erhalten, auch für Ihre charmante Frau und Ihre Dienerschaft – koste es, was es wolle!« Das Geld würde er bei der Anglobank in Wien hinterlegen.

»Geben Sie sich keine Mühe. Meine Entscheidung steht fest«, entgegnete ihm Strauss mit entschlossener Stimme.

»Das können Sie Gilmore nicht antun!«, rief Ziegfeld, der nun sichtlich ungehalten wurde. »Gilmore hat sein ganzes Leben dem Traum gewidmet, mit der Macht der Musik die Welt zu verändern, sie als Friedensinstrument einzusetzen. Mit Ihrem Rückzieher widersetzen Sie sich dem Projekt des Friedens! Hat Ihnen Gilmore überhaupt die Empfehlungsschreiben von US-Präsident Ulysses S. Grant und dem Bürgermeister von Boston gezeigt?«

»Keine zehn Pferde, nicht einmal der liebe Gott könnte mich zu der Reise bewegen. Der US-Präsident kann mir den Buckel runterrutschen«, antwortete der Maestro zum großen Kummer seiner Frau.

Als sie ihrem Gast spätabends einen Fiaker rufen ließen und sich von ihm verabschiedeten, war die Stimmung im Hause Strauss im Keller. In der Nacht ging ein schweres Gewitter über der Stadt nieder. Schlaflos wälzte sich der Musiker im Bett. Nicht einmal die Baldriantropfen, die ihm seine Frau auf den Nachttisch gestellt hatte, halfen ihm.

Am nächsten Tag hatte der Regen aufgehört und den Duft von frischer Erde und Waldluft hinterlassen. Der Haussegen in der Hietzinger Villa hing wegen der Entscheidung immer noch schief.

Nach dem Frühstück flehte Strauss seine Frau an, ihm den Amerikaner endgültig vom Hals zu schaffen. »Schick ihm ein Telegramm ins Hotel. Sag ihm, er soll mich künftig mit dem

Thema in Ruhe lassen, weil ich sonst nicht zu meinem bitter notwendigen Schlaf finde und unfähig bin zu arbeiten.«

Nachdem Jetty die Nachricht an den Amerikaner geschickt hatte, äußerte sie ihrem Ehemann gegenüber ihren Unmut über seine Entscheidung und über die »Peinlichkeit«, damit vertragsbrüchig geworden zu sein. Nur zu gut wusste der Komponist, dass er den Vertrag sehr wohl unterschrieben hatte, als Gilmore bei ihm in Wien gewesen war.

Beim Mittagessen sprach Jetty kein Wort mit ihrem Mann. Sie konnte nicht fassen, dass er ein solch attraktives Angebot ausschlug. Als sie ihre Haushälterin Anna bat, Johann auszurichten, dass sie nach dem Essen in die Stadt fahren und am Abend nicht auf ihn warten werde, hielt es Strauss nicht mehr aus. Er hasste es, seine Frau unzufrieden zu sehen, und so entschloss er sich, über seinen Schatten zu springen. »Ich werde Ziegfeld aufsuchen und mich für meine plötzliche Stimmungsschwankung persönlich entschuldigen.« Und so ließ er einen Fiaker kommen.

»Vergiss nicht, du hast heute um achtzehn Uhr eine Aufführung im Kursalon Hübner!«, rief ihm seine Frau nach, immer bemüht, die Termine ihres Mannes im Auge zu behalten. Jetty war halbwegs versöhnt. Immerhin würde Johann die Sache selbst ausbügeln.

»Ins Hotel ›Weiße Rose‹ in die Taborstraße«, rief Strauss dem Fiaker zu. In der Kutsche verfiel er ins Meditieren. Vielleicht hatte Jetty ja recht, und er sollte den Vertrag doch einhalten. Wenn mir Ziegfeld ein schlagendes Argument liefert, werde ich ihm wohl zusagen, dachte er. Dann ging ihm erneut die Melodie vom Vortag durch den Kopf. Er zog die Serviette aus der Jackentasche, auf die er im Café Heinrichshof notdürftig die Noten geschmiert hatte, und ergänzte sie um weitere Takte.

Jäh wurde er aus seinen Gedanken gerissen, als der Fiaker abrupt anhielt. Die Pferde schnaubten. »Was ist da los?« Strauss warf einen Blick auf die Straße. Zwei augenscheinlich betrunkene Männer versperrten den Weg und forderten den Kutscher auf, vom Wagen zu steigen. Sie waren ärmlich gekleidet, unrasiert und machten einen erbärmlichen Eindruck. Wirklich gefährlich wirkten sie nicht. Der Kutscher blieb unbeirrt sitzen und gebot auch seinem Fahrgast, nicht auszusteigen. Was genau ihr Ansinnen war, konnte Strauss aus dem Wageninneren nicht vernehmen. Auch nicht, als ein lautstarkes Wortgefecht folgte.

»Was wollt ihr?«, richtete sich der Kutscher an die Männer.

Plötzlich zog einer der beiden ein Taschenmesser aus der Hosentasche und fuchtelte wild damit herum. »Gib mir dein Geld!« Man konnte kaum seinen Worten folgen, so betrunken war er.

Strauss bekam es mit der Angst zu tun. Er griff in seine Jacke und warf ihnen ein paar Münzen zu. Gleich darauf waren zwei Polizisten zur Stelle und überwältigten die beiden. Die Polizei in Wien war allgegenwärtig, nachdem man erst drei Jahre zuvor nach dem Muster der französischen *sergents de ville* mit kaiserlichem Beschluss die Wiener Sicherheitswache eingerichtet hatte. Sehr beliebt waren die Beamten bei der Bevölkerung nicht, aber man akzeptierte ihre Gegenwart, immerhin hatte sich die Anzahl der Gewaltdelikte seitdem verringert. Viele Wiener dachten mit Schrecken an das Spitzelwesen des ehemaligen Staatskanzlers Metternich zurück, der ein auf einen Polizeiapparat und Zensur gestütztes Regime aufgebaut hatte, um die staatliche Ordnung zu halten und jedwede revolutionäre Bewegung zu unterdrücken.

Um die Sache rasch zu beenden und aus Mitleid mit den Trunkenbolden entschied sich Strauss, von einer Anzeige gegen die Männer abzusehen. Kreaturen dieser Art gab es viele in der Stadt. Meist handelte es sich um ausgebeutete Arbeiter, die ihre Familien nur schwer ernähren konnten und deswegen zu Branntwein griffen. Viele Wiener hausten im Elend. Wer nicht das Glück hatte, aus einer bürgerlichen Familie zu stammen und eine entsprechende Ausbildung genossen zu haben, kam nur schwer über die Runden.

Als der Komponist im Hotel »Weiße Rose« ankam, traf

er Ziegfeld in der Lobby an und erfand sogleich eine neue Ausrede. »Stellen Sie sich vor: Auf dem Weg zum Hotel sind vor der Kutsche zwei Schweine über den Weg gelaufen. Das ist ein untrüglich schlechtes Omen. Es ist mir deshalb absolut unmöglich, nach Boston zu kommen!«

Ziegfeld war ein schlagfertiger Mann. Sein Vater war Bürgermeister im deutschen Jever gewesen, bevor er nach Amerika ausgewandert war. Er selbst galt als Intellektueller. So leicht konnte Strauss ihm nichts vormachen. »Wissen Sie denn nicht, dass Schweine Glück bedeuten? Ihnen sind gleich zwei Schweine vor die Kutsche gelaufen? Na, ein untrügliches Zeichen für doppeltes Glück. Sie sind der glücklichste Mann der Welt! Nicht nur werden Ihnen die Auftritte Erfolg bringen, auch die Überfahrt von Bremerhaven aus wird von Glück beseelt sein.«

Strauss hörte ihm aufmerksam zu und widersprach ihm nicht. Stattdessen fragte er, was es kosten würde, von dem Kontrakt zurückzutreten.

Ziegfeld, der es gewohnt war, Geschäfte zu machen, überlegte kurz. Das beste Argument bei diesem Mann, wie auch bei dessen Ehefrau, war Geld. »So viel Geld ist in Wien gar nicht vorhanden«, antwortete er schlau und musterte sein Gegenüber abwartend.

Anstatt sich dazu zu äußern, spielte der Komponist die Mitleidskarte aus. »Die Wahrheit ist: Mein Arzt hat mir eine Kur empfohlen. Erst kürzlich hatte ich einen Nervenzusammenbruch.« Das war nur zur Hälfte korrekt. Der Musiker war bereits ein Jahr zuvor von seinem Hausarzt zu einem weiteren Kuraufenthalt gedrängt worden. Mehrmals war er bereits in Bad Ischl und in Bad Hofgastein gewesen, um sich von Überreizung und Stress zu erholen. Doch für eine weitere Kur war in seinem umtriebigen Alltag schlicht keine Zeit. Und Nervenzusammenbrüche waren bei ihm keine Seltenheit. Einmal im Monat musste er sich für mindestens einen Tag zurückziehen, um sich von den täglichen Strapazen zu erholen.

Doch Ziegfeld blieb hart. »Sie haben ja keine Ahnung, in

welche Unkosten Ihr Engagement uns bis jetzt schon gestürzt hat. Sie haben recht: Ist ein Mann wirklich krank, so kann er unmöglich reisen. Doch würden Sie nach Ihrer Krankheit gefragt werden, so müssten Sie antworten: ›Furcht vor der Reise!‹ Wie peinlich wäre das für Sie! Herr Strauss, die modernen Dampfschiffe, vor allem die aus Deutschland, sind absolut sicher. Und der Hochsommer ist die beste Reisezeit. Da ist der Atlantik ruhig. Stürme auf See sind zu dieser Zeit so gut wie nicht zu befürchten. Nein, mein lieber Herr Strauss, Sie dürfen Ihr Land nicht in Verlegenheit bringen.« Als Strauss ihn unsicher anstarrte, legte der Veranstalter nach. »Mir können Sie nichts vormachen. Ich bin vor ein paar Jahren aus Deutschland ausgewandert. Voriges Jahr musste ich den Brand in Chicago miterleben und mit meiner Familie unter einer Brücke Zuflucht suchen. Ich sage Ihnen, ich habe genug erlebt. Jemand wie Sie kann mich nicht erschüttern. Notfalls werde ich den ganzen Sommer in Wien bleiben, um Ihren Vertragsbruch anzufechten. Wussten Sie übrigens, dass die anderen Boston-Stars bereits fix gebucht sind?«

Das saß. Diese Blöße konnte Strauss sich nicht geben. Eine innere Stimme sagte dem Musiker, dass er keine Wahl hatte. Widerwillig gab er Ziegfeld seine Zustimmung für die Reise.

Als Sicherheitspfand für den Fall, dass der Komponist doch noch einmal seine Meinung ändern sollte, hielt Ziegfeld fünfhundert Pfund Honorar zurück. Dieses Geld solle sich Strauss persönlich in Bremen abholen, bevor er am 1. Juli in Bremerhaven den Dampfer »Rhein« besteigen würde. Die restlichen dreitausend britischen Pfund könne er indes bei der Anglo-österreichischen Bank in Wien abrufen.

Zur Feier ihres Vertrages lud der Veranstalter den Musiker zum Mittagessen ins Griechenbeisl ein, wo sie auf die bevorstehende Reise anstießen.

Nachdem sich Strauss von Ziegfeld verabschiedet hatte, eilte er Richtung Stadtpark. Die Laternen begannen bereits zu leuchten, während die Dämmerung hereinbrach, und warfen ein warmes goldenes Licht auf die belebten Straßen. Dieser elegante Konzertsaal im Stadtpark von Wien diente ihm oft für Aufführungen. Auf keinen Fall wollte er zu spät kommen. Pünktlichkeit war ihm heilig.

Mit im Gepäck hatte er an diesem Tag die Schnellpolka »Im Sturmschritt« und »Die Bajadere« sowie die Walzerstücke »Tausend und eine Nacht« und »Neu-Wien«, ein modernes, zeitkritisches Stück, das sich mit Frauenemanzipation, der Inflation und der Wiener Stadtsanierung befasste.

Der Walzerkönig wurde mit tosendem Applaus gefeiert und musste zweimal Zugaben präsentieren. Doch Strauss war nicht wohl zumute. Immerzu musste er angstvoll an seine bevorstehende Reise denken. Was Jetty wohl sagen würde, wenn sie erfuhr, dass er nun doch zugesagt hatte?

Nach dem Konzert packte er eilig seine Noten und seine Violine und verließ den Kursalon durch den Hintereingang, um Autogrammjäger und sonstige Bewunderer zu meiden. Beinahe wäre er über einen Leierkastenmann gestolpert. Er spielte seinen Walzer »Liebeslieder«, wie Strauss mit Genugtuung feststellte. Die Musik passte ausgezeichnet zu der abendlichen Frühlingsstimmung im Park. Kurz zögerte er, ob er dem Werkelmann eine Münze geben sollte. Der alte Mann trug einen Zylinder und eine abgenutzte Jacke, stellte Strauss trotz des spärlichen Lichts fest. Er lächelte ihm freundlich zu und ging weiter. Nach wenigen Metern wurde er von einer freizügig gekleideten Dame mit auffallend weißer Haut angehalten, in der Hand hatte sie eine Zigarette. Eigentlich war sie mehr ein Mädel, keine fünfzehn Jahre alt. Kokett lächelte sie ihn an.

»Kennen Sie diese Musik?«, fragte er sie und deutete zu dem Leierkastenmann.

»Na kloar, des is vom Strauss Johann. Des kennt doch a jeder!« Das Mädchen strahlte eine kindliche Unschuld aus. Offensichtlich handelte es sich um eine Dirne, die in dem schwach beleuchteten Park zwischen Bäumen und Sträuchern ihre Dienste anbot.

Strauss nickte zufrieden und wollte weitereilen, doch sie hielt ihn am Arm fest. »Wohin so eilig? Hast ka Lust auf Abwechslung?«

Er kannte diese Damen zur Genüge, Wien wimmelte von Straßenmädchen. Viele Mädchen und Frauen waren durch die latente Armut gezwungen, dem Sexgewerbe nachzugehen. Auch von Berufs wegen waren sie ihm nicht fremd. Unter den Chormädchen gab es viele, die neben ihrem Einkommen auf schnell verdientes Geld angewiesen waren. Strauss war durchaus empfänglich für diese Art von Beziehungen. Er blieb stehen. Ihr Lächeln war verlockend. Das Mindestalter für Dirnen war erst kürzlich von vierzehn auf sechzehn Jahre angehoben worden. Aber die da war doch noch ein Kind! Da würde er sich glatt strafbar machen, das wusste er. Außerdem schoss ihm seine bevorstehende Reise durch den Kopf. Mit Syphilis wollte er sich jetzt auf keinen Fall anstecken. Da die Krankheit überhandnahm, plante die Polizei, dass sich Prostituierte registrieren und zweimal in der Woche einer ärztlichen Untersuchung unterziehen mussten. So warf er dem Mädchen nur eine Münze zu und eilte unverrichteter Dinge weiter durch den Stadtpark Richtung Ring.

Um diese Uhrzeit flanierten elegante Damen in aufwendigen Abendkleidern und mit kunstvollen Hüten an der Seite von Herren in tadellosen Anzügen und Zylindern. »Natürlich wäre dieses junge Ding von vorhin reizvoll gewesen«, seufzte er versonnen, während er die promenierenden Frauen auf der trotz später Stunde immer noch belebten Straße musterte.

Strauss bog ab und irrte durch das Gassengewirr Richtung Stephansdom, dessen Spitze von Weitem majestätisch leuchtete. Hier hatte er zehn Jahre zuvor Jetty geheiratet. Versonnen dachte er an diese glückselige Zeremonie zurück. Da fiel ihm der »Zahnweh-Herrgott« ein, eine Christusfigur, die in der sogenannten Armenseelennische an der Außenseite des Chors angebracht war. Laut der Legende soll der Junker Wendelin, der mit seinen Gefährten vorbeiritt, der Statue den Namen gegeben haben, weil ein Band, das jemand um Christi Kinn befestigt hatte, wie ein Zahntuch aussah, obwohl es eigentlich Blumen hielt. Daraufhin wurden er und seine Kumpane von schrecklichen Zahnschmerzen befallen, die erst verschwanden, als sie vor der Statue reuig Abbitte leisteten. Seitdem kamen die Wiener gern zu der Figur, wenn sie körperliche oder seelische Schmerzen empfanden.

Strauss war nicht besonders gläubig. Dafür war er dem Aberglauben zugeneigt. Und so suchte er den Zahnweh-Herrgott auf, um ihn darum zu bitten, ihm seine Angst zu nehmen. Als er an dem Bogen unter dem Aufgang zur Kanzel vorbeikam, sah er gewohnheitsmäßig nach oben. Auf dem Geländer saß ein steinerner Hund, der die gleichfalls steinernen Frösche und Echsen am Geländer aufhalten sollte, damit sie dem Prediger nicht zu nahe kamen. Jedes Mal, wenn Strauss im Stephansdom war, bestaunte er diese Szenerie, die den Kampf des Guten gegen das Böse symbolisieren sollte.

Um diese Stunde waren fast keine Menschen mehr im Dom. Nur ein paar alte Frauen, die, den Rosenkranz betend, auf den hölzernen Bänken knieten. Vor dem Zahnweh-Herrgott faltete der Musiker ehrfürchtig die Hände und bat ihn flüsternd, ihn während der Fahrt über den Atlantik zu beschützen.

Als wäre eine schwere Last von seinen Schultern gefallen, kehrte Johann Strauss an jenem Abend nach Hause zurück. Er war wie ausgewechselt. Seine Stimmung war ausgelassen. Angesteckt von seiner guten Laune, sprangen die beiden Doggen an ihm hoch und wollten mit ihrem Herrchen spielen. Nach den flehenden Protesten Jettys, die Hunde doch bitte nicht in der Wohnung aufzustacheln, eröffnete er seiner überraschten Frau, am nächsten Tag mit dem befreundeten Notar Stefan Spiegelfeld ein Testament aufsetzen zu wollen. »Ich fahre doch nach Boston!«, trompetete der Musiker. »Und unser lieber

Diener Stepi und das Hausmädchen Anna werden mich begleiten – auf Kosten der Konzertveranstalter.«

In dem Testament wollte er Jetty als Alleinerbin einsetzen, sollte ihm auf der Reise etwas zustoßen. Seiner Frau fiel ein Stein vom Herzen. Sie umarmte ihn freudig. Jetty war überzeugt davon, dass diese Tournee den endgültigen internationalen Durchbruch für ihren Mann bedeuten würde.

»Für den Fall, dass dir in meiner Abwesenheit ebenfalls etwas passieren sollte, soll das ›Johann und Jetty Strauss Stiftungshaus für arme kranke Künstler‹ ins Leben gerufen werden«, ordnete ihr Mann an.

Jetty wagte es nicht, ihn zu fragen, was ihn schließlich dazu bewogen hatte, seine Meinung zu ändern und die Amerikareise nun doch anzutreten. Am Ende würde er es sich noch anders überlegen. Zu gut kannte sie ihren Mann und seine Wankelmütigkeit. Sie musste sich das alles in Ruhe durch den Kopf gehen lassen. »Ich gehe noch eine Abendrunde mit den Hunden«, teilte sie Johann mit.

Was Jetty Kopfzerbrechen bereitete, waren zwei Dinge: Sie machte sich plötzlich selbst Sorgen um das Wohlergehen ihres Mannes an Bord. Was, wenn er dort ständig von Anhängern belagert wurde? Was, wenn er seekrank wurde? Während sie den spärlich beleuchteten Schlossgarten betrat, kam ihr eine blendende Idee: Sie würde einen heimlichen Aufpasser für ihren Mann engagieren, der ihn rund um die Uhr beschatten, ihm unliebsame Bewunderer vom Hals schaffen und ihn mit Medikamenten versorgen sollte, falls nötig. Der Kandidat musste körperlich fit, geschickt und intelligent sein. Von Medizin musste er nicht allzu viel verstehen – einen Schiffsarzt gab es auf jeder Ozeanfahrt. Sie würde ihm aber ein paar Mittelchen mitgeben, sollte er bemerken, dass Strauss Arzneien benötigte. Selbstverständlich müsste er sich unauffällig mit ihm anfreunden. Daher sollte er Stil haben und ihm intellektuell auf keinen Fall unterlegen sein. Kurzum, er musste ein angenehmer Reisebegleiter sein. Allein den Kapitän und natürlich Ziegfeld würde sie in ihren Plan einweihen. Sie musste nur ein entsprechendes Inserat in den Zeitungen platzieren und dann den Richtigen aus den Bewerbern auswählen. Die Kosten für die Überfahrt und die Unterkunft in Boston würde Ziegfeld beziehungsweise Gilmore schon übernehmen, schließlich wären sie ja auch für ihre Fahrtkosten aufgekommen, wenn sie sich dazu entschlossen hätte, ihren Mann nach Boston zu begleiten.

Ihre zweite Sorge galt dem bestehenden Vertrag mit den Musikveranstaltern im russischen Pawlowsk. Die Saison dort dauerte noch bis Oktober. Wie sollte sie den Veranstaltern seine Abwesenheit klarmachen? Jetty war Geschäftsfrau genug, um zu wissen, was dieser Vertragsbruch für den Erfolg ihres Mannes und für ihren Haushalt bedeutete: einen veritablen Einkommensverlust und möglicherweise das Ende ihres Engagements in der Stadt. Die adeligen russischen Familien fuhren nur seinetwegen und nicht wegen des guten Essens nach Pawlowsk. Strauss wusste die Zarenfamilie geschickt für sich zu gewinnen, indem er Benefizkonzerte für Witwen und Waisen gefallener Soldaten, Brandopfer oder Kinderbewahranstalten gab. Sogar der Zar selbst engagierte ihn für seine Veranstaltungen. Möglicherweise mussten sie nun einen Schadenersatzprozess in Kauf nehmen, für den sie, sollten sie verlieren, eine hohe Pönale zahlen müssten.

»Man kann eben nicht auf allen Hochzeiten tanzen«, sagte sich die Geschäftsfrau und kehrte nach ihrer kleinen Abendrunde zufrieden zu ihrem Mann zurück.

ELLA-POLKA

Die Lichter der Gaslampen erloschen, das große rot-weiß-gelbe Zirkuszelt, dessen bunte Fahnen hoch oben auf der Kuppel lustig im Wind flatterten, hüllte sich im Inneren in schweigende Dunkelheit. Gespannt starrte das Publikum ins schwarze Nichts. Man hätte das Fallen einer Stecknadel hören können, so still war es in den Sitzreihen geworden. Nur der Geruch von frischen Sägespänen und Pferdeäpfeln war wahrnehmbar.

Plötzlich entfachte das Orchester einen Trommelwirbel, ein Lichtkegel erhellte die Mitte der Manege. Da tauchte aus der Dunkelheit eine Gestalt auf, das Licht war direkt auf sie gerichtet. Es war Ella, die Zirkusartistin. Sie trug ein funkelndes knallrotes Kostüm aus Satin, verziert mit Pailletten und Spitzen. Ihr langes schwarzes Haar war kunstvoll mit Blumen hochgesteckt. Ella führte ein prachtvolles Pferd am Seil, das mit farbenfrohen Bändern und einer verzierten Schabracke geschmückt war. Die Kunstreiterin war *die* Attraktion im Zirkus, der nach langer Zeit wieder in Wien gastierte.

Mit einem strahlenden Lächeln begrüßte die drahtige Akrobatin das Publikum, das ihre anmutige Begrüßung laut applaudierend quittierte. Dann sprang sie elegant auf das Pferd – die Musik wurde lebhafter. Johlend klatschten die Zuschauer mit, als die Musikanten in ihren farbenfrohen Uniformen das Pferd mit der »Ella-Polka« zu seinem rhythmischen Galopp begleiteten. Johann Strauss junior hatte das Stück sieben Jahre zuvor für Ella geschrieben. Die junge Reiterin bewegte sich geschmeidig und sicher auf dem Pferd. Mit jeder Runde wurden ihre Kunststücke anspruchsvoller. Auf dem Rücken des galoppierenden Tieres stehend, vollführte sie Saltos und atemberaubende Pirouetten in der Luft, mal auf einem Bein, mal auf den Händen balancierend, während das Pferd über Hindernisse oder durch brennende Reifen sprang. Das Publikum verfolgte jede Bewegung der waghalsigen Artistin. Bei ihrer letzten Runde durch die Manege warf Ella den Zuschauern Kusshände zu, bevor sie vom Rücken des Tieres glitt, sich gekonnt verbeugte und das Pferd stolz aus der Manege führte. Tosender Applaus und lautes Gejohle begleiteten ihren Abgang.

Der Zirkusdirektor, der in einen prächtigen roten Frack mit goldenen Epauletten gekleidet war und einen hohen Zylinderhut auf dem Kopf trug, trat in die Mitte der Manege und kündigte die nächsten Attraktionen an: eine Gruppe von Clowns, deren übergroße Kleidung und tollpatschige Bewegungen das Publikum zum Lachen brachten. Dann führte ein Dompteur Elefanten durch die Manege und ließ sie Männchen machen. Ihre prächtigen Kopfstücke glitzerten im Licht der Gaslampen. Und schließlich kamen noch die zielsicheren Messerwerfer und die mutigen Seiltänzer.

Draußen vor dem Zelt, das mitten am Gelände des Wiener Praters aufgebaut war, herrschte trotz der Dämmerung reges Treiben. Die Zuschauer der nächsten Vorstellung warteten bereits ungeduldig vor dem Eingang. Gaukler, Feuerspucker und Jongleure unterhielten die neugierige Menge, um ihnen die Zeit zu vertreiben. Verkäufer boten Süßigkeiten, gebrannte Mandeln und kleine Holzspielzeuge an bunten Ständen feil. Eine Traube hatte sich vor einem kleinen Zelt gebildet, vor dem ein Marktschreier eine »bärtige Dame« ankündigte, daneben versprach ein weiterer Marketender den Anblick einer Frau, die am ganzen Körper tätowiert sei. Gegen wenige Münzen konnte man sich selbst von diesen Attraktionen überzeugen. Kinder rannten mit vor Aufregung roten Backen umher, Erwachsene studierten die Werbeplakate, auf denen Ella mit dem flatternden schwarzen Haar auf ihrem hübschen, stolz zurückgeworfenen Haupt als Zirkusprinzessin abgebildet war. Die intensiven Ausdünstungen von Langos und Zuckerwatte

verdrängten den süßlichen Geruch, den die vielen Kastanien-
blüten verströmten.

Mit großen Schritten eilte die Kunstreiterin nach ihrem
Auftritt unerkannt über den Vorplatz, eingehüllt in einen Morgenmantel. Am hinteren Rand des Zeltes, zwischen Kastanien-
bäumen, deren Äste erhaben ihre rosa Blüten wegstreckten,
dort, wo die Besucher nicht hinkamen, standen die Wohn-
wägen der Artisten.

Ella peilte einen Waggon an und öffnete die Tür. »Das war
wieder ein Applaus!«, rief sie, riss sich den Mantel vom Leib
und ließ sich vor einem kleinen Spiegel auf einen verzierten
Stuhl fallen, um ihr Make-up zu überprüfen.

Am Tisch saß ihr Mitbewohner und bester Freund Erco –
ein auffallend kleinwüchsiger Mann, der gerade dabei war,
die Zeitung zu studieren. Auch er galt aufgrund seiner Körpergröße als Attraktion im Zirkus. Mit seiner hohen Stimme
und seinen amüsant präsentierten Kunststücken brachte er
die Besucher zum Lachen.

»Beinahe wäre ich bei den letzten Takten vom Pferd gefallen«, sinnierte Ella über die gerade beendete Vorführung.

»Du bist noch nie vom Pferd gefallen«, antwortete Erco
ruhig und wedelte mit der Zeitung in der Hand. »Schau mal,
das wäre doch eine Abwechslung für dich«, wies er auf eine
Annonce.

Sie nahm das Blatt und las: »Leibwächter gesucht. Für einen
bekannten Wiener Künstler, welcher am Ersten des Monats
Juni nach Amerika reist, suchen wir für ganze acht Wochen
eine Begleitperson. Diese muss in der Lage sein, etwaige Zu-
dringlinge zu verscheuchen. Sie muss weiters kampfestüchtig
und geschickt sein sowie stilvoll und einem Künstler intellektuell gewachsen. Zudem muss sie Verständnis für körperliche und seelische Probleme haben. Kosten für Überfahrt
und Logis werden übernommen. Bei Interesse schicken Sie
ein Telegramm mit dem Kennwort ›Boston‹ an die Wiener
Chiffre 289641 zum Postfach Hoher Markt.« Sie ließ das Blatt

sinken und stellte fest: »Tatsächlich! Das klingt, als wäre der Text auf mich zugeschnitten. Ich bin resolut und wendig!«

»Du hast aber auch Stil und bist höchst gebildet. Außerdem bist du eine ausgezeichnete Zuhörerin und hast ein ausgeprägtes Feingefühl«, bestätigte ihr Freund.

»Und wie soll ich das dem Direktor erklären, dass ich einfach für acht Wochen verschwinde?«, besann sie sich im nächsten Moment.

»Du wolltest doch immer schon einmal eine Abwechslung zu deinem ewig gleichen Trott auf dem Pferd. Diese Reise findet genau während unserer Sommerpause statt. Da gibt es ohnehin nichts zu tun, außer die Tiere zu versorgen. Ich kann währenddessen für dich einspringen.«

Ella schenkte ihrem Freund ein dankbares Lächeln. »Zwei Monate sind eine lange Zeit«, sinnierte sie.

»Relativ gesehen, aber nicht, wenn man bedenkt, wie lange du schon für unseren Chef arbeitest«, hielt ihr Erco entgegen.

Das stimmte allerdings. Ella war im Alter von elf Jahren in Cincinnati, Ohio, zum Zirkus gekommen, nachdem sie von zu Hause ausgerissen war – ihre Eltern waren heillose Trinker gewesen. Unterschlupf fand sie zuerst bei einer Gruppe von Obdachlosen, die ihr beibrachten, wie man mit Trickdiebstahl sein Geld verdienen konnte. Sie entpuppte sich als besonders geschickt darin und entwickelte sich zu einer erfolgreichen Diebin, die sich auf Schmuck und Juwelen spezialisierte. Ihre außergewöhnliche Gelenkigkeit half ihr dabei, sich ihren Opfern unauffällig zu nähern und ihnen unbemerkt ihren Schmuck abzunehmen, während sie diese in ein Gespräch oder in eine unerwartete Situation verwickelte. Eines Tages wurde Spencer Stokes, ein Zirkusdirektor, auf sie aufmerksam. Unauffällig folgte er ihr und stellte fest, dass sie auf der Straße lebte. So nahm er sie bei sich auf und bildete sie auf den Pferden aus, brachte ihr aber auch Lesen und Schreiben bei. Überhaupt genoss sie bei ihm eine umfassende Bildung. Mit dreizehn Jahren gab sie ihre erste Vorstellung, die ein

voller Erfolg war. Zwei Jahre später durfte sie mit Stokes'
Truppe nach Europa auf Tournee reisen, wo sie als »Ella, die
Zirkusprinzessin« große Bekanntheit erlangte. Ihre waghal-
sigen Auftritte und ihr anmutiges Auftreten versetzten das
Publikum regelmäßig in Begeisterung, ließen die Kassen ihres
Chefs klingeln und ihr selbst die Männerherzen zufliegen.
Den Höhepunkt ihres Europa-Erfolges erlebte sie im Alter
von sechzehn Jahren in Wien, das zu der Zeit nicht nur Thea-
ter- und Musikstadt, sondern auch Zirkusmetropole war. Vor
allem am Wiener Hof wollte man sich amüsieren. Kaiser Franz
Joseph erkannte jedoch auch die Notwendigkeit, seine Unter-
tanen bei Laune zu halten. Er ließ den Prater für vergnügliche
Zwecke umwidmen, mit viel Raum für Genuss und Erholung,
ohne Reglement, und das für alle Schichten. Und so waren im
Prater-Areal auch zwei der drei großen Zirkuszelte angesie-
delt, die den konkurrierenden Zirkusunternehmen gehörten.
Einen Sommer lang wurde Ella von Stokes an den damaligen
Direktor des Carltheaters, Johann Nestroy, gegen ein sattes
Honorar verborgt. Nestroys Vorstellungen waren schlecht
gebucht. Doch durch das Engagement von Ella erhielt sein
Theater wieder den erhofften Zulauf.

Was allerdings kaum jemand wusste: Die inzwischen weltweit bekannte Artistin »Miss Ella Zoyara« war in Wirklichkeit
ein junger Mann. Zirkusdirektor Stokes war der Meinung,
dass eine waghalsige Kunstreiterin für größeres Aufsehen sorgen würde als ein Kunstreiter. Also musste sein Schützling
schwören, nur als »Miss Ella Zoyara« in der Öffentlichkeit
aufzutreten. Ihr richtiger Name war Francis Samuel Kingsley. Francis war ein außergewöhnlich schöner junger Mann
mit ausgeprägt weiblichen Zügen, der nicht nur als Kunstreiter ausgebildet war, sondern im Zirkus auch als Seiltän-
zerin, Schwertschluckerin und Akrobatin auftrat, ohne dass
irgendjemand seine wahre Identität kannte – ausgenommen
die Zirkusfamilie. Und diese schwieg eisern. Ellas prachtvolles
schwarzes Haar, das sie mal offen, mal hochgesteckt trug,

war in Wirklichkeit eine kunstvoll angefertigte Perücke aus echtem Menschenhaar.

In seiner Freizeit lebte Francis als Mann, mit akkurat gescheiteltem Haar, aufgeklebtem Schnurrbart und gut sitzenden Anzügen. Unerkannt besuchte er so Kaffeehäuser und Konzerte oder ging mit seinem Freund Erco in der jeweiligen Stadt spazieren, in welcher der Zirkus gerade Station machte. Dabei zog sein kleiner Begleiter stets die Aufmerksamkeit der Menschen auf sich.

In der Kaiserstadt Wien hatte Ella so große Erfolge gefeiert, dass die Frauen ihre Frisur nachahmten und ihre grazilen Bewegungen imitierten, eine Heerschar neu geborener Kinder erhielt sogar ihren Vornamen. Und schließlich widmete der Walzerkönig Johann Strauss ihr eine eigene Polka. Er war so begeistert von dem außergewöhnlichen Mädchen, das ihm nach einer Aufführung vorgestellt wurde, dass er es zu einem Wiedersehen drängte. Ein weiteres Rendezvous mit Strauss hatte Francis damals, vor sieben Jahren, abgelehnt, wie er es bei allen Männern tat – zu groß war die Gefahr, jemand würde seine wahre Identität entdecken. Und so war es bei dem Musikstück geblieben, das Strauss nicht nur aus Bewunderung für die schöne Kunstreiterin komponierte, sondern auch, weil er allgemein einen Riecher für populäre Trends und Strömungen hatte und diese in seinen Musikstücken verarbeitete.

Nach einer langen Tournee rund um den Globus war das Zirkusmädchen im Alter von dreiundzwanzig Jahren mit seiner Truppe wieder nach Wien zurückgekehrt. In den letzten Jahren hatte Francis Kingsley sich danach gesehnt, seinen Beruf als Kunstreiterin einmal, wenn auch nur für ganz kurze Zeit, gegen einen einzutauschen, bei dem er ganz er selbst sein durfte. Dieses Inserat, auf das Erco ihn eben aufmerksam gemacht hatte, kam daher genau richtig.

Während Francis aufgeregt über seine Chancen auf den Job sinnierte, war Erco wieder in die Zeitung vertieft. »Schau, da steht geschrieben, dass am 1. Juni ein Schiff nach Amerika fährt, beladen mit Diamanten. Es ist die ›Rhein‹, die von Bremerhaven startet und diese kostbare Fracht an Bord haben wird. Vielleicht handelt es sich um dasselbe Schiff, das dieser Künstler nimmt, den du vielleicht begleitest.« Erco wies auf eine Kurznotiz in der Zeitung. »Hast du dich in jungen Jahren nicht spaßeshalber als Trickdieb versucht?« Neugierig betrachtete er seinen Freund.

»Erstens habe ich den Job als Begleiter dieses geheimnisvollen Künstlers noch nicht. Und zweitens wäre das schon ein großer Zufall«, antwortete Francis und nahm die Perücke vom Kopf, um sie sorgfältig zu kämmen. »Und wenn die Diamanten tatsächlich auf dem Schiff transportiert werden, sind sie mit Sicherheit so gut gesichert, dass ich nicht an sie herankomme«, erklärte er, während er sich die Perücke für die nächste Vorstellung aufsetzte. »Außerdem«, fügte er hinzu, »bin ich außer Übung. Und ich bin gesetzestreu.«

Erco betrachtete Francis mit einem Gesichtsausdruck, der deutlich zeigte, dass er nicht von dessen Worten überzeugt war.

In ihrem langen, hochgeschlossenen Samtkleid saß Jetty im Salon ihrer Hietzinger Villa und erwartete die Bewerber, die sich auf ihr Inserat hin gemeldet hatten. Ihrem Diener Stepi und dem Hausmädchen Anna hatte sie an diesem Nachmittag freigegeben, Johann war bei einem Konzert im Volksgarten. So konnte sie getrost die Kandidaten empfangen. Niemals hätte ihr Mann es zugelassen, einen Begleiter mit an Bord zu nehmen, der auf ihn aufpassen sollte. Dazu war er zu sehr auf sein Ansehen bedacht. Und aus Sorge, er würde die Reise endgültig abblasen, sollte er davon erfahren, wollte sie ihn nicht in ihren Plan einweihen. Ihr Korsett drückte sie – am Vortag hatte sie zu viel Gulasch verspeist. Und so war sie an diesem schönen Maitag nur mäßig gut gestimmt.

Insgesamt sechs Männer hatte sie in die engere Auswahl gezogen, die aufgrund ihres Schreibens und einer beigelegten Fotografie für die Position in Frage kamen. Alle fünfundvierzig Minuten hatte sie einen Termin vereinbart, jedem Bewerber servierte sie eine Tasse Tee mit Würfelzucker und ein Stück Kuchen.

Der erste Kandidat teilte ihr mit, dass ihm bei jeder Fiakerfahrt übel werde, daher könne er nicht garantieren, die Reise auf dem Dampfer ohne Komplikationen zu überstehen. Daher schloss Jetty ihn sofort aus. Kandidat Nummer zwei erklomm laut schnaufend die wenigen Stiegen bis zur Villa. Das Stück Kuchen verschlang er im Handumdrehen. Seine Leibesfülle war so mächtig, dass Jetty sich schwer vorstellen konnte, wie er in seiner Behäbigkeit ihren Mann beschützen sollte. Der dritte Kandidat war sichtlich dem Alkohol zugetan. Er war zwar gelenkig und wirkte stark, auch schätzte ihn Jetty als kultiviert und gebildet ein, jedoch roch er stark nach Schnaps. Seine Nase war dunkelrot gefärbt, und sogar beim Bewerbungsgespräch hatte er einen leichten Zungenschlag. Den Tee lehnte er ab, dafür fragte er nach einem Glas Branntwein. Ein Säufer an der Seite ihres Mannes kam für sie nicht in Frage. Beim vierten Kandidaten war Jetty anfangs positiv überrascht. Von Beruf war er Lehrer, die Sommermonate hatte er frei. Er kannte sich in der Musikwelt gut aus und hatte eine kultivierte Sprache. Doch hörte er nicht auf, von sich und seiner Familie zu erzählen. Hätte Jetty ihn nicht gestoppt, wäre er noch Stunden später bei ihr gesessen und hätte sein Leben vor ihr ausgebreitet. Zudem war er eher klein und von zartem Körperbau. Für die körperliche Verteidigung ihres Mannes bei einem Notfall war er also ungeeignet. Kandidat Nummer fünf stotterte nicht nur, sondern gab zu, von Ängsten besessen zu sein. Auch ihn bewertete Jetty als ungeeignet für die Position. Inzwischen war sie leicht entnervt.

Der letzte Kandidat hätte um siebzehn Uhr erscheinen sollen. Als um siebzehn Uhr zwanzig noch immer niemand da war, wollte Jetty den vorbereiteten Apfelkuchen und den Tee schon in die Küche tragen, um die beiden Doggen zum Spaziergehen an die Leine zu nehmen, da klopfte es an der

Tür. Draußen stand ein Bild von einem Mann. Er war jung, schön und wirkte ausgesprochen sportlich. Er trug einen Oberlippenbart, sein helles Haar hatte er nach der neuesten Mode mit Pomade zurückgekämmt. In der Hand hielt er eine Schiebermütze. Sofort verzieh sie ihm die Verspätung, die er mit einem Fiakerunfall erklärte, wofür er sich mehrmals entschuldigte. Der Mann stellte sich als Francis Samuel Kingsley vor, während er sich höflich verbeugte.

»Erzählen Sie mir von sich«, forderte ihn Jetty auf, als sie ihn in den Salon geführt hatte.

Er berichtete ihr, dass er mit einer Künstlergruppe durch die Welt gereist sei und nun in Wien ein längerer Aufenthalt ohne besondere Tätigkeiten anstehe, den er jedoch aktiv nützen wolle, um sich ein Taschengeld dazuzuverdienen. Er hatte eine für einen Mann ungewöhnlich hohe, aber nicht unangenehme Stimme. Sie hörte sofort seinen amerikanischen Akzent heraus. Tatsächlich war er gebürtiger Amerikaner, wie er bestätigte. Besonders passend für den Auftrag, Johann nach Boston zu begleiten, fand Jetty.

»Welchem Beruf gehen Sie genau nach?«, wollte sie von ihm wissen.

»Ich bin Artist. Pferdeartist«, antwortete er knapp, und sie gab sich damit zufrieden.

Nachdem sich der junge Mann präsentiert hatte, teilte Jetty ihm in kurzen Sätzen mit, dass er niemand Geringeren als den Walzerkönig Johann Strauss bewachen sollte, und klärte ihn über die Details des Auftrags auf. Sofort verstand er, um welch heikle Mission es sich bei dieser Überfahrt handelte, dass er diskret agieren und sich die Freundschaft ihres Mannes vorsichtig erarbeiten musste, während er sich stets an seiner Seite befinden sollte.

Wie ausgewählt höflich er war und welche Auffassungsgabe er hatte! Jetty versprach, dafür zu sorgen, dass er bei den Mahlzeiten am Tisch des Musikers speisen und ihm die Kabine neben ihm zugeteilt werden würde.

Was für ein Zufall, dass ich ausgerechnet Strauss begleiten soll, dachte Francis. Er konnte dieser Frau ja kaum erzählen, dass er ihren Mann einige Jahre zuvor als Kunstreiterin kennengelernt hatte und Strauss damals mit ihm anbandeln wollte. Und dass er schließlich für ihn, besser gesagt, für »Ella« eine Polka geschrieben hatte. Selbstverständlich würde er sich, sollte er den Auftrag erhalten, nicht als »Ella« zu erkennen geben, sondern als er selbst reisen. Aber er freute sich über die Gelegenheit, Zeit mit dem Künstler verbringen zu dürfen. Einige seiner Stücke kannte er – wer kannte sie nicht? Und er bewunderte den Komponisten. Zudem hatte er ihn – abgesehen von seinen Annäherungsversuchen – als geradlinigen, feinen Menschen in Erinnerung.

Einen Teil seiner Gage werde sie Francis vor Reiseantritt, den Rest erst dann auszahlen, wenn ihr Mann heil aus Amerika zurückgekehrt sei, riss Jetty Francis aus seinen Gedanken. Ebenfalls vor Reiseantritt werde sie ihm eine Reiseapotheke zukommen lassen, inklusive Baldriantropfen zur Beruhigung der Nerven und zum Einschlafen für Johann Strauss. Außerdem – Kunstreiter hin oder her – müsse sie ihm eine »seriösere Identität« verpassen, damit Johann ihn akzeptierte. Jetty wusste, als bloßer Artist hätte Francis keine Chance, von ihm ernst genommen zu werden. Schließlich weihte sie den jungen Mann in die versteckten Ängste ihres Mannes ein und vermied es dabei bewusst, ihn bloßzustellen. »Durch das viele Arbeiten ist mein Johann innerlich angespannt, was sich in einer gewissen Ängstlichkeit niederschlägt«, erklärte sie vorsichtig.

Francis nickte verständnisvoll. Er kannte das Showgeschäft und den damit einhergehenden Druck nur zu gut. Auch bei seinen Nummern musste jede Bewegung sitzen, nie konnte er sich in seinem Beruf als Akrobat den kleinsten Fehler erlauben. Einen solchen müsste er im schlimmsten Fall mit seinem Leben bezahlen.

Dann wechselte Jetty das Thema und bat Francis, sich mit

den Werken ihres Mannes vertraut zu machen, um vor ihm Eindruck zu schinden und ihm das Gefühl zu geben, es mit einem »gleichwertigen« Gesprächspartner zu tun zu haben.

»Den ›Donauwalzer‹ hat mein Mann komponiert, nicht aber den ›Radetzkymarsch‹.«

»So? Wessen Einfall war dieses Stück?«, wollte Francis wissen.

»Dreimal dürfen Sie raten. Der seines Vaters!«

»Sein Vater? Der hat auch komponiert?«

»Johann Strauss senior war beinahe so bekannt wie mein Mann.« Nach einer kurzen Pause fügte sie hinzu: »Wenn nicht bekannter.«

Staunend nahm Francis diese Information zur Kenntnis. Bei einem weiteren Treffen werde sie ihm nähere Details über das musikalische Schaffen ihres Mannes unterbreiten, damit er für fachliche Gespräche gewappnet sei, erklärte Jetty. Schließlich bat sie ihn, ihr aus Amerika täglich Berichte per Telegramm zu senden.

Als Francis aufbrechen wollte – nicht ohne den Kuchen maßvoll, aber nicht allzu überschwänglich gelobt zu haben –, hielt Jetty ihn zögerlich zurück. »Einen besonderen Wunsch habe ich noch«, sagte sie verhalten. Ihre Stimme klang verschwörerisch.

»Stets zu Ihren Diensten«, antwortete Francis mit einer neugierigen Note in der Stimme und nahm wieder Platz.

»Die Damenwelt fliegt auf Johann. Er ist ja auch so charmant! Sein Erfolg wirkt außerdem wie ein Aphrodisiakum. Daher bitte ich Sie, dass Sie darauf achten, dass er … Sie wissen schon, dass er …«

»Sie meinen, ich soll darauf schauen, dass die Damen stets Distanz wahren?«, sprang ihr Francis diplomatisch zur Seite.

»Ja, korrekt, das wollte ich sagen.« Jetty wirkte erleichtert. Der junge Mann hatte sofort kapiert, worauf sie anspielte. Sie wollte vermeiden, dass ihr Schani bei der Distanz zu Wien auf seine Ehefrau vergaß und bei den vielen Angeboten, die er mit

Sicherheit von weiblichen Anhängern bekommen würde, in der Fremde weich werden könnte.

»Seien Sie unbesorgt! Ich weiß, wie man Frauen erfolgreich abwimmelt. Das muss ich auch des Öfteren tun«, sagte er lachend.

»Das kann ich mir gut vorstellen.« Sie biss sich auf die Lippen. Diese Aussage hätte sie sich sparen können.

Dezent überhörte Francis ihren kleinen Ausrutscher.

Verstohlen betrachtete Jetty diesen außergewöhnlich attraktiven jungen Mann mit seinem geschliffenen Benehmen von der Seite, während sie ihn hinausbegleitete. Was für ein Glück, dass er sich gemeldet hat, dachte sie. Als er sich höflich von ihr verabschiedete und ihr versicherte, wie sehr er sich auf den Auftrag freue, fiel ihr ein Stein vom Herzen.

DIE »RHEIN«

Mit einem lauten Pfeifen kündigte sich die Eisenbahn an, die vom Wiener Staatsbahnhof nach Bremen fuhr. Ratternd lief der Dampfzug in der Bahnhofshalle mit ihren lichtdurchfluteten Glaswänden und der stählernen Dachkonstruktion ein und hielt zischend am Bahnsteig. Ein Conducteur, umringt von einer aufgeregt gestikulierenden Schar Reisender, blies stoisch in seine Pfeife, um dem Lokomotivführer das Haltesignal zu geben. Dampf vermischte sich mit dem Kohlerauch der modernen Lok.

Die riesige Halle, die in der Mitte von gusseisernen Stützen unterteilt war, welche die Gleise der abfahrenden von denen der ankommenden Züge trennte, war erfüllt vom Lärm des geschäftigen Treibens. Passagiere in ihren eleganten Roben und Reisende der dritten Wagenklasse in ärmlichen Kleidern herzten ihre Verwandten, Liebespärchen wischten sich vor ihrer Trennung verstohlen die Tränen aus ihren Gesichtern. Bahnhofsbedienstete, Händler, die ihre Waren von und zu den Transportwaggons karrten, kräftige Burschen mit den für die Heizwaggons bestimmten Kohlesäcken, Eisenbahnarbeiter und ungeduldig wartende Kutscher füllten die Halle. Ein Vater bestaunte mit seinen halbwüchsigen Söhnen die gigantischen Antriebsräder, die über Pleuelstangen mit den Zylindern der Lokomotive verbunden waren. Die Kolbenbewegung wurde durch die Stangen in eine Drehbewegung der Räder übersetzt, was den Zug vorwärtsfahren ließ. »Die Radkränze verhindern, dass die Lok von den Gleisen abkommt«, erklärte der Vater seinem staunenden Nachwuchs.

Das ständige Ankommen und Abfahren der kreischenden Züge trug zur hektischen Stimmung bei. Über all dem Treiben thronte stolz die mächtige Bahnhofsuhr mit ihren riesigen römischen Ziffern und den schwarzen Pfeilen, die unbeirrt über das weiße Ziffernblatt wanderten. Umrahmt war sie von zwei weiblichen Figuren, die über die Zeit wachten.

Ein wenig verloren stand die kleine Reisegruppe in der riesigen Bahnhofshalle. Anna, die Dienstbotin, plauderte eifrig mit einem Mitreisenden und hielt dabei zwei große Gepäckstücke fest umklammert. In der anderen Hand hatte sie eine Brezel. Mit vollem Mund und laut gestikulierend schilderte sie ihrem Gegenüber ihre Reiseroute. Johann Strauss hatte sein Gepäck, bestehend aus einer Truhe und zwei Koffern, vom Kutscher bis an den Bahnsteig bringen lassen. Den Geigenkasten und seinen Mantel trug sein Diener Stepi, der sich schweißgebadet auf dem Bahnsteig positioniert hatte und wie zu einer Salzsäule erstarrt das bunte Treiben mit seinen kurzsichtigen Augen verfolgte. Noch nie zuvor hatte er eine Bahnhofshalle betreten, geschweige denn eine Eisenbahn zu Gesicht bekommen. In den Knickerbockern und mit seinem goldenen Spitzenhut gab er eine ungewöhnliche Figur ab. Mit seinen sechsundzwanzig Jahren wirkte Stepi nicht viel jünger als der sechsundvierzigjährige Strauss. Sein Haar war schütter, die Stirn von ersten Furchen gezeichnet. Er ging leicht gebückt. Seit er vierzehn Jahre alt war, diente er im Hause Strauss. Sein Vater, Alberto Detoni, war aus dem Südtiroler Nonstal mit seiner Familie nach Wien gekommen und verdiente sein Geld als Schuster.

Die dynamische Geräuschkulisse des Bahnhofs verstärkte die Unruhe des Maestros. Nervös begann er auf dem Bahnsteig auf und ab zu gehen, eine Zigarre im Mundwinkel. Immerzu hatte er das Bild einer Kollision vor Augen. In seiner Vorstellung krachte der Zug in einen entgegenkommenden, oder, noch schlimmer, das Dampfschiff, das sie später besteigen würden, stieß mit einem Felsmassiv im Meer zusammen. Strauss drückte seine Notenblätter fest an sich, die in einer kleinen Ledermappe verstaut waren. Darunter befanden sich der Walzer »Neu-Wien«, »Geschichten aus dem Wienerwald«, »Morgenblätter« und natürlich der »Donauwalzer«, den er fünf Jahre zuvor veröffentlicht und mit dem er in ganz

Europa große Erfolge gefeiert hatte. Auch die ersten Noten zu seinem neuesten Projekt »Der Karneval in Rom« waren in der Mappe.

Jetty hatte es sich nicht nehmen lassen, ihren Mann zum Bahnhof zu begleiten. Ihre imposante Erscheinung erregte Aufmerksamkeit. Sie trug an diesem heißen vorletzten Maitag eine weiße Turnüre, ein weites Spitzenkleid mit langer Schleppe und Faltenvolants, und diskutierte aufgeregt mit einem Schaffner, dem sie die Reisepapiere unter die Nase hielt. Das für ihren Mann reservierte Coupé der ersten Klasse müsse wie vereinbart verdunkelt werden. Abends solle ein Conducteur Strauss Cognac und Melissentee bringen, und auf gar keinen Fall wünsche ihr Mann von Mitreisenden gestört zu werden, erinnerte die Frau des Künstlers an ihre Direktiven. Dafür hatte sie beim Schalter extra Trinkgeld gezahlt.

Nur einen Steinwurf entfernt lehnte Francis Samuel Kingsley, bekannt als »Ella, die Zirkusprinzessin«, lässig an einer Litfaßsäule und rauchte eine Zigarette, auf dem Kopf eine blaue Schiebermütze. Sein heller Dreiteiler und die dazu passende Krawatte, wie sie gerade in England Mode war, kleideten ihn gut. Sein Gepäck bestand aus einem kleinen Koffer und einem dunklen Gehrock. Der Zirkusdirektor hatte Francis nach langem Hin und Her den Segen für die Reise gegeben, nicht ohne zu vermerken, dass er keinen Tag länger als acht Wochen fernbleiben dürfe. Am 1. September würde der Zirkus seine Tore wieder aufsperren – da durfte Francis als Attraktion »Ella« natürlich nicht fehlen.

Unauffällig beobachtete Francis die Gruppe, ein feines Lächeln umspielte seine Lippen. Keck zwinkerte er Jetty zu, als sie sich an ihren Mann wandte und ihm letzte Ratschläge erteilte, die dieser geistesabwesend zur Kenntnis nahm. Francis bemerkte auch Stepi, der sich mit dem Geigenkasten in der Hand abmühte.

Vor der Abreise hatte sich Francis über den Musiker informiert. Johann Strauss dirigierte seine Orchester stets auf eine sehr eigenwillige Art. Er spielte selbst die Violine, sie diente ihm als Taktstock. Während er spiele, gebe er dem Orchester mit Blicken und Gesten den Takt an, wobei er sich im Rhythmus der Musik bewege, hieß es. Seine Körpersprache auf der Bühne sei lebendig, mal seien seine Bewegungen leicht und elegant, mal schwungvoll und energetisch. Sein Charme, so sagte man weiter, sei so groß, dass er die Energie auf die Musiker und das Publikum übertrage. Immer halte er Blickkontakt mit seinen Musikern, um den richtigen Zeitpunkt und den Ausdruck zu koordinieren. Diese enge Verbindung machte ihn wohl zu einem außergewöhnlichen Dirigenten, der sowohl das Orchester als auch das Publikum begeisterte, dachte Francis. Manchmal, hatte er sich sagen lassen, füge er bei seinen Konzerten spontan Änderungen ein und improvisiere, was seine Konzerte zu einzigartigen und lebendigen Erlebnissen werden ließ.

Außer Francis nahm keiner der hastig am Bahnsteig hin- und hereilenden Passagiere Notiz von der Gruppe, bis ein kleiner Malteserhund Johann Strauss unruhig anbellte und aus einem unersichtlichen Grund nicht mehr damit aufhören wollte. Vielleicht roch er seine beiden Doggen an dessen Kleidung, vielleicht spürte er die Nervosität des Musikers. Mit erhobenen Händen und laut schimpfend sprang Strauss auf eine Wartebank und fuchtelte mit den Armen in der Luft, was den Hund nur noch mehr antrieb; sein Gebell wurde penetranter. Bald war die Aufmerksamkeit der Passagiere auf diese Szenerie gerichtet, als der Komponist von einer Dame erkannt wurde.

»Der Walzerkönig!« Mit lautem Geschrei stürzte sie auf ihn zu und bettelte um ein Autogramm.

In der Sekunde bildete sich eine Menschentraube um den auf der Bank stehenden Musiker. Jeder wollte eine persönliche Unterschrift von dem Wiener Musikstar, seine Hand schütteln oder wenigstens einen Blick auf ihn erhaschen. Mit ungelenken Bewegungen und einem gequälten Lächeln versuchte Strauss, seine Bewunderer abzuwehren – ohne Erfolg.

Im Nu war Francis zur Stelle. Bestimmt, aber höflich trieb er die Menge in kürzester Zeit auseinander, beruhigte mit sanfter Stimme den kläffenden Hund und bot Strauss lächelnd seinen Arm an, damit dieser von seinem Zufluchtsort herabsteigen konnte. Wohlwollend beobachtete Jetty seine gekonnte Reaktion.

Strauss murmelte ein »Danke schön«, drehte sich aber sofort um, als der Schaffner die Passagiere aufforderte, sich in ihre Abteile zu begeben: »Alle Fahrgäste nach Bremen bitte einsteigen! Erste Klasse vorne, zweite und dritte Klasse hinten! Der Zug fährt über Prag, Dresden, Magdeburg, Braunschweig und Hannover!«

Strauss blickte auf die Bahnhofsuhr. Tatsächlich, der Zug würde planmäßig abfahren. Die Panik vor der Fahrt stand ihm buchstäblich ins Gesicht geschrieben. Ergeben ließ er sich die zärtliche Verabschiedung seiner Frau gefallen, dann machte er sich umständlich daran, den Zug zu besteigen. Stepi und Anna begaben sich in die Waggons der zweiten Klasse. Für kurze Zeit war das Lärmen in der Halle verstummt. Nur das Schreien eines Kindes, das seine Mutter aus den Augen verloren hatte, war zu hören. Dann begann die Lokomotive zu schnaufen und übertönte dabei das Geschrei. Die Räder schoben den Zug langsam und bestimmt aus der Bahnhofshalle, flinke Buben begleiteten den fahrenden Zug ein paar Meter, bevor sie lachend zurückblieben. Lange winkte Jetty mit ihrem großen weißen Taschentuch der Eisenbahn nach, bis sie unter dem klaren Wiener Himmel am Horizont verschwunden war.

Am späten Vormittag des nächsten Tages erreichte der Zug bei prachtvollem Sommerwetter Bremen. Die Fahrt war ruhig und ohne Zwischenfälle verlaufen. Francis hatte sich mit fünf weiteren Fahrgästen ein Abteil neben dem des Musikers geteilt. In Dresden war er kurz ausgestiegen, um sich die Füße zu vertreten.

Gekleidet in einen hellen Leinenanzug, empfing Florenz Ziegfeld die Reisegruppe wie vereinbart am Bahnhof von Bremen. »Strauss, Sie alter Abenteurer«, rief er ihm fröhlich entgegen und bot ihm ein Zigarillo an. »Wie war die Fahrt?«

»Zugfahren ist so, als würde man aufgehängt«, entgegnete Strauss trocken.

»Na, jetzt übertreiben Sie nicht!«, rief Ziegfeld und hakte sich bei ihm unter.

Schnaufend trotteten Anna und Stepi – der Diener trug wieder den Geigenkasten und den Mantel seines Herrn – hinter ihnen her, als Ziegfeld die Ankömmlinge zur lokalen »Geestbahn« führte, die sie weiter direkt zur westlichen Hafenbucht von Bremerhaven bringen sollte, wo die »Rhein« auslaufen würde. Ihr Gepäck wurde von Ladearbeitern mittels Waggons zur Anlegestelle verfrachtet, wo sie von emsigen Matrosen ins Schiff eingeladen werden würden.

»Schon wieder eine Bahnfahrt?« Strauss blieb abrupt stehen.

»Im Zug hatte er die ganze Zeit die Vorhänge zugezogen«, flüsterte Stepi Anna zu und deutete auf seinen Herrn. »Und jedes Mal, wenn der Zug in einen Tunnel fuhr, hat er sich ein Glas Champagner eingeschenkt und unter der Bank verkrochen. Das hat mir ein Schaffner erzählt.«

Anna kommentierte diese Aussage mit einem unterdrückten Kichern.

Am Kai lagen Segelschiffe mit hohen Masten und aufgewickelten Segeln vertäut am Ufer. Eine frische Brise wehte vom Meer her und erfüllte die Luft mit dem Geruch von Salz und Fisch, der sich mit dem Duft exotischer Gewürze vermischte.

Strauss atmete tief durch die Nase ein und rief unvermittelt aus: »Wie ich diesen Geruch liebe!« Dann fiel ihm ein, welche Mission ihn erwartete – vierzehn Tage auf einem unermüdlich wackelnden Schiff –, und unvermittelt verstummte er.

Neben dem Zollhaus am Rand des Kais wartete eine Gruppe Reisender – unter ihnen Damen in langen Kleidern und Herren mit Zylindern – darauf, an Bord zu gehen. Ihr Gepäck lag ordentlich gestapelt neben ihnen. Ziegfeld führte Strauss und seine Bediensteten zu der Gruppe, und sie geduldeten sich, bis Beamte in Uniformen ihre Papiere prüften und Stempel auf ihre Dokumente drückten.

»Man sagt, das Wetter soll in den nächsten Tagen stabil bleiben, was eine ruhige Überfahrt verspricht«, erwähnte einer der Beamten an Ziegfeld gewandt.

»Das wollen wir doch hoffen«, antwortete dieser mit einem Seitenblick auf seinen Gast.

Strauss tat, als hätte er nicht zugehört. Konzentriert beobachtete er die Vorgänge am Kai. Verwandte und Freunde hatten sich versammelt, um die Reisenden mit guten Wünschen und Umarmungen zu verabschieden. Auf der mit Muscheln und Algen bewachsenen Kaimauer lümmelten rauchende Burschen in zerrissener Kleidung, die sich ein paar Münzen für das Tragen der Gepäckstücke erhofften. Arbeiter, bekleidet mit einfachen Hosen und Hemden, schleppten schwere Säcke mit Getreide auf ihren Schultern und karrten Kisten mit exotischen Früchten und Fässer mit Wein und Öl aus einem der ziegelroten Lagerhäuser an ihnen vorbei, um sie auf die »Rhein« zu laden. Einige Schiffe hatten gerade angelegt. Matrosen waren damit beschäftigt, Seile zu befestigen und die feuchten Schiffsplanken auszulegen, über die sie die Waren in die Lagerhäuser transportieren oder an die Händler, die ihre Produkte am Kai an überdachten Ständen anboten, verteilen würden. Männer in Uniformen, die sie als Mitarbeiter der Post auszeichneten, schleppten geölte Leder- und Leinensäcke voller Briefe, die für Empfänger in Übersee bestimmt waren, an ihnen vorbei auf die »Rhein«. Dazwischen liefen junge Kohlearbeiter mit bloßen Füßen Richtung Schiff, um die letzten Kohlesäcke an Bord zu bringen. Siebzig Tonnen Kohle benötigte der Dampfer täglich bei seiner Fahrt, hatte

Strauss in einem Prospekt gelesen. Über dem Hafenbecken kreisten Seemöwen und stießen grelle Schreie aus, die wie das Lachen spielender Kinder klangen. Sie hatten es auf die Fische an den Marktständen abgesehen.

Anna hatte sich eine Makrele und ein Stück Schwarzbrot gekauft. Als sie davon abbeißen wollte, ließ sich eine Möwe im Sturzflug fallen und schnappte ihr beim Vorbeifliegen das Brot aus der Hand. Erschrocken stieß sie einen Schrei aus und fuchtelte mit den Armen, um den Vogel abzuwimmeln. Strauss und sein Diener mussten unvermittelt lachen.

»Vielleicht isst du jetzt ein bisschen weniger«, rief ihr Stepi höhnisch zu.

»Hier hast du eine Münze. Kauf dir noch ein Brot«, bot ihr der Musiker an.

Da erinnerte sich Ziegfeld, dass er dem Maestro noch Geld schuldig war. Er griff in die Brusttasche seines Jacketts und holte ein Bündel Noten heraus. »Hier, wie vereinbart, die restlichen fünfhundert Pfund, die ich Ihnen schulde!«

»Noch sind wir nicht am Schiff«, antwortete Stepi hinter vorgehaltener Hand mit Anspielung auf die Unentschlossenheit seines Herrn, jedoch so, dass Strauss ihn nicht hören konnte, und erntete dafür einen belustigten Blick des Agenten.

Erhaben stand der Dampfer »Rhein« vor der riesigen Lloydhalle für die Abfahrt bereit, die Signalflagge war bereits gesetzt. Von allen Seiten strömten Reisende auf das Schiff zu, darunter auch Auswanderer, die sich im Land der unbegrenzten Möglichkeiten eine bessere Zukunft erträumten.

Beim überwältigenden Anblick des über hundert Meter langen und zwölf Meter breiten Dampfers mit seinen unzähligen Bullaugen musste der Walzerkönig schlucken. Abrupt blieb er auf der hölzernen Brücke, die vom Kai zum Schiff führte, stehen. »Dieses Schiff ist so groß wie eine Stadt!«, rief er aus. »Wie viele Passagiere passen da hinein?«

Ziegfeld musste lachen. »Die ›Rhein‹ bietet Platz für siebenhundertvierundsiebzig Passagiere und hundertsiebzehn Mann Besatzung. Das Schiff hat auch fünfhundert Tonnen Fracht geladen.«

»Wofür braucht man so viele Männer an Bord?«, wollte der Musiker wissen.

»Na ja, neben dem Kapitän, den Offizieren und den Matrosen braucht es Bootsleute, Maschinisten, Heizer, Kohlenschaufler, aber auch Stewards, Kellner und Küchenpersonal. Nicht zu vergessen die Zimmermänner.«

»Zimmermänner?«

»Falls das Boot leck wird, müssen Fachmänner her, die es sofort reparieren können«, gab der Amerikaner zur Antwort.

»Leck? Warum sollte es leck werden? Sie meinen, falls es kentert?«

»Nein, das ist äußerst unwahrscheinlich.« Ziegfeld biss sich auf die Lippen. Die Zimmermänner hätte er besser auslassen sollen.

Strauss war weiß im Gesicht geworden und zwirbelte unschlüssig seinen Schnurrbart. Noch war es nicht zu spät. Noch konnte er umdrehen und mit dem nächsten Zug zurück nach Wien fahren. Hinter ihm drängten Passagiere, die ebenfalls auf das Schiff wollten.

Ziegfeld bemerkte das Zaudern seines Gastes. Ermutigend nahm er ihn am Arm und führte ihn sanft über die abgenutzte Holzbrücke auf das eiserne Monster zu. Sie befanden sich jetzt unmittelbar unterhalb des Schiffsbauchs.

»Wussten Sie, dass Charles Dickens vor dreißig Jahren schon auf dem Seeweg nach Boston gereist ist? Er hat es auch überlebt, und die Fahrt war damals viel unsicherer als heute«, versuchte Ziegfeld, ihn zu ermutigen.

Doch Strauss beeindruckte das nicht. »Ich habe Ihnen nicht verraten, dass ich unter Höhenangst leide«, flüsterte Strauss seinem Begleiter zu, als er am Dampfer hinaufblickte.

»Ach was, sobald Sie auf dem Schiff sind, vergeht das.«

Zielsicher führte ihn der Amerikaner zur Gangway, vor

der vier Offiziere in blitzblanken grellweißen Uniformen die Ankommenden begrüßten und die Fahrkarten überprüften. Dabei mussten sie mit Doppelbelegungen und Reklamationen genauso fertigwerden wie mit blinden Passagieren, die unbemerkt an ihnen vorbei auf das Schiff gelangen wollten.

Bewundernd pfiff Stepi durch die Zähne. »Der Dampfer bringt leicht dreitausend Pferdestärken zusammen!«

Erst kurz bevor Strauss mit seinen beiden Dienstboten an Bord ging, verabschiedete sich der Musikagent von ihm. Er wollte sichergehen, dass Strauss das Schiff tatsächlich betrat und nicht im allerletzten Augenblick doch noch einen Rückzieher machte. Er selbst würde kurz vor der Abfahrt gemeinsam mit seiner Frau an Bord kommen, versprach Ziegfeld. Zuvor wollte er noch ein Telegramm an Gilmore schicken, mit der Nachricht, dass sich sein Gast wie vereinbart an Bord der »Rhein« befand.

Währenddessen schlenderte Francis am Kai entlang, vorbei an den Fisch- und Obsthändlern, und begab sich ebenfalls zum Post- und Telegrafenamt. Dort erfüllte er pflichtbewusst seinen Auftrag, Jetty durch ein Telegramm darüber zu informieren, dass ihr Mann sich eingeschifft hatte. In seiner Jacke trug er seine Fahrkarte für die erste Klasse. Seine Kabine würde sich unmittelbar neben der des Musikers befinden. So sollte er ihn stets im Auge behalten können, hatte Jetty ihm erklärt.

Als er das Amt betrat, wäre er beinahe mit Ziegfeld zusammengestoßen. Entschuldigend wich er ihm aus.

Der Agent, der ein geschultes Auge für Stil hatte, musterte ihn wohlwollend. Einen so ansehnlichen jungen Mann sah man nicht alle Tage.

»Gestatten, Francis Samuel Kingsley«, stellte er sich vor und griff sich auf die Schieberkappe, um einen Gruß anzudeuten.

»Sehr erfreut. Ziegfeld. Florenz Ziegfeld. Musikagent«, präsentierte sich der Ältere. Ziegfeld war von Jetty eingeweiht worden, dass ein gewisser Francis Kingsley Johann Strauss von diesem unbemerkt begleiten würde. Zufrieden stellte er fest, dass Frau Strauss einen guten Geschmack bewiesen hatte.

Ein hagerer, eher wortkarger Offizier nahm Strauss persönlich in Empfang und bot ihm an, ihm das Schiff zu zeigen und ihn anschließend an Deck zu bringen, von wo aus der Musiker die Abfahrt beobachten konnte. Große Lust hatte dieser nicht auf den Rundgang, er wollte endlich ungestört sein. Er blickte auf seine Taschenuhr. Es war kurz vor achtzehn Uhr dreißig. In weniger als einer Stunde würde die »Rhein« auslaufen. Nach kurzem Zögern sagte er zu, schließlich konnte es nicht schaden, wenn man wusste, wo der Speisesaal oder das Raucherzimmer lag. Außerdem wollte er sich auskennen, sollte der Dampfer bereits bei der Abfahrt kentern.

An jeder Ecke traf man auf aufgeregte Gesichter: überdrehte Kinder, Passagiere, die sich in den weitläufigen Gängen verirrt hatten, staunende Pärchen. Viele Reisende hatten noch nie zuvor das Meer gesehen.

»Ich nehme an, Sie wollen das Zwischendeck auslassen?«, fragte der Offizier.

Strauss winkte ab. Das hätte ihm noch gefehlt. Irgendwo hatte er gelesen, dass nicht nur die hygienischen Bedingungen in diesen Schlafsälen mit den langen Tischen in der Mitte miserabel waren – die Passagiere mussten ihre Bettwäsche selbst mitbringen –, sondern dass man wegen des Problems der Sexualmoral sogar überlegte, die Geschlechter zu trennen, wie es auf französischen Schiffen üblich war.

Über sechshundert Passagiere reisten in der dritten Klasse. Die meisten von ihnen waren Bauern, Arbeiter und Handwerker, aber auch ärmere jüdische Familien, die aus den Ostländern des Kaiserreiches nach Amerika auswanderten. Ihre Fahrkarten kosteten weniger als ein Drittel der Erste-Klasse-Tickets. Einfache Holzverschläge dienten auf den Zwischendecks als Unterkünfte. Über hundertzwanzig Passagiere, neben Auswanderern vor allem Boston-Festival-Besucher und USA-Reisende, waren in den engen Kabinen der zweiten Klasse untergebracht, darunter Mitglieder der preußischen Kaiserkapelle sowie die Strauss'schen Dienstboten Stepi und Anna.

Nur halb so viele Reisende, hauptsächlich Geschäftsleute und Künstler, belegten schließlich die Kabinen der ersten Klasse. Ausgestattet waren die Kajüten mit einem großzügigen Salon, bestückt mit eleganten Möbeln und Wandbildern, die Wände waren mit Damast tapeziert und mit Blattgold dekoriert. Außerdem befanden sich jeweils zwei Bäder und eine kleine holzgetäfelte Bibliothek in den Luxuskabinen.

Statt zu den weiträumigen Fluren des Zwischendecks führte der Offizier Strauss in eine Bibliothek, in der gemütliche Sitzecken standen und die mit einer Vielzahl von Büchern versehen war. »Vierhundert Bände«, murmelte der Offizier.

Der Musiker konnte nichts mit Literatur anfangen, aber er bewunderte den Luxus, den dieses Schiff bot. Die Gemeinschaftsräume waren großzügig ausgestattet. Die Stühle im geräumigen Speisesaal der ersten Klasse waren mit Samt überzogen, die Wände des Raucherzimmers mit Teakholz getäfelt und mit Maroquin-Mobiliar und Marmortischen eingerichtet. Vis-à-vis dem Raucherzimmer, direkt unter einem der Schornsteine, befanden sich die Kombüse und eine große Vorratskammer.

Der Offizier führte Strauss auch in das Musikzimmer, in dem ein Flügel stand. Stolz deutete er auf das Instrument. Er dachte, dass er dem Musiker damit eine besondere Freude machen würde. Aber er irrte sich. Strauss machte sich nichts aus Klavieren. Das Klavierspielen hatte er sich schon lange abgewöhnt. Zu sehr erinnerte es ihn an seinen verhassten Vater. Neben dem Musikzimmer gab es einen Billardraum, wie Strauss erfreut feststellte. Genauso wie dem Tarock war er dem Billard verfallen. Es machte ihm auch nichts aus, allein zu spielen. Da konnte er wenigstens nicht verlieren.

Dann kamen sie auf das vordere Sonnendeck. Hier befanden

sich zwei der vier mit Segeln ausgestatteten Masten. Die beiden Schornsteine mit ihren drehbaren, stets dem Wind entgegengerichteten Ventilatoren, die den Kesselfeuern Luft zuführten, dampften im Hochbetrieb.

Den Dirigenten interessierten vor allem die Sicherheitsvorkehrungen an Bord.

»Die ›Rhein‹ ist mit zehn Rettungsbooten, die nicht sinken können, und sechs wasserdichten Türen ausgerüstet und zählt zu den sichersten Dampfschiffen unserer Zeit«, erklärte der Offizier stolz, sehr zur Zufriedenheit des Komponisten. Er wies auf die seitlich an der Reling befestigten Rettungsboote mit jeweils einem Dutzend Rettungsringen. Auf dem Deck standen auch Liegestühle für Frischluftliebhaber und Sonnenanbeter bereit. In der diesigen, inzwischen leicht nebligen Luft, die an diesem frühen Abend über Bremerhaven stand, machten sie einen etwas verlorenen Eindruck.

Auf dem Hauptdeck hatten sich inzwischen Dutzende Passagiere der ersten Klasse versammelt, um dem Spektakel der Abfahrt beizuwohnen und ihren Liebsten zum Abschied zu winken, die am Kai warteten und mit weißen Taschentüchern und Hüten wedelten. Alles stand im Zeichen des Abschieds. Dicker grauer Rauch stieg aus den Schornsteinen des Dampfers empor. Matrosen machten die Taue los, die Schiffsglocke ertönte laut und klar, ein Signal für die bevorstehende Abfahrt.

Zwei Offiziere wollten gerade die Gangway hereinholen, als ein athletischer junger Mann den Kai entlang auf das Schiff zurannte. Francis hatte die Zeit übersehen, als er neben den Speichern am Hafen einem Jongleur begegnet war. Er war fasziniert davon gewesen, wie der Artist sechs Bälle gleichzeitig durch die Luft wirbeln konnte – diese Kunst hatte ihm schon immer imponiert. Der Jongleur hatte ihm einen Trick verraten, der Francis bis dahin nicht bekannt gewesen war. Dabei hatte er vergessen, auf seine Taschenuhr zu schauen. Schnaufend hielt er den Offizieren seine Dokumente hin, die einen kurzen

Blick darauf warfen und ihn mit zackigen Handbewegungen im letzten Moment passieren ließen.

Kopfschüttelnd beobachtete Strauss die Szene. Wie konnte man nur so unpünktlich sein? Er selbst hasste Verspätungen. Menschen, welche die Zeit nicht einhalten konnten, waren ihm zuwider. Der junge Mann kam ihm bekannt vor. Ihm wollte aber nicht einfallen, wo er ihm schon einmal begegnet war.

Die mächtigen Räder des Schaufelraddampfers setzten sich langsam in Bewegung, das Wasser sprudelte auf, als das Schiff sich vom Kai löste. Bald darauf erklang ein tiefes, dröhnendes Hupen. Langsam gewann das Schiff an Fahrt und glitt würdevoll durch das Hafenbecken. Die Menschen an Deck riefen den Zurückgebliebenen zum Abschied noch Worte zu, doch die »Rhein« war bereits zu weit vom Ufer entfernt – der Wind verschluckte jeden Laut. Gleichmäßig und kräftig begannen die Maschinen zu arbeiten und bewegten das Schiff Meter um Meter vom Hafen weg.

Verwundert stellte Strauss fest, dass er sich, obwohl er unter Höhenangst litt, hier oben an Deck sicher fühlte. Keine Spur von weichen Knien oder kribbelnden Füßen. Im Gegenteil, das rhythmische Geräusch der Motoren und das sanfte Hin- und Herschaukeln lösten eine große Ruhe in ihm aus. Schließlich brachte der Offizier Strauss zu seiner Kabine und deutete auf seine Gepäckstücke, die ordentlich auf einer Truhe abgestellt worden waren. Stepi hatte ihm den Mantel auf einen Haken gehängt und seinen Geigenkasten aufs Bett gelegt.

»Sehr ordentlich«, bemerkte Strauss. Ordnung liebte er über alles. Seine Notenmappe, die er bisher nicht aus der Hand gegeben hatte, platzierte er auf den Nachttisch neben sein Bett.

Dann zeigte ihm der Offizier die Toilette. »Eines der ersten Schiffe mit Wasserspülung an Bord!«

Strauss war beeindruckt. Obwohl er andeutete, dass er sich vor dem Essen noch ausruhen wollte, blieb der Offizier stehen, als würde er auf etwas warten, anstatt die Kabine zu verlassen.

»Ach so, natürlich«, sagte Strauss, drückte ihm eine Münze in die Hand und schloss vor Erleichterung seufzend die Tür, als die »Rhein« das Hafenbecken schon lange verlassen hatte und bereits in die Weite des Ozeans vorgedrungen war.

»Ich bin völlig übermüdet«, murmelte Strauss und schenkte sich ein Glas Cognac ein, zuckte aber im selben Moment zusammen, weil es klopfte.

Es war der Kapitän höchstpersönlich, der ihn begrüßte, wie er es bei allen Erste-Klasse-Reisenden zu tun pflegte. »Darf ich mich vorstellen, ich bin Kapitän Johann Carl Meyer. Ich werde Sie sicher nach New York bringen und stehe Ihnen stets zu Diensten. Ich hoffe, Sie verbringen eine angenehme Zeit bei uns an Bord«, sagte er, während er behäbig von einem Fuß auf den anderen trat, sodass sein beachtlicher Leib vibrierte.

»Sollten Sie nicht das Steuer in der Hand halten?«, fragte Strauss ängstlich.

Meyer lachte. »Wofür habe ich meine Offiziere? Aber Sie haben recht. Die Abfahrt und die ersten dreißig Minuten danach sowie das Anlegen des Schiffs sind für einen Kapitän die kritischsten Zeitpunkte. Übrigens kommen wir in genau zwei Tagen nach Southampton, wo wir für einen halben Tag einen Zwischenstopp einlegen, um weitere Passagiere an Bord zu holen. Und in einer knappen Stunde wird im Speisesaal das Abendessen serviert. Kommen Sie mich doch einmal in meinem Kommandoraum besuchen«, schlug er freundlich vor, bevor er den Maestro noch mit ein paar technischen Daten über das Schiff langweilte. »Zweitausendneunhundertzwei Bruttoregistertonnen, Maximalgeschwindigkeit dreizehn Komma fünf Knoten«, erzählte er stolz. Dann verabschiedete sich Meyer höflich.

Strauss atmete auf. Endlich konnte er kurz ungestört sein, bevor er sich in den Speisesaal begeben würde. Der Kapitän hatte eine beruhigende Ausstrahlung, die sich positiv auf seine Stimmung auswirkte.

Auf dem Weg zum Speisesaal traf der Musiker auf die in Wien geborene und aufgewachsene hochgelobte »Nachtigall von Leipzig«, die Sopranistin Minna Peschka-Leutner, die neuerdings auch komponierte. 1865 hatte sie ein Engagement in Darmstadt gehabt, seit 1868 war sie am Leipziger Stadttheater engagiert. Die Sopranistin war mit dem Wiener Arzt und Sänger Johann Peschka verheiratet. Sie war gleichfalls eingeladen, in Boston auf dem größten Festival aller Zeiten aufzutreten.

Strauss erkannte sie schon von Weitem an ihrem Profil, ihrer üppigen Gestalt und ihrer kerzengeraden Haltung. Sie logierte nur wenige Kabinen neben ihm. Gilmore hatte erwähnt, dass er auch sie für mehrere Auftritte gewonnen hatte. Oft schon hatte Strauss Berichte über ihre Erfolge mit entsprechenden Fotografien in den Wiener Zeitungen gelesen. Sie trug ein extravagantes langes Samtkleid mit Stickereien, das ihren opulenten Körper noch stärker zur Geltung brachte, und einen auffälligen Hut.

»Frau Peschka-Leutner!«, rief Strauss erfreut. Höflich stellte er sich vor und deutete galant einen Handkuss an. »Was für eine Freude, Sie hier zu sehen.«

»Ich darf in Boston auftreten«, erzählte die Sopranistin.

»Was für ein Zufall! Wussten Sie eigentlich, dass Ihr Vater Geiger im k.u.k. Wiener Hoftheater war, in dem meine Gemahlin Henriette ihre erste Karriere absolviert hat?«, teilte Strauss ihr mit.

»Ach, was für eine schöne Geschichte«, entgegnete die Sängerin und verwickelte Strauss in ein Gespräch über das Wetter und die Mühsal des Reisens. Minna Peschka-Leutner war es gewohnt, ihre Zuhörerschaft in Bann zu ziehen. Sie hörte sich selbst gern sprechen und bewegte dabei ihre Hände theatralisch im Takt. Dann erkundigte sie sich nach den Geschäften in Wien und nach seinen neuesten Stücken. Die Musikerin schien gut über den Walzerkönig informiert zu sein. Sie zählte seine Werke auf, die ihr im Gedächtnis waren, und fragte ihn über seine aktuellen Projekte aus.

Strauss gab ihr zunächst bereitwillig Auskunft. »Ich arbeite gerade an einer neuen Oper, ›Der Karneval in Rom‹.«

Als ihre Fragen zu dem Stück immer bohrender wurden, entzog er sich schließlich dem Gespräch und flüchtete in Richtung Speisesaal. Während der Unterhaltung mit der Sopranistin war ihm gewesen, als hätte ihn jemand beobachtet oder seinen Worten gelauscht. Er konnte dieses Gefühl aber nicht einordnen.

Am nächsten Tag wachte Strauss spät auf. Er fühlte sich großartig. Schon lange war er nicht mehr so gut ausgeschlafen gewesen wie an diesem Morgen. Er musste kurz nachdenken, bevor ihm einfiel, wo er sich befand. Jetzt entsann er sich, wie erschöpft er beim Abendessen gewesen war. Wie in Trance hatte er seine Tischnachbarn wahrgenommen, die sich überaus erfreut gezeigt hatten, neben einem so bekannten Künstler sitzen zu dürfen. Auch Minna Peschka-Leutner war an seinem Tisch platziert gewesen. An die restlichen Namen konnte er sich aber nicht mehr erinnern, auch nicht an die Gesprächsthemen. Vage war ihm ein äußerst zuvorkommender, bescheidener junger Mann von anziehendem Äußeren, der sich gut mit Musik auszukennen schien, im Gedächtnis. Der Zufall wollte es, dass es sich um denselben Mann handelte, der beinahe die Abfahrt des Schiffs versäumt hatte.

Allein das Essen hatte Strauss noch vor Augen: Die beflissenen Kellner in ihren weißen Jacken und schwarzen Hosen hatten Ochsenschwanzsuppe als Vorspeise serviert, als Hauptspeise Steinbutt mit frischen Erbsen und Salat, sodann Schweinebraten mit Erdapfelpüree und als Dessert Zitronensorbet. Dazu waren Champagner, Rheinriesling, Blauburgunder und schließlich Süßwein kredenzt worden. Völlig benebelt hatte er sich nach dem Essen, so weit erinnerte sich Strauss an den Abschluss des Abends, vom Tisch erhoben und war, gestützt von seinem sympathischen Tischnachbarn, zu seiner Kabine gestolpert.

Und jetzt fiel ihm auch wieder ein, dass ihn während des Essens eine leichte Panikattacke ergriffen hatte. Francis hatte ihm geholfen, die Kabinentür aufzusperren, und ihn sogar hineinbegleitet, um sich mit einem diskreten »Gute Nacht« von ihm zu verabschieden. Nun war es ihm unangenehm, dass er in diesem Zustand einem Fremden ausgeliefert gewesen war. Er musste sich bei dem jungen Mann entschuldigen und für seine Hilfe bedanken.

Strauss stand auf, um sich den Morgenmantel anzuziehen. Da fiel sein Blick auf seinen Nachttisch. An der Stelle, an der am Vortag noch die Notenmappe gelegen hatte, war nichts mehr zu sehen.

MISSVERSTÄNDNIS

Wie von der Tarantel gestochen schlüpfte Strauss in seinen Anzug, den er vor dem Schlafengehen achtlos auf einen Stuhl geworfen hatte, und rannte durch die Kabinentür hinaus, während er sich die ins Gesicht gefallenen Haarsträhnen aus den Augen strich. »Dieser verfluchte Amerikaner oder woher auch immer er kommt!« Egal, er würde ihn auf der Stelle festnehmen lassen – Leugnen wäre zwecklos. »Menschen, die unpünktlich sind, kann man nicht über den Weg trauen. Und schon gar nicht, wenn sie aus der Fremde kommen«, murmelte er.

Was wusste er eigentlich über diesen jungen Mann? Außer seinem Namen hatte er keinerlei Informationen über ihn. Weder, welchem Beruf er nachging, noch, aus was für einer Familie er stammte, geschweige denn, was ihn eigentlich nach Amerika führte. Hatte er seine Noten gestohlen, um sie jemand anderem teuer zu verkaufen? Wahrscheinlich hatte er sich unter einem falschen Namen an seinen Tisch geschwindelt. Wie sollte er ihn dann auf dem riesigen Schiff wiederfinden? Oder er war ein Reisender der dritten Klasse. Strauss stöhnte. Dann würde er das gesamte Zwischendeck nach ihm absuchen müssen.

Auf dem Gang begegnete er dem hageren, wortkargen Offizier, der ihn am Vortag durch das Schiff geführt hatte.

Der Offizier musterte skeptisch Strauss' unfrisierte Locken, die ihm in allen Richtungen vom Kopf abstanden. Der Vormittag war bereits weit fortgeschritten, schon bald würde das Mittagessen serviert werden. Schimpfend erklärte Strauss ihm die Situation: dass ein Langfinger auf dem Schiff sei, dass er wisse, wer ihn bestohlen habe, und der Dieb wahrscheinlich unter falschem Namen reise. Einige Gäste hatten ihre Kabinentüren neugierig geöffnet, weil sie sehen wollten, wer da so einen Lärm veranstaltete.

Auch Francis war auf den Gang getreten. »Was für ein Zufall! Gerade habe ich an Sie gedacht!«, rief er fröhlich aus und simulierte dabei ein überraschtes Gesicht. In Wahrheit war er längst wach gewesen und hatte von seiner Kajüte aus den Wirbel mitbekommen. »Hatten Sie eine ruhige Nacht, Herr Strauss?«, wollte er wissen.

»Das ist er!«, rief Strauss aus und wies an den Offizier gewandt mit dem Finger auf Francis. »Das ist der Mann, der mich gestern bestohlen hat! Durchsuchen Sie doch bitte seine Kabine. Sie werden die Mappe dort sicherlich finden.«

Der Offizier betrachtete den angeblichen Dieb, der aus der Kabine neben der des Musikers gekommen war. Er war vom Kapitän darüber unterrichtet worden, dass Francis Samuel Kingsley im geheimen Auftrag von Frau Strauss als Bewacher ihres weltberühmten Mannes an Bord weilte und dass dieser auf gar keinen Fall von diesem Auftrag wissen durfte. Ihm war außerdem gesagt worden, dass Kingsley bei der Geheimpolizei in Wien angestellt war. Diese pikante Lage machte den hageren Mann sprachlos. Stumm schaute er von Strauss auf dessen Beschützer und wieder zurück zu dem Musiker. Wie sollte er diese verzwickte Situation lösen?

Mehrere Passagiere hatten sich auf dem engen Flur um die Gruppe geschart und starrten jetzt ebenfalls erwartungsvoll auf Francis.

Der Artist wusste sofort, wie er mit der Situation umgehen sollte. Er lachte auf. »Aber Herr Strauss!«, rief er lauter als notwendig. »Haben Sie denn vergessen, dass Sie mir gestern spät in der Nacht die Noten anvertraut haben, weil Sie Angst hatten, sie würden gestohlen werden? Sie sagten doch, Sie hätten ein unangenehmes Gefühl. Die Mappe sei bei mir besser aufgehoben.« Taktvoll verschwieg Francis, dass es Strauss' nächtlichem Zustand zu verdanken sein musste, dass er sich nicht mehr an diese Szene erinnerte.

Strauss starrte ihn ungläubig an. Plötzlich fiel es ihm wie Schuppen von den Augen: Tatsächlich hatte ihn am Vorabend, als der junge Mann ihn in die Kabine begleitet hatte, die Furcht überfallen, jemand könnte ihn bestehlen. Er hatte seinem Begleiter anvertraut, dass er der Sopranistin, die selbst Stücke komponierte, nicht über den Weg traue, weil sie ihn vor und während des Abendessens auf penetrante Weise über seine neuen Projekte ausgequetscht hatte. Strauss hatte ihr außerdem erzählt, dass er seine Noten stets neben seinem Bett aufbewahrte. Auch, weil er manchmal nächtens aufwachte und eine Melodie im Kopf hatte, die er sogleich aufschrieb.

Francis half dem Komponisten auf die Sprünge. »In Ihrer Kabine habe ich Ihnen angeboten, die wertvolle Mappe an mich zu nehmen und sie Ihnen am folgenden Tag auszuhändigen. Ich hätte sie Ihnen zum Mittagessen mitgebracht.« Dass er ihm danach zu seiner Beruhigung Baldriantropfen verabreicht hatte, verschwieg er.

Strauss war sprachlos vor Scham. Wie soll ich mich aus dieser Situation retten, überlegte er, während er verlegen seinen Schnurrbart zwirbelte. Nach einem kurzen, perplexen Schweigen entschloss er sich, in das Gelächter des jungen Mannes einzustimmen.

Die Passagiere um sie herum fingen ebenfalls an zu lachen, bevor sie sich wieder in ihre Kabinen zurückzogen. Man dachte an einen gelungenen Scherz. Nur der hagere Offizier lachte nicht, sondern verabschiedete sich wortkarg von dem Komponisten.

Zum Glück hat Minna nichts von dieser peinlichen Sache mitbekommen, dachte Strauss. Zerknirscht entschuldigte er sich bei Francis. »Ich bin untröstlich. Anscheinend habe ich am Abend zu tief ins Glas geschaut. Ich stehe in Ihrer Schuld. Seien Sie während der Reise mein Gast. Ich wünsche mir auch, dass man Sie in Boston in meinem Hotel einquartiert. Sie fahren doch nach Boston, oder?«

Francis bejahte die Frage und bedankte sich. »Ich kann Sie gut verstehen. Schließlich waren Sie gestern übermüdet und haben vielleicht tatsächlich ein Glas zu viel getrunken. Außerdem kennen Sie mich ja tatsächlich kaum. Sie haben praktisch einem Fremden vertraut. Kommen Sie doch in meine Kabine, dann gebe ich Ihnen die Noten zurück.«

Seine wenigen Habseligkeiten hatte Francis gut in dem geräumigen Salon verstaut, sodass die Kabine einen aufgeräumten Eindruck machte. Er reichte Strauss seine Mappe, die dieser gleich an sich drückte. Dann schlug er ihm vor, ihn in das Raucherzimmer zu begleiten, wo er ihm mehr über sich erzählen wollte. »Lassen Sie uns einen neuen Versuch des Kennenlernens wagen!«

Während er die Tür des Raucherzimmers hinter ihnen schloss und dem Musiker einen Sessel und ein Zigarillo anbot, stellte er sich vor. »Mein Name ist Francis Samuel Kingsley.« Er reichte seinem Gast Streichhölzer. »Ich bin in Amerika geboren, meine Eltern sind mit mir als Kind nach Europa ausgewandert, denn mein Vater hatte Wiener Wurzeln«, log er. »In Wien bin ich zur Schule gegangen und aufgewachsen. Ich habe den Militärdienst absolviert und eine Ausbildung als Kavallerist der kaiserlichen Armee genossen.«

Auch das entsprach nicht der Wahrheit. Jetty hatte ihm eine zweite Identität verpasst, die glaubwürdig war und zu ihm passen sollte, damit ihr Mann nicht beginnen würde, an ihm zu zweifeln. Ihr hatte er erzählt, dass er Kunstreiter war, doch sie fand, dass ihm ein seriöserer Beruf besser zu Gesicht stand – Reiter bei der Infanterie schien ihr beeindruckender als Kunstreiter. Er sollte sagen, er reise im Auftrag der k.u.k. Infanterie nach Boston, um anschließend die Wiener Polizei – genauer gesagt, die neu gegründete Geheimpolizei – bei den Vorbereitungen für die Wiener Weltausstellung zu unterstützen, die im kommenden Jahr stattfinden werde. Schließlich würden die Sicherheitsvorkehrungen bei diesem amerikanischen Rekordereignis in Boston enorm sein. Polizeieinheiten aus vielen Teilen des Landes würden zu Fuß sowie zu Pferd gerüstet unterwegs sein. Jetty hatte ihm auch ein Empfehlungsschreiben besorgt, das auf seinen Namen lautete und ihm eine gewisse Immunität verschaffte. Ein Freund, der bei der Polizei arbeitete, hatte es aus Gefälligkeit ausgestellt. Francis hatte alle von Jetty konstruierten Instruktionen auswendig lernen müssen. Das kam ihm jetzt zu Hilfe.

Strauss hörte interessiert zu, während er sein Zigarillo rauchte. Alles, was der junge Wiener erzählte, klang vertrauenswürdig.

Strauss bestellte das Mittagessen in das Raucherzimmer und bot Francis das Du an. Als der Kellner das Essen servierte – es gab Kalbsgulasch mit Eiernockerln, dazu einen Vogerlsalat –, bestellte er zwei Gläser Champagner, auch wenn der Tag noch nicht sehr weit fortgeschritten war. Sie stießen auf die neue Freundschaft an.

Francis trank nicht gern Alkohol. Höflich nippte er an dem Getränk und versuchte, mit seinem Wissen Eindruck zu schinden: dass Strauss' Vater, ebenfalls Johann, den »Radetzkymarsch« komponiert habe, der »Donauwalzer« von ihm, Johann Strauss junior, stamme und dass er ein Jahr zuvor mit »Indigo und die 40 Räuber« seine erste Oper herausgebracht habe.

Strauss war tatsächlich überrascht, da sein Gegenüber ja in einer komplett anderen Branche beschäftigt war. Der »Radetzkymarsch« wurde fälschlicherweise oft ihm zugeordnet, und seine Oper war auch nicht jedermann bekannt.

»Erzähl mir vom gestrigen Abend. Ich erinnere mich nur schemenhaft«, forderte er Francis auf.

»Ich fürchte, du hattest eine Angstattacke oder Ähnliches. Beim Abendessen habe ich bemerkt, wie du plötzlich blass geworden bist. Ich fragte nach deinem Wohlergehen, aber du brachtest kaum ein Wort heraus. Daher habe ich dich aus dem Speisesaal geführt und zu deiner Kabine begleitet. Du hast schwer geatmet und batest mich um ein Glas Wasser und darum, dass ich dir die Jacke öffnen möge. Ich ließ den Schiffsarzt kommen, doch du hast dich geweigert, dich untersuchen zu lassen. Also habe ich dir Baldrian gegeben, damit du dich beruhigst. Das hat auch geholfen. Bevor du eingeschlafen bist, wolltest du, dass ich deine Noten an mich nehme. Du wiederholtest immer wieder, dass du dir Sorgen machen würdest, Minna Peschka-Leutner könnte sie dir entwenden. Als du eingeschlafen bist, bin ich zurück in den Speisesaal gegangen, nicht ohne vorher die Noten in meiner Kabine an einem sicheren Ort zu verstecken.«

Strauss nickte zufrieden. »Ich kann mich nur dunkel an die Tischnachbarn erinnern. Hilf mir«, bat er.

»Also, da sind Ziegfeld und seine zum dritten Mal schwangere Frau Rosalie, die gemeinsam mit ihm in Bremerhaven eingestiegen ist. Sie sitzen allerdings an einem unserer Nachbartische, an dem auch der amerikanische Geschäftsmann Henry Cabot seinen Platz hat. Er schifft nach Boston zurück. Er hat vor, Hummer an Reedereien zu verkaufen, um ihn auf Luxusschiffen bei der Fahrt von Amerika nach Europa zu servieren.«

»Eine erstaunliche Idee«, warf Strauss ein. »Er ist also Unternehmer?«

»Ja, aber er war früher in der Zeitungsbranche.«

»Journalist?«

»Soweit ich weiß, hat er eine Zeitung in Boston herausgegeben, doch das ist schiefgegangen.«

»Beschreib ihn mir, damit ich ihn wiedererkenne«, bat ihn der Musiker.

»Der Handelsreisende ist eine eindrucksvolle Erscheinung. Sein Anzug ist aus schwerem dunklem Tuch, sorgfältig geschnitten, aber nicht unbedingt modisch. Sein Gesicht ist rund und rosig, mit einem gepflegten Schnurrbart, der ihm ehrlicherweise ein gewisses Ansehen verleiht. Die Augen funkeln lebhaft hinter einer randlosen Brille. Er strahlt Selbstbewusstsein aus und wirkt wie ein Mann, der viel gereist ist und mit verschiedenen Menschen zu tun hat.«

»Wer ist noch da?«

»Mit den Ziegfelds am Tisch sitzt auch die Witwe Elisabetta Rinaldi, sie kommt aus Mailand und ist eine glühende Verehrerin von dir, weshalb sie zu dem Musikfestival nach Boston reist. Also mach dich darauf gefasst, dass sie aufdringlich werden könnte.«

»Ist das die Dame mit dem kreisrunden Gesicht, die ein bodenlanges dunkelblaues Kleid anhatte, das ihre Schultern frei ließ?«, fragte Strauss.

»Richtig. Sie war stark geschminkt und trug schwere Ohrringe. Schön ist die Witwe nicht. Aber sie weiß, wie man sich herrichtet, und für ihre sechzig Jahre wirkt sie jung.«

Strauss blickte auf ihre leeren Gläser. »Noch Champagner?«

»Nein, ich vertrage keinen Alkohol.«

So bestellte der Musiker eine große Karaffe Wasser. Dann setzte Francis seine Beschreibung fort. »Und neben den Ziegfelds sitzt ein gewisser Josef Rotkowsky, er ist ein Graf. Über ihn konnte ich bisher nichts herausfinden.«

»Und wer ist noch an unserem Tisch?«

»Der Militärmusiker Heinrich Klein. Du müsstest ihn aus Wien kennen. Er ist Deutscher und etwa so alt wie du«, erklärte ihm Francis.

»Er ist ein Jahr jünger«, korrigierte ihn Strauss. »Ich erinnere mich an ihn. Vor fünf Jahren habe ich ihn im Pariser Salon des Botschafterpaars Richard und Pauline Metternich am Rand der pompösen Pariser Weltausstellung kennengelernt. Wir haben beide mit unseren Kapellen an einem Musikwettbewerb teilgenommen.«

»Und wer hat gewonnen?«

»Ich natürlich«, antwortete der Musiker und runzelte dabei die Stirn. »Seitdem ist er nicht sehr gut auf mich zu sprechen, fürchte ich.«

»Ich selbst habe ebenfalls vor einiger Zeit seine Bekanntschaft gemacht. Er hat für meine Infanterie-Division mit seiner Kapelle einen Marsch gespielt«, flunkerte Francis. Konnte doch leicht sein, dass das der Wahrheit entsprach. »Er wird sich aber sicher nicht an mich erinnern«, beeilte er sich zu sagen, um nicht am Ende in eine unangenehme Situation zu kommen, falls Strauss ihn vor Klein auf die Bekanntschaft ansprechen sollte. »Auf jeden Fall wirkt er viel steifer als du. Man könnte meinen, er ist ein General und kein Musiker«, lachte Francis.

Strauss musste ebenfalls lachen. »Das stimmt allerdings!« Der Rock des Militärmusikers war stets von Abzeichen gesäumt. Zwei Jahre zuvor hatte er gegen Frankreich im Feld gekämpft und war dabei verwundet worden. Dafür trug er stolz das Eiserne Ehrenkreuz, das er auch auf dieser Fahrt auf seinem Revers zur Schau stellte.

»Gestern hat er erzählt, dass sich eine preußische Kapelle an Bord befindet. Wusstest du das?«, wollte Francis wissen.

»Ziegfeld hat es mir erzählt. Doch wer beehrt uns noch am Tisch?«

»Die Sopranistin Minna Peschka-Leutner, aber ihre Bekanntschaft hast du ja schon gemacht.« Und Francis ergänzte: »Mit ihren zweiunddreißig Jahren sieht sie erheblich älter aus, als sie ist.«

»Das macht wohl die Leibesfülle«, entgegnete Strauss. »Wer begleitet sie?«

»Niemand. Ihr Mann Johann Peschka ist in Leipzig geblieben. Er hat seinen Beruf an den Nagel gehängt und vor zwei oder drei Jahren erfolgreich zu singen begonnen.«

»Ich weiß, ich weiß.« Strauss verfolgte die einschlägigen Berichte in den Wiener Zeitungen stets mit größter Sorgfalt. Er wusste, dass Peschka-Leutners Interpretation von Mozarts »Königin der Nacht« als herausragend in den Himmel gelobt wurde. Zwei Monate vor der Reise nach Boston hatte sie in London mit dem London Philharmonic Orchestra konzertiert. Nun sollte ihr erster Amerika-Trip ihre Karriere entscheidend vorantreiben.

»Drei weitere Plätze an unserem Tisch sind für Passagiere reserviert, die morgen in Southampton zusteigen werden«, vervollständigte Kingsley seinen Bericht.

Als sie an diesem Abend gemeinsam das Speisezimmer betraten, kamen Strauss die meisten Erinnerungen vom Vorabend wieder in den Sinn. Über die wichtigsten Mitreisenden war er dank seines neuen Begleiters bestens unterrichtet. Francis hatte ihm alles, was er vergessen hatte, ins Gedächtnis gerufen und ihm zusätzlich erzählt, was er selbst am ersten Abend an Informationen herausgefunden und welche Eindrücke er gesammelt hatte.

Der Speisesaal war durch prunkvolle Kristalllüster, welche die sechs Esstische mit je zehn Plätzen beleuchteten, in ein festliches Licht getaucht. An beiden Seiten war er mit großen Spiegeln und Gemälden geschmückt, die Ansichten von Hamburg, New York und Landschaftsbilder aus der Sächsischen Schweiz darstellten. Im Hintergrund spielte ein Pianist auf einem Klavier dezent Stücke von Mozart. Ein leises Raunen ging durch den Saal. Alle Augen waren auf den prominenten Passagier gerichtet, gedämpftes Getuschel wurde hörbar.

Als Strauss und Francis Kingsley an ihrem Tisch Platz nahmen, verstummte das Gespräch. Nur Elisabetta Rinaldi, die am Nebentisch saß, erhob sich, tupfte sich mit ihrer Serviette den Mund ab und begab sich zu Strauss. »Herr Dirigent, darf ich Sie höflich um ein Autogramm bitten, das Sie mir gestern verweigert haben?«

Strauss tauschte einen vielsagenden Blick mit Francis aus, zog einen Stift aus seinem Jackett, schmierte wortlos seine Unterschrift auf seine Stoffserviette und reichte sie der Witwe. Rinaldi drückte das Stück Stoff an ihr Herz und nahm wieder Platz.

Stumm hatte die Tischgesellschaft diese Szene beobachtet. Man hatte sich gerade angeregt über ein wertvolles Gut unterhalten, das im Schiffsbauch gelagert war. Strauss lächelte vergnügt in die Runde. Für seine Tischnachbarn anscheinend ein Zeichen, dass sie ihr Gespräch fortsetzen konnten.

»Stellen Sie sich vor, Herr Strauss, an Bord befinden sich

französische Juwelen im Wert von hundertsechsundreißigtausendachthundert Francs!«, rief Minna Peschka-Leutner.

Francis pfiff durch die Zähne. »Also doch«, rutschte es ihm heraus. Als Strauss ihn fragend anschaute, erklärte ihm sein neuer Freund, dass er in der Zeitung über die kostbare Fracht gelesen habe, beeilte sich aber hinzuzufügen, den Artikel für eine Ente gehalten zu haben, da er es als ungewöhnlich empfand, dass die Gazetten über den Transport von Edelsteinen berichteten.

»Der Juwelentransport auf einem Dampfschiff ist ein komplexes Unterfangen, das minutiöse Planung, höchste Sorgfalt und strenge Sicherheitsmaßnahmen erfordert, um die wertvollen Güter sicher an ihren Bestimmungsort zu bringen«, erklärte Klein mit seinem lauten Organ der Runde. Der Backenbart des Kapellmeisters im Stil Kaiser Wilhelms I. war bereits von silbrigen Fäden durchzogen. »Es ist also tatsächlich ungewöhnlich, dass Zeitungen darüber berichten«, fuhr er fort.

Am Nebentisch wurde es ruhig – das Ehepaar Ziegfeld und ihre Tischnachbarn lauschten gespannt Kleins Erklärungen.

»Normalerweise ist nur ein kleiner Kreis von hochrangigen Personen, darunter der Kapitän des Schiffs, ein Vertreter des Eigentümers der Juwelen sowie Sicherheitsbeauftragte, in einen solchen Transport und die Details eingeweiht.«

Jemand anders ergriff nun das Wort. »Oft wird eine Tarnung oder Ablenkung eingesetzt, um das eigentliche Transportgut zu verschleiern – zum Beispiel könnten die Juwelen in einer Lieferung unscheinbarer Waren wie Tee oder Textilien versteckt sein.« Verblüfft fixierte die Gesellschaft den älteren Herrn mit dem weißen Kaiserbart am Tisch von Florenz Ziegfeld. »Darf ich mich vorstellen, Graf Josef Rotkowsky aus Wien, Juwelier im Ruhestand.« Der Graf lief rot an, während er sprach.

»Ah, Sie sind vom Fach. Das ist erfreulich!«, rief Klein und stellte sich seinerseits vor.

»Wie werden die Juwelen normalerweise transportiert, wenn nicht in einem Teesack?«, wollte Francis wissen.

Rotkowsky antwortete, immer noch hochrot im Gesicht: »In einer speziell angefertigten, schwer gepanzerten Truhe, die mit komplexen Schlössern versehen ist. Diese Truhe besteht meist aus gehärtetem Eisen, ist möglicherweise zusätzlich mit Holz und Leder verkleidet, um nicht sofort Aufmerksamkeit zu erregen. Die Schlüssel für diese Truhe werden oft auf verschiedene Personen aufgeteilt, sodass sie nur gemeinsam geöffnet werden kann.«

»Wie aufregend!« Minna Peschka-Leutner gefiel diese Schilderung offenbar.

»Wird die Truhe dann wie die anderen Waren im Schiffsbauch transportiert?«, fragte Rosalie Ziegfeld neugierig.

»Die Truhe selbst ist normalerweise im Rumpf des Schiffs untergebracht, oft in einem speziellen Laderaum, wo sie am besten vor feindlichen Angriffen und dem Blick der neugierigen Besatzung geschützt ist. Sie wird fest verankert, um sie vor dem Verrutschen bei unruhiger See zu bewahren. Möglicherweise ist der Raum nur über einen bewachten Zugang zu erreichen und zusätzlich verriegelt.« Der Graf schien sich tatsächlich gut auszukennen.

»Und wo befindet sich dieser Raum?« Die Sängerin war höchst interessiert an den Ausführungen des Insiders.

»Meist wissen nur der Kapitän und ein paar vertrauenswürdige Offiziere von seiner genauen Lage«, blieb Rotkowsky vage.

»Können wir nicht über etwas anderes sprechen?«, warf Strauss gelangweilt in die Runde.

»Erzählen Sie uns doch, welche Stücke Sie bei dem Friedensfest in Boston spielen werden. Ich habe gehört, Sie haben extra für diese Veranstaltung ein Stück komponiert«, forderte Minna Peschka-Leutner ihn neugierig auf, während sie einem Kellner deutete, ihr Rotwein nachzuschenken.

Nach einem kurzen Blickwechsel mit Francis erzählte er,

dass er gedachte, die Walzer »Neu-Wien«, »Geschichten aus dem Wienerwald« und »Morgenblätter« zu spielen.

»Und was ist mit dem ›Donauwalzer‹? Den wollen Sie dem amerikanischen Publikum vorenthalten?«, bohrte Rosalie Ziegfeld vom Nebentisch.

»Ach ja, der ›Donauwalzer‹ darf natürlich nicht fehlen«, pflichtete ihr der Komponist bei.

»Frau Peschka-Leutner sprach davon, dass Sie extra für Boston ein Stück komponiert haben. Um welches handelt es sich da?« Bewusst hatte Rosalie Ziegfeld jedes ihrer Worte betont und dabei ihrer Aussprache einen Hauch französischen Flairs verliehen, das ihr, so fand sie, etwas Internationales gab.

Strauss liebte es, im Mittelpunkt zu stehen. Dankbar zwinkerte er ihr zu. »Ich werde im Kolosseum von Boston den extra für diesen Anlass geschriebenen ›Jubilee Waltz‹ zur Uraufführung bringen. Ich habe ihn meinem Gastgeber und Freund Patrick Sarsfield Gilmore gewidmet.« Strauss betonte diese Aussage feierlich, als hätte er ein Jahrhundertgeheimnis verraten. Das zeigte Wirkung, die Zuhörer schwiegen andächtig.

»Kommt auch ein Stück Ihres geschätzten Vaters zur Aufführung?«, fragte Klein in die Stille.

»Nein, schließlich bin ja ich eingeladen, nicht mein verstorbener Vater.« Strauss lachte.

»Stimmt es, dass Sie und Ihr Vater einander während der Märzrevolution politisch gegenüberstanden?«, fragte Klein.

»Wie meinen Sie das?«, wollte Strauss wissen.

»Man sagt, Sie gaben Ihrer Sympathie für die Aufständischen mit gewissen Kompositionen Ausdruck.«

»Ach, Sie meinen den ›Revolutions-Marsch‹ und den ›Studenten-Marsch‹? Diese Stücke passten einfach in die damalige Aufbruchsstimmung. Ich lasse mich gerne von aktuellen gesellschaftlichen Strömungen und Themen inspirieren, um meine Kompositionen relevant und ansprechend zu gestalten. Dabei achte ich darauf, Texte auszuwählen, die den Zeitgeist widerspiegeln und die Menschen in ihrer momentanen Lebensrealität ansprechen.«

»Aber wurden diese Stücke nicht vom Staat verboten?«

»Tja, die Behörden verstehen eben oft keinen Spaß. Im Gegenteil, meist sind sie Spielverderber.«

»Mir kam zu Ohren, dass Sie sich wegen der öffentlichen Aufführung der ›Marseillaise‹ sogar vor der Stadthauptmannschaft Wien verantworten mussten und dass, als Sie um die Verleihung des Titels eines Hofballmusikdirektors ansuchten, dies vom Kaiser abgelehnt wurde.«

»Den Titel habe ich schließlich doch erhalten. Aber wissen Sie«, mit einer Handbewegung wischte Strauss seine Worte weg, »das ist Schnee von gestern.«

»Tatsächlich braucht es manchmal so etwas wie Störenfriede, sonst wäre das Leben langweilig«, mischte sich Francis Kingsley in das Gespräch.

»Na ja, die Revolution bestand aus mehr als nur aus Störenfrieden. Die Revolutionäre haben schließlich das politische Selbstverständnis umgedreht«, widersprach ihm Klein und stellte eine Frage in den Raum. »Ist ein Störenfried nicht so etwas wie ein Zerstörer, eine destruktive Kraft? Wie schon der Name sagt, einer, der den Frieden stört?«

»Während manche einen sogenannten Störenfried als rein destruktiv ansehen, zielt der jedoch oft darauf ab, das alte System neu aufzubauen oder zu verbessern. In diesem Sinne könnte so ein Störenfried als notwendiger Akteur der Veränderung und nicht als bloßer Zerstörer betrachtet werden«, erwiderte Francis.

»Frieden kann manchmal auch erzwungen sein, indem Menschen kleingehalten werden. Erinnern wir uns an Herrn Metternich und daran, mit welchen Methoden er einen sogenannten Frieden bewahren wollte«, mischte sich Florenz Ziegfeld vom Nebentisch in das Gespräch. »In solchen Fällen stellen Störenfriede nicht den Frieden in Frage, sondern die erzwungene Stabilität, die Fortschritt oder Gerechtigkeit verhindert. Wahrer Frieden kann also erst durch die Störung dieser erzwungenen vermeintlichen Ruhe erreicht werden«, ergänzte er.

Plötzlich erhob sich Graf Rotkowsky, der sich bis dahin ruhig verhalten hatte. Polternd rief er: »Störenfriede verursachen vor allem Unruhe und Chaos! Die monarchische Ordnung war immer ein Symbol für Stabilität, Tradition und Sicherheit. Veränderungen müssen auf geordnete Weise stattfinden und nicht durch die Zerstörung bewährter Strukturen. Loyalität gegenüber der Monarchie ist wichtiger als der Wunsch nach radikalen Veränderungen. Revolutionäre verursachen Spaltung und Zwietracht. Sie gefährden das Wohlergehen der Gesellschaft durch ihre egoistischen oder radikalen Ziele. Sie gefährden ...«, wiederholte der Graf. Dann stockte er. Er hatte den Faden verloren. Verwirrt setzte er sich und nahm einen Schluck aus seinem Glas.

Klein kam ihm zu Hilfe. »Man darf nicht vergessen, dass der Kaiser nach der Revolution klug gehandelt hat. Indem er den Neoabsolutismus eingeführt hat, hat er die Ordnung wiederhergestellt und für Stabilität gesorgt. Auch der Ausgleich von 1867 zeigt, dass die Monarchie flexibel genug war, um die Forderungen der Nationalitäten zu berücksichtigen, ohne die Einheit des Reiches zu gefährden. Das Kaiserreich war somit ein Bollwerk gegen Chaos und Aufruhr, während es gleichzeitig behutsame Reformen ermöglichte.«

»Aber gerade die ungelöste Nationalitätenfrage zeigt doch, dass das Kaiserreich auf wackeligen Füßen stand«, rief Ziegfeld aufgebracht und ergänzte: »Der Ausgleich vor fünf Jahren mag Ungarn zufriedengestellt haben, aber andere Völker wie die Tschechen oder Kroaten sind immer noch unzufrieden und fordern mehr Autonomie. Das Habsburgerreich muss diese Spannungen lösen!«

Francis blickte auf die Uhr. »Schon elf vorbei! Morgen steht uns ein langer Tag bevor. Wir werden in Southampton ankommen und einige Stunden dort verbringen, bevor es weitergeht. Ich für meinen Teil ziehe mich in meine Kabine zurück. Bleiben Sie noch, Herr Strauss?«

Der Musiker stellte sein Glas ab und erhob sich. »Sie haben völlig recht. Ich darf mich ebenfalls verabschieden.« Galant verbeugte er sich vor Minna Peschka-Leutner und den Damen am Nebentisch, bevor er sich umdrehte und mit Francis aus dem Saal ging. Mit schmachtenden Augen blickte ihm die Witwe Rinaldi nach.

PICKNICK IN SOUTHAMPTON

Mit lautem, tiefem Tuten näherte sich der Dampfer dem Hafen von Southampton, wo weitere Passagiere zusteigen und neue Kohle sowie Postsäcke aus- und eingeladen werden sollten, bevor die »Rhein« Kurs auf New York nehmen würde. Der Himmel zeigte sich von seiner heiteren Seite. Nur wenige Wolken zogen über das endlose blaue Meer. Es war kurz nach zehn Uhr vormittags.

Gemeinsam mit dem Ehepaar Ziegfeld, Minna Peschka-Leutner und Francis stand Strauss an der Reling und beobachtete das Anlegemanöver des riesigen Dampfers mit Argusaugen. Rosalie Ziegfeld trug einen schmalen cremefarbenen Rock, der vom Rücken über das Gesäß flach abfiel, und ein langes Oberteil in derselben Farbe. Obwohl sie im vierten Monat schwanger war, war ihre Silhouette schlank. Ihr sanft gelocktes Haar blitzte unter dem hellen Sonnenhut hervor. In der Hand hielt die anmutige Frau des Musikmanagers einen kunstvollen Fächer, der farblich auf ihr Ensemble abgestimmt war. So wie auch Johann Strauss war ihr Mann in einen Zweiteiler aus Leinen gekleidet. Ziegfelds Kopfbedeckung unterschied sich jedoch von der des Wieners, da der Amerikaner eine Melone am Kopf trug, und er führte einen Spazierstock mit einem Knauf aus Elfenbein mit sich.

Verkrampft klammerte sich der Walzerkönig am Geländer fest. Er stellte sich vor, dass der Kapitän die Geschwindigkeit nicht früh genug drosselte und das Schiff an der Kaimauer auflief. Bei dem Gedanken wurde ihm übel. Am liebsten wäre er in seiner Kajüte geblieben und hätte sich unter der Bettdecke versteckt. Strahlender Sonnenschein war ihm ohnehin verhasst. Gern hätte er auch weiter an seinen nächsten Werken gearbeitet. Aber er hatte keine Chance. Ziegfeld hatte die Runde zu einem »gemütlichen« Picknick, wie er es genannt hatte, eingeladen. Sogar den Kapitän hatte Ziegfeld überreden können, sie nach erfolgreichem Anlegen zu dem geselligen Ausflug zu begleiten. Das Schiff würde in Southampton acht Stunden Aufenthalt haben, bevor es wieder ablegte.

Minna Peschka-Leutner wirkte aufgeregt und redete ununterbrochen. Am Kopf trug sie einen ausladenden pinkfarbenen Sonnenhut mit Federn, die bei ihren Gesten fröhlich auf und ab wippten. Ihr langer violetter Satinrock mit Rüschen betonte ihre Hüften und ließ ihre ausladende Figur noch fülliger wirken. Strauss schenkte den Worten der Sängerin keine Beachtung. Sein Blick blieb kurz an ihrem auffälligen Dekolleté hängen. Um ihren Hals lag eine goldene Kette, deren Anhänger mit geschwungenen tiefroten Blütenblättern aus funkelnden Edelsteinen verziert war.

»Herr Strauss, Sie sind ja ganz blass im Gesicht. Ist Ihnen nicht wohl?« Rosalie Ziegfeld schaute besorgt auf den Musiker und fächerte ihm Luft zu.

»Keine Angst, wir kentern schon nicht. Meyer ist ein erfahrener Mann.« Belustigt musterte Florenz Ziegfeld den Komponisten, der sich angstvoll an der Brüstung festhielt.

Mit einem scheuen Seitenblick auf Francis runzelte Strauss verärgert die Stirn. Er mochte es nicht, wenn man ihn und seine Ängste durchschaute. Und noch weniger, wenn man ihn in der Gegenwart anderer Personen darauf ansprach. »Es ist nichts«, beeilte er sich, höflich zu antworten.

»Haben Sie gewusst, dass Southampton wegen seiner vorteilhaften Lage im zentralen Teil der Südküste Englands in den britischen Kriegen der wichtigste Hafen für die Einschiffung von Soldaten war, um sie an die Kriegsschauplätze zu bringen?«, lenkte Ziegfeld ab. Er hatte den verärgerten Blick des Musikers bemerkt. »Vor ungefähr dreißig Jahren ist das erste Dock am Hafen eingeweiht worden – damit wurde er modernisiert«, erklärte er weiter.

Das Schiff befand sich bereits in der Hafeneinfahrt und war nur noch wenige Dutzend Meter von der Anlegestelle entfernt.

»Sehen Sie die Hallen dort hinter dem Dock?« Ziegfeld wies auf die Ziegelgebäude. »Diese wurden eigens dafür eingerichtet, dass Auswanderer vor der Abreise dort untersucht werden, bevor sie das Schiff betreten dürfen.«

Tatsächlich konnte man vor einem der Gebäude eine Menschenschlange ausmachen, wo Passagiere, bepackt mit unhandlichen Koffern und riesigen Säcken, geduldig darauf warteten, an die Reihe zu kommen.

»Und wo ist die Kutsche, die uns zum Picknickplatz bringt?« Minna suchte mit einem Fernrohr, das sie für die Fahrt mitgenommen hatte, den Hafen ungeduldig nach einem Pferdegespann ab.

»Wir nehmen doch keine Kutsche! Wir fahren mit einem Boot, das ich vor der Abreise bestellt habe«, lachte Ziegfeld, als wäre Minnas Frage völlig unpassend.

Rosalie quittierte die Antwort ihres Mannes mit einem spitzen Lachen.

Verängstigt suchte Strauss das Ufer nach einem Boot ab, darauf hoffend, nicht in eine Nussschale steigen zu müssen.

Francis hatte der Unterhaltung stumm gelauscht und dabei das prächtige Halscollier der Opernsängerin fixiert. Wie man ein offensichtlich so wertvolles Stück bei einem Ausflug ins Grüne tragen konnte? Nervös zuckten seine Finger in den Hosentaschen. Er schätzte den Wert des Geschmeides auf mehrere hundert Pfund. Francis wusste genau, wie man den Verschluss im Bruchteil einer Sekunde öffnete und die Kette unbemerkt in den Hemdsärmel gleiten ließ. Seine Gedanken wurden durch das Anlegen des Schiffes unterbrochen.

Am Hafen angekommen, brachte Ziegfeld die Gruppe zu einem kleinen Kahn, in dem ein Bootsmann mit zwei prall gefüllten Picknickkörben schon auf sie wartete. Der Kapitän hatte seinen Platz auf der Schiffsbrücke verlassen und war ihnen gemächlich zum Boot gefolgt, im Mund eine Pfeife.

»Wohin fahren wir überhaupt?«, wollte Minna wissen, während sie mit spitzen Fingern der einen Hand ihren Rocksaum hochhielt und sich mit der anderen auf den ihr dargebotenen Arm des Bootsmanns stützte.

»Zur Netley Abbey.«

»Zur was? Zur Jetty Abbey?« Minna wäre beinahe ins Wasser geplumpst. Ihr war der Spitzname von Henriette Strauss durchaus bekannt.

»Nein, nicht Jetty. Netley. Netley Abbey«, korrigierte sie der Walzerkönig. Auch er war kurz zusammengezuckt, weil er den Spitznamen seiner Frau verstanden hatte, bevor ihm einfiel, dass Ziegfeld am Schiff bereits den Namen der Abtei genannt hatte. »Netley Abbey ist eine ehemalige Zisterzienserabtei im gleichnamigen Ort unmittelbar östlich von Southampton«, erklärte er.

Minna sah hilfesuchend zu Ziegfeld, als ob sie daran zweifelte, dass sich der Ausflug überhaupt auszahlen würde.

»Keine Angst. Die Abtei ist nur etwas über eine halbe Meile von hier entfernt. Wir fahren nicht mehr als dreißig Minuten dorthin.«

Bevor Strauss den Kahn bestieg, musterte er ängstlich Kapitän Meyer und Minna Peschka-Leutner, die beiden beleibten Mitreisenden.

Francis bemerkte seine Unsicherheit und streckte ihm aufmunternd die Hand entgegen. »Der Kahn ist für das doppelte Gewicht gemacht«, flüsterte er ihm zu.

Strauss zögerte. Er hatte ohnehin nichts für Picknicken übrig – Essen im Freien hielt er für überschätzt. Und die Natur war für ihn eine notwendige Überbrückung zwischen zwei Konzertsälen oder anderen Veranstaltungsräumen. Zudem war ihm dieser Kahn unheimlich. Vor den Damen wagte er jedoch nicht, sich zu drücken. Und so bestieg er das Boot mit Hilfe von Francis. Seinem Ausdruck war jedoch anzusehen, dass es ihn Überwindung kostete.

Als alle Platz genommen hatten, machte der Bootsmann das Seil los, mit dem der Kahn an einem Holzpflock angebunden war, und stieß das Gefährt geschickt vom Ufer ab. Kaum hatten sie einige Meter hinter sich gebracht, hatte Strauss seine Ängste vergessen. Interessiert fixierte er die weiblichen Passagiere. Der Bootsmann reichte den Damen zierliche weiße Sonnenschirme.

»Wie aufmerksam«, bedankte sich Minna.

»Das ist ein außergewöhnlicher Service. Ich fühle mich wie ein Superstar«, bemerkte Rosalie.

»Das sind Sie auch. Jedenfalls für mich«, schmeichelte ihr Strauss und schaute ihr dabei tief in die Augen.

»Ich glaube eher, der erstklassige Service liegt an Ihrer Gegenwart«, antwortete sie und drehte ihm kokett den Rücken zu.

»Erzählen Sie uns mehr über diese Abtei«, forderte Minna Ziegfeld auf. Ihr war dieser kurze Flirt zwischen dem Komponisten, den sie selbst ein bisschen verehrte, und der attraktiven Amerikanerin nicht entgangen.

»Im Jahr 1704 entschloss sich Sir Berkeley Lucy als neuer Eigentümer der Abtei zum Abbruch des Gebäudes«, mimte Ziegfeld erneut den Reiseführer. »Dieses Unterfangen kam allerdings zum Stillstand. Vor genau zwölf Jahren wurde das nördliche Querhaus der Abtei nach Cranbury Park bei Winchester übersiedelt, wo es noch als Folly erhalten ist. Im selben Jahr hat man mit Ausgrabungen begonnen.«

»Was ist ein Folly?«, wollte seine Frau wissen.

»Ein Folly ist ein dekoratives Bauwerk, das seit der Antike in Gärten errichtet wird. Es ist besonders in englischen Landschaftsgärten beliebt, weil es an vergangene Epochen erinnert und einen Hauch von Romantik und Mystik versprüht. Das Faszinierende dabei ist die ästhetische Verbindung von Kunst, Architektur und Natur.«

Die Fahrt entpuppte sich – sehr zu Strauss' Zufriedenheit – als komfortabel und unkompliziert. Nur die Sonne brannte zu dieser Jahreszeit erbarmungslos auf die Reisegruppe. Doch eine frische Brise strömte vom Meer her.

»Was für ein wunderbarer Tag und was für eine herrliche Luft«, kam Ziegfeld ins Schwärmen.

Sogleich bildeten sich in Strauss' Kopf zu dieser Atmosphäre passende Noten.

»Irgendwo habe ich gelesen, dass die erste Badekur am Meer in Southampton stattgefunden hat«, gab Rosalie ihr Wissen zum Besten.

»Die Luft soll hier besonders gut für Lungenkranke sein«, stimmte ihr die Sängerin zu.

»Richtig! Aber es liegt nicht nur am durch das Salzwasser und die angenehme Temperatur begünstigten Klima. Ein Arzt namens Richard Frewin hat Mitte der vierziger Jahre einen jungen Patienten zu einer Kur nach Southampton geschickt. Täglich tauchte der Kranke in die Wellen ein. Stellen Sie sich vor: Es war im Spätherbst! Sein Zustand besserte sich trotzdem zusehends, der Patient setzte die Behandlung bis in den Februar fort und kehrte vollständig genesen nach Hause zurück. *C'est formidable!*« Rosalie Ziegfelds Augen glänzten vor Begeisterung.

»Schrecklich, die Vorstellung, in der winterlichen Kälte in das Eiswasser zu gehen.« Minna schüttelte es bei dem Gedanken. »Mir wird schon kalt, wenn ich nur die Zehenspitzen ins eiskalte Wasser stecke«, erklärte die Opernsängerin theatralisch.

Während sich Ziegfeld mit dem Bootsmann über die Beschaffenheit des Kahns unterhielt, hatte Strauss das Gespräch aufmerksam verfolgt. Würde er seine Leiden, seinen Stress, seine ständige Müdigkeit und Nervosität vielleicht durch regelmäßiges Baden im Eiswasser heilen können? Er nahm sich vor, nach seiner Rückkehr in Wien seinen Hausarzt diesbezüglich zu konsultieren. Aus der Innentasche seines Gehrocks holte er einen Bleistift und einen Notizblock, den er stets bei sich trug, falls er Ideen für einen neuen Notensatz hatte. Geschwind machte er sich eine Notiz, um nicht darauf zu vergessen.

Angestachelt von seinem Interesse, das ihr nicht entgangen war, legte Rosalie an Minna gewandt mit überhöhter Stimmlage nach. Dabei bemühte sie sich, hochgestochene Worte zu wählen, um den Musiker zu beeindrucken. Und sie betonte ihren französischen Akzent – sie war in Belgien aufgewachsen –, was ihren Aussagen eine affektierte Note verlieh. »Oh, gnädige Dame, *écoutez*, vernehmt, welch wunderliche Kunde mir noch zu Ohren kam! Es ist von einer neuen Methode die Rede, die Kneipp-Medizin genannt wird, benannt nach einem gewissen Pfarrer Sebastian Kneipp. Seine Lehren besagen, dass die heilende Kraft des Wassers, unterstützt von Kräutern und Empfehlungen für Bewegung und Speisung, sowohl zur Vorbeugung wie auch zur Linderung von mancherlei Gebrechen und Leiden dienlich sei. *C'est vraiment formidable!* Das ist großartig!«

Minna kannte diese Kneipp-Kuren. In Künstlerkreisen machten solche Moden schnell die Runde. Ihr missfiel die gekünstelte Ausdrucksweise von Rosalie, mit der sie sich vor dem Walzerkönig wichtigmachen wollte. Schließlich suchte sie selbst nach seiner Aufmerksamkeit. Und so beeilte sie sich, nicht nur ihr Wissen über diese Kneipp-Methode auszubreiten, sondern bemühte sich auch, es ihrer Gefährtin in der Wahl der gewählten Ausdrücke gleichzutun, während sie übertrieben mit ihrem Fächer wedelte. »Wenngleich, meine Teuerste, die Wirksamkeit seiner Methode nicht zur Gänze bewiesen ist. Doch höret dies: Bei einigen Übeln, wie etwa den lästigen Krampfadern, spricht man wohl davon, dass sie tatsächlich Linderung verschaffe. Kürzlich wurde eine Untersuchung unternommen, die nahelegt, dass regelmäßige Anwendungen nach Kneipps Lehren, insbesondere das Wechselbad zwischen kaltem und heißem Wasser, das Wohlbefinden zu steigern vermögen. Es ist mir ein gar faszinierendes Gedankenspiel, wie derartige Neuerungen Einzug in die Künste der Heilung finden mögen!«

Diese Informationen wirkten auf Strauss. Sogleich zückte er erneut seinen Block und schrieb groß das Wort »Kneipp« auf, zögerte kurz und setzte ein Ausrufezeichen dahinter.

Zufrieden beobachtete die Sängerin ihn dabei und schaute dann triumphierend zu Rosalie, die sich beleidigt wegdrehte.

Ziegfeld und Meyer tauschten sich mit dem Bootsmann

über den Fischreichtum im Wasser aus und bemerkten die feinen Klingen der Damen nicht.

Francis hatte das Gespräch ebenfalls verfolgt, nicht ohne ein spöttisches Grinsen im Gesicht. Ihm gefiel es, wie die Frauen um seinen neuen Freund buhlten. Geld und Berühmtheit sind eben doch das beste Aphrodisiakum, dachte er. Er nahm sich vor, eines Tages beides zu erlangen.

In weniger als dreißig Minuten legte der Kahn an. »Wie weit ist die Ruine entfernt?«, wollte Strauss wissen. Er verabscheute Spaziergänge. Insgeheim stellte er zufrieden fest, dass die Landschaft vor ihnen wenigstens flach und nicht hügelig war. Steigungen machten ihm Angst.

Ziegfeld lachte. »Maximal hundert Meter, dann sind wir da.« Er führte die Gruppe durch eine riesige Parkanlage mit grünem Rasen und wunderschönen alten Platanen, hinter der nach rund hundert Metern die Ruine der Abtei erhaben auftauchte.

»Ein Hase«, riefen die Opernsängerin und Strauss gleichzeitig aus, als vor ihnen etwas aufgeschreckt Haken schlagend wegrannte.

Sogleich brach Minna Peschka-Leutner ob ihrer gleichzeitigen Beobachtung in ein kindliches Gelächter aus, worauf sich Rosalie betont desinteressiert und schnaubend bei ihrem Mann unterhakte.

Dass Strauss in Bestlaune war, nützte Minna aus und versuchte ihm zu entlocken, wie ihm denn um Gottes willen die vielen Ideen für seine Stücke zuflogen. Sie selbst, Minna, habe große Schwierigkeiten, Stoff für ihre eigenen Kompositionen zu finden, gestand sie.

Doch Strauss wehrte ab. »Nicht jetzt, Verehrteste. Jetzt ist Freizeit, das Berufliche stellen wir heute hintan.«

Rosalie warf Minna einen spöttischen Blick zu. Achselzuckend ließ diese von Strauss ab und wandte sich Ziegfeld zu, um zu erfragen, was es denn genau mit der Ruine auf sich habe, die hier so prachtvoll in der Landschaft stand.

»Die dachlose Ruine von Netley Abbey ist eine Attraktion. Menschen aus ganz England reisen an, um das Bauwerk und die umliegenden Gärten zu bewundern. Sie gilt als magischer Ort«, wusste Ziegfeld zu berichten, während er die Picknickdecke ausbreitete und die Körbe darauf abstellte.

Kapitän Meyer war begeistert. Oft schon war er in Southampton gewesen. Diesen Ort kannte er bislang aber noch nicht.

Ziegfeld forderte die Runde auf, Platz zu nehmen. Dem Bootsmann, der sie begleitet hatte, gab er ein Zeichen, die Körbe auszupacken und die Damen zuerst zu bewirten. Francis kam ihm zuvor und teilte Teller, Silberbesteck und Mundtücher aus. Es gab Austern, die Ziegfeld geschickt mit einem mitgebrachten Taschenmesser öffnete und mit Zitronen reichte, danach kaltes Huhn mit einer köstlichen Mayonnaise und als Dessert Melone aus dem nördlichen Italien. Dazu öffnete er zu Ehren seines Gastes Johann Strauss einen gekühlten Muskat-Sylvaner aus dem Wiener Weinort Grinzing, den er in die eigens mitgenommenen Kristallgläser füllte.

Das Picknick verlief ohne weiteren Hickhack zwischen den beiden Damen. Auf den Bäumen über ihnen zwitscherten die Vögel um die Wette. Bunte Schmetterlinge setzten sich auf die Decke und flatterten im nächsten Moment unbeschwert über ihre Köpfe hinweg. Belustigt beobachtete die Runde zwei Eichhörnchen, die sich um eine Nuss stritten, die wohl ein Überrest des vergangenen Herbstes war.

»Erzählen Sie, Herr Kapitän, von der wertvollen Ladung an Bord Ihres Schiffs«, knüpfte Minna an das Gespräch vom Vorabend an.

»Welche Ladung meinen Sie?« Kapitän Meyer setzte ein Pokerface auf.

»Na, die Juwelen natürlich.«

»Darüber herrscht größte Geheimhaltung.« Der Kapitän lächelte verschmitzt.

»Ach, kommen Sie. Erzählen Sie schon«, bettelte Rosalie. »Wie wertvoll sind die Juwelen wirklich?«

»Sogar die Besatzung des Schiffs wurde über die wahre Natur der Fracht im Unklaren gelassen. Warum sollte ich Ihnen davon erzählen?«

Gespannt lauschte Francis dem Gespräch.

Meyer zündete sich seine Pfeife an, nachdem er ein Stück Melone gegessen hatte. »Nur ich und eine Handvoll vertrauenswürdiger Männer an Bord wissen um den Wert der Ladung.«

»Ich habe gehört, dass oft eine Täuschungsstrategie angewandt wird, um mögliche Diebe abzulenken. Manchmal werden sogar falsche Gerüchte über die Fracht gestreut, um Neugierde und potenzielle Bedrohungen von der wertvollen Ladung abzulenken.« Minna stellte sich wieder in den Vordergrund.

»Ich darf darüber nicht sprechen. Lassen wir es dabei.« Meyer wirkte bestimmt.

Nachdem die Melone aufgegessen war, zauberte Ziegfeld einen Tennisball aus einem der Körbe. Die Herren hatten ihre Jacketts abgelegt, die Damen ihre Schuhe und Hüte. Lachend und schnaubend spielte die Gruppe damit Zuwerfen. Nur Strauss und Kapitän Meyer blieben stoisch auf der Decke sitzen. Meyer schmauchte seine Pfeife, während er das fröhliche Treiben beobachtete, Strauss hatte sich eine Zigarre angezündet. Der Kapitän genoss es, keine Verantwortung tragen zu müssen und sich dem Nichtstun hingeben zu können.

»Ist das nicht ein prachtvoller Tag?«, fragte er Strauss.

»Ich hasse die Sonne«, antwortete dieser knapp.

Immer ausgelassener wurde das Spiel. Der gute Weißwein heizte die Stimmung noch an.

»Fangen Sie den Ball!« Minna hatte sich schon seit Jahren nicht mehr so unbeschwert gefühlt. Sie warf ihn dem Kapitän zu, der ihn halb im Liegen geschickt auffing und an Rosalie weitergeben wollte. Dabei blieb der Ball in einer Astgabel auf der Platane über ihnen hängen.

»Lasst mich machen!«, rief Francis und zog seine Schuhe aus. So wie Rosalie hatte auch er keinen Wein getrunken. Er fühlte sich Jetty gegenüber verpflichtet, im Dienst, also während er auf Strauss »aufpasste«, keinen Alkohol zu sich zu nehmen. Zudem war er dem Wein ohnehin nicht sonderlich zugetan. Im Nu war er auf den Baum geklettert. Die überraschten Zuschauer spendeten Applaus. Als der junge Mann wieder auf dem Boden stand und sich ankleidete, schaute er besorgt auf den Himmel. »Da haben sich dicke Wolken vom Meer herangeschlichen und sich zu einem schwarzen Gebilde zusammengebraut«, stellte er nüchtern fest. Und mit einem besorgten Blick auf Strauss schlug er vor: »Wir sollten schleunigst aufbrechen.«

Noch schien die Sonne, doch in wenigen Augenblicken konnte es zu schütten beginnen. Rasch packte der Bootsmann das Geschirr und die Essensreste in die Körbe, warf die Decke darüber und eilte im Laufschritt zurück zum Boot, hinter ihm seine Gäste. Schützend warf Francis Minna seine Jacke über und bot ihr den Arm an.

Kaum saßen sie im Boot, als ein Blitz über ihnen zuckte. Sogleich war Donnergrollen zu vernehmen, und die ersten Regentropfen fielen vom Himmel. Aus dem sanften Wasser war ein unruhiges Meer geworden, der Wind hatte zugelegt. Die Äste der Platanen am Ufer bogen sich, als wären sie aus Gummi. Dutzende runde rote Blüten wirbelten durch die Luft. Das Rauschen der Blätter ging im Getöse des Wassers unter.

Mit gekonnten Zügen ruderte der Bootsmann den Kahn zurück Richtung Hafen. Kapitän Meyer kam ihm zu Hilfe, um die Geschwindigkeit zu erhöhen. Nebeneinander ruderten sie im Takt, als ginge es um Leben und Tod. Niemand sprach ein Wort. Ziegfeld spannte den Sonnenschirm über seine Frau, um sie vor dem Regen zu schützen. Sie schmiegte sich an ihn. Francis hatte den zweiten Schirm aufgespannt und hielt ihn galant über die Sängerin.

Strauss verfiel in Panik. Er wusste, wie gefährlich es war,

sich während eines Unwetters im oder auf dem Wasser aufzuhalten. Auch wenn er sich in einem sicheren Haus befand, brachten Gewitter ihn in eine verängstigte Stimmung. Mit klammen Händen hielt er sich am Bootsrand fest und fixierte den Holzboden unter sich. Das Boot schwankte stark im Wasser. Nur nicht auf die Fluten schauen, dachte er und fürchtete, sich übergeben zu müssen. Das durfte er sich nicht erlauben. Was für ein groteskes Bild würde er dabei abgeben!

Francis lächelte ihm aufmunternd zu und wollte ihm ein paar Sätze zurufen, um ihn abzulenken, doch es war sinnlos, denn der Wind hatte weiter zugelegt und man hätte kein Wort verstanden. Der Regen war ebenfalls stärker geworden und peitschte ihnen mit aller Kraft entgegen. So saß die Gruppe ergeben in dem Boot, nass und zitternd vor Kälte.

Nur noch wenige Ruderschläge und der Kahn würde im Hafen landen, gleich neben der »Rhein«. Doch plötzlich brachte eine starke Welle das Boot beinahe zum Kentern. Die Damen schrien laut auf, und auch Francis entlockte der Schreck einen hohen Schrei, der nach einer weiblichen Stimme klang. Was war das? Alle Augen waren überrascht auf ihn gerichtet. Schnell fasste er sich, und mit bemüht tiefer Stimme rief er, während er flink aus dem Boot sprang, um das Seil zu vertäuen: »Die Damen zuerst, bitte!« Er reichte Minna die Hand, um ihr beim Ausstieg behilflich zu sein. Dabei verlieh er seinen Bewegungen bewusst eine männliche Note.

Kaum hatten sie wieder festen Boden unter den Füßen, hörte der Regen auf. Die Sonne lachte unverschämt vom Himmel, der immer noch starke Wind trocknete im Nu die durchnässte Kleidung.

Strauss war durch das unerwartete Gewitter derart aufgewühlt, dass er beschloss, die Reise unvermittelt abzubrechen und auf dem schnellsten Weg nach Wien zurückzufahren. Er hatte mitbekommen, dass am folgenden Tag ein Schiff nach Bremerhaven ablegen würde. Dieses wollte er besteigen. »Bringen Sie mich zu einem Hotel. Ich bleibe hier und kehre morgen nach Hause zurück. Die Reise war von Anfang an eine Schnapsidee«, raunte er Ziegfeld zu und zeigte auf den Dampfer, der geduldig vor ihnen wartete. »Ich zahle Ihnen das ganze Geld zurück und beteilige Sie zusätzlich an meinem Jahresgehalt.«

Ziegfeld antwortete nicht. Mit zusammengepressten Lippen hakte er sich bei seiner Frau ein und schritt wortlos davon.

Kaum hatte sich die Gruppe dem Dampfer genähert, als aus einer der Hallen eine Musikkapelle auftauchte. Die Musikanten mussten vom Kurzaufenthalt des berühmten Komponisten Johann Strauss erfahren haben und wollten ihm ein Ständchen spielen. Während des Regens hatten sie sich untergestellt und geduldig auf seine Rückkehr von dem Ausflug gewartet. Als sie den Musikstar erblickten, machte der Dirigent ein Zeichen, und die Kapelle gab den »Donauwalzer« zum Besten. Die Passagiere, die die Szene von der Reling aus beobachteten, bedachten Strauss mit einem kräftigen Applaus. Dutzende Passanten, die von dem Empfang für den Superstar erfahren hatten und extra zum Hafen gekommen waren, hatten sich auf dem Kai versammelt und stimmten jubelnd in den Applaus ein.

Geschmeichelt von diesem Beifall vergaß Strauss auf der Stelle seine Ängste, die ihn gerade noch zum Abblasen der Reise bewogen hatten, und winkte der Kapelle vergnügt zu. »Ich danke Ihnen, Sie haben wunderschön gespielt!«, rief er erfreut.

Vor den Treppen zum Schiff wartete bereits sein treuer Diener Stepi in seinen Knickerbockern, auf dem Kopf der goldene Spitzhut. Er hielt einen Regenschirm und ein extragroßes Badetuch bereit, damit sich sein Herr abtrocknen konnte, bevor er das Schiff bestieg. Strauss hatte ihn vor dem Ausflug von seinem Vorhaben unterrichtet, damit er, falls ihm dabei etwas zustoßen sollte, Jetty darüber informieren konnte. Außerdem hatte er ihm aufgetragen, nach ihm suchen zu lassen, sollte er nicht eine Stunde vor Abfahrt des Schiffs wiederauftauchen.

Bevor Strauss die Treppen zum Deck erreichte, bat ihn ein Reporter um ein kurzes Statement zu seiner Amerikareise. Francis wollte ihn verscheuchen, doch der Walzerkönig war ganz in seinem Element. »Ist schon gut, Francis. Die Engländer sollen ruhig erfahren, dass ich in Boston auftreten werde.« Und mit einem raschen Blick Richtung Ziegfeld gab Strauss dem Reporter zur Antwort: »Ich freue mich sehr über diese aufregende Reise nach Boston, da mir das dortige Friedensfest und im Speziellen die Verständigung der Völker ein besonderes Anliegen sind.«

Ziegfeld beobachtete die Szene schmunzelnd.

Der Reporter beeilte sich, die Worte geflissentlich zu notieren, dann fragte er erneut in einwandfreiem Deutsch: »Warum ist Ihre Frau nicht bei der Reise dabei?«

»Weil sie sich um meine Geschäfte in Wien kümmern muss«, antwortete der Komponist.

»Reisen Sie ganz allein?«

»Nein, mein Freund Francis Kingsley begleitet mich.« Damit legte er seinem Begleiter den Arm auf die Schulter. Gemeinsam stiegen sie die Treppen hinauf an Bord, als ein gellender Schrei die euphorische Aufbruchstimmung durchbrach.

»Mein Collier! Mein Collier ist weg!« Es war die Opernsängerin Minna Peschka-Leutner. Sie war noch nicht aufs Schiff gestiegen, sondern stand auf der Kaimauer. Mit ihrem lauten Organ ließ sie die Menschen am Pier zusammenfahren.

Noch als die »Rhein« aus dem Hafen Richtung offenes Meer dampfte, gab es für Johann Strauss lang anhaltenden Applaus von den Zusehern an Land, bis der Dampfer hinter der Hafenmauer verschwunden war.

DAS COLLIER

In Southampton waren einige Passagiere neu in der ersten Klasse zugestiegen, unter ihnen Mary Greeley und ihre graziöse Tochter Ida aus New York sowie Lorenzo Ferranelli, ein englischer Detective Mitte dreißig, Sohn eines italienischen Vaters und einer britischen Mutter, die aus der Nähe von London stammte. Er war von nicht allzu großer Statur, wirkte aber durch seine aufrechte Haltung größer. Aufgewachsen war Lorenzo in Mezzolombardo bei Trient, wo der Vater als Weinbauer und Imker in einem nahe gelegenen Schloss in der Ortschaft Cles beschäftigt gewesen war. Der Vater hatte die Familie verlassen, als Lorenzo noch ein Kind war, und so zog die Mutter mit den beiden Söhnen vom norditalienischen Mezzolombardo zurück nach England.

Sowohl die Greeleys als auch Ferranelli erhielten im Speisesaal die noch leeren Plätze am Tisch von Johann Strauss. Bevor die Vorspeise des Dinners serviert wurde – Bouillabaisse mit Meeresbarsch, Dorade und Seeteufel –, stellte man einander vor. Strauss war den Neuankömmlingen selbstverständlich ein Begriff. Längst hatte der Wiener Walzer auch in New York und London als Modetanz Einzug gehalten.

In fließendem Deutsch erzählte der Detective der Runde, dass er auf dem Weg zum Weltfriedensfest sei.

»Da sind Sie nicht der einzige Passagier«, rief der Militärmusiker Klein aus und deutete auf Francis, Strauss und Minna Peschka-Leutner.

Ferranellis Chef, Sir David Field, sei ursprünglich von der Bostoner Polizei zu dem musikalischen Jahrhundertereignis beordert worden, um auszuhelfen, erzählte der Jungdetektiv. Field habe aber aus Krankheitsgründen absagen müssen, und so habe er stattdessen ihn, seinen Schüler, nach Boston, geschickt.

Mit seinen innovativen Methoden bei der Entlarvung von Verbrechern hatte sich Field über die Grenzen hinweg einen Namen gemacht. Er stützte sich dabei auf die neuesten Entwicklungen in der Kriminaltechnologie, bei denen die britische Polizei weltweit führend war.

»Was für ein Zufall!«, rief Francis erfreut. »Auch ich reise nach Boston, um dort im Auftrag der k.u.k. Infanterie bei den Sicherheitsvorkehrungen auszuhelfen. Außerdem soll ich der neu gegründeten Geheimpolizei in Wien Inspirationen für die Wiener Weltausstellung, die im kommenden Jahr stattfinden wird, mitbringen. Aber pst, das ist vertraulich.« Dabei hielt er den Zeigefinger an seine Lippen.

Ferranelli freute sich, mit Francis einen Kollegen an Bord zu haben. Wohlwollend musterte er ihn und gab ihm zu verstehen, dass er auf einen Austausch schon neugierig sei.

Ebenfalls in Southampton zugestiegen war die charmante Amerikanerin Martha Mills – eine blasse Frau Ende zwanzig mit ovalem Gesicht. Sie wurde am Tisch des Ehepaars Ziegfeld platziert, unmittelbar neben dem von Strauss. Ihr vierjähriger Sohn Willy und ihre dreijährige Tochter Nelly sowie ihre Dienstbotin Mary Patrick hatten in einem Nebensaal Platz genommen.

Und schließlich hatten nebst rund zwei Dutzend Passagieren der zweiten und dritten Klasse noch Daniel Steven Willard aus der gleichnamigen Bostoner Uhrmacherdynastie sowie der achtunddreißigjährige Henry Eric Tompkins, ein amerikanischer Bürgerkriegsgeneral, in Southampton das Schiff betreten, um die Überfahrt in der Luxusklasse vorzunehmen. Die »Rhein« war nun übervoll. Elf Tage trennten die Passagiere noch von Amerika.

Minnas verlorenes Collier war beim Dinner Gesprächsthema Nummer eins. Bevor der Dampfer abgelegt hatte, war das kleine Ausflugsboot einer genauen Prüfung unterzogen worden. Auch der Bootsmann war durchsucht worden – jedoch keine Spur von dem Collier.

»Wahrscheinlich habe ich es beim Ballspiel verloren«, hatte Minna lautstark gemutmaßt, als die Hafenpolizei herbeigeeilt war, um den Vorfall aufzunehmen. Der Bootsmann war aufgefordert worden, sich nochmals nach Netley Abbey zu jenem Platz zu begeben, an dem die Gruppe gepicknickt hatte, und, sollte er die Kette dort entdecken, nach New York zu telegrafieren – die Kosten würden selbstverständlich von der Norddeutschen Lloyd übernommen werden. Sollte er tatsächlich fündig werden, sollte er das Stück der örtlichen Polizei übergeben, die dafür sorgen würde, dass Frau Peschka-Leutner die Kette bei ihrer Rückkehr aus Amerika ausgehändigt würde. Selbstverständlich werde man großzügig bei der Bemessung des Finderlohns sein.

Auch unter den Passagieren der Nachbartische hatte sich herumgesprochen, dass die wertvolle Halskette abhandengekommen war. Die abstrusesten Mutmaßungen machten die Runde. Schließlich einigte man sich darauf, dass es auf dem Schiff einen Dieb geben musste, der es nicht nur auf die wertvolle Halskette, sondern sicherlich auch auf die Juwelen im Schiffsbauch abgesehen hatte.

»Man muss die Bewachung des wertvollen Guts verstärken«, meinte der Militärmusiker Heinrich Klein. Stets ging er bei der Lösung von Problemen mit militärisch-strategischen Vorschlägen an die Sache.

»Ich bin untröstlich! Mein Mann hat mir das wertvolle Schmuckstück zum fünfjährigen Hochzeitsjubiläum geschenkt. Es ist ein Familienerbstück und von unschätzbarem Wert«, beklagte die Sängerin den Verlust ihrer Kette und erntete dafür Mitleid und Trost spendende Worte von ihren Tischnachbarn.

»Wann haben Sie das Collier das letzte Mal bewusst gespürt?«, wollte Ferranelli wissen. Er ging sachlich und professionell vor.

»Was meinen Sie mit ›gespürt‹?« Minna sah ihn verdutzt an.

»Na ja, an Ihrer Brust.«

Die Operndiva errötete, griff an ihr Dekolleté und dachte kurz nach. »Noch bevor ich die ›Rhein‹ verlassen habe. Danach war ich so abgelenkt durch den wunderbaren Ausflug mit den vielen Eindrücken, dass ich nicht mehr daran dachte.«

Ziegfelds Frau, die am Nachbartisch unmittelbar hinter Minna saß und ihre Worte gehört hatte, konnte sich nicht verbeißen, eine süffisante Bemerkung zu machen. »Manche nehmen ein Butterbrot mit ins Grüne, andere ihr Vermögen – jeder eben, was ihm am Herzen liegt.«

Elisabetta Rinaldi brach in lautes Gekicher aus. Bevor sich Minna entrüstet umdrehen konnte, bohrte Ferranelli weiter.

»Haben Sie die anderen Mitreisenden, die sich am Ausflug beteiligt haben, schon gefragt, wann sie das Stück zum letzten Mal gesehen haben? Sie müssen wissen, ich bin beruflich Kriminologe«, beeilte er sich zu erklären, während livrierte Kellner Entenbrust in einer Portweinsoße und Kartoffelpüree mit gelben Fisolen servierten und Rotwein nachschenkten, sodass die Frage unbeantwortet blieb.

Die Operndiva war begeistert von dem neuen Passagier und vergaß ihre Trauer um das verschwundene Collier. Sofort nahm sie den jungen Engländer, dem man mit seinem pechschwarzen Haar und den dunklen Augen seine italienischen Wurzeln ansah, in Beschlag und fragte ihn über seinen Beruf aus.

Strauss und Francis beteiligten sich nicht an dem Gespräch. Der Komponist war durch die außergewöhnlichen Erscheinungen von Mary Greeley und ihrer bildhübschen, wohlerzogenen Tochter abgelenkt. Er schätzte die junge Frau mit ihrem langen blonden und gelockten Haar und ihren blitzblauen Augen auf gerade einmal siebzehn Jahre.

Francis hatte Strauss' Intention sofort bemerkt. Bevor er helfend eingriff, um den Bann zwischen den Damen und seinem Sitznachbarn zu brechen, wartete er – auch wegen Strauss' fehlender Sprachkenntnisse – gespannt, wie dieser es anstellen würde, sie in ein Gespräch zu verwickeln. Während er den Komponisten im Blickwinkel hatte, der nervös auf seinem Sessel hin und her rutschte, lauschte er mit einem Ohr interessiert Ferranellis Schilderung über seinen Beruf. Francis war vom ersten Augenblick an fasziniert von seinen ebenmäßigen Zügen, seiner tiefen Stimme und seiner stark ausgeprägten Gestik. Auch sein Stil gefiel ihm. Er musterte sein feines Jackett und seine eleganten Schuhe. Um den Hals trug der Detective ein Seidentuch mit auffälligen Stickereien. Sein Haar hatte er sorgfältig nach hinten gekämmt. Er vermittelte mit seinem makellosen Äußeren das Bild eines Dandys. »Dandys kleiden sich nicht, um zu leben, sondern leben, um sich zu kleiden.« Dieses Zitat, das er im Vorjahr in einer englischen Zeitung gelesen hatte, als der Zirkus in London haltmachte, kam Francis in den Sinn. Auch er kleidete sich gern wie ein Dandy, wenn er die Gelegenheit dazu hatte und nicht als »Ella« im Zirkus arbeitete.

Minna wollte von dem neuen Passagier wissen, ob es in London denn viel Arbeit für die Polizei gebe.

»Die Kriminalitätsrate ist in den letzten Jahrzehnten rapide angestiegen. Trickbetrügereien, Diebstähle und Schlägereien sind an der Tagesordnung. Das liegt auch daran, dass die Londoner Bevölkerung so schnell gewachsen ist.« Und nach einer kurzen Pause stellte er mit einem Blick auf Strauss fest: »Ähnlich wie in Wien, nur extremer.«

Der Angesprochene hörte jedoch nicht zu und hatte nur Augen für die Amerikanerinnen, die das Gespräch ebenfalls angeregt mitverfolgten.

»Wie kommt man Straftätern heutzutage eigentlich auf die Spur?«, wollte Minna wissen und beugte sich bewusst weit vor, damit ihr großzügig ausgeschnittenes Dekolleté besser zur Geltung kam. Ihr war nicht entgangen, dass sich Strauss mehr für die beiden Damen interessierte als für sie und ihr verschwundenes Collier, und so wollte sie seine Aufmerksamkeit zurückerobern.

»Straftätern kommt man nur mit List, Spürsinn, Kombinationsgabe und dem Sammeln von Informationen auf die Spur. Als Ermittler arbeite ich in Zivilkleidung und mische mich auf diese Weise unerkannt unter die Bevölkerung.«

»Wie viele Polizisten arbeiten eigentlich in London?«, fragte Minna weiter und nippte an ihrem Weinglas.

»Die Polizei in der Hauptstadt zählt beinahe zehntausend Mann, zwei Dutzend Oberaufseher, Hunderte Inspekteure, rund tausend Sergeanten und achttausend einfache Konstabler, die den Wachdienst bei Nacht in den Straßen versehen, bei Tage sind es ungefähr fünftausend Konstabler.«

»Und was machen Sie genau?«, wollte Francis wissen, während er den Engländer fixierte.

»Ich arbeite mit meiner Abteilung in der Kriminalistik, wo wir uns mehrerer Hilfswissenschaften bedienen.«

Bevor Francis oder Minna etwas darauf sagen konnten, übernahm Strauss das Tischgespräch. »Genug der Langeweile. Wir wollen doch alle wissen, welcher gute Wind Sie auf dieses Schiff geblasen hat«, wandte er sich an Mary Greeley.

Francis beeilte sich, die Frage zu übersetzen.

»Ich bin Lehrerin. Meine Tochter Ida und ich kommen von einem Aufenthalt auf der Southampton vorgelagerten Isle of Wight, wo ich regelmäßig auf Kur bin. Meine Tochter hat mich begleitet«, antwortete sie in tadellosem Deutsch.

»Und wo ist Mr. Greeley?«, wollte Strauss wissen und lächelte ihr charmant zu.

»Mein Mann ist sehr beschäftigt. Er leitet in New York eine Zeitung.«

»Journalist ist Ihr Mann also.« Strauss nickte zufrieden. In Wien hatte er es regelmäßig mit Reportern zu tun, die über seine Stücke schrieben oder ihn aufgrund seiner gesellschaftlichen Umtriebigkeiten erwähnten.

»Oh, Sie waren auf Kur!« Minna übernahm entzückt das Gespräch, ohne auf die Information über ihren Mann einzugehen. »Erst heute Nachmittag habe ich mit meiner lieben

Freundin Rosalie über die Kuren in Southampton gesprochen.« Sie deutete auf Rosalie Ziegfeld. »Dort sollen sich die Kurgäste ja besonders gut erholen.«

Greeley nickte bestätigend.

»Rosalie, die Dame kommt gerade von einer Kur in Southampton«, rief Minna zum Nachbartisch gewandt.

Rosalie Ziegfeld drehte sich abrupt um und musterte die Neuangekommene neugierig. Ihr entging nicht, dass Strauss Mrs. Greeley unverblümt anstrahlte.

»Wegen des milden Klimas ist die Kur auf der Insel besonders beliebt. Und es gedeihen dort sogar subtropische Pflanzen«, berichtete Mrs. Greeley. Langsam taute sie aus ihrer anfänglichen Schüchternheit auf. »Die sommerlichen Temperaturen dort liegen auch Queen Victoria sehr. Sie hat ihre Sommerresidenz von Brighton nach Cowes verlegt. Der von ihrem Onkel erbaute Royal Pavillon im Seebad Brighton hatte ihr zu wenig Privatsphäre geboten.«

Mit roten Backen mischte sich ihre Tochter Ida in das Gespräch, auch sie sprach ausgezeichnet Deutsch. »Stellen Sie sich vor, sie hat dort als private Rückzugsstätte für sich und ihre Familie ein Schloss gekauft. Ihr Ehemann Albert ließ Osborne House im italienischen Stil umbauen und erweitern. Das Schloss ist wundervoll. Sie müssen es einmal besuchen!« Idas dunkle Augen funkelten vor Enthusiasmus.

»Erzählen Sie von der Kur«, forderte Strauss Mary auf und zwirbelte dabei seinen Bart. Die Vorstellung der beiden Damen in ihren Badeanzügen heizte seine Phantasie an.

»Also, wir haben uns auf die neueste Thalassotherapie eingelassen«, erzählte Mrs. Greeley.

»Was ist das?«, wollte Klein wissen. Er hatte bisher stumm zugehört.

»Bei dieser Form der Therapie werden Krankheiten mit kaltem oder erwärmtem Meerwasser, Algen, Schlick und Sand behandelt«, antwortete Mary an Strauss gerichtet. »Die Meeresluft und die Sonne tun ihr Übriges für die Heilung.«

»Das wäre nichts für mich!«, winkte Klein mit einer abweisenden Handbewegung ab.

»An was für einer Krankheit leiden Sie denn? Sie wirken mir mehr als gesund«, stellte Strauss fest.

»Ach, die Lunge zwickt. Und manchmal spüre ich meine Nerven nur allzu stark.«

»Auch das kommt mir bekannt vor«, antwortete der Musiker interessiert.

»Man ist draufgekommen, dass Meerwasser eine besonders gesundheitsfördernde Wirkung hat. Mit Bade- und Trinkkuren können viele Leiden gelindert werden«, schaltete sich Minna ein.

Strauss zückte sein Heft aus der Innentasche seiner Jacke und machte sich Notizen.

»Haben Sie es schon einmal mit Kneipp-Kuren probiert?«, wollte Rosalie Ziegfeld wissen, die dem Gespräch immer noch lauschte.

»Ja, aber diese Kuren haben mir leider nicht geholfen. Ich würde Ihnen, Gnädigste, aber gerne von einer neuen Kur erzählen: von der vegetarischen Reform-Ernährung von Sylvester Graham«, sagte Ida Greeley.

»Erzählen Sie!«

Am ganzen Tisch herrschte gespannte Erwartung. Nur Francis und Lorenzo Ferranelli wirkten gelangweilt. Das Dessert war schon lange serviert worden – es gab Vanillepudding mit Schokoladensoße –, die Passagiere der anderen Tische waren bereits aufgestanden. Einige Männer steuerten auf das angrenzende Raucherzimmer zu. Francis wollte mehr über Ferranellis Polizeiarbeit erfahren und forderte ihn auf, ihn ins Raucherzimmer zu begleiten. Höflich entschuldigten sich die Herren bei den Damen der Runde.

»Ach, Sylvester Graham glaubte, dass eine vegetarische Ernährung nicht nur den Körper, sondern auch den Geist läutern könne.« Ida Greeleys Stimme hatte einen geheimnisvollen Klang angenommen. »Er sah im Verzicht auf Fleisch

und Gewürze ein Mittel, um sündige Gelüste zu zähmen –
besonders fleischliche Versuchungen. Graham war überzeugt
davon, dass eine zügellose Lebensweise den Körper schwäche
und Krankheiten wie Cholera hervorrufe.«

Gebannt hörte die Runde zu. Solche Theorien waren allen
Anwesenden neu.

»Bei seinen Vorträgen über diese heiklen Themen fielen
manche Zuhörerinnen in Ohnmacht«, erzählte Ida Greeley
weiter und genoss das rege Interesse an ihrer Schilderung.
»Wir Anhänger – die Grahamiten – halten uns streng an seine
Diät: Vollkornbrot und frisches Obst, kein Fleisch und keine
Gewürze, um die körperliche Leidenschaft zu unterdrücken.
Auch Butter und übermäßige Milchmengen kritisierte Gra-
ham.«

Die Zuhörer gaben Laute des Erstaunens von sich.

»Sie müssen wissen: Fleischhauer und Bäcker in Boston
waren wütend auf ihn und versuchten, seine Lehren zu unterdrücken. Doch Graham ließ sich nicht beirren. Er gründete sogar die American Vegetarian Society.« Mary Greeleys Stimme
bekam eine enthusiastische Färbung. »Graham war ein Mann
mit Prinzipien, der sich für die Reinheit von Körper und Geist
einsetzte – und seine Ideen leben in der vegetarischen Lebensweise bis heute fort. Vielleicht ist Ihnen das Grahambrot ein
Begriff.«

»Das Grahamweckerl, natürlich kenne ich das«, bestätigte
Strauss.

Die Zuhörer hatten andächtig gelauscht und stellten sich
die ausufernden körperlichen Ausschweifungen auf der einen
Seite und die strengen Moralvorstellungen und ausgeklügelten
Ernährungsweisen des Herrn Graham auf der anderen Seite
vor.

»Aus diesem Grund haben Sie vorhin die Fischsuppe und
das Fleisch nicht angerührt und sich stattdessen Gemüse bringen lassen«, stellte Minna fest.

»Richtig, auch ich richte mich nach Grahams Lehre. Und

zum Glück erfüllt man mir hier auf dem Schiff meine Wünsche«, sagte Ida.

»Und die körperliche Enthaltsamkeit, leben Sie dieses Prinzip auch? Und welche Wünsche kann man Ihnen noch erfüllen?« Strauss konnte sehr anzüglich sein.

Mary und ihre Tochter erröteten gleichzeitig.

Ida wurde auf einmal fuchsteufelswild und fuhr Strauss heftig an. »*Shame on you, Mr. Strauss. You can't talk to distinguished ladies in this way!*« Bei diesen Worten war sie aufgesprungen und beugte sich leicht über den Tisch. Ihr hübsches Gesicht kam noch mehr zur Geltung, ihre Sommersprossen traten stärker hervor.

Strauss blickte verdattert in die Runde. »Was hat sie gesagt?«

»Sie meinte, dass Sie zu weit gegangen sind«, kam Minna Mrs. Greeley zuvor, worauf sich Strauss bei den Damen für sein Benehmen entschuldigte.

»Sie müssen wissen, wir haben unsere Tochter feministisch erzogen. Mein Mann setzt sich in Amerika stark für die Frauenrechte ein. Außerdem kann meine Tochter sehr emotional werden.«

»Das ist gut so. Darf ich Sie noch zu einem Gläschen Champagner einladen?« Der Musiker war aufgestanden und verbeugte sich ehrerbietig vor Mutter und Tochter. »Sie sind selbstverständlich auch eingeladen«, richtete er sich an die Sopranistin.

»Warum gehen wir nicht alle in den Billardraum und spielen eine Runde?«, schlug Klein vor und erhob sich ebenfalls, um die Stühle der beiden Greeleys zurückzuschieben, während sie aufstanden.

Klein bot Minna seinen Arm an, die sich aber lieber an Strauss hängte, weil sie erhoffte, ein paar Informationen über seine neue Operette zu bekommen. Und so begab sich die Runde in den Billardsaal. Strauss liebte Billard. Nach Tarock war es das Spiel, das ihm am meisten Vergnügen, aber auch am meisten Ablenkung von seinem immerwährenden Strudel an

Gedanken rund um neue Musiknoten verschaffte. Besonderes Vergnügen bereitete es ihm, wenn er nicht als Verlierer aus einer Partie hervorging.

Francis und Ferranelli hatten inzwischen im Raucherzimmer in einer gemütlichen Ecke Platz genommen.

»Die mit ihren Gesundheitskuren. Ich halte nichts von dem modernen Zeug. Am Ende essen sie gar nichts mehr und sitzen den ganzen Tag in einem kalten Zuber«, bemerkte der Detective süffisant.

Dass er »die« gesagt hatte, gefiel Francis. Das war eine Abgrenzung und ließ auf ein »uns« schließen, was dann sie beide wären. Er betrachtete Lorenzos Hände. Sie waren wohlgeformt, er trug keinen Ehering. Francis begann, sich eine Beziehung mit dem um gut zehn Jahre Älteren auszumalen. Sie wachten nach einer heißen Nacht in dem prachtvollen Bett in der Luxuskajüte auf, ließen sich Kaffee bringen. Ob Lorenzo wohl Kaffee mochte? Im Moment trank er Absinth – es war bereits das zweite Glas, das er beim Barkeeper bestellt hatte.

Francis wollte mehr über ihn, aber vor allem über seinen Beruf und die neuesten Erkenntnisse im Bereich der Kriminaltechnologie erfahren. »Sie haben vorhin erwähnt, dass Sie sich verschiedener Hilfswissenschaften bedienen. Welche genau sind das?«, fragte er neugierig.

»Biologie, Chemie, aber auch Toxikologie«, antwortete Ferranelli knapp, und während er sein Glas austrank, fügte er hinzu: »Auch können wir auf gerichtsmedizinische Institute zurückgreifen.«

»Und was passiert dort?«

»Dort können zum Beispiel Fingerabdrücke untersucht werden.«

»Davon habe ich schon einmal gehört. Wie funktioniert das genau?«

»Der Brite William Herschel hat diese Methode vor ungefähr zwanzig Jahren entwickelt. Man hat festgestellt, dass jeder Mensch einen einzigartigen Fingerabdruck hat. Und jeder Mensch hinterlässt Fingerabdrücke, sobald er etwas angreift. Diese Abdrücke kann man auf Papier übertragen. Ein Fingerabdruck zeigt dunkle Linien für die erhabenen Hautteile und weiße Flächen für die ›Täler‹. Ein Prüfer vergleicht die Form der Linien sowie ihre Enden und Verzweigungen.«

Ferranelli bestellte beim Barkeeper ein weiteres Glas Absinth, bevor er weitersprach: »Wir arbeiten aber auch mit kriminalistischer Fotografie und beschäftigen uns mit der Auswertung der Spuren eines Verbrechens, vom Abdruck eines Schuhs bis zur Identifizierung von Staubkörnchen in der Rocktasche eines Mörders.«

Francis war beeindruckt. Er hatte zwar schon einmal etwas von »Forensik« gehört, wusste aber nicht, dass die Entschleierung des Geheimnisses der Toten durch die forensische Medizin schon so weit fortgeschritten war.

»Es geht um die Entlarvung verräterischer Zeichen in der menschlichen Schrift oder die Deutung winziger Blutflecken am Tatort«, erklärte der Engländer. »Wir arbeiten mit toxikologischen Gutachten und ziehen auch die Wissenschaft der Ballistik heran, um Täter zu entlarven. Seit vor vierzig Jahren ein Mordfall besonders viel Aufsehen erregte, nützen wir in Großbritannien ballistische Untersuchungen. Fachleute konnten damals die am Tatort gefundene Munition einer Gussform im Haus des Tatverdächtigen zuordnen. Ungefähr genauso lang kann man bereits den Einsatz von Arsen nachweisen und damit Giftmördern auf die Spur kommen. Die Methode geht auf einen Landsmann von mir zurück. James Marsh war Chemiker und hat den Test zum Nachweis entwickelt.«

Während er die letzten Worte sprach, betraten Klein und Minna das Raucherzimmer. Der Militärmusiker stützte die Sängerin, die offensichtlich nicht mehr ganz nüchtern war.

»Ich habe ›Arsen‹ gehört. Wer hat Arsen verwendet?«, lachte die Opernsängerin laut auf.

Klein sprach ebenfalls mit schwerer Zunge. »Stellen Sie sich vor: Die Besatzung plant für übermorgen einen Maskenball an Bord der ›Rhein‹. Die preußische Musikkapelle, die sich unten aufhält, wird spielen. Meine Wenigkeit darf dirigieren, zwei oder drei Walzer wird Strauss übernehmen«, überbrachte Klein die Neuigkeit.

Minna war aufgedreht. »Als was soll ich gehen? Ach ja. Ich werde *La fille du régiment*, die Regimentstochter, mimen. Sie wissen schon, die Figur aus der Oper von Gaetano Donizetti. Meine Garderobe gibt das Kostüm leicht her. Ich liebe Donizetti! Wussten Sie, dass Strauss bereits die nächste Oper plant? Wie macht er das bloß? Das möchte ich allzu gerne wissen.«

»Hinter jedem erfolgreichen Mann steckt eine starke Frau«, antwortete Klein.

»Kennen Sie Henriette Strauss?«, fragte Francis neugierig.

»Nicht persönlich, aber sie soll seit dem Tod der Mutter das Strauss-Imperium leiten. Sie managt die gesamte Familie. Mitsamt dem Vermögen«, gab Klein zur Antwort.

Ein Maskenball war etwas Besonderes. Vor allem in diesem wunderschönen Ambiente des verspiegelten Speisesaals. Eine Handvoll Passagiere, die sich noch im Raum befand, begann, sich aufgeregt auszutauschen, um sich kurz darauf zur Nachtruhe zurückzuziehen.

Als sich Francis von Lorenzo verabschiedete, um nach Strauss Ausschau zu halten, wünschten auch Minna und Klein eine gute Nacht. Strauss kam gerade gemeinsam mit Mary und Ida Greeley aus dem Billardzimmer, hinter ihnen das Ehepaar Ziegfeld sowie Henry Cabot und Elisabetta Rinaldi. Sie verfolgte Strauss auf Schritt und Tritt. Ida schien immer noch nicht mit dem prominenten Passagier versöhnt zu sein, wie ihr Gesichtsausdruck verriet.

Während sich die Gruppe in freudiger Erwartung des Maskenballs trennte, tauchte Erwin, der Nachtmatrose, auf und sperrte die Tür des Billardzimmers ab. Er war während der Nachtstunden für die Sicherheit und Ordnung auf dem Schiff verantwortlich und patrouillierte regelmäßig über das

Deck, überwachte Maschinenräume und andere kritische Bereiche, um sicherzustellen, dass in der Nacht keine Probleme auftraten. Erwin war klein und übergewichtig. Er trug einen schweren Mackintosh-Mantel, der ihn an Deck vor der Gischt und dem Regen schützen sollte. Sein Gesicht strahlte trotz sichtbarer Spuren von Alkohol Gutmütigkeit aus, seine Augen blitzten verschmitzt.

Strauss, Francis und Minna hatten denselben Weg zu ihren Kabinen. Rinaldi trottete hinter ihnen her.

»Darf ich fragen, in welcher Kabine Sie wohnen?« Francis war aufgefallen, dass sich die Witwe an ihre Fersen geheftet hatte, und drehte sich abrupt um, um sie zur Rede zu stellen.

»Ich weiß nicht genau, ich glaube, ich habe mich verirrt«, antwortete sie und lief dabei rot an.

»Folgen Sie dem Walzerkönig bitte nicht überallhin!«, herrschte er sie an.

Rinaldi wurde blass.

Erschrocken ob der aufbrausenden Stimme drehte sich der Nachtmatrose nach ihnen um. Er ließ sich Rinaldis Kabinenschlüssel zeigen und erklärte ihr geduldig den Weg. Dann setzte er seine Runde fort.

Als Strauss in seiner Kabine verschwunden war, versuchte Francis, der Opernsängerin, die immer noch vor ihrer Kabine stand, sein Verhalten zu erklären. »Sie müssen verstehen: Für eine Berühmtheit wie Herrn Strauss ist es nicht leicht, sich von Fans zu distanzieren. Ich will ihn dabei bloß unterstützen.«

»Das ist mir nicht fremd. Aber man muss doch nicht gleich so schroff reagieren«, gab sie zu bedenken.

»Sie haben recht, Gnädigste.« Francis zog seine Taschenuhr aus dem Jackett und rief überrascht aus: »Schon drei Uhr vorbei! Höchste Zeit, ins Bett zu gehen. Gute Nacht, Verehrteste.« Während er mit der rechten Hand einen Handkuss andeutete, den die Sängerin mit einem »Wie charmant« quittierte, wobei sie die Augen genussvoll schloss, glitt seine Linke in ihre Rocktasche.

Francis wollte gerade seine Kajüte aufsperren, als er Lorenzo Farrinelli gewahr wurde. Der Detective hatte die Abschiedsszene vom Ende des Gangs aus beobachtet. Er lächelte Francis geheimnisvoll zu. Nach kurzem Zögern trat Francis in seine Kabine und schloss die Tür hinter sich.

MORD

Strauss fand keinen Schlaf. Unaufhörlich kreisten seine Gedanken um die Möglichkeit eines Unglücks auf hoher See. Bisher war die Reise glatt verlaufen. Auch das Wetter spielte mit. Und trotzdem verspürte der Komponist Angst. Immer wieder stellte er sich vor, wie die Wellen plötzlich höher wurden, das Schiff erbarmungslos hin und her warfen und der Dampfer unterging. Diese ständige Furcht vor etwas Unvorhersehbarem – einem technischen Defekt, einem Sturm, einer Kollision mit einem anderen Schiff – war wie ein Schatten, der sich nicht vertreiben ließ. Er hatte aber auch ein unbestimmtes Gefühl, verfolgt oder beobachtet zu werden. Sein Herz schlug schneller, als es sollte, und jeder Atemzug fühlte sich schwer an, als ob die Luft um ihn herum dünner werden würde. In seinem Kopf war ein ständiges Chaos, in dem die Gedanken wild umherflogen und ihm keine Ruhe gönnten. In jedem Geräusch vermutete er eine drohende Gefahr. Sein Körper war angespannt, als ob er auf eine Katastrophe vorbereitet sein müsste, obwohl es keine akute Bedrohung gab. Die Sekunden zogen sich wie Stunden, und je mehr er versuchte, rational zu bleiben, desto mehr griff die Angst nach ihm. Die Schlaflosigkeit schien ihn zu erdrücken. Auch der Baldrian, den ihm sein Diener gebracht hatte, nützte nichts.

Schließlich fasste Strauss den Entschluss, sich ins Raucherzimmer zu begeben. Vielleicht würde die Angst bei einer guten Zigarre verschwinden. Mühsam schälte er sich aus dem Bett. Wer war das? Er bildete sich ein, am Gang ein undefinierbares Geräusch zu hören, dann ein Gekicher. Strauss zückte seine Taschenuhr. Es war halb vier.

Er zog sich an und machte sich auf den Weg. Der Gang war nur spärlich beleuchtet. Eine Gestalt huschte plötzlich schnellen Schrittes Richtung Raucherzimmer. War das der

Schatten, den er ständig hinter sich wähnte? Als Strauss um die Ecke bog, war die Gestalt verschwunden. Dafür begegnete ihm die Amerikanerin Martha Mills – die Dame, die mit Ziegfeld an einem Tisch saß. Beinahe hätte er sie in ihrem edlen Morgenmantel nicht erkannt. Sie wirkte darin wie ein Gespenst. Ihr blasses Gesicht unterstrich diesen geisterhaften Eindruck.

»Wohin des Weges um diese Uhrzeit?«, wollte er höflich wissen.

»Meine Tochter ist aufgewacht. Ihr ist nicht wohl. Ich suche den Nachtkellner, damit er ihr eine heiße Schokolade zubereitet. Das würde ihr garantiert helfen.«

»Kann ich Ihnen irgendwie behilflich sein?«, bot Strauss ihr mit besorgter Stimme an.

»Wie liebenswürdig von Ihnen, aber der Kellner müsste hier irgendwo sein«, winkte sie ab.

Das Raucherzimmer befand sich im Halbstock unterhalb des Decks, vis-à-vis dem Speisesaal. Aber auch hier fand Strauss nicht die gewünschte Ruhe. Der Raum war um diese Uhrzeit leer, schon längst hatte der Barkeeper die Vitrine mit den Spirituosen zugesperrt. Er zündete sich eine Zigarre an und lief rastlos auf und ab.

Plötzlich öffnete sich langsam die Tür. Strauss zuckte erschrocken zusammen und stützte sich am Geländer ab. Wieder überkam ihn diese undefinierbare Angst. Mit weit aufgerissenen Augen starrte er auf die Tür. Herein kam Florenz Ziegfeld.

»Sie haben mir einen Schrecken eingejagt!«, rief Strauss vorwurfsvoll. »Und überhaupt haben Sie mich erst in diese Klemme gebracht. Ich kann nicht schlafen, also sollen Sie auch nicht schlafen.«

Wütend drückte er Ziegfeld eine Zigarre in die Hand. Der steckte sie in die Tasche und zündete sich umständlich eine eigene an.

Dann erzählte ihm Strauss von seinen Sorgen. »Ich male mir aus, wie das Schiff kollidiert. Ich sehe die Rettungsringe im Wasser. Ich kann gar nicht schwimmen. Wussten Sie das? Und außerdem werde ich verfolgt!«

Der Amerikaner konnte das ständige Lamentieren seines Gastes nicht mehr hören. Trotzdem mimte er Aufmerksamkeit. »Wer verfolgt Sie, wenn ich fragen darf?«

»Ich weiß es nicht, aber ich spüre, dass jemand hinter mir her ist.«

Ziegfeld beschwichtigte ihn. Inzwischen kannte er den Komponisten gut genug, um zu wissen, dass er sich laufend Dinge einbildete. Schließlich verabschiedete sich Ziegfeld gähnend.

Strauss blieb allein zurück. Die Zigarre hatte nicht die gewünschte Wirkung gebracht. Im Gegenteil. Der Tabak machte ihn noch wacher, als er ohnehin schon gewesen war. Er beschloss, sich an Deck zu begeben. Vielleicht würde ihn der Wind müde machen und seine Angst verschwinden, wenn er sich dem Anblick der Fluten stellte.

Als er das Raucherzimmer verließ, stieß er beinahe mit dem Nachtwächter zusammen. Er hatte eine Flasche in der Hand und entschuldigte sich höflich. Strauss wandte sich zu den Treppen, die zum Deck führten. Erwin summte weiter eine Melodie und setzte seine Runde fort. Auf den Stiegen bildete sich Strauss erneut ein, verfolgt zu werden.

Auf seinem Rundgang traf der Nachtwächter auf Ida, die sich vor ihrer Kabine gedämpft mit dem Nachtkellner unterhielt. Schnell versteckte er die Flasche, die er bei sich trug, unter dem Regenmantel. Der Konsum von Alkohol während des Dienstes war strengstens untersagt. An ihrem Akzent hörte er, dass es sich bei der jungen Frau um eine Amerikanerin handelte. Höflich grüßte der Nachtwächter, doch sie würdigte ihn keines Blickes.

»Meine Mutter hat es mit den Nerven«, hörte er sie sagen. »Baldrian würde ihr bestimmt guttun.«

Er sah gerade noch, wie der Nachtkellner verständnisvoll

nickte, dann drückte er sich an ihnen vorbei und bog um die Ecke.

Ein kräftiger Windstoß empfing Strauss, als er das Deck erreichte. Schnurstracks steuerte er auf eine windgeschützte Ecke zu. An der Stelle hatte er schon mehrmals seit der Abfahrt der »Rhein« aus Bremerhaven eine Zigarre geraucht. Er schaute auf den weiten Ozean. Mit den Worten »Was bin ich doch für ein Narr!« schüttelte er sofort seine wiederkehrenden Gedanken rund um ein mögliches Schiffsunglück ab.

Dann sah er sich unsicher um. Bildete er sich das nur ein, oder spionierte ihm wirklich jemand hinterher? War die lästige Witwe ihm etwa aufs Deck gefolgt? Blödsinn, die schlief doch schon längst. Schließlich war es schon … Er griff nach seiner Taschenuhr. Nur schwer ließen sich die Zeiger bei dem Licht erkennen. Es war fünfzehn Minuten nach vier. Wenn ihm jetzt etwas zustoßen würde, gäbe es keine Zeugen. Oder vielleicht doch? Er blickte zum Krähennest, dem Platz auf dem Mast über ihm, doch ihm schien, als wäre der Ort unbesetzt.

Während er weiter seinen Gedanken nachhing, strich er sich über den kräftigen Schnurrbart und die stattlichen Koteletten. Plötzlich war ihm, als hörte er hinter sich Geräusche. Jäh drehte er sich um, aber da war nichts. Oder doch? War da nicht ein Schatten? Und war da nicht ein zweiter Schatten?

Wieder schüttelte er seine Gedanken ab. »Mein Schlafmangel bringt mich noch um den Verstand«, brummte er und kramte eine weitere Zigarre aus dem Mantel, musste aber aufgeben, weil der Wind zu stark war. Seufzend drehte er sich um und wankte vorsichtig über die nassen Planken zurück Richtung Stiege.

Erwin sah auf die Uhr. Es war vier Uhr dreißig. Die Nacht war bisher ruhig verlaufen. Ein paar Nachteulen waren unterwegs gewesen, aber eigentlich hatte es keine besonderen Vorfälle gegeben. Er nahm einen vorletzten Schluck aus der Schnapsflasche und schlurfte die Stiegen zum Deck hinauf.

Gerade wollte er die Flasche leeren, als er mit den Füßen auf etwas Weiches stieß. Tatsächlich hob sich da etwas Dunkles vom Boden ab. Was war das? Lag da etwa jemand?

»Jessas!«, entfuhr es ihm. »A Leich!« Vor Schreck ließ er die beinahe leere Flasche fallen.

Erwin wusste, was zu tun war. Im Nu rannte er zur Schiffsglocke, mit beiden Händen den schweren Mantel raffend, und zog an dem Tau.

Kapitän Meyer blickte verärgert auf die Uhr, als er durch das Läuten der Schiffsglocke, die mit seiner Kajüte verbunden war, aus dem Schlaf gerissen wurde. Andererseits musste etwas geschehen sein, wenn dieses Signal mitten in der Nacht erklang. Was konnte das bloß sein? Es war vier Uhr fünfunddreißig.

Rasch schlüpfte er in seine Uniform und stieg schnaufend über die Wendeltreppe zur Kommandobrücke, wo sein Erster Offizier diese Nacht seinen Dienst versah. Seine Respekt einflößende Uniform glich beinahe der des Kapitäns: Schirmmütze, schwarze Krawatte, taillierte dunkelblaue Jacke mit zweireihig angeordneten goldenen Knöpfen und Schulterklappen. Nur an den Abzeichen auf Mütze und Jacke ließen sich bei genauerem Hinsehen die unterschiedlichen Ränge der beiden Männer erkennen.

»Haben Sie die Glocke geläutet?«, fragte Meyer mürrisch.

»Nein, Kapitän. Das muss der Nachtwächter gewesen sein.«

»Übergeben Sie an den Zweiten Offizier und kommen Sie mit!«, befahl er. Gemeinsam stiegen sie zum Deck hinab und erreichten atemlos die Schiffsglocke, wo Erwin bereits ungeduldig wartete. »Müssen Sie ausgerechnet um diese Uhrzeit Alarm schlagen?«, bellte der Kapitän den Nachtwächter grantig an.

Erwin bedeutete ihnen, ihm zu folgen, und führte sie zu der Stelle, an der er beinahe über den leblosen Körper gestolpert wäre. »Schau'n S', was für ein Malheur passiert is!«, rief er und zeigte auf den Toten.

Fassungslos starrten Kapitän und Offizier auf den halb auf dem Bauch liegenden Leichnam mit dem Messer im Rücken. Nach ein paar Schrecksekunden schickte der Kapitän seinen Offizier zum Unterdeck, um den Schiffsarzt sowie einen gewissen Lorenzo Ferranelli aufzuwecken und unverzüglich an Deck zu holen. Währenddessen forderte der Kapitän den Nachtwächter auf, schon einmal einen Kübel Wasser, Besen und Schrubbseife zu besorgen, um das Blut, das sich auf den Planken ausgebreitet hatte, ehestmöglich zu entfernen.

Ferranelli schreckte auf, als es heftig an seiner Tür klopfte. Verschlafen schlüpfte er in seine Pantoffeln und öffnete. Draußen stand ein großer, hagerer Offizier in tadelloser Uniform, dahinter ein älterer, unscheinbarer, leicht gebeugter Herr im Schlafrock. »Wie kann ich helfen?«, wollte er höflich wissen.

»Es gibt einen Toten an Deck. Das ist der Schiffsarzt.« Damit deutete der Offizier auf den Mann im Schlafrock. »Der Kapitän lässt nach Ihnen rufen.«

Im Handumdrehen war Ferranelli hellwach und zog seinen Anzug an. Er griff nach einem Blatt Papier und einem Bleistift. Dann setzte er seinen Sonnenhut auf, obwohl der Tag noch nicht einmal angebrochen war, und folgte dem Offizier an Deck, wo der Kapitän wartete, neben ihm der Nachtwächter, in der einen Hand eine Laterne, in der anderen einen Kübel Wasser und einen Besen.

»Schrubben Sie das Blut nicht weg, bevor ich mir ein Bild machen konnte«, bat der Detective Erwin mit seinem englischen Akzent. Umständlich stellte Meyer ihn als »berühmten« Kriminalisten Lorenzo Ferranelli vor.

Der Schiffsarzt bückte sich und griff nach dem Puls des Mannes, der am Boden lag. »Er ist tot. Erstochen«, stellte er fest und erhob sich wieder.

»Wer hat ihn gefunden?«, wollte Ferranelli wissen.

Der Kapitän zeigte auf Erwin.

»Wann war das?«, fragte Lorenzo den Nachtwächter.

»Vor etwa fünfzehn Minuten.«

Der Detective notierte den Zeitpunkt nach einem Blick auf seine Uhr und betrachtete den Leichnam, bevor er fachmännisch feststellte: »Der Mann ist zu Boden gestürzt, als ihn jemand von hinten niederrang. Die beiden müssen kurz miteinander gekämpft haben, wie man an den Blutergüssen sieht.« Er zeigte auf Würgespuren am Hals und am linken Arm. »Dann dürfte ihm der Angreifer das Messer seitlich in den Rücken gestoßen haben. Es handelte sich um einen Rechtshänder.« Mit der rechten Hand mimte er den Messerstich. »Der Tote scheint einen Stich in die Nieren abbekommen zu haben, wobei höchstwahrscheinlich auch seine Aorta getroffen wurde, wie sich an dem massiven Blutverlust festmachen lässt. Stimmt's?«, wandte er sich an den Arzt, doch es klang mehr nach einer rhetorischen Frage. Und nach kurzem Nachdenken ergänzte er: »Jemand muss ihm unbemerkt hierher gefolgt sein.«

Der Arzt hatte stumm seinen Ausführungen gelauscht und nickte bestätigend. Die Runde stand ein paar Sekunden wortlos um den Leichnam.

»*No!* Nicht!«, schrie Ferranelli unvermittelt, als Kapitän Meyer sich bückte, um den leblosen Körper zu berühren. »*This is a crime scene! Questo è un luogo del crimine!* Das ist ein Tatort!«

Meyer schreckte zurück und richtete sich langsam auf, während er Erwin mit zusammengekniffenen Augen betrachtete. »Waren Sie das?«

Der Nachtwächter schaute ihn entsetzt an. »Sie meinen, dass i den Typen abg'murkst hab?«, fragte er in breitem Wiener Dialekt.

»Das herauszufinden wird meine Aufgabe sein«, wies Ferranelli den Kapitän höflich zurecht.

Die ersten Strahlen der aufgehenden Sonne tauchten am Himmel auf, wo vorher zartes Licht den Horizont erhellt hatte. In diesem Moment wurde Kapitän Meyer bewusst, welchen Fehler er begangen hatte, indem er diesen englischen Detektiv, Kommissar oder was immer er war, herbeigeholt hatte. Besser wäre gewesen, er hätte den Toten unbemerkt noch vor Anbruch der Morgendämmerung über Bord werfen und es nach einem Unfall aussehen lassen. Einen Mord auf seinem Schiff konnte er am allerwenigsten gebrauchen. Nur durch Zufall hatte er von der Anwesenheit des Schnüfflers an Bord erfahren, der in Southampton zugestiegen war. Meyer, der sich gewohnheitsmäßig die Passagierliste durchlas, war dabei auf Ferranellis Beruf gestoßen.

Schon bald würden die ersten Matrosen an Deck erscheinen, um die Planken vom Salzwasser, das durch den hohen Seegang über die Reling gespült wurde, zu befreien und die Sonnenstühle aufzustellen.

Da fiel der Blick des Kapitäns auf eine Ansammlung von rötlichen Punkten auf der Haut des Toten. »Nervenfieber!«, rief er triumphierend aus. »Die Punkte sind ein typisches Symptom.«

Innerlich biss er sich sofort auf die Zunge. Denn er wusste, was Nervenfieber oder Typhus, wie es in der Fachsprache hieß, bedeutete. Möglicherweise gab es verseuchtes Trinkwasser auf seinem Schiff, der Ausbruch einer Epidemie konnte die Folge sein. Das würde seinem Image enorm schaden. Und dazu würde noch die mühsame Prozedur der wochenlangen Quarantäne vor der Landung kommen. Meyer war sich bewusst, welche Stars er an Bord hatte. Neben dem europaweit bekannten Musiker aus Wien, Johann Strauss, fuhr auch die Sopranistin Minna Peschka-Leutner nach New York. Sie beide musste er pünktlich dort abliefern. Beide hatten nicht nur den Auftrag, beim World's Peace Jubilee aufzutreten, sie galten auch als ausgesprochene Höhepunkte des Musikfestivals. Würden diese Passagiere nicht pünktlich wie vereinbart am 15. Juni dieses Schiff in New York verlassen – nicht auszudenken, was ihm dann blühte.

Der Schiffsarzt betrachtete die Punkte, die der Tote im Gesicht und auf den Armen aufwies, sagte aber nichts.

Da entdeckte der Kapitän die zerbrochene Schnapsflasche, die Erwin zuvor beim Anblick des Toten aus der Hand gefallen war. Erneut bereute er, dass er die Sache nicht wie eine Folge von Alkoholkonsum hatte aussehen lassen. Es wäre schließlich nicht das erste Mal in seiner Karriere gewesen, dass ein Betrunkener über die Reling fiel.

Der Kapitän wusste, er hatte keine Zeit mehr zu verlieren. Schon bald würde der Tag anbrechen. In seiner Nervosität zeigte er auf die Flasche. »Der Mann scheint betrunken gewesen zu sein. Könnte es nicht sein, dass er sich das Messer, das er vielleicht in seiner Hosentasche mit sich führte, selbst unabsichtlich hineingerammt hat, als er auf dem schaukelnden Schiff ohne Beleuchtung durch die Dunkelheit torkelte? Oder dass er es bewusst gemacht hat, weil ihm klar war, dass er an dem Nervenfieber sterben würde?«, versuchte er unbeholfen, eine Erklärung zu finden.

Beinahe unmerklich schüttelte Ferranelli den Kopf. Der Schiffsarzt sah ebenfalls skeptisch drein, traute sich aber nicht, etwas zu sagen.

Fast wäre Erwin herausgerutscht, dass das seine Flasche war, die da zerbrochen am Boden lag – im letzten Moment besann er sich aber. Er konnte ja schlecht zugeben, dass er während seines Dienstes trank. Der Kapitän schien felsenfest davon überzeugt zu sein, dass die zerbrochene Flasche dem Ermordeten gehörte.

Mit Blick auf Ferranelli ordnete Meyer an, die Beweisaufnahme so rasch wie möglich zu erledigen und den Leichnam, eingepackt in ein altes Segeltuch, mit Hilfe des Nachtwächters ins Meer zu befördern, wie es die offizielle Prozedur vorsah. All das sollte passieren, noch bevor die ersten Matrosen an Deck kamen, sich der augenscheinliche Mord herumsprach und Panik unter den Passagieren ausbrach. Was dann auf seinem Schiff passieren würde, wollte er sich nicht ausmalen.

Ferranelli griff in die Taschen des Toten. In der Hosentasche fand er einen Schlüssel, der zu einer Kabine gehörte. »Er war anscheinend kein blinder Passagier«, stellte er fest. Dann untersuchte er die Leiche nach verdächtigen Spuren. Fündig wurde er aber nicht. Stattdessen entdeckte er am Handrücken des Toten eine kleine Tätowierung. Bei genauerem Hinschauen erkannte er darin eine Schwalbe mit einem Stern über dem Kopf.

»Seltsam. Dieses Symbol kenne ich doch«, murmelte er und zeichnete die Tätowierung nach. Schließlich nahm er mit dem Bleistift einen Batzen Blut und schmierte es auf ein Stück Papier, das er vorsorglich faltete und einsteckte. Dann zückte er Block und Bleistift und zeichnete gekonnt die Szene von dem Toten und dem Tatort nach, um das Bild bei seinen Untersuchungen nützen zu können.

»Schrubbt das Blut von den Planken«, befahl der Kapitän, als er sah, dass der Ermittler mit seiner Arbeit fertig war. Und zu Ferranelli gewandt sagte er: »Wenn Sie schon ermitteln müssen, dann denken Sie daran, dass es offiziell ein Unfall war und Sie prüfen müssen, wie genau der Mann den Tod gefunden hat. Das Messer verschweigen Sie dabei bitte.« Dann deutete er auf Erwin. »Und der da soll Ihnen bei Ihren Ermittlungen behilflich sein. Der hat vielleicht mehr gesehen, als er jetzt weiß.« Er kündigte an, den Vorfall der Schiffsordnung folgend unverzüglich im Logbuch festzuhalten. Damit drehte er sich mit einem Ruck um und stieg, gefolgt von dem Offizier, der kein Wort von sich gegeben hatte, behäbig die Leiter zur Kapitänsbrücke hinauf.

Ferranelli ließ indes Erwin ein altes Segeltuch herbeischaffen. Darin wickelten sie den Leichnam ein und schleppten ihn in den Maschinenraum, bevor die ersten Matrosen an Deck kamen, um dieses von der nassen Gischt zu befreien, und die Sonne die Planken in ein warmes Licht tauchte.

BEFRAGUNGEN

Der Zwischenfall mit dem Toten an Deck des Schiffs hatte sich nicht verheimlichen lassen und machte innerhalb kürzester Zeit die Runde. Gemeinsam mit Erwin gelang es Ferranelli jedoch, die Matrosen und Offiziere so weit zu instruieren, dass der Tod des Mannes offiziell als Unfall deklariert wurde. Damit wurde dem Wunsch des Kapitäns entsprochen. Auch würde es die Ermittlungsarbeit von Ferranelli erleichtern. Der Tote war Gesprächsthema Nummer eins.

»Haben Sie schon gehört, was an Deck passiert ist? Ein junger Passagier ist stockbetrunken auf den gischtnassen Planken ausgerutscht und auf den Kopf gefallen. Er war sofort tot!«, raunte Minna ihren Sitznachbarn beim Mittagstisch zu.

»Ich habe vernommen, er hat sich absichtlich das Leben genommen, weil er unglücklich verliebt war. Man wollte den Suizid vertuschen«, lautete die Version von Ida Greeley hinter vorgehaltener Hand.

Und auch Frau Ziegfeld hatte eine Erklärung für den Tod des jungen Passagiers. »*Mon Dieu!* Mir ist zu Ohren gekommen, dass der junge Mann schwer seekrank war. Durch seine körperliche Erschöpfung war er geschwächt, sodass es zu plötzlichen Komplikationen kam.«

Nur Johann Strauss und Francis Kingsley beteiligten sich nicht an den Spekulationen. Der Komponist versuchte generell, den Tod aus seinem Leben auszublenden – sämtliche Begräbnisse und Trauerzeremonien mied er. Nicht einmal der Beerdigung seines eigenen Bruders hatte er beigewohnt. Sprach jemand in seiner Gegenwart vom Tod, so klopfte er dreimal auf den Tisch und spuckte in die rechte Hand. Damit wollte er ihn von sich fernhalten.

Es hatte sich herumgesprochen, dass Ferranelli unmittelbar nach dem Unfall an Deck geholt worden war. Die Tischgesellschaft drängte ihn, Details zu erzählen. Doch der Kriminalist hielt sich bedeckt. Stattdessen erhob er sich und begab sich in die Schiffsbibliothek, wo er hoffte, ungestört sein zu können. Auf dem Weg dorthin bat er den Kellner, Erwin aufzustöbern, ihn unverzüglich in die Bibliothek zu bringen und ausschließlich Passagiere, die in Erwins Begleitung waren, hineinzulassen.

Die Gesellschaft war indes erleichtert, dass der Kapitän den Kostümball, der für den nächsten Abend geplant war, trotz des Zwischenfalls nicht absagen wollte. Und so lenkte man das Gespräch bald auf den bevorstehenden Abend und die Kostüme.

Der Detective musste lange warten, bis der Nachtwächter, der aus seinem verdienten Schlaf gerissen worden war, wie sein zerwühltes Haar verriet, in der Bibliothek erschien. Jammernd setzte sich der Wiener an den Tisch.

»Kann i net amal untertags mei Ruah ham?«

Ferranelli ging nicht darauf ein, sondern befahl ihm unwirsch: »Bringen Sie mir bitte die Passagierliste dieses Schiffs.« Und als er merkte, in welchem Zustand sich der übermüdete Nachtwächter befand, fügte er hinzu: »Danach lasse ich Ihnen einen anständigen Kaffee mit Rum servieren.«

Der Detective hatte auf dem Tisch vor sich die Zeichnungen ausgebreitet, die er vom Toten und vom Tatort angefertigt hatte. Bei dem Mann handelte es sich um den Zweite-Klasse-Reisenden Hans Riemschneider, siebzehn Jahre alt, von Beruf offiziell Geschäftsmann. Diese Information hatte er noch in der Nacht vom Ersten Offizier erhalten, als ihm Ferranelli den Kabinenschlüssel des Toten aushändigte. Hans war der Sohn eines bedeutsamen Hannoveraner Buch- und Zeitungsdruckers, der sich mit den königlichen Institutionen Preußens angelegt hatte. Er war im Alter von fünfzehn Jahren von zu Hause ausgerissen und auf die schiefe Bahn geraten.

Als Erwin zurückkam, studierte Ferranelli seine Zeichnung

der Tätowierung, die er an der Hand des Toten entdeckt hatte. »Setzen Sie sich. Sehen Sie die Skizze?«, fragte er den Nachtwächter. »Eine Tätowierung lässt meist auf eine kriminelle Lebensweise schließen. Eine Schwalbe bedeutet die Sehnsucht nach Freiheit. Viele Männer, die im Gefängnis waren, tragen ein solches Symbol auf der Haut«, belehrte er ihn. »Was der Stern bedeutet, weiß ich aber nicht.«

Seufzend legte er die Zeichnung zurück und bat den Kellner, der gerade einen Blick in die Bibliothek warf, um zwei extrastarke Tassen Kaffee und eine Flasche Rum. Dann nahm er die Passagierliste und sah sich die Namen der Erste-Klasse-Reisenden an. »Wäre es möglich, dass ein Passagier der zweiten Klasse über die Aufgänge ans obere Deck des Schiffs gelangt?«, wollte er wissen.

Erwin verneinte die Frage. »Die ham ihr eigenes Deck. Die Stiegen san zua. Wenn sie aufekommen, dann nur mit an von da Besatzung dabei.«

»Und in welchen Fällen lässt ein Besatzungsmitglied das zu?«

»Des warat, wenn a Passagier aus da Ersten nach seinem Diener schickt, der in da Zweiten unterbracht is.« Und nach kurzem Nachdenken fügte er hinzu: »Normal kriag i des mit. Außerdem wird des in a Extra-List'n eintragen, wo besondere Vorfälle vermerkt wern.«

»Dann muss dieser Hans sich in den Bereich der ersten Klasse hineingeschmuggelt haben. Aber wie? Und warum hätte er das tun sollen?« Der Kellner kam mit einem Tablett herein und stellte die Getränke auf den Tisch, bevor er sich wieder verabschiedete.

Ferranelli bedankte sich und wandte sich erneut an Erwin. »Ist Ihnen bekannt, dass ein Besatzungsmitglied letzte Nacht einen Passagier der unteren Klasse heraufbegleitet hat?«

Erwin ergriff mit seiner rechten Hand eine Tasse und nahm einen großen Schluck. Dann schüttelte er den Kopf.

»Also können wir nahezu ausschließen, dass der Mörder

aus der unteren Klasse kommt. Das schränkt den Kreis der Verdächtigen ein.« Ferranelli wirkte zufrieden. »Nun komme ich zu einer anderen Frage: Ist das Deck in der Nacht für alle Passagiere erreichbar?«

Erwin dachte kurz nach, dann antwortete er: »Nur für die von die beiden Esstische, an denen der Strauss sitzt. Die san alle in einem Gang unterbracht. Für die anderen Passagiere is a anderer Teil vom Deck offen. Des hot olles System.«

»Gut, dann kommen nur diese Personen in Frage.« Zufrieden machte sich der Kriminologe Notizen.

In diesem Moment schaukelte das Schiff stark, die Papiere flogen vom Tisch. Als Ferranelli sich bückte, fiel ihm auf, dass Erwin eine Flasche in seinem Mantel versteckt hielt. »Wie viel Schnaps trinken Sie am Tag?«, fragte er ihn und zeigte auf die Flasche.

Erwin errötete.

»Haben Sie letzte Nacht getrunken? War die Flasche, die neben dem Toten am Boden lag, von Ihnen?«

Der Nachtwächter bejahte und wollte ansetzen zu beteuern, dass das nur eine Ausnahme gewesen sei, doch Ferranelli stoppte ihn.

»Das genügt mir. Ich wollte nur sichergehen, dass die Flasche weder dem Opfer noch dem Täter gehörte.« Und nach einer kurzen Pause meinte er: »Ich werde Sie nicht verraten.«

Dankbar nickte der Nachtwächter.

»Als Nächstes brauche ich Auskunft über alles, was Ihnen letzte Nacht auffällig vorgekommen ist, sowie eine Liste aller Passagiere, denen Sie vergangene Nacht begegnet sind.«

»Letzte Nocht is ordentlich rundgangen, oba des wiss'n S' eh. Sie war'n ja a nachm Nachtmahl im Billardzimmer. I hob außerdem g'sehen, wia S' zuag'schaut hob'n, wo sich die Sängerin – wia hoaßt die no glei?«

»Sie meinen Minna Peschka-Leutner?«

»Jo, genau die. Und der junge Amerikaner ...«

»Francis?«

»Jo, genau so hoaßt der. Also, Sie war'n doch dabei, wia er si von ihr verabschied't hot.«

»Stimmt.« Ferranelli erinnerte sich an die seltsame Situation, als Francis etwas in die Tasche der Sängerin steckte. »Das war, kurz bevor Johann Strauss in seine Kabine gegangen ist«, sagte er.

»Jetzt, wo S' eam erwähnen, foit ma ei, dass i eam in da Nocht g'sehen hob. Er is ausm Raucherzimmer kumman«, rief Erwin.

»Wann war das genau?« Der Detective wirkte alarmiert.

»Ich schätze, um drei viertel vier.«

»Was hat Strauss um diese Uhrzeit gemacht?«

»Er is die Stieg'n raufg'rennt aufs Deck! Und vorm Raucherzimmer is die Italienerin g'wesen.«

»Die Rinaldi? Was hat die gemacht?«

»I glaub, sie hot auf eam g'wartet.«

Aufgeregt notierte Ferranelli diese Informationen. Dann fragte er: »Sind Sie noch jemandem begegnet?«

»Jo, i bin dieser jungen Amerikanerin begegnet. I glaub, sie is in Southampton zug'stiegen und reist mit ihrer Muatta.«

»Ida Greeley?«

»Kann scho sein. Sie hot longe blonde Hoar.«

»Ja, das ist sie. Wann haben Sie sie gesehen?«

»Glei nachdem i dem Strauss begegnet bin. Sie hot grad mitm Nochtkellner g'redet. I glaub, sie hot Baldrian woll'n.«

»Woher wissen Sie das?«

»I hob beim Vorbeigeh'n a paar Wortfetz'n aufg'schnappt. Sie hot b'sorgt klungen.«

Wieder machte sich Feranelli Notizen. »Ist Ihnen sonst etwas aufgefallen?«

Erwin schüttelte den Kopf. »Na, des woar ois.«

Ferranelli sah auf die Uhr. Er bestellte sein erstes Glas Absinth. »Ich würde gerne mit dem Nachtkellner sprechen. Können Sie ihn bitte holen?«

Der Nachtkellner, er hieß Jan, bestätigte, dass er Ida Greeley

kurz vor vier Uhr Baldrian besorgt und Martha Mills heiße
Schokolade für ihr Kind gebracht hatte.

Dann bat Ferranelli Erwin, ihm weitere Passagiere vorbei-
zuschicken. Als Vorwand erklärte er, dass man die genaueren
Umstände untersuchen wolle, um herauszufinden, wie der
junge Mann tatsächlich ums Leben gekommen war. Dabei
notierte sich Ferranelli auch, wer von den Befragten Rechtshänder war.

Alle Angaben Erwins wurden durch die Befragungen unter-
mauert. Ziegfeld bestätigte nicht nur, dass er im Raucherzimmer auf Strauss gestoßen sei, sondern auch, dass er davor
Elisabetta Rinaldi gesehen, sich dabei aber nichts gedacht habe.

Die Witwe gab sich ehrlich. Sie erklärte ihre Anwesenheit
vor dem Raucherzimmer damit, dass sie den Komponisten
bewundere und ein paar Worte mit ihm habe wechseln wollen,
er sie aber beharrlich ignoriere.

Ferranelli brachte sie in Verlegenheit, als er sagte: »Übertreiben Sie nicht damit, ihm aufzulauern. Männer mögen so
etwas nicht.«

Als der Kellner ihm den Absinth servierte, bestellte er gleich
eine ganze Flasche.

Im Gespräch mit den beiden Greeleys erfuhr der Detective,
dass Marys Mann die »New-York Tribune« herausgab, sich
aber auch politisch engagierte. Beim Parteitag der Republikaner war er zum Präsidentschaftskandidaten für die Wahlen im
November nominiert worden, wie die beiden Damen während
ihres Aufenthalts in Southampton erfahren hatten. Horace
Greeley sei ein »glühender Abolitionist«, der sich für die Abschaffung der Sklaverei im Süden der Vereinigten Staaten eingesetzt habe. In dieser Frage, in der er von den oppositionellen
Demokraten unterstützt worden war, sei er noch entschiedener
aufgetreten als Abraham Lincoln. Er gelte als ernst zu neh-
mender Herausforderer des Amtsinhabers Ulysses S. Grant.

»Ihr habt aber schöne griechische Namen da drüben in

Amerika«, bemerkte Ferranelli süffisant, bevor er sich von den Damen verabschiedete.

Nachdem Mary und Ida die Bibliothek verlassen hatten, dachte der Engländer laut nach. »Kann es sein, dass es der junge Mann, der durch ein Messer gestorben ist, in Wahrheit auf die beiden Damen abgesehen hatte und jemand ihn an dem Anschlag hinderte? Vielleicht wollte er die beiden als Geiseln nehmen. Vielleicht ist diesem Jemand der liberale Abolitionist Greeley ein Dorn im Auge.«

Erwin, der den Befragungen still beigewohnt hatte, überlegte kurz, dann schüttelte er den Kopf. »Des is zu weit herg'holt. Des hätt ma vü einfacher bei ihrer Kur erledigen kunna.«

»Das stimmt allerdings«, gab ihm der Detective recht. »Jedenfalls haben wir es bei Mary Greeley möglicherweise mit der nächsten First Lady der Vereinigten Staaten von Amerika zu tun.«

»Und mit ihrer verzogenen, frech'n Tochter«, ergänzte Erwin.

»Selbstbestimmt und feministisch, nicht verzogen oder frech«, korrigierte ihn Ferranelli.

Minna Peschka-Leutner erzählte, dass Cabot bei ihr geklopft und sie noch zu einem Gute-Nacht-Drink in seine Kajüte eingeladen habe, nachdem sie sich von den restlichen Passagieren verabschiedet hatte. Sie hätten erst über seine Hummer-Fabrik und dann über die Arie der »Königin der Nacht« gesprochen.

Bevor die Sängerin die Bibliothek verließ, wollte Ferranelli von ihr wissen, ob sie ihr Collier wiedergefunden habe. Sie bejahte. Dabei lief ihr Gesicht purpurrot an.

Cabot bestätigte ihre Aussagen, auch was ihre Gesprächsthemen anbelangte.

Sowohl Rotkowsky als auch Klein gaben an, die ganze Nacht schlafend in ihren Kajüten verbracht zu haben.

Strauss kam mit einem Glas Champagner in der Hand in die Bibliothek. Er erzählte dem Ermittler mit wenigen Worten von seiner Angst, die ihn in der Nacht geplagt hatte. Er gab an, am Gang Martha Mills und im Raucherzimmer Ziegfeld getroffen zu haben. An Deck habe er sich eingebildet, Geräusche gehört und Schatten gesehen zu haben.

Ferranelli bohrte nach. Er wusste, dass Strauss ein wichtiger Zeuge in der Mordnacht war. Doch mehr war aus ihm nicht herauszukriegen.

»Haben Sie etwas zu feiern?«, wollte der Detective wissen, als der Komponist schon im Begriff war, den Raum zu verlassen.

»Nein, wieso?«, antwortete Strauss.

»Weil Sie Champagner trinken.« Ferranelli deutete auf sein Glas.

»Würde ich nur Champagner trinken, wenn es etwas zu feiern gäbe, hätte ich noch nie welchen getrunken«, sagte Strauss und schloss die Tür hinter sich.

»Wie traurig«, sinnierte der Detective, als er draußen war.

Schließlich schickte Ferranelli nach Francis.

Erwin ließ es sich nicht nehmen, den Amerikaner zu beschreiben. »Der fesche Dandy wirkt a bissl weiberisch. Na, eigentlich schwul.«

»Wie bitte?«

»Er wirkt so, als ob er auf Männer steht. Haben S' des no goar net bemerkt?«

»Ich bin mir nicht sicher«, antwortete Ferranelli und wurde hochrot. Er nahm schnell sein Glas zur Hand und trank es leer, damit Erwin sein Gesicht nicht sehen konnte.

FRANCIS

Francis trug wie schon am Vortag einen marineblauen Anzug aus feinstem Tuch, mit einer perfekt sitzenden Jacke und einer schmalen Hose. Der Kragen seines Hemds war hoch geschnitten, seine Schuhe waren bestens poliert. Der Schnurrbart schien sorgfältig gestutzt, das Haar war modisch frisiert. Er hatte ein selbstbewusstes und charmantes Auftreten.

Ferranelli wies ihn an, neben dem Kamin, der eine Attrappe war, Platz zu nehmen. Er bot ihm Absinth an, doch Francis winkte ab.

Stattdessen nahm er die Zeichnung in die Hand, die Ferranelli von dem Toten angefertigt hatte, und wies auf die Tätowierung. Als würde er mit sich selbst sprechen, erklärte er: »Tätowierungen sind in der Regel ein Indiz für kriminelles Verhalten. In kriminellen Kreisen dienen sie als Erkennungsmerkmale, die ein Zusammengehörigkeitsgefühl ausdrücken, weil die Mitglieder versuchen, sich von der bürgerlichen Gesellschaftsschicht abzugrenzen.« Er zeichnete den Vogel mit dem Finger nach. »Schwalben werden meist von Seeleuten verwendet. Für Verbrecher bedeuten sie oft Freiheit oder den Wunsch danach. Und der hier ...«, er zeigte auf den kleinen Stern über der Schwalbe, »... der Stern bedeutet, dass der Tote Mitglied einer Bande war, die unter anderem auch in Wien umtriebig ist. Er besagt, dass er Teil der untersten Bandenriege war. Mit fünf Sternen wäre er ihr Anführer.«

Ferranelli war beeindruckt. Er selbst hatte zwar das Symbol der Schwalbe deuten können. Was der Stern ausdrückte, war ihm aber neu. »Woher wissen Sie das so genau?«, fragte er, während er etwas in sein Notizheft kritzelte.

»Ich bin Infanterist und arbeite für die Wiener Geheimpolizei«, log Francis.

»Um was für eine Vereinigung handelt es sich in diesem Fall?«, fragte der Detective.

»Das sind üble Burschen. Sie sind auf Schmuggel und den Schwarzmarkt spezialisiert. Das bedeutet, sie haben Verbindungen in ganz Europa, vor allem zu den Hafenstädten. Sie übernehmen aber auch Auftragsmorde. Die Mitglieder mit nur einem Stern machen meist die Drecksarbeit. Das sind Killer.«

»Kommen wir zu letzter Nacht«, begann Ferranelli die Befragung und goss den Rest der Flasche in sein Glas. »Was haben Sie getan, nachdem Sie sich von Frau Peschka-Leutner verabschiedet hatten?« Bewusst vermied der Detective, danach zu fragen, was er der Sängerin bei der Abschiedsszene zugesteckt hatte.

»Ich bin in meine Kabine, habe mich ausgezogen und mich aufs Bett gelegt.«

Erwin, der bis dahin stumm in einer Ecke sitzend zugehört hatte, bestätigte die Angabe.

»Sind Sie sofort eingeschlafen?«

»Nein, ich habe noch ungefähr eine halbe Stunde gelesen.«

»Was haben Sie gelesen?«

»Eine Pferde-Illustrierte. Sie müssen wissen, ich bin Infanterist und interessiere mich –«

»Okay. Sind Sie dann noch einmal aufgestanden?«

»Nein. Ich war todmüde und bin sofort eingeschlafen.«

»Haben Sie draußen etwas gehört?«

»Nein. Wie ich sagte, ich bin sofort eingeschlafen.«

Ferranelli schrieb während des Gesprächs mit. Dann überlegte er kurz, bevor er fortfuhr: »Mir ist zu Ohren gekommen, dass es kürzlich einen Vorfall mit den Noten von Johann Strauss gab. Erzählen Sie, was da war«, forderte er sein Gegenüber auf.

»Am ersten Abend hatte Strauss zu viel getrunken und erinnerte sich am nächsten Tag nicht mehr daran, was genau an jenem Abend geschehen war.« Francis wollte nicht verraten, dass der weltberühmte Komponist in Wahrheit eine Angstattacke erlitten hatte. »Er verdächtigte die Sängerin, ihm seine Noten entwendet zu haben. Dabei hatte er sie mir anvertraut, aus Angst, jemand würde sie ihm stehlen«, erzählte er weiter.

»Gibt es dafür Zeugen, dass er Ihnen die Noten anvertraut hat, oder haben Sie sie entwendet und die Geschichte erfunden, als er mit dem Gezeter begann?«

»Wieso hätte ich das erfinden sollen?«

Ferranelli fixierte ihn scharf, dann fragte er: »Herr Kingsley, haben Sie der Sängerin das Collier gestohlen und es ihr gestern Abend wieder zugesteckt? Sind Sie vielleicht ein notorischer Dieb?«

Francis wurde blass. Kurz rang er um Worte, dann antwortete er: »Ja, ich habe ihr das Collier weggenommen.«

»Gestohlen, meinen Sie?«

»Ich habe es ihr weggenommen, mit dem Ansinnen, es ihr wieder zurückzugeben. Was ich auch getan habe.«

»Warum haben Sie es ihr gestohlen?«

»Das kann ich Ihnen nicht beantworten.«

»Wieso können Sie mir das nicht beantworten?«

»Weil das nicht möglich ist.«

»Ich kann Sie festnehmen lassen. Jetzt sofort. Also rücken Sie damit heraus!«

Francis zeigte auf Erwin. »Muss er dabei sein?«

Der Detective bat den Nachtwächter, zu gehen. Murrend verließ Erwin die Bibliothek.

»Was verheimlichen Sie, Herr Kingsley?«, wandte sich Ferranelli erneut an Francis.

Francis lief rot an. Er wusste, dass es keinen Sinn hatte, zu lügen. Darum entschied er sich, die Wahrheit zu sagen. »Ich bin im Auftrag von Frau Strauss an Bord.«

»Von Frau Strauss?« Ferranelli machte große Augen.

»Sie hat mich gebeten, als persönlicher Beschützer von Johann Strauss mitzufahren. Er weiß nichts davon«, beeilte sich Francis zu ergänzen.

»Warum braucht Herr Strauss einen Beschützer?«

»Wissen Sie …«, antwortete Francis und holte ein Zigarillo aus der Innentasche seiner Weste.

Ferranelli zündete ein Streichholz an und hielt ihm die Flamme entgegen. Francis nahm seine Hand und sah ihm fest in die Augen. Sanft strich er über den Handrücken, während er ihn losließ. Hastig zog Ferranelli seine Hand zurück und blickte verlegen zur Seite.

»Wissen Sie«, setzte Francis fort, »der Komponist ist weltberühmt. Er hat viele Fans, die aufdringlich sein können. Denken Sie an die Witwe, die ihm überallhin nachstellt.«

»Frau Rinaldi ist nervig, aber harmlos«, warf Ferranelli ein.

»Das mag sein. Trotzdem kann es mehr von ihrer Art geben, die auch handgreiflich werden. Zudem …« Francis blies den Rauch aus, bevor er weitersprach. »Zudem gibt es sicher auch Neider und Konkurrenten, die Strauss Böses wollen.«

»Wen meinen Sie konkret?«, fragte Ferranelli neugierig.

»Ich meine niemanden konkret. Aber möglich wäre es.« Wieder blies er Rauch aus, diesmal in Form von Kreisen. »Außerdem braucht der Musiker Personenschutz, weil er sehr empfänglich ist für gewisse Damen.«

»Meinen Sie solche, die ihren Körper verkaufen?«

»Nein, für die Damenwelt im Allgemeinen. Und Henriette Strauss ist eine sehr eifersüchtige Ehefrau.«

»Das heißt, Sie sorgen dafür, dass ihm keine Frau zu nahe kommt?«, lachte der Detective.

»Sagen wir einmal so: theoretisch ja. Aber man kann ja auch manchmal ein Auge zudrücken. Oder nicht?«, grinste Francis und lehnte sich zurück. Dann fiel ihm ein, dass er Zeugen für sein Mandat hatte. »Übrigens können Sie den Kapitän und Ziegfeld fragen. Außer ihnen und vielleicht dem Ersten Offizier weiß aber niemand von meinem Auftrag.«

Kurz war es in der Bibliothek still geworden. Von Weitem waren Streichinstrumente zu hören. Die Musiker der preußischen Kapelle schienen ihre Instrumente für den Ball am nächsten Tag zu stimmen. Wieder und wieder spielten die Streicher den A-Dur-Dreiklang des »Donauwalzers«.

»Ich habe die Kabine neben Strauss und einen leichten Schlaf. Ich hörte, als er in der Nacht Geräusche machte und schließlich hinausging. Also bin ich ihm gefolgt.«

Wieder entstand eine Pause. Ferranelli betrachtete den jungen Mann interessiert. Dass er im Auftrag von Frau Strauss an Bord war, ließ sich leicht nachweisen. Er musste ja wirklich bloß den Kapitän oder Ziegfeld dazu befragen. Aber was verheimlichte der junge Mann noch?

»Und schließlich hat mich Frau Strauss auch deshalb engagiert, weil ihr Mann ein neurotischer Mensch ist, der sich immer und überall vor möglichen Gefahren fürchtet«, unterbrach Francis die Stille. »Ich sorge dafür, dass er weniger Grund hat, sich zu fürchten. Davon merkt er zwar nichts, aber es ist so.«

»Aha. Das alles begründet jedoch nicht, warum Sie der Sängerin das Collier gestohlen haben. Und haben Sie Strauss nicht vielleicht doch die Noten entwendet?«

»Nein!«, rief Francis. »Ich schwöre, er hat sie mir am Vorabend ausgehändigt. Er dachte wirklich, dass die Sängerin sie ihm wegnehmen könnte. Sie komponiert auch.«

»Gut, dann kommen wir zur Kette. Warum haben Sie die Kette gestohlen?«

»Nun gut. Sie werden es mir wahrscheinlich nicht glauben, aber ich erzähle Ihnen, warum. Wir waren in Southampton auf einem Picknick. Am Rückweg gab es ein Gewitter. Strauss geriet in Panik. Er dachte, das Boot, mit dem wir von dem Ausflug zurückfuhren, würde kentern. Mir wurde in dem Moment klar, dass er seinen Plan fix ändern und zurück nach Wien fahren könnte. Also habe ich der Sängerin die Kette abgenommen, um Strauss abzulenken. Ich dachte, er würde damit von seinem Plan abweichen.«

»Ein seltsames Ablenkungsmanöver. Warum hätte er deswegen seine Meinung ändern sollen? Es ist außergewöhnlich, so viel zu riskieren, nur um jemanden umzustimmen«, bemerkte Ferranelli nachdenklich. Dann fragte er: »Ist er schließlich dank Ihres Plans nicht nach Wien zurückgefahren?«

»Nach dem Bootsausflug wollte er die ›Rhein‹ tatsächlich nicht mehr besteigen. Aber um ehrlich zu sein, änderte er seine Meinung nicht wegen des Ablenkungsmanövers mit der Kette, sondern wegen eines Orchesters, das im Hafen in Southampton für ihn spielte. Hunderte Menschen waren dort, um einen Blick auf den Musikstar zu werfen. Dazu waren da noch die Passagiere an Deck, die ihm zujubelten. Das gefiel ihm so sehr, dass er seinen Plan vergaß.« Francis fuhr fort: »Außerdem hat die Sängerin die fehlende Kette leider nicht sofort bemerkt, sondern erst, als wir wieder aufs Schiff gingen. Und dann habe ich auf eine Gelegenheit gewartet, ihr die Kette zurückzugeben. Gestern Abend war sie nicht ganz nüchtern. Da war es einfach, das Collier unbemerkt in ihr Kleid zu stecken.«

»Nicht ganz unbemerkt. Ich war Zeuge«, warf Ferranelli ein. »Aber jetzt einmal ehrlich: Sind oder waren Sie einmal ein Trickdieb? So einfach ist es schließlich nicht, einer Dame unbemerkt eine Kette vom Hals zu nehmen.«

»Sie glauben gar nicht, wie einfach das ist.« Francis' Gesicht bekam einen spitzbübischen Ausdruck. »Aber Sie haben recht, als ich jung war, habe ich gelernt, wie man Menschen unbemerkt Dinge abnimmt.«

»Sie meinen wohl, wie man Menschen unbemerkt bestiehlt«, korrigierte ihn Ferranelli und musterte ihn für ein paar Augenblicke. Dann stellte er fest: »Sie haben also selbst kriminelle Energie. Darum kennen Sie sich mit Tätowierungen, kriminellen Banden und dergleichen aus.«

»Das ist nicht der Grund«, verteidigte sich Francis. »In meinem Metier –«

»Was? In welchem Metier? Ich dachte, Sie sind Infanterist«, unterbrach ihn der Detective.

»Ich war früher im Zirkus als Kunstreiter tätig, bevor ich

als Infanterist angefangen habe«, flunkerte er. Er wollte seinem Gegenüber nicht sagen, dass er immer noch im Zirkus beschäftigt war. Noch nicht. »Da kommt man viel herum und lernt auch ganz schön viel Gesindel kennen.«

Wieder entstand eine längere Pause.

Dann fragte der Detective: »Herr Kingsley, macht es Ihnen Spaß, zu stehlen? War nicht das Ihr Hauptmotiv?«

»Ich gebe zu, es hat mir Spaß gemacht, der Sängerin die Kette zu entwenden und zu beobachten, wie sie reagiert.«

Als Francis gegangen war, hielte Ferranelli Ausschau nach dem Nachtwächter. Erwin war vor der Tür zur Bibliothek am Boden sitzend eingeschlafen. Seufzend zog Ferranelli seine Jacke aus, breitete sie über ihn und ging zurück an den Schreibtisch.

Dann besah er seine Notizen und bemerkte, dass die Buchstaben vor seinen Augen verschwammen.

Erwin: Rechtshänder. Kommt aus Wien. Trinkt gern, auch während seines Dienstes. Trank während seines Rundgangs. Seine Aussagen dürften trotzdem der Wahrheit entsprechen. Sieht Strauss ca. um drei viertel 4 aus dem Raucherzimmer kommen. Trifft um kurz vor 4 Uhr auf Ida Greeley, als sie mit dem Kellner spricht. Um 4:30 Uhr findet Erwin die Leiche am Deck. Der Mord dürfte zwischen 4:15 Uhr und 4:30 Uhr passiert sein.

Kellner Jan: Kommt aus Bremen. Bestätigt, dass Ida Greeley um kurz vor 4 Uhr Baldrian bestellt hat. Bringt Martha Mills heiße Schokolade für ihr Kind. Rechtshänder.

Florenz Ziegfeld: Aus Chicago. Selbstbewusst, anständiger Charakter. Rechtshänder. Hat in der Bibliothek Strauss getroffen. Als er die Bibliothek verlassen hat, traf er auf Elisabetta Rinaldi. Frau Ziegfeld schlief. Ist glaubwürdig. Sie ist schwanger, und ihr ist nächtens übel.

Elisabetta Rinaldi: *Aus Mailand. Rechtshänderin. Stalkerin, aber harmlos. Lauerte Strauss vor dem Raucherzimmer auf. War sie der »Schatten«, den Strauss gesehen hat? Ihre Aussagen stimmen mit denen von Ziegfeld überein.*

Martha Mills: *Amerikanerin. Nervös, um ihre Kinder bemüht. Hat beim Kellner für ihre Tochter heiße Schokolade bestellt. Wurde von Strauss gesehen. Rechtshändig, aber unverdächtig.*

Josef Rotkowsky: *Betagter Adeliger. Sagt, dass er die ganze Nacht geschlafen hat. Linkshänder. Kein Motiv. Unverdächtig.*

Heinrich Klein: *Aus Jessen, Deutschland. Trocken, kurz angebunden. Gibt an, die ganze Nacht in seiner Kabine geschlafen zu haben. Rechtshänder.*

Minna Peschka-Leutner: *Exzentrisch, laut, steht gern im Mittelpunkt. Verdächtig: Wieso hat sie nicht gemeldet, dass ihre Kette wiederaufgetaucht ist? Cabot und sie könnten einander ein Alibi verschaffen. Gibt an, um kurz nach halb drei in seine Kabine und um halb fünf zurück in ihre gegangen zu sein. Linkshänderin.*

Henry Cabot: *Bestätigt, dass Peschka-Leutner bei ihm war. Deckt er sie? Rechtshänder.*

Mary Greeley: *Aus New York. Linkshänderin. Wirkt krank und zerbrechlich. Hatte einen ihrer »nervösen Anfälle«. Während ihrer Kur in Southampton hat sie er-*

fahren, dass Mr. Greeley als Kandidat für die heurigen US-Wahlen antreten wird. Handelt es sich bei Mary um die künftige First Lady? Hätte der Anschlag eigentlich ihr gelten sollen und ist danebengegangen?

Ida Greeley: *Aus New York. Selbstbewusst, impulsiv, feministisch. Besorgte ihrer Mutter Baldrian. Stimmt mit Aussagen des Kellners überein.*

Johann Strauss: *Aus Wien. Rechtshänder. Wirkt, als hätte er öfters Panikattacken. Hat Schlafprobleme. Macht sich um 3:30 Uhr Richtung Raucherzimmer auf, bemerkt »eine Gestalt«, kann sie nicht identifizieren. Trifft auf Martha Mills, die beim Nachtkellner eine Bestellung aufgibt. Im Raucherzimmer stößt Ziegfeld zu ihm. Bemerkt nicht, dass ihm die Witwe Rinaldi gefolgt ist. Geht um 3:45 Uhr aufs Deck, begegnet dabei Erwin. An Deck nimmt er Geräusche wahr und sieht »Schatten«, kann all das aber nicht zuordnen. Als Zeuge noch einmal befragen! Geht zwischen 4:15 Uhr und 4:30 Uhr zurück in seine Kabine.*

Francis Kingsley: *Aus Wien. Rechtshänder. Hat möglicherweise eine dunkle Vergangenheit. Erklärt, dass er in seine Kabine gegangen ist, sich ausgezogen hat und nach etwa einer halben Stunde Lesen eingeschlafen ist. Hat gelogen. Berichtet vom Vorfall mit Johann Strauss, der betrunken war und ihm seine Noten anvertraute, aus Angst, die Sängerin könnte sie ihm stehlen. Erklärt, dass er von Frau Strauss als Beschützer für ihren Mann engagiert worden sei. Gibt zu, der Sängerin ein Collier gestohlen und wieder zurückgegeben zu haben (!), um Strauss von seinem Plan abzulenken, nach Wien zurückzukehren. Welche Rolle spielt er wirklich? Und ist Francis Kingsley Männern zugetan? Mag er mich?*

Den letzten Satz strich Ferranelli durch, bevor er auf die Seite kippte.

Als Erwin zurück in die Bibliothek kam, saß der Detective immer noch an dem Pult, allerdings schräg, und sein Kopf lag auf den Notizen. Neben ihm standen eine leere und eine halb leere Flasche. Behutsam nahm der Nachtwächter die halb leere Flasche an sich und verließ den Raum auf Zehenspitzen.

MASKENBALL

Es war eine bunte Mischung aus Künstlern, Aristokraten und Industriellen, die sich in den prachtvollen Speisesaal des Schiffs begeben hatte. Der Raum mit seinen hohen Decken, eleganten Wandspiegeln und wertvollen Bildern bot den perfekten Rahmen für dieses festliche Ereignis. Exotische Blumen und Palmen waren extra für diesen Anlass in Southampton an Bord gebracht worden und verwandelten den eleganten Saal in eine zauberhafte Kulisse, die sanft flackernden Kerzen in den unzähligen Kerzenständern tauchten ihn in ein warmes, gedämpftes Licht. Die Crew hatte die Tische zur Seite geräumt, sodass die Mitte des Saals genügend Platz für die vielen Tanzpaare bot. An einem langen Tisch war das Büfett drapiert. Neben kleinen, kunstvoll dekorierten Kanapees mit verschiedenen Belägen wie Lachs, Schinken und Käse auf knusprigem Brot gab es Aufschnitte verschiedener Fleischsorten, Schinken und Würste, schön angerichtet mit Gemüse, sowie aufwendige Fleisch- und Gemüsepasteten mit goldenen Krusten. Dazwischen bunte Salate mit delikaten Dressings. Und schließlich türmte sich nebst prachtvollen Obstarrangements mit exotischen Früchten, Trauben und Feigen eine Auswahl an feinen Torten, Macarons und Pralinen.

Die siebenundvierzig Mitglieder der Kapelle des preußischen »Kaiser Franz Garde-Grenadier-Regiments Nr. 2« hatten sich am Ende des Saals postiert. Kapellmeister Heinrich Klein tänzelte in seinem vornehmen Frack nervös um die Musiker.

Langsam füllte sich der Saal. Die Damen hatten ihre Haare hochgesteckt und trugen prachtvolle, weit ausgeschnittene Kleider aus kostbaren Stoffen und Spitze. Korsetts betonten ihre Taillen, die weiten Röcke glitten bei jedem Schritt sanft über den Boden. Manche kamen in klassischer Ballrobe, andere waren in Phantasiekostüme gekleidet und gingen als Waldfeen, orientalische Prinzessinnen oder indische Tänzerinnen. Ihre Gesichter waren hinter kunstvollen Masken verborgen, die mit Federn, Edelsteinen und Goldverzierungen geschmückt waren. Aufgeregt wedelten sie sich mit ihren Fächern Luft zu. Auch die Herren hatten sich in Schale geworfen, sie trugen Fracks oder feine Anzüge und bedeckten ihre Gesichter ebenfalls mit Masken. Die Anonymität der Gesellschaft erzeugte ein geheimnisvolles Flair und verlieh dem Abend eine besondere Spannung. Tuschelnd rätselte man, wer sich wohl hinter den verschiedenen Verkleidungen verbergen mochte.

Bei Minna Peschka-Leutner fiel es nicht schwer, sie zu erkennen, obwohl ihr Gesicht hinter einer dunklen Maske versteckt war. Es waren ihre füllige Statur und ihre ungewöhnliche Größe, die sie verrieten. Außerdem hatte sie am Vortag bereits herumposaunt, dass sie sich als Regimentstochter verkleiden würde. Der zylindrische Tschako auf ihrem Kopf passte gut zu ihrem üppigen Kleid und den Schnürstiefeln.

Als Johann Strauss in seiner perfekt sitzenden Frackjacke den Saal betrat, ging ein Raunen durch die Menge. Begleitet wurde er von seinem Reisegefährten Francis Kingsley. Ihnen folgte sein Diener Stepi, den Strauss mit Zustimmung des Ersten Offiziers zu der festlichen Tanzveranstaltung in der ersten Klasse eingeladen hatte. Er trug seinen Geigenkasten.

Eine Dame in einem wunderschönen schwarzen, mit glitzernden Pailletten bestickten Ballkleid, in der Hand einen schwarzen Fächer, schwebte unmittelbar hinter Strauss in den Raum. Ihr Gesicht war hinter einem ebenso schwarzen Schleier verborgen. Strauss bewegte sich mit seinem charmanten Lächeln in Richtung der siebenundvierzigköpfigen Preußenkapelle. Die Gespräche verstummten. Ein leises Flüstern ging durch die Reihen. »Sieht er nicht prächtig aus, der Wiener Komponist?« Strauss war trotz seiner Maske für die Gesellschaft erkennbar. Doch wer mochte die Dame in Schwarz sein?

Als der Kapitän mit dem Ersten Offizier im Schlepptau

hereinkam und sich vor die Kapelle stellte, wusste man, dass er den Abend jeden Moment offiziell eröffnen würde.

»Meine Damen und Herren, es ist mir eine Ehre, Sie an Bord der ›Rhein‹ begrüßen zu dürfen«, begann Meyer. »Heute Abend erwartet Sie ein unvergleichliches musikalisches Erlebnis. Der große Johann Strauss höchstpersönlich wird uns mit seiner meisterhaften Musik beglücken!«

Gekonnt verbeugte sich Strauss vor dem applaudierenden Publikum, nahm von Stepi seine Violine entgegen und wandte sich den Musikern zu, um das Zeichen für den »Donauwalzer« zu geben.

Die Paare begaben sich in die Mitte des Saals. Der berühmte Dreiklang ertönte, dann schwoll die Musik an. Strauss führte seinen Walzer mit gewohnt intensiver Leidenschaft, sein dichtes Haar fiel ihm dabei ins Gesicht, was die Damen besonders begeisterte.

Rosalie Ziegfeld mimte eine griechische Göttin. Ihr fließendes bodenlanges Kleid glänzte goldfarben und umschmeichelte ihren wohlgeformten Körper. Passend dazu trug sie einen goldenen Kranz und eine goldene Maske mit Lorbeermotiven. Sie sah bezaubernd aus. Das Ehepaar Ziegfeld hatte vereinbart, bis zur Entmaskierung getrennt zu tanzen, um nicht allzu schnell erkannt zu werden. Für diesen Abend hatte sich Rosalie einen Tanz mit Johann Strauss vorgenommen. Sie wollte eine günstige Gelegenheit abpassen, um ihn aufzufordern.

Nach dem »Donauwalzer« übergab der Walzerkönig an seinen Kollegen Heinrich Klein, der, den Taktstock in der Hand, schon ungeduldig darauf wartete, als Nächstes seinen »Defiliermarsch« zu dirigieren.

Rosalie sah ihre Chance und bedeutete Strauss graziös ihre Absicht, doch der winkte ab. Er war kein Tänzer. Noch nie hatte es eine Dame geschafft, ihn aufs Parkett zu locken. Stattdessen forderte er zu ihrer Enttäuschung Stepi auf, die »antike Göttin« aufs Parkett zu führen. Stepi entpuppte sich als routinierter Tänzer und wurde zu einem gefragten Partner.

Strauss beobachtete das Geschehen auf der Tanzfläche gern aus sicherer Entfernung. So lehnte er Zigarre rauchend an der Eingangstür zum Saal, umringt von einem Kreis weiblicher Bewunderer, als die nächsten Stücke, darunter seine »Geschichten aus dem Wienerwald« und sein neuester Walzer »Neu-Wien« die Tänzer im Kreis wirbeln ließen.

Klein konnte nicht umhin, zwischen Walzer und rasanter Polka weitere Märsche anzustimmen, wie den »Pariser Einzugsmarsch«, den er ein Jahr zuvor komponiert hatte und der an das Defilee der siegreichen deutschen Truppen auf der Avenue des Champs-Élysées erinnern sollte.

Ziegfeld konnte sich noch nicht zu einem Tanz hinreißen. Lässig stand er am Rand der Tanzfläche und unterhielt sich mit seinem Nachbarn. »Das habe ich gut arrangiert, dass die Kapelle an Bord ist. Finden Sie nicht?« Er deutete auf die Musiker.

Überrascht blickte der Unbekannte neben ihm hinter seiner Maske hervor.

»Nach mehreren Korrespondenzen und einem Treffen mit Reichskanzler Otto von Bismarck konnte ich ihm abringen, diese preußische Militärkapelle nach Boston fahren zu lassen«, erklärte Ziegfeld nicht ohne Stolz.

Bewundernd sah ihn sein Nachbar an. »Und wieso dirigiert nicht Strauss, sondern dieser General?« Er zeigte auf Klein.

»Das ist kein General«, lachte Ziegfeld. »Er ist Militärmusiker. Aber man könnte ihn für einen General halten, wenn man die vielen Abzeichen auf seinem Frack sieht.«

Mary und Ida mimten Schmetterling und Blume. Idas Kostüm war über und über mit bunten Blumen bestickt. Ihre Mutter trug ein farbenfrohes Ballkleid, auf das große Flügel aufgenäht waren. Bunte Masken ergänzten ihre Verkleidungen. Auch sie vermieden die Nähe zueinander, um nicht als Mutter und Tochter erkannt zu werden. Nur Idas auffällige Sommersprossen verrieten sie bei genauerer Betrachtung als die junge, hübsche Amerikanerin.

»Was sind Sie nur für eine besonders schöne Blume«, rief Strauss, als er sie erblickte. Er hatte Ida nicht erkannt und war hingerissen von ihrer wunderbaren Erscheinung. »Oder sind Sie gar eine Blumenwiese? Ach, ich möchte mich in Sie hineinlegen, Sie ganz in mich einsaugen!«

»Dann müssen Sie mich wohl bestäuben«, konterte sie. In ihrer Verkleidung legte Ida ihre Distanz zum Dirigenten ab und ließ sich auf einen Flirt ein. Das Gespräch wurde immer anzüglicher.

Fassungslos lauschte Francis, der neben Strauss stand, ihren Worten. Erstmals verstand er, warum Jetty ihn damit beauftragt hatte, den Walzerkönig von der Damenwelt fernzuhalten. Er entschied sich, einzugreifen, und forderte Ida so resolut zum Tanzen auf, dass sie nicht ablehnen konnte.

Grimmig verfolgte Strauss ihren Tanz. Doch sein Groll währte nicht lange, denn schon war jemand zur Stelle, der seine Aufmerksamkeit auf sich lenkte. Es war die Dame in Schwarz, die neben ihm aufgetaucht war und darauf drängte, zum Tanz aufgefordert zu werden. Doch auch in diesem Fall lehnte der Walzerkönig ab und rief stattdessen Stepi zu sich, damit er sich um die Unbekannte kümmerte. Beleidigt zog sie ab.

Nach den förmlichen und eleganten Walzerstücken folgte eine Polka, deren schnelle, lebhafte Rhythmen die Stimmung im Saal noch einmal anheizten. Die Gäste zeigten mit schwungvollen Bewegungen ihre Geschicklichkeit bei diesem mitreißenden Tanz. Während Strauss immer noch von weiblichen Bewunderern umringt war, entfernte sich Francis kurzzeitig von dem Getümmel, um bald darauf verkleidet zurückzukommen.

Strauss kostete es aus, beim weiblichen Geschlecht im Mittelpunkt zu stehen, als sich sein Blick auf eine Erscheinung richtete, die ihm bis dahin nicht aufgefallen war – Francis hatte sich das Kostüm des Zirkusmädchens Ella angezogen. Fasziniert von der Ähnlichkeit mit der ihm bekannten Berühmtheit fixierte er die Person. Sie hatte langes schwarzes Haar und trug ein schillerndes Paillettenkostüm. Dass es sich dabei in Wirklichkeit um Francis handelte, bemerkte er nicht.

Francis wollte es sich nicht nehmen lassen, seine Identität als Artistin anzunehmen, und wenn es nur für ein paar Stunden wäre.

Das Orchester hatte kurzzeitig ausgesetzt, damit sich die Musikanten am Büfett stärken konnten. Als Ella verkleidet lehnte Francis in einer Ecke und aß einen Obstsalat. Mit verstellter Stimme versuchte er, ein Gespräch mit Klein zu führen, doch die Gruppe neben ihnen war so laut, dass sie kaum ihr eigenes Wort verstanden.

Es waren Minna Peschka-Leutner und die drei Amerikanerinnen Mary und Ida Greeley sowie Martha Mills, die mit lautem Geschrei herausfinden wollten, wer sich hinter der Maske eines stattlichen Mannes befand, der Zigarre rauchend mit Rotkowsky politisierte. Der Graf war für alle leicht erkennbar – seine markante Nase und sein stark ergrautes Haupt entlarvten ihn. Die beiden waren sich wegen irgendeiner Sache in die Haare geraten. Rotkowsky schien sich zu ärgern und war knapp davor, die Beherrschung zu verlieren. Die rote Gesichtsfarbe blieb hinter seiner Maske unbemerkt. Seinen Gesprächspartner konnten die Damen nicht einordnen. Und so hatten sie sich nicht nur wegen der Lautstärke der Unterhaltung um die beiden versammelt. Auch war ein lustiges Ratespiel um den geheimnisvollen Mann entstanden, mit dem der Graf sich stritt. In Wahrheit handelte es sich um Henry Cabot, aber sie erkannten ihn nicht, weil sie ihn noch nie mit Zigarre gesehen hatten. Nicht einmal Minna schaffte es, ihn zu identifizieren, obwohl sie ihn inzwischen näher kennengelernt hatte. Cabots Statur und auch sein Gesicht hatten keine besonderen Merkmale, sodass viele Passagiere, deren Bekanntschaft man im Laufe der Tage gemacht hatte, in Frage kamen.

Strauss schüttelte die Damen, die ihn umgaben, ab und steuerte auf das Zirkusmädchen zu. Nur die Unbekannte in dem schwarzen Ballkleid folgte ihm. »Was für eine großartige Idee, sich als Ella zu verkleiden. Mit wem habe ich es in Wirklichkeit zu tun, wenn ich fragen darf?«, wollte der Walzerkönig wissen.

Klein trat einen Schritt zur Seite und beteiligte sich an dem Ratespiel um den Zigarre rauchenden Cabot. Francis war es gewohnt, Menschen mit seiner hohen Stimme und den weiblichen Bewegungen zu täuschen. Er blieb mit seiner Antwort ausweichend. »Das werden Sie nicht erraten, geben Sie sich also keine Mühe.«

Strauss war entzückt von Ellas koketter Art. Mit diebischer Freude, dass er den Musiker dermaßen hinters Licht führen konnte, verwickelte Francis ihn in ein Gespräch und verriet ihm mit weiblicher Stimme, dass die berühmte Opernsängerin Minna ihr Collier wiedergefunden, es aber niemandem erzählt habe.

Überrascht nahm Strauss davon Kenntnis. »Diskretion ist nicht Ihre Stärke«, merkte er an.

»Da haben Sie vollkommen recht. Diskretion ist immer relativ.«

»Haben Sie weitere Geheimnisse für mich parat?«, wollte Strauss auf zweideutige Weise wissen.

»Ich kann Ihnen etwas über die wertvollen Diamanten, die in dem Schiff lagern, erzählen. Ich weiß nämlich, wo genau sie versteckt sind.« Inzwischen hatte Francis nämlich durch seine geschickte Art, Geheimnissen auf die Schliche zu kommen, vom Ersten Offizier in Erfahrung bringen können, in welchem Raum das kostbare Gut untergebracht war. Aus Jux weihte Francis Strauss nun mit heller, verschwörerischer Stimme in das Geheimnis des Verstecks ein.

Im selben Moment ließ ein Kellner ein Glas fallen, die Gespräche wurden unterbrochen.

»Wäre doch ein schöner Platz für ein Tête-à-Tête«, kokettierte Francis und brachte den Walzerkönig damit zum Erröten.

Das Orchester nahm die Musik wieder auf. Ziegfeld unterbrach den Flirt und forderte das Zirkusmädchen zum Tanzen auf. Sehnsüchtig folgte Strauss mit seinen dunklen Augen dem Paar. Jede Bewegung der attraktiven Tänzerin beobachtete er, wie sie geschmeidig in den Armen seines Gastgebers zu seiner Musik schaukelte. Strauss erhoffte sich, nach diesem Tanz das Gespräch mit Ella wiederaufzunehmen, doch er wurde enttäuscht. Der Kapitän hatte das Steuer seinem Ersten Offizier überlassen und war zurückgekehrt, um wenigstens in den Genuss eines einzigen Tanzes zu kommen, und forderte nun seinerseits das Zirkusmädchen auf. Dann war Ella endlich frei, und Strauss konnte wieder ihrer Gesellschaft habhaft werden.

»Lassen Sie mich raten, Gnädigste. Ihrem Akzent nach kommen Sie aus München. Nein, aus Wien. Oder doch aus Amerika? Wären Sie beleidigt, wenn ich Sie Mary Greeley nennen würde? Oder steckt hinter Ihrer Maske Elisabetta Rinaldi?«

Francis fand Gefallen an diesem lustigen Katz-und-Maus-Spiel und wich seinen Fragen geschickt aus.

Aus sicherem Abstand beobachtete Ferranelli das Treiben, in der Hand ein Glas Absinth. Als Einziger durchschaute er den Amerikaner Francis Kingsley. Er hatte ihn gleich erkannt, als er kurz vor der Polka als Zirkusmädchen in den Raum getreten war. Obwohl er, Ferranelli, in London lebte, war ihm Ella nicht unbekannt. Auch in England war sie so etwas wie eine Artisten-Ikone. Francis musste sich geschwind umgezogen haben, niemandem war sein Fehlen aufgefallen.

Amüsiert beobachtete der Detective, wie Francis die Gesellschaft zum Narren hielt, allen voran den Walzerkönig. Unvermittelt stieß er einen Lacher aus. Wieder einmal hatte es dieser junge Dandy geschafft, ihn vollends zu überraschen. Ferranelli zog seine Taschenuhr heraus. Noch fast zwei Stunden bis Mitternacht. Dann würde es mit der »Entmaskierungs-Zeremonie« zum Höhepunkt des Abends kommen, bei der die

Gäste aufgefordert wurden, ihre Masken abzunehmen. Wenn die wahre Identität der Teilnehmer enthüllt wurde, gab es oft so manche Überraschungen und Verwirrungen. Die nervöse Erwartung vor diesem Moment war bereits in der Luft spürbar. Der Engländer war gespannt, wie Francis es anstellen würde, sich aus dieser Situation zu wursteln.

Tatsächlich gelang es dem Amerikaner, sich in einem unbemerkten Moment aus dem Saal zu stehlen. Ferranelli schnappte sich eine Flasche Absinth, die vor ihm auf dem Tisch stand, und folgte ihm zu seiner Kajüte. Davor blieb er stehen und wartete. Dann klopfte er. Francis öffnete, nur mit einem Handtuch um die Hüften bekleidet. Die Perücke hatte er abgenommen, das Kostüm achtlos auf den Boden geworfen. Das Glitzerkleid lag schlaff wie ein lebloser Körper auf einem Stuhl. Er war nicht überrascht, den Detective zu sehen. Fast schien es, als hätte er auf ihn gewartet.

Schnell zog er ihn in die Kajüte und drückte ihn an sich. »Ich wusste, dass du kommen würdest«, flüsterte er Ferranelli ins Ohr. »Ich sehne mich nach dir, seitdem wir uns das erste Mal begegnet sind.«

Der Detective küsste ihn auf den Hals.

Francis erwiderte seine Küsse, dann ließ er seinen Besucher los. »Ich bin dir eine Erklärung schuldig.«

»Das ist nichts Neues«, antwortete Ferranelli und griff nach seiner Hand. »Du musst mir nichts erklären. Mir ist egal, ob du ein Mann bist oder eine Frau.«

Doch Francis ließ nicht locker. »Ich habe dir erzählt, dass ich früher im Zirkus aufgetreten bin. Das war nur die halbe Wahrheit. Nach wie vor arbeite ich als Pferdeartistin. Mein Name in dieser Welt ist Ella, ›Ella, die Zirkusprinzessin‹. Wenn dir das nicht gefällt, dann kannst du ja gehen.«

»Ich weiß, wer Ella ist. Und ich weiß, dass du es bist. Ich habe dich vorhin im Saal beobachtet.« Bei diesen Worten bedeckte Ferranelli Francis' Gesicht wieder und wieder mit Küssen.

Francis erwiderte die Küsse und drückte Ferranelli an die Wand. Plötzlich änderte sich sein Verhalten. Er stieß den Detective von sich und zündete sich ein Zigarillo an. »Ich muss dir noch etwas erzählen.«

»Nicht schon wieder eine Enthüllung. Und bitte nicht jetzt. Lass mich dich weiterküssen.« Ferranelli nahm seine Hände und versuchte, ihn zu sich zu ziehen.

Francis wehrte sich. Er lehnte sich an die Wand, stieß den Rauch aus und schaute verträumt den lustigen Figuren nach, die der Qualm formte. »Ich war es, der den jungen Mann letzte Nacht erstochen hat.«

ENTTARNUNG

Dieses Geständnis ließ Ferranellis Gesichtszüge entgleiten. Sprachlos stand er vor Francis und wusste nicht, wie er reagieren sollte.

»Ich weiß, was du jetzt denkst: Soll ich den Kerl verhaften? Hat er mich deswegen an sich gedrückt, weil er schuldig ist und sich damit erhofft, seiner Strafe zu entgehen? Muss ich mir von diesem Großmaul weiter auf der Nase herumtanzen lassen? Oder du denkst: Wenn er den Mund aufmacht, lügt dieser Amerikaner.« Francis nahm einen tiefen Zug und blies Rauchkringel in die Luft, während der Detective immer noch nach Worten rang. »Ich erkläre dir, was passiert ist.«

»Warte, ich muss mich hinsetzen.« Der Detective setzte sich, nahm ein Glas aus dem Bord und schenkte sich Absinth aus der mitgebrachten Flasche ein.

»Letzte Nacht wachte ich wegen lauter Geräusche in der Nebenkajüte auf, die Strauss bewohnt«, erzählte Francis. »Sogleich war ich hellwach. Ich dachte, jemand sei bei ihm, weil ich Stimmen hörte. Darum zog ich mir in aller Eile den Morgenmantel über und stürmte auf den Gang. Ich lauschte. Da bemerkte ich, dass er Selbstgespräche führte. Er schien sich über irgendetwas zu ärgern. Plötzlich realisierte ich, dass er dabei war, hinauszugehen. Also rannte ich schnell den Gang Richtung Raucherzimmer entlang, als Strauss tatsächlich seine Kajüte verließ und ebenfalls darauf zusteuerte. Er dürfte mich von hinten noch gesehen, aber nicht erkannt haben, weil ich ja meinen Morgenmantel über dem Nachtanzug trug. Er verschwand im Raucherzimmer. Kurz darauf näherte sich Ziegfeld. Zum Glück bemerkte er mich auch nicht, weil ich mich in einer Besenkammer versteckt hatte. Ich verharrte dort und wartete, bis Strauss herauskam. Durchs Schlüsselloch sah ich Rinaldi auftauchen. Sie lauerte Strauss vor dem Zimmer auf.

Bald trat Ziegfeld wieder heraus. Er entdeckte Rinaldi. Ihr war die Situation sichtlich unangenehm. Sie murmelte irgendetwas von wegen Schlaflosigkeit und entfernte sich rasch. Ziegfeld kehrte in Richtung seiner Kabine zurück. Kurz nachdem er gegangen war, kam Strauss aus dem Zimmer und stieß beinahe mit dem Nachtwächter zusammen. Dann stieg er die Treppe zum Deck hinauf. Als ich die Tür öffnen wollte, sah ich plötzlich durchs Schlüsselloch einen jungen Mann herbeieilen. Er stieg ebenfalls aufs Deck. Aus der hinteren Tasche ragte ein Messer hervor. Panisch stürzte ich aus meinem Versteck und rannte die Stiegen hinauf. Oben angekommen, sah ich, wie der Mann zielsicher auf Strauss zusteuerte.«

»Moment«, unterbrach ihn der Detective und erhob sich. »Das Deck war beinahe unbeleuchtet. Wie konntest du den Mann sehen?«

»Gerade hatte sich eine Wolke aus dem schwachen Mondlicht geschoben. Ich beobachtete also, wie der Mann sich Strauss mit erhobenem Messer von hinten näherte. Dieser stand mit dem Rücken zum Deck und starrte aufs Wasser. Als er nur noch etwa zehn Meter von ihm entfernt war, rang ich ihn zu Boden. Er schrie auf. Ich nahm wahr, dass Strauss sich in dem Moment umdrehte. Er muss ein Geräusch gehört haben. Zwischen uns und Strauss war der Mast, sodass er uns schwer erkennen konnte. Außerdem spritzte die Gischt aufs Deck.«

Nervös setzte sich der Detective wieder. »Wieso weißt du, dass er euch nicht erkannt hat?«

»Er konnte uns gar nicht sehen, denn es gelang mir, den Mann so lange auf den Boden zu drücken und ihm den Mund zuzuhalten, bis Strauss sich wieder umdrehte. Zum Glück war das bald der Fall. Viel länger hätte ich den Angreifer nicht halten können. Ein Gerangel folgte. Immer noch hatte der Mann das Messer in der Hand. Er wollte mich erstechen, doch ich konnte ihm das Messer entreißen. Irgendwann hatte ich Gelegenheit, zuzustechen. Ich tat es. Aber ich schwöre, ich wollte ihn nicht töten. Ich wollte ihn nur unschädlich machen, um aus ihm herauszubekommen, warum er es auf Strauss abgesehen hatte. Schließlich ist es ja meine Aufgabe, ihn zu beschützen. Leider traf ich ihn tödlich. Strauss bekam davon nichts mit. Er stieg dann wieder die Treppe hinunter.« Francis machte eine Pause und sprach in leisem Ton weiter: »Ich wollte den Toten über Bord werfen, doch plötzlich hörte ich, wie jemand pfeifend zum Deck heraufstieg. Ich ließ den Mann liegen und versteckte mich. Es war der Nachtmatrose. Als er den Leichnam entdeckte, rannte er sofort los, um Hilfe zu holen. Ich nützte die Gelegenheit, stolperte die Stiegen hinunter und gelangte unbemerkt in meine Kabine.« Er dämpfte sein Zigarillo aus.

Der Detective erhob sich langsam, griff nach der Flasche Absinth und trank sie zur Hälfte leer. Dann musterte er Francis von oben bis unten. »Warum soll ich dir nach all den Lügen, die du bisher erzählt hast, glauben? Und warum sollte ein junger Mann aus Deutschland Interesse daran haben, Johann Strauss zu beseitigen?«

»Das kann ich dir nicht beantworten. Wenn du mich fragst, so glaube ich, er war ein Auftragskiller. Ich habe dir doch gesagt, dass ich die Tätowierung auf seiner Hand kenne. Er gehört einer Gruppe von üblen Burschen an, die sich damit ihren Lebensunterhalt verdienen, unliebsame Menschen zu beseitigen. So einer muss das gewesen sein.« Francis ging nervös auf und ab. »Stellt sich die Frage, wer Interesse daran hat, den Musiker loszuwerden?«

Ferranelli zuckte mit den Schultern. Der Alkohol hatte ihn gleichgültig werden lassen. Er war aber nüchtern genug, um klare Gedanken fassen zu können. Alles, was ihm dieser Amerikaner erzählte, klang logisch und deckte sich mit den Angaben aller Befragten. Und schließlich hatte Francis ihm freiwillig gestanden, dass er der Täter war. Wäre es kein Unfall gewesen, sondern hätte er ihn vorsätzlich ermordet, so hätte er ihm nie seine Schuld an dem Tod des jungen Mannes offenbart. Natürlich würde Ferranelli seine Aussage am nächsten

Tag offiziell aufnehmen und mit denen der anderen Passagiere abgleichen müssen. Aber er glaubte diesem wunderschönen Mann mit den sonnenhellen Haaren und den grünen Augen. War es sein Bauchgefühl, das ihn dazu veranlasste, oder glaubte er ihm, weil er sich Hals über Kopf in ihn verliebt hatte?

Er wusste, dass er ihn nach diesem Geständnis festnehmen und dem Kapitän übergeben müsste. Dann würde er für den Rest der Fahrt in ein Zimmer gesperrt und in New York den Behörden ausgeliefert werden. Doch die eigentliche Frage war, wer tatsächlich ein Interesse daran hatte, Strauss loszuwerden. Und warum? In Gedanken ging er die Passagiere durch. Alle Informationen, die er bisher erfragt hatte, zielten nicht auf ein Motiv für einen Mordanschlag auf den Musiker, sondern auf den getöteten jungen Mann. Beziehungsweise hatte er in erster Linie versucht zu eruieren, wer zeitlich für den Mord überhaupt in Frage kam. Und wer Rechtshänder war. All diese Informationen waren nun wertlos geworden. Nein, nicht ganz. Immerhin hatte er bei den Vernehmungen den Kreis der Verdächtigen näher kennengelernt.

Ferranelli nahm sich vor, erneut eine Liste mit genauen Angaben der Personen zu erstellen. Vielleicht würde er so zu einem Motiv kommen. Doch eine Frage beschäftigte ihn noch. »Warum hat der Attentäter Strauss nicht einfach über Bord geschmissen, anstatt ihn mit einem Messer zu attackieren?«, überlegte er laut mehr an sich selbst gerichtet.

»Wahrscheinlich war er ihm, ebenso wie ich, gefolgt und wusste nicht, dass er Strauss ausgerechnet an Deck alleine antreffen würde. Vielleicht wollte er ihn ursprünglich in seiner Kabine im Schlaf erledigen«, mutmaßte Francis.

»Zieh dich an. Wir müssen zurück in den Saal, sonst fällt es auf, dass wir fehlen. Eventuell werden wir schlauer, wenn wir die Passagiere beobachten. Hinter ihren Masken fühlen sie sich sicher.«

»Du nimmst mich nicht fest? Du glaubst mir also?« Francis' Stimme klang hoffnungsfroh.

»Was bleibt mir anderes übrig?«, antwortete Ferranelli.

Erleichtert zog Francis seinen Frack an und verstaute das Kostüm, das am Boden lag, zusammen mit der Perücke in seinem kleinen Reisekoffer. Bevor er die Tür öffnete, zog er den Detective an sich und küsste ihn heftig. Ferranelli ließ es sich gern gefallen.

Als sie den Ballsaal betraten, stellten sie fest, dass die Entmaskierungs-Zeremonie noch nicht stattgefunden hatte. Ferranelli zückte seine Taschenuhr. Es war ja noch eine gute Stunde Zeit bis dahin. Das Gelächter und die Gespräche waren lauter geworden und mischten sich mit den musikalischen Klängen. Das Büfett war inzwischen leer geräumt. Kellner eilten durch den Saal, um die erlesenen Weine nachzuschenken, Gläser klirrten. Immer noch befand sich Stepi mit vielen anderen Tänzern auf der Tanzfläche.

Strauss kam aufgeregt auf Francis zu. »Wo bist du gewesen? Ich wollte, dass du nach dieser Dame Ausschau hältst, die sich als Zirkusmädchen verkleidet hat. Sie ist plötzlich verschwunden. Hast du sie vielleicht zufällig draußen gesehen?«

Francis tat ratlos. »Ich war nur kurz frische Luft schnappen. Mir war nicht wohl.« Und dann beeilte er sich zu sagen: »Nein, ich habe niemanden gesehen. Vielleicht ist die Dame ja zurück in ihre Holzklasse.«

»Kannst du nach ihr suchen?« Strauss setzte ein bettelndes Gesicht auf.

»Sie wird einen Grund haben, warum sie zurückgegangen ist. Der Ball ist prinzipiell nur für Passagiere der ersten Klasse zugänglich. Aber weißt du, an wen du mich gerade erinnerst? An den Prinzen, der nach seinem Aschenputtel suchen lässt.«

Erzürnt ob des Vergleichs schüttelte Strauss den Kopf. Er hatte die Lust an diesem Abend verloren. Er wollte noch ein paar Noten aufschreiben, die ihm an diesem Tag in den Sinn gekommen waren. Bisher hatte er keine Gelegenheit dazu gefunden. Und so nahm er seinen Taktstock, den Stepi neben die

Kapelle gelegt hatte, machte kehrt und wollte den Saal schon verlassen, als die Dame in Schwarz auf ihn zustürmte.

»Ich weiß, wer die Unbekannte zuvor war. Es war Ella, die Zirkusprinzessin. Ich habe sie trotz ihrer Maske erkannt. Stellen Sie sich vor, was für einen prominenten Gast nebst Ihnen wir an Bord haben!«

»Ach, Sie haben mich erkannt? Sie haben detektivische Gaben!«, rief Strauss aus und rückte seine Maske zurecht. Er fühlte sich geschmeichelt, dass die Dame ihn derart umschwärmte. Dass es sich bei der Unbekannten von zuvor tatsächlich um die echte Zirkusprinzessin handelte, wie diese mysteriöse schwarz Gekleidete vermutete, glaubte er jedoch nicht. Vielmehr dachte er an eine gelungene Maskerade.

Da hatte er eine Idee. Er ging zum Orchester und flüsterte Klein etwas ins Ohr. Dann kehrte er mit einem zufriedenen Lächeln zurück an seinen Ehrenplatz.

Francis wollte wissen, was er dem Preußen gesagt hatte.

»Ich habe ihn gebeten, die ›Ella-Polka‹ zu spielen, die ich einmal für sie komponiert habe. Wenn es sich tatsächlich um das echte Zirkusmädchen handelt, wird Ella zurück in den Saal kommen, wenn sie das Stück hört.«

Francis musste schmunzeln. Das Orchester spielte das gewünschte Stück, doch nichts geschah. Enttäuscht beobachtete Strauss den Eingang. Da gesellte sich Ida Greeley wieder zu ihm und umgarnte ihn mit anzüglichen Worten und Gesten. Damit war die Zirkusprinzessin schnell aus seinem Kopf verschwunden. Francis nahm sich vor, Strauss den Flirt mit der Amerikanerin zu gönnen, und so postierte er sich gemeinsam mit dem Detective neben der Eingangstür, von wo aus sie das Treiben beobachteten – Ferranelli mit den Augen eines Ermittlers.

Von Anfang an hatte er die Dame in Schwarz als Witwe Elisabetta enttarnt. »Für sie muss der Maskenball die perfekte Gelegenheit sein, sich unerkannt Strauss anzunähern«, raunte er Francis zu.

»Vielleicht hat sie den Anschlag geplant, aus Rache, weil er sie nicht erhört«, überlegte Francis.

»Nein, das glaube ich nicht«, entgegnete Ferranelli, der sich nun Ida Greeley zuwandte. Auch die Verkleidung von ihr und ihrer Mutter zu enttarnen hatte ihn nicht viel Zeit gekostet. »Warum nur lässt die junge Amerikanerin ihre resolute Haltung, die sie gegen Strauss gehegt hat, hinter dem Schutz ihrer Maske fallen?«, überlegte er laut und deutete auf Ida. Strauss hatte seinen Kopf zu ihrem Hals geneigt – es fehlte nicht viel, und sein Mund hätte ihr Dekolleté berührt. Dann fixierte der Detective Francis. »Aus welchem Grund hast du heute eigentlich das Bedürfnis gehabt, dich als dein zweites Ich zu verkleiden?«

»Weil es mir Spaß gemacht hat, Strauss und die anderen Gäste an der Nase herumzuführen.«

»Und warum gibst du dich manchmal als dein wahres Ich und manchmal als Frau aus?«

»Erstens stellt meine Identität als Ella meinen Broterwerb dar. Und außerdem ist das doch nur menschlich. Hinter einer Maske kann man jede Identität annehmen. Verkleidungen erlauben es den Menschen, in verschiedene Rollen zu schlüpfen. Das hilft, die Grenzen zwischen der eigenen Identität und anderen Charakteren zu erkunden.«

Ferranelli dachte angestrengt nach. »Und es ermöglicht ihnen, Aspekte ihrer eigenen Identität zu erkunden, die sie im Alltag möglicherweise nicht ausleben können. Manchen dürfte es auch helfen, ihre Ängste zu überwinden, vielleicht sogar etwas zu verarbeiten.«

»Vielleicht fühlt sich Strauss deswegen so wohl hier, weil er glaubt, nicht erkannt zu werden, und damit seinen Ängsten begegnen kann«, überlegte Francis. »Na ja, erkannt haben ihn alle, schließlich ist er anfangs vorgestellt worden und hat sogar dirigiert.«

»Das stimmt. Aber die Maske gibt ihm trotzdem eine gewisse Sicherheit. Schau mal, er kann nicht frei stehen. Immerzu hält er sich irgendwo fest oder lehnt sich an. Ist dir das schon aufgefallen?« Francis deutete auf den Komponisten, der sich an einem Tisch abstützte.

»Tatsächlich. Das zeugt von einem verklemmten, ängstlichen Charakter«, urteilte der Detective. Dann fiel sein Blick auf das Orchester und den Dirigenten. »Schauen wir uns Klein an. Er dirigiert sein Orchester, als wollte er einen Preis gewinnen.« Ferranelli deutete auf den Militärmusiker. »Kann es sein, dass er mit Strauss wetteifert und zeigen will, dass er der bessere Musiker ist?«

»Du meinst, er könnte hinter dem Anschlag stecken und wollte ihn loswerden, weil er auf ihn eifersüchtig ist? Das glaube ich nicht. Die beiden haben so gut wie nichts miteinander zu tun. Und jeder weiß, dass Strauss der unumstrittene Walzerkönig ist.« Nach einer kurzen Pause sinnierte Francis: »Andererseits hat er seinetwegen einmal eine bedeutende Auszeichnung verloren.«

Ferranelli notierte sich diese Anmerkung. Mit den Augen suchte er die Tanzfläche ab. Da erspähte er Martha Mills. Sie tanzte mit einem stattlichen Herrn im Frack. Die Amerikanerin war in ein geschmackloses knallgelbes Kleid gehüllt, dazu trug sie eine goldene Maske. Trotzdem erkannte Ferranelli sie. Die zweifache Mutter schien den Abend in vollen Zügen zu genießen, zumindest war sie nicht von der Tanzfläche wegzubringen. »Was wissen wir eigentlich über Martha Mills?« Der Detective hatte nach all dem Absinth schon einen leichten Zungenschlag.

»Sie reist mit ihren zwei Kindern und dem Kindermädchen. Mehr weiß ich nicht.«

»Hätte sie einen Grund, Strauss zu beseitigen?«

»Ich wüsste nicht, welchen.« Francis machte ein ratloses Gesicht. »Ich glaube, ich muss sie mir noch einmal näher ansehen.«

Wieder machte sich der Detective Notizen. »Und Josef Rotkowsky?« Er zeigte auf die Tanzfläche, wo der Graf zu den

Walzerklängen eine Runde nach der anderen drehte und dabei keine schlechte Figur machte, obwohl er sich schon etwas steif bewegte.

»Du meinst den Grafen? Ach, der ist alt und sehr vergesslich. Ich denke nicht, dass er irgendeinen Groll gegen den Walzerkönig hegt. – Was hältst du von Henry Cabot?«, fragte Francis den Detective und strich ihm wie beiläufig über den Handrücken.

Erschrocken zog Ferranelli seine Hand zurück. »Er scheint ein integrer Mensch zu sein. Was macht er beruflich noch einmal?«

»Er hat früher eine Zeitung in Boston herausgegeben, doch das Projekt ist schiefgegangen. Jetzt will er Hummer auf die großen Schiffe bringen und gewinnbringend verkaufen.«

»Moment, sagtest du, Zeitungsverleger? Ist nicht der Mann von Mary Greeley ebenfalls Verleger?«

»Keine Ahnung.« Francis zuckte mit den Schultern.

»Ich erinnere mich, dass sie in der Befragung davon gesprochen hat, dass er nicht nur Präsidentschaftskandidat ist, sondern auch eine Zeitung herausgibt. Vielleicht gibt es eine Verbindung zwischen den beiden.«

»Ich wusste gar nicht, dass ihr Mann Kandidat für die Wahlen ist. Wann finden diese statt?«

»Soviel ich weiß, bereits kommenden November. Horace Greeley tritt gegen den amtierenden Präsidenten Ulysses S. Grant an. Greeley kommt ursprünglich aus der Republikanischen Partei, ist aber viel liberaler. Er sprach sich sogar stets gegen die Sklaverei aus. Er hat sich als Kandidat für eine neu gegründete Abspaltung der Republikaner, die Liberal Republican Party, aufstellen lassen, unterstützt von den Demokraten. Viele liberale Republikaner sind zu seinem Lager übergewechselt. Die Chancen stehen also nicht schlecht, dass Mary Greeley bereits in weniger als einem halben Jahr die nächste First Lady der Vereinigten Staaten wird und Ida die First Daughter.«

»Warum weißt du das alles?«, fragte Francis überrascht.

»Mary Greeley hat mir davon erzählt. Aber bereits in London habe ich darüber in den Zeitungen gelesen, nur habe ich sie anfangs nicht mit Horace in Verbindung gebracht.«

Plötzlich stand Florenz Ziegfeld hinter den beiden Männern. Er musste die letzten Worte gehört haben, denn er mischte sich in das Gespräch ein. »Wussten Sie, dass es ein Empfehlungsschreiben von US-Präsident Ulysses S. Grant gibt, in dem dieser ausdrücklich wünscht, dass Johann Strauss zu dem World's Peace Jubilee nach Boston kommt?« Und mit einem Lachen ergänzte er: »Mit einem Weltstar wie Strauss will er wohl im Wahlkampf punkten.« Dann drehte er sich weg, weil er seine Frau erblickt hatte, die sich mit einem Fremden auf der Tanzfläche zur »Annen-Polka« drehte. Er wollte herausfinden, wer es war, der sie da beim Tanzen so innig in den Armen hielt.

»Hast du das gehört?«, flüsterte der Detective aufgeregt. »Das bedeutet, dass der Anschlag auf Strauss von jemandem verübt worden sein könnte, der ein Interesse daran hegt, dass Ulysses S. Grant dieses politische Ass nicht ausspielen kann.«

»Das verstehe ich nicht«, antwortete Francis und strich sich übers Haar.

»Mit Strauss als Gast kann er in ganz Amerika im Wahlkampf punkten«, flüsterte der Detective. »Denk nur an die Fotos, die ihn neben dem Weltstar zeigen und die auf den Titelseiten der Zeitungen landen werden. Mit dem prominenten Musiker kann er sich schmücken. Alle werden darüber sprechen, dass der Wohltäter Grant ein solches Festival für ein friedliches Amerika ausrichtet, und zwar mit musikalischen Superstars. Neben Strauss gilt ja auch Minna Peschka-Leutner als Sensation, auf die sich die Presseleute stürzen werden.« Und nach einer kurzen Pause fuhr er fort: »Vielleicht will jemand aus der Gegenpartei verhindern, dass Strauss in Boston ankommt und dort spielt. Vielleicht steckt die Familie Greeley persönlich dahinter«, flüsterte Ferranelli mit verschwörerischer Stimme.

»Du meinst, dass Mary und Ida –«, rief Francis.

Ferranelli legte seinen Finger auf den Mund und unterbrach ihn. »Pst, nicht so laut. Wer weiß, ob nicht auch andere Passagiere in den Plan eingeweiht sind.« Dann setzte er seine Vermutungen fort. »Zum Beispiel könnte es ja sein, dass Herr Cabot ebenso eingeweiht ist und mit dem hohen Politiker, der ja auch Herausgeber der einflussreichen New-York Tribune ist, unter einer Decke steckt.«

»Wie genau sollte er dahinterstecken?«, wollte Francis wissen.

»Das weiß ich noch nicht. Aber ich werde es herausfinden.«

»Ach, ich denke, das führt zu weit.« Francis unterdrückte ein Lachen.

»Aber annehmen kann man es ja«, erwiderte Ferranelli mit leicht beleidigtem Unterton.

»Eines ist jedenfalls sicher: Wenn es sich tatsächlich um einen Auftragsmord handelt, der gescheitert ist, dann wird der Drahtzieher es wieder probieren«, sagte Francis nachdenklich.

»Oder die Drahtzieher«, korrigierte ihn Ferranelli.

»Egal, wer dahintersteckt, Johann Strauss ist in höchster Gefahr!«, rief Francis und sah sich nach dem Komponisten um. Doch er konnte ihn nirgends entdecken.

DER WÄCHTER DER DIAMANTEN

Francis drückte Ferranelli sein Glas in die Hand und rannte hektisch durch den Saal. Dass er dabei den einen oder anderen Passagier anrempelte und so manche Damen entrüstet aufschrien, war ihm gleichgültig. Am Rand der Tanzfläche standen Ballgäste in Gruppen und unterhielten sich, an den Wänden waren Stühle aufgereiht, auf denen hauptsächlich ältere Damen und Herren saßen und das fröhliche Treiben beobachteten. Weit und breit keine Spur von Strauss. Francis zerrte seinen Diener Stepi von der Tanzfläche. »Haben Sie Strauss gesehen?«

Der antwortete erschrocken: »Nein, aber wenn er nicht da ist, komponiert er.«

Panik ergriff Francis. Was, wenn er entführt, erneut ein Anschlag auf ihn verübt wurde oder man ihn gar über Bord geworfen hatte? Gedanklich sah er Strauss' Körper in den Tiefen des Ozeans versinken, mit weit aufgerissenen Augen untergehen.

Francis stürmte aus dem Saal und versuchte, einen klaren Gedanken zu fassen. Wahrscheinlich war der Musiker tatsächlich einfach zurück in seine Kajüte gegangen, weil er eine Idee für eine neue Komposition hatte und daran arbeitete. Andererseits, warum sollte er ausgerechnet den Höhepunkt des Abends verpassen wollen? Er persönlich sollte ja die Mitternachtseinlage dirigieren.

Er hetzte den Kabinengang entlang. Vor der Kajüte von Strauss machte er kurz halt und drückte mit aller Kraft die Klinke hinunter. Doch die Tür war versperrt. Er lauschte. Kein Geräusch drang von innen heraus. Kein Zweifel, der Komponist war nicht in der Kajüte. Angestrengt dachte Francis nach. Da fiel ihm ein, dass er in seiner Verkleidung als Ella dem Walzerkönig vage ein Tête-à-Tête in dem Laderaum in Aussicht gestellt hatte, in dem angeblich die Diamanten transportiert wurden. Der Raum lag neben dem Maschinenraum. Den Weg dorthin hatte er ihm genau beschrieben. Aber warum hätte er dorthin gehen sollen? Er wusste ja, dass der Raum versperrt und strengstens bewacht war und es gar nicht möglich wäre, einander dort zu treffen.

Er, Francis, hatte dieses Zusammentreffen nicht ernst gemeint, sondern eher als Wunschbild. Die Vorstellung eines Rendezvous in einem Raum, in dem Diamanten von unschätzbarem Wert versteckt waren, hatte einen gewissen Reiz auf ihn ausgeübt. Und vielleicht auch Strauss zu Phantasien inspiriert. Aber dass der Komponist sich dorthin begeben würde, war fast unmöglich. Erstens war er nicht konkret geworden, als er über besagten Raum sprach. Zudem würde Strauss sich niemals trauen, allein in die Dunkelheit dieser Räume hinabzusteigen. Zuvor müsste er über enge Treppen steigen und quietschende Türen überwinden. Obwohl er es als äußerst unwahrscheinlich einschätzte, dass der Walzerkönig tatsächlich dorthin gegangen war, stürmte er Richtung Treppenabstieg zu den Laderäumen.

Der Gang war spärlich beleuchtet, der Lärm der Maschinen dröhnte schon von Weitem in seine Ohren. Es war fürchterlich heiß hier unten. Der Gestank nach Maschinenöl und Kohle durchdrang den Flur. Als Francis sich dem Raum näherte, vermischte sich das mechanische Dröhnen mit dem lauten Gesang einer Männerstimme. War es Strauss, der hier in Erwartung des Zirkusmädchens trällerte? Tatsächlich erkannte er seine Stimme. Der Walzerkönig sang die Melodie vom Walzer »Morgenblätter«, den er acht Jahre zuvor uraufgeführt hatte.

Kurz bevor Francis um die Ecke zu dem geheimnisvollen Raum bog, stolperte er über eine Person, die auf dem Boden lag. Es musste sich um einen Matrosen handeln, wie er an der Uniform erkannte. »Der Wächter der Diamanten«, schoss es ihm durch den Kopf. Die Person bewegte sich nicht. War er tot? Plötzlich erschrak Francis. In einer Nische vor ihm stand ein Mann mit dem Rücken zu ihm. Er trug einen Frack. In der Hand hielt er ein großes Messer, so viel konnte man in dem schummrigen Licht erkennen. Francis zögerte nicht. Er wusste, dass der Unbekannte es auf Strauss abgesehen hatte, genauso wie zuvor der Mann auf dem Deck. Kurz entschlossen stürzte er sich auf ihn und entriss ihm das Messer. Der Fremde war dermaßen überrumpelt, dass er sich nicht wehrte. Er fiel auf den Boden, knallte dabei mit dem Kopf auf ein Metallrohr, das horizontal an der Wand verlief, und blieb bewegungslos liegen.

Im nächsten Moment hörte Francis einen Schrei von hinten. Er drehte sich um.

Hinter ihm, keine drei Meter entfernt, stand Ferranelli, in der Hand eine Pistole. »Keine Bewegung!«, rief er.

Unvermittelt hob Francis die Hände.

Der Engländer näherte sich langsam, die Waffe immer noch auf ihn gerichtet. Dann bückte er sich nach dem Unbekannten und ließ Francis dabei nicht aus den Augen. Blut rann langsam aus einer Wunde, die sich der Mann durch den Sturz am Kopf zugezogen hatte, und bildete eine Lache am Boden. Der ohrenbetäubende Lärm der Maschinen wurde nach wie vor vom fröhlichen Gesang von Johann Strauss untermalt.

»Er ist unglücklich gestürzt. Ich wollte ihm nichts tun!«, rief Francis.

Ferranelli zündete ein Streichholz an. Ein Messer lag neben dem Körper. Er ergriff sein Handgelenk, um den Puls zu testen. »Der ist hinüber«, murmelte er.

Im Schein des Streichholzes war eine Tätowierung auf der Hand des Toten zu erkennen, die gleiche Zeichnung, wie sie auch der erste Attentäter hatte: eine Schwalbe mit einem Stern über dem Kopf. Ferranelli steckte seine Waffe zurück in die Tasche.

»Er ist hier in der Nische gestanden, das Messer hielt er in der Hand«, erklärte Francis mit zitternder Stimme. Schweiß rann ihm die Stirn hinunter. »Ich wollte ihn davon abhalten, Strauss etwas anzutun. Töten wollte ich ihn nicht. Vielmehr wollte ich von ihm erfahren, wer ihn geschickt hat. Er dürfte jedoch mit dem Kopf gegen die Mauer gestoßen sein und sich dabei eine tödliche Verletzung zugezogen haben.«

»Ich weiß, dass du ihn nicht töten wolltest«, antwortete Ferranelli ruhig und zündete ein weiteres Streichholz an, um die Wand zu inspizieren. Dabei entdeckte er das Rohr, auf das der Unbekannte geknallt war. Mit dem Finger strich er darüber. »Blut«, stellte er nüchtern fest. »Du hast recht, er ist mit dem Kopf aufs Rohr gestürzt.« Mit diesen Worten drehte sich Ferranelli zu dem bewegungslosen Matrosen. Sein Puls war nicht mehr spürbar. »Er ist dem Attentäter zum Opfer gefallen«, stellte der Detective fest.

Plötzlich verstummte der Gesang. Fast wirkte das mechanische Dröhnen der Motoren beruhigend, nun, da die Begleitmusik fehlte. »Schnell, wir müssen die beiden Toten auf die Seite schaffen. Strauss darf sie auf keinen Fall sehen. Sonst weiß er, dass ihn jemand töten wollte«, flüsterte Francis.

Rasch zogen sie die Körper in die Nische, in der zuvor der Attentäter gestanden hatte. Da näherten sich Schritte, deren Hall trotz des Maschinenlärms deutlich hörbar war. Ferranelli zündete ein weiteres Streichholz an, um besser sehen zu können.

Eine Gestalt kam um die Ecke. Es war Strauss. Seine Augenbrauen waren hochgezogen, die Lippen zusammengepresst, seine Augen vor Angst geweitet.

»Strauss«, rief Francis und berührte seine Schulter. Der Musiker zuckte zusammen. »Ich bin es, Francis. Und hier ist Ferranelli. Wir haben nach dir gesucht. Wir dachten schon, dass dir etwas zugestoßen ist!«, sagte er.

Erleichtert begrüßte ihn der Komponist. »Zum Glück bist du da. Schnell, bring mich hier weg und führ mich zurück in den Ballsaal«, bat er ihn.

»Was hast du hier unten verloren?«, fragte Francis.

»Ich hielt Ausschau nach Ella. Was bin ich doch für ein Trottel, hier hinunterzusteigen. Sie ließ mir eine Botschaft zukommen, dass sie mich hier beim Lagerraum, in dem die Diamanten transportiert werden, treffen will. Aber sie ist nicht gekommen. Da habe ich es mit der Angst zu tun bekommen.«

Eigentlich war die Botschaft gar nicht so eindeutig, dachte Francis. Als Ella verkleidet hatte er doch nur über die Möglichkeit eines Tête-à-Têtes inmitten der Diamanten gesprochen. Dass der Komponist das gleich so ernst nehmen würde, hätte er nicht gedacht. Wahrscheinlich hatte er vermutet, dass Ella da unten auf ihn warten würde, nachdem sie verschwunden war. Francis fragte: »Hat dich der Matrose nicht aufgehalten, als du heruntergekommen bist?«

»Ich habe keinen Matrosen gesehen«, antwortete Strauss.

»Wieso haben Sie hier unten gesungen?«, wollte Ferranelli wissen.

»Das hilft mir normalerweise, meine Angst zu vertreiben. Aber plötzlich fiel es mir wie Schuppen von den Augen, in welch blöde Lage ich mich begeben hatte. Wie leicht hätte mir hier etwas zustoßen können«, jammerte der Musiker. Und an Ferranelli gerichtet flehte er: »Bitte erzählen Sie niemandem von der Sache. Wie unangenehm wäre es, wenn man davon Wind bekäme. Dann stünde ich wie ein Idiot da.«

Francis und Ferranelli beeilten sich, ihm Stillschweigen zu versprechen.

»Schnell, ich will wieder hinauf! Vielleicht erreichen wir noch rechtzeitig die Entmaskierung. Auf keinen Fall will ich das versäumen. Vermutlich erfahre ich dann, wer tatsächlich hinter Ella steckt«, rief Strauss.

Francis überkam ein schlechtes Gewissen. Hätte er gewusst, dass seine Täuschung solch fatale Folgen auf den Walzerkönig haben würde, hätte er es nicht gewagt, das Ella-Kostüm anzulegen. Doch er konnte es nicht rückgängig machen. So blieb ihm nichts anderes übrig, als ihn hinaufzubegleiten. Er gab Ferranelli ein Zeichen, dass er zurückkommen und sich mit ihm gemeinsam um die Beseitigung der Toten kümmern würde.

Als Francis und Strauss gegangen waren, putzte Ferranelli die Tatwaffe und steckte sie ein. Für ihn war klar, dass es sich so zugetragen hatte, wie Francis es ihm geschildert hatte. Der Angreifer mit der Tätowierung musste sich, wie sein Frack vermuten ließ, unter die Ballgäste gemischt und Strauss beobachtet haben. Als er sah, dass der Komponist den Ballsaal allein verließ, nützte er die Gelegenheit und folgte ihm unbemerkt die Stiegen hinunter in den Schiffsbauch, wo sich die Laderäume befanden. Strauss war dem Matrosen, der als Nachtwache vor dem Lagerraum mit den Diamanten postiert war, nicht begegnet. Der musste sich bei einem Rundgang die Beine vertreten haben oder auf die Toilette gegangen sein. Als der Matrose zurückkam, fiel er dem Attentäter in die Hände. Dieser erstach ihn mit dem Messer und wollte sich dann Strauss vornehmen, als er von Francis von hinten überrascht wurde. Das alles ergab für den Ermittler Sinn.

Aber eine Frage beschäftigte ihn: Warum war der Walzerkönig wirklich allein in diese finsteren, lauten, überhitzten und dreckigen Räume hinabgestiegen? Nur wegen einer nebulösen Person? Das entsprach doch gar nicht seinem Wesen! Er musste viel Willenskraft aufgewendet haben, um das zu tun. Und wer hatte den Angreifer geschickt? Was war sein Motiv? Der Drahtzieher würde nicht lockerlassen, bis er Strauss beseitigt hätte. Es war nur eine Frage der Zeit, bis ihm einer dieser Anschläge gelingen würde.

Ferranelli wusste, was jetzt zu tun war. Er musste die beiden Leichen unbemerkt wegschaffen. Und er musste den Vorfall dem Kapitän melden. Schließlich würde Meyer oder einer seiner Offiziere den Matrosen vermissen, der als Aufpasser vor dem Lagerraum mit den Diamanten abgestellt worden war. Es würde nicht lange dauern, bis die Abwesenheit des Wächters auffallen würde.

Als Strauss in Begleitung von Francis in den Ballsaal zurückkam, war es eine Minute vor Mitternacht. Das Orchester hatte zu spielen aufgehört, der Kapitän war zurückgekehrt, um den Höhepunkt des Abends einzuleiten. Alles schien auf Strauss gewartet zu haben.

Ziegfeld war der Erste, der ihn erblickte. »Da ist er!«, rief er laut und deutete auf ihn.

Alle Köpfe wirbelten herum. Ein Raunen ging durch den Saal. Francis hatte am Weg zurück den Frack des Komponisten abgeputzt, der durch die Mauern in den Gängen der Schiffslager verschmutzt gewesen war, und ihm die Stirn abgewischt.

Der Kapitän winkte den Walzerkönig zu sich. Würdevoll schritt Strauss durch die Menge. Seine Anwesenheit verzauberte die Gäste. Trotz oder vielleicht gerade wegen seiner Ausstrahlung wirkte er bescheiden.

Als er neben Meyer stand, verstummten die Gespräche. Der Kapitän kündigte die Entmaskierung an. Er forderte die Passagiere auf, mit ihm gemeinsam von zehn bis eins hinunterzuzählen und ihre Masken bei null abzunehmen. Daraufhin sollte Strauss einen Walzer seiner Wahl anstimmen. Die Spannung erreichte ihren Siedepunkt.

»Zehn, neun, acht …« Vergnügt beobachtete Strauss die aufgeregte Menge. »Sieben, sechs, fünf …« Meyer dirigierte den Countdown. »Vier, drei, zwei …« Immer lauter skandierte der Chor die Zahlen. »Eins, null!«

Die Gäste rissen ihre Massen von den Gesichtern. Laute Überraschungsrufe und ausgelassenes Gelächter wurden hörbar.

Strauss hob leicht die Hand. Sofort wurde es still im Saal. Sein Gesicht nahm einen warmen Ausdruck an, der auf die Zuschauer beruhigend, aber auch belebend wirkte. Seine Augen schienen jeden Einzelnen im Publikum zu erfassen. Die Paare hatten sich gefunden und begaben sich auf die Tanzfläche. Hingerissen und voller Erwartung richteten sich ihre Blicke auf den Walzerkönig. Strauss drehte sich um und rief dem Orchesterleiter den Namen des Walzers zu, den er spielen wollte. Er gab das Zeichen zum Start.

Francis rannte aus dem Saal zurück in den dunklen Schiffsbauch, als die Klänge des Walzers »Neu-Wien« ertönten, welche die Tänzer sich immer rasanter, wie in Trance, drehen
ließen.

Während sich die Passagiere der Luxusklasse den Walzerklängen von Strauss hingaben, waren Ferranelli und Francis im
Schiffsbauch damit beschäftigt, die Leichen vor dem Maschinenraum wegzuschaffen. Francis konnte sich daran erinnern,
dass er in der Besenkammer vis-à-vis dem Raucherzimmer, in
der er sich in der Mordnacht versteckt hatte, eine große Plane
gesehen hatte. Diese hatte er geholt, bevor er zu Ferranelli
zurückgekehrt war.

Der Detective hatte in der Zwischenzeit im Lichtschein
eines Kerzenstummels, den er entdeckt hatte, eine Porträt-
zeichnung des verhinderten Attentäters angefertigt und das
Blut – so gut es ging – mit dem Hemd des Unbekannten weggewischt. Er fand einen Wasseranschluss und einen Kübel, sodass es ihm leichtfiel, die Blutflecken zu entfernen. Das Wasser
schüttete er in einen Abfluss neben dem Maschinenraum, der
direkt ins Meer führte.

Francis half ihm dabei, den Toten auf die Plane zu hieven.
Dann schleppten sie ihn in einen Raum, der als Abstellkammer
diente. Bis entschieden war, was mit dem Leichnam zu tun sei,
wollten sie ihn dort lassen.

Den toten Matrosen mussten sie woandershin transportieren. Die Abstellkammer war zu eng für zwei Leichen. Sie
nahmen ihn in die Mitte und hoben ihn die engen Stiegen
hinauf. Als ihnen im Stock der ersten Klasse ein Passagier im
eleganten Anzug entgegenkam, taten sie, als wäre der Matrose
stockbetrunken und als müssten sie ihn stützen.

»So betrunken! Was für ein schlechtes Vorbild für die Passagiere«, stellte der Anzugträger kopfschüttelnd fest.

Dann setzten sie ihren Weg fort und erreichten schweißgebadet die Besenkammer, in der sich Francis in der Mordnacht

versteckt hatte. Von hinten erblickten sie Erwin, der gerade seinen Rundgang machte. Er hatte sie nicht bemerkt. So schnell sie konnten, legten sie den Leichnam vorläufig in dem kleinen Raum ab. Dort würde er bleiben können, bis der Kapitän die Freigabe für die offizielle Meeresbestattung erteilte.

»Und was jetzt?«, wollte Francis wissen.

»Jetzt gehst du zurück in den Ballsaal und bringst Strauss in seine Kajüte. Du musst ihm einschärfen, dass er seine Tür von innen verriegeln muss.«

»Der verriegelt seine Türen ohnehin generalstabsmäßig, da er eine fürchterliche Angst vor Einbrechern hat.«

»Geh trotzdem nicht fort, ohne dich davon überzeugt zu haben. Strauss ist in höchster Gefahr. Inzwischen werde ich den Kapitän aufsuchen und ihm erzählen, was passiert ist. Danach muss ich meine Notizen zusammenschreiben.« Und mit Blick auf seine Taschenuhr stellte er fest: »Das wird eine lange Nacht.«

Ferranelli fand den Kapitän auf der Kommandobrücke. Nach der Mitternachtseinlage hatte er seinen Posten wieder bezogen. Mit kurzen Worten erzählte er ihm, was passiert war und wo sie die Leichen versteckt hatten. Er berichtete ihm auch von ihren Vermutungen, dass ein oder mehrere Drahtzieher hinter den Anschlägen auf Strauss stecken mussten. Er zog die Skizze von der Tätowierung der beiden Attentäter heraus.

Der Kapitän warf nur einen kurzen Blick darauf. »Ihr dürft auf keinen Fall zulassen, dass irgendjemand davon erfährt, dass Strauss in Gefahr ist. Am allerwenigsten er selbst«, reagierte er auf die Neuigkeiten. »Ich sorge dafür, dass festgehalten wird, dass der Matrose offiziell an einer Blutvergiftung gestorben ist. Sonst bekomme ich Schwierigkeiten. Ich muss auch noch die Mannschaft informieren. Was ist mit dem Blut?«, fiel ihm plötzlich ein.

»Das haben wir selbstverständlich weggewischt.«

»Wieso konnte es überhaupt passieren, dass Strauss unbemerkt zu dem Maschinenraum gekommen ist? Hat dieser Leibwächter nicht aufgepasst? Wozu hat ihn seine Frau denn eingestellt, wenn er nicht vierundzwanzig Stunden am Tag bei ihm ist? Sagen Sie ihm, wenn es noch einen Toten auf meinem Schiff gibt, dann ist er dran.«

»*Certamente, capitano.* Sehr wohl, Herr Kapitän.« Damit verabschiedete sich Ferranelli und wollte schon gehen, als Meyer ihn zurückrief.

»Eines noch, Mr. Detective. Sorgen Sie dafür, dass Sie den oder die Drahtzieher schleunigst ausfindig machen. Aber ermitteln Sie verdeckt. Ich sage es noch einmal: Noch einen Toten will ich auf meinem Schiff nicht haben. Sonst lesen wir in den Gazetten, dass die ›Rhein‹ eine blutige Spur von Bremerhaven nach New York hinterlassen hat, und gehen als ›Totenschiff‹ in die Geschichte der Seefahrt ein. Das kann ich nicht gebrauchen.«

WIENER HERZ

Die »Rhein« hatte die portugiesische Inselgruppe der Azoren
am Abend des Maskenballs passiert. Bereits über tausendfünfhundert Seemeilen hatte sie hinter sich. Nur noch knapp
zweitausend Seemeilen lagen zwischen dem Dampfschiff und
dem Zielhafen New York. Das Wetter hatte gewechselt. War
das Meer während der ersten Hälfte der Überfahrt gönnerhaft
ruhig und der Himmel meist wolkenlos gewesen, so war die
See nun aufgewühlter. Ein kalter Wind war aufgekommen,
und die Sonne hatte sich hinter einer dicken Wolkendecke
versteckt. Nach Gewitter oder gar nach einem Sturm sah es
aber nicht aus. Trotzdem schaukelte das Schiff ein wenig, was
so manche Passagiere dazu veranlasste, nach dem Essen diskret
ihre Kajüten aufzusuchen.

Johann Strauss hingegen bereitete dieser Wettereinbruch
keine Schwierigkeiten. Im Gegenteil, das Schaukeln des Schiffs
verschaffte seinem nervösen Gemüt eine gewisse Beruhigung,
keine Spur von Übelkeit. Und über den Wetterwechsel war
er zusätzlich erfreut. Einen wolkenverhangenen Tag zog er
fröhlich-hellem Sonnenschein generell vor. Bei Schönwet-
ter versteckte er sich lieber tagsüber in seinem verdunkelten
Arbeitszimmer. Daher hatte man den Musiker in den ersten
Tagen der Reise kaum an Deck angetroffen – anders als so
manche Sonnenhungrige und Frischluftfanatiker, die sich gern
bei einem Spaziergang oder einem Sonnenbad auf der großzügigen Plattform hoch über dem Wasser aufhielten und ihre
Haut den Sonnenstrahlen aussetzten.

Aber nicht nur der Wetterwechsel sorgte für eine stim-
mungsmäßige Veränderung auf der »Rhein«. Auch hatte der
Maskenball gewisse Spuren der Ermüdung bei den Passagieren
hinterlassen. Die anfangs aufgeheizte Stimmung und Euphorie
waren einer gewissen Routine an Bord gewichen. Die ersten

Bekanntschaften waren geknüpft, für die lange Zeit an Bord hatte man seine persönlichen Einteilungen getroffen, die sich im Groben Tag für Tag wiederholten. Auch die anfängliche Orientierungslosigkeit ob der verwinkelten Gänge hatte sich aufgelöst.

Ferranelli hatte Kopfweh. In seiner Kajüte setzte er sich an den Tisch und stützte den Kopf in die Hände. Er starrte auf seine Aufzeichnungen, die er noch in der Nacht nach dem Maskenball erstellt hatte. Es fiel ihm schwer, seine Gedanken zu ordnen. Der Absinth hatte seinen Geist vernebelt und ihm wirklichkeitsnahe Alpträume beschert. Dabei erschien ihm im Schlaf stets Johann Strauss als eine Art Zombie, mit einem Messer im Rücken und Blut, das aus seinen großen schwarzen Augen rann. Er hetzte durch die Schiffsgänge und wurde von einem riesigen Ungeheuer verfolgt.

Vergeblich versuchte der Detective, diese Bilder aus seinem Kopf zu bekommen. Er wusste, dass die Reise fortan unter dem Damoklesschwert hängen würde, das bedrohlich über Strauss schwebte. Jederzeit drohte dieses Schwert auf ihn niederzugehen. Das hieß, dass Francis ab nun erst recht keine Sekunde von seiner Seite weichen durfte. Doch wer hatte es auf das Leben dieses Mannes abgesehen – und warum? Dieses Rätsel zu lösen lag bei ihm, Ferranelli. Er dachte an seine Lehrzeit, als er bei schwierigen Kriminalfällen dabei sein durfte. Sein Chef hatte ihm damals eingebläut, dass er dabei nüchtern bleiben müsse. »Verneble deine Gedanken nicht«, hatte er ihm stets geraten. »Versuche, immer ein objektives, klares Auge auf das zu werfen, was vor dir liegt.«

Und was machte er? Er schüttete sich mit Wermut zu, dieser »grünen Fee des Vergessens«, anstatt die Fakten zu ordnen. Genau das durfte er sich in dieser Situation aber nicht leisten. Schluss mit dem Absinth!

Er dachte an Johann Strauss. Vielleicht lag des Rätsels Lösung ja bei ihm selbst. Was für ein Mensch war er eigentlich wirklich? Was machte ihn als Genie aus? Er wusste, dass der Komponist überaus ängstlich war. Er hatte gehört, dass Strauss nicht nur Angst vor Transportmitteln hatte, egal, ob es um einen Zug, ein Schiff oder eine Kutsche ging, sondern dass er sich sogar vor Steigungen fürchtete. Ging es bergab oder bergauf, würde er wackelige Füße bekommen, hieß es. Und es hieß auch – kaum zu glauben –, er sei menschenscheu, obwohl er fast täglich am Dirigierpult stand und das Publikum bei großen Musikveranstaltungen zum Tanzen und Lachen brachte. Hatte er den Musiker in den wenigen Tagen, seit er ihm das erste Mal begegnet war, jemals lachen sehen? Nein, Strauss hatte immer einen ernsten, etwas unsicheren, manchmal sogar panischen Gesichtsausdruck. Seine Stirn war stets sorgenvoll gefaltet. Doch wie schaffte es dieser Mensch, der selbst so wenig Fröhlichkeit ausstrahlte, ja fast von einem finsteren Schatten begleitet zu sein schien, eine so positive Energie und Faszination in seine Musik zu legen und sie auf seine Zuhörer zu übertragen? Diese Begabung hatte etwas Magisches. Wahrscheinlich war es für ihn eine Lebensnotwendigkeit, fröhliche Musik zu produzieren, um seine Ängste und Sorgen zu vertreiben, dachte Ferranelli.

Er kannte nur einige wenige Kompositionen des Künstlers, diese dafür gut. Manche dieser Stücke hatten für ihn trotz ihrer Leichtigkeit etwas Schwermütiges. Sogar der »Donauwalzer« barg eine Spur von Melancholie. Irgendwo hatte Ferranelli einmal gelesen, dass diese Eigenschaft allen Wienern gemeinsam war. Dass dem Wiener Herzen ein fast schon an Wahnsinn grenzender Hang zur Lust und Freude innewohnte. Dass dieses Herz andererseits aus einer tiefgründigen Todessehnsucht bestand. Konnte man eine solche Eigenschaft überhaupt einer ganzen Stadt zuschreiben? Wahrscheinlich hatten von allen Völkern dieser Welt lediglich die Bewohner der Kaiserstadt Wien eine gemeinsame Seele, die jedoch tief gespalten war. Vielleicht war es weniger die Sehnsucht nach dem Tod, die die Wiener so sehr plagte, sondern mehr eine maßlose Angst vor dem endgültigen Ende, die sich immer dann einstellte, wenn die Lebenslust zu sehr überhandnahm. Wenn der fröhliche Wahnsinn keinen Superlativ mehr kannte und sie in ihrer Walzer-Besessenheit erschöpft taumelten. Dann bäumte sich die Seele auf, und Schwermut und Traurigkeit vermischten diese irre Freude zu einem riesigen Weltschmerz. Wie auf einer Farbpalette, auf der die hoffnungsvolle, fröhliche Farbe Gelb unvermittelt von einem tiefen Schwarz überschattet und schließlich verschluckt wurde.

Genau dieses Seelendilemma sah Ferranelli vor sich, wenn er an den Musikstar dachte. Nur dass die Farbe Schwarz bei diesem Menschen vorzuherrschen schien und seine Seele dieses furchtbare Schwarz Tag für Tag mit Hilfe des lichten Frohsinns verdrängen musste. Ein notwendiges Schicksal, welches auch einst der Figur des Sisyphus zuteilgeworden war. Mit dem Unterschied, dass das, was Strauss täglich herausbrachte, die Menschheit beglückte. Seine ganz persönliche Sisyphusaufgabe, sein unaufhörlicher Kampf gegen die Angst, die ihn innerlich zu zerfressen drohte, entfaltete eine ungeheure Kraft. Wie ein Ertrinkender, der in seinem Todeskampf maßlosen Elan entwickeln konnte. Strauss besaß die Fähigkeit, seine verhängnisvolle schwarze Energie in eine positive Kraft umzuwandeln. Woher er wohl seinen Antrieb schöpfte? Wahrscheinlich war es der Erfolg, die Freude der Menschen an seinem Werk, die ihn anspornten.

Ferranelli hatte auch beobachtet, dass Strauss abergläubisch war. Hing das ebenfalls mit seinen Ängsten zusammen? Waren Angst und Aberglaube nicht eng miteinander verbunden? Entstanden viele abergläubische Überzeugungen nicht aus der menschlichen Angst vor dem Unbekannten? War man unsicher, so suchte man doch gern nach Erklärungen oder Ritualen, um Kontrolle und Sicherheit zu gewinnen. Ferranelli hatte abergläubische Personen beobachtet, die bewusst oder unbewusst Rituale oder Symbole wählten, weil sie glaubten, sich damit vor Unglück schützen zu können.

Er wurde aus seinen Gedanken gerissen, als es an der Tür klopfte. Es war Francis. Trotz der nächtlichen Aufregung sah er frisch aus.

»Wie geht es Strauss?«, wollte der Engländer wissen.

»Er hat sich in seine Kajüte eingesperrt und sitzt über irgendeinem Musikstück. Er möchte ungestört sein, bat mich aber, jede Stunde vorbeizukommen, weil er nicht komplett allein sein will. Und er fragte mich, ob ich ihm später in seiner Kajüte beim Essen Gesellschaft leiste.«

»Wieso will er nicht im Speisesaal essen?«

»Ihm ist die Gesellschaft zu viel geworden«, erklärte Francis knapp und fragte, ob er sich kurz setzen dürfe.

»Bitte sehr. Viel Platz ist in meiner Kajüte nicht. Aber wenn du in dem Durcheinander eine Sitzgelegenheit findest ...«

Francis setzte sich und fixierte den Detective. Dann begann er stotternd: »Ich weiß nicht, was gestern zwischen uns –«

»Ach das«, unterbrach ihn Ferranelli.

»Ich wollte das eigentlich nicht«, sagte Francis.

»Dann lassen wir es gut sein«, antwortete der Detective und bot ihm ein Glas Wasser an.

Francis lehnte ab und blickte auf die Notizen, die auf dem Tisch ausgebreitet lagen. Er bot seine Hilfe an und schlug vor, in seine Kajüte, die neben der des Komponisten lag, zu wechseln, damit er in der Nähe von Strauss bleiben konnte.

Müde packte Ferranelli seine Aufzeichnungen zusammen und bestellte bei einem Kellner, der sich soeben mit Tellern beladen am Gang an ihnen vorbeiquetschte, eine Kanne Kaffee.

»Wie gut kennst du Strauss eigentlich?«, wollte Ferranelli wissen, als sie in Francis' Kabine Platz genommen hatten. Aus der Nachbarkabine drang in kurzen Abständen die Stimme des Komponisten, der offenbar einen Notensatz testete.

»Ich kenne ihn erst seit dem Tag, als das Schiff abgelegt hat, dafür habe ich ihn seitdem intensiv kennengelernt.«

»Inwiefern?«

»Du weißt schon, seine Schwächen, seine nahezu unerträglichen Ängste. Am ersten Tag hatte er eine Angstattacke.«

»Wie hat sich diese geäußert?«

»Er wurde bleich und atmete schwer. Ich musste ihn stützen. Er konnte sich danach nur noch schemenhaft daran erinnern, was geschehen war.«

»Und sonst?«

»Er redet gerne über seine Wehwehchen.«

»Ein Hypochonder also.«

»Keine Ahnung, was das bedeutet. Außerdem dürfte er genau aufs Geld schauen. Er wirkt mir ein bisschen knausrig.«

»Woran machst du das fest?«

»Das ist so ein Gefühl.«

»Fällt dir noch etwas zu ihm ein?«

»Er ist ein Frauenschwarm.«

»Was ist mit seiner Ehefrau?«, wollte Ferranelli wissen.

»Ich denke, dass er ihr treu ist. Aber Jetty ist verunsichert, weil die Frauen geradezu auf ihren Mann fliegen. Wegen seines Erfolgs, seines Geldes, aber natürlich auch wegen seines Charismas. Er ist ja auch eine außergewöhnliche Erscheinung. Seine dunklen Augen und die pechschwarzen vollen Haare haben etwas Exotisches. Wenn ihm beim Dirigieren die Locken ins Gesicht fallen, werden die Weiber narrisch.«

»Hat er irgendwelche Hobbys?« Ferranelli hatte alles mitgeschrieben.

»Ich glaube, er spielt gerne Billard. Und Tarock. Aber er verliert ungern«, lachte Francis und betrachtete die bisherigen Aufzeichnungen mit den Namen, die der Detective auf dem Tisch vor ihnen ausgebreitet hatte.

»Wieso sind wir eigentlich so sicher, dass es einen Auftraggeber gibt?«, warf Ferranelli ein.

»Die Täter hatten beide die gleiche Tätowierung am Handgelenk, die sie als Berufskiller identifiziert.«

»Gehen wir davon aus, wir haben mit dieser Vermutung recht. Dann muss der Auftraggeber nicht zwingend an Bord sein. Er könnte den Killer vor Abfahrt des Schiffs genauestens unterrichtet haben«, bemerkte Ferranelli. Nach einer kurzen Pause fügte er hinzu: »Besser gesagt, er muss wohl mehrere Killer engagiert haben, falls das Attentat auf Strauss zunächst schiefgehen sollte.«

»Was ja auch passiert ist«, merkte Francis an.

»Ich werde mir vom Kapitän die Personalliste geben lassen. Vielleicht werden wir daraus schlau.« Mit diesen Worten stand Ferranelli auf. Da klopfte es an der Kabinentür. Es war der Kellner mit dem Kaffee und zwei Schalen. Sogar an Zucker und Milch hatte er gedacht.

»Eine Frage ist noch offen«, sinnierte Francis weiter, als der Kellner wieder draußen war und er Kaffee einschenkte. »Auf dem Ball habe ich als Ella verkleidet Strauss gesagt, dass der Raum, in dem die Diamanten gelagert sind, ein schöner Platz für ein Tête-à-Tête wäre. Dass wir uns dort treffen könnten, habe ich aber nicht dezidiert erwähnt. Auch über eine konkrete Uhrzeit habe ich nicht gesprochen. Es muss ihm also jemand eine Botschaft übermittelt oder zugesteckt haben, die besagte, dass er sich um eine gewisse Zeit dorthin begeben soll.«

»Richtig!« Ferranelli war wieder hellwach. Bewundernd betrachtete er seinen Freund. »Ich erinnere mich, dass Strauss etwas von einer ›Botschaft‹ gesagt hat, als er uns im Schein des Streichholzes begegnet ist. Ich werde ihn befragen. Vielleicht hat er tatsächlich eine schriftliche Nachricht bekommen, und wir können die Handschrift identifizieren.«

Francis überlegte. »Aber wer wusste davon, dass ich mit Strauss über den Ort gesprochen habe, wo die Diamanten aufbewahrt werden?«

Ferranelli sagte: »Weißt du noch, wann genau du mit ihm darüber geredet hast?«

»Ja, das war zu dem Zeitpunkt, als das Orchester eine Pause machte.«

»Das heißt, es war gerade nicht sehr laut im Saal«, sinnierte der Detective. »Wer könnte das mitbekommen haben? Wer stand in deiner Nähe?«, versuchte Ferranelli, Francis auf die Sprünge zu helfen.

Der dachte angestrengt nach. »Ich weiß es nicht. Ach ja, da fällt mir ein, dass neben uns die drei Amerikanerinnen gestanden sind, also die beiden Greeleys und Martha Mills. Und dann war da noch Henry Cabot. Die Damen haben ihn nicht erkannt und gerätselt, wer er wohl sein mochte.«

»Waren nicht auch Klein und Rotkowsky in eurer Nähe?« Ferranelli hatte die Gesellschaft sehr genau beobachtet.

»Richtig! Und auch Minna Peschka-Leutner stand dort. Sie waren alle trotz ihrer Maskeraden unschwer zu erkennen.«

»Also waren ohnehin alle, die auf meiner Verdächtigenliste stehen, in der Nähe. Das bringt uns keinen Zentimeter weiter.«

»Die Witwe habe ich noch vergessen. Die ist hinter Strauss hermarschiert, als er auf mich zugekommen ist.«

»Elisabetta Rinaldi?«

»Ja, genau die. Sie stand hinter Strauss, als ich mit ihm geredet habe. Das bedeutet, dass tatsächlich alle, auch Rinaldi, gehört haben können, wie ich Strauss den Weg zu dem Raum mit den Diamanten erklärt habe. Und jetzt fällt mir ein, dass genau in dem Moment ein Glas zu Bruch gegangen ist. Es war kurz still im Saal. Dem schenkte ich aber keine Beachtung und sprach weiter.«

»Ich werde alle, die sich in den letzten Tagen in der Nähe von Strauss aufgehalten haben, genauer unter die Lupe nehmen. Die wichtigste Frage, die sich mir stellt, ist, wer von ihnen Strauss schon vor der Reise einmal begegnet ist – mit Ausnahme von denjenigen, bei denen wir es wissen. Vielleicht ergibt sich aus einer früheren Begegnung ein Motiv.«

»Was genau meinst du?«, fragte Francis.

»Vielleicht hat er eine der Damen einmal zurückgewiesen, und sie verkraftet das nicht.«

»Jedenfalls hat der Komponist viele weibliche Verehrerinnen«, meinte Francis.

»Ich glaube, die Kombination aus Geld und Macht wirkt

wie ein Aphrodisiakum«, sagte Ferranelli. »Vielleicht ist es aber auch sein Charisma«, fügte er hinzu.

»Bisher kommen von den Verehrerinnen, die wir im Auge haben, nur die Rinaldi und die Peschka-Leutner dafür in Frage«, sinnierte Francis, schenkte sich noch Kaffee ein und nahm einen großen Schluck.

»Die Sängerin? Wieso?«

»Beim Picknick in Southampton hat sie mit ihm kokettiert.«

Ferranelli dachte angestrengt nach. »Eine Frage, die mich beschäftigt, ist auch, ob jeder der Verdächtigen einen Grund für die Reise nach Amerika vorweisen kann. Warum zum Beispiel ist Martha Mills an Bord? Was hat die Amerikanerin in England mit ihren Kindern gemacht? Oder Josef Rotkowsky. Er ist Juwelier im Ruhestand, aber wir haben keine Ahnung, was ihn nach New York führt. Fest steht, dass er sich mit Juwelen auskennt. Wahrscheinlich wusste er auch, wo genau sich die Diamanten im Schiff befinden.«

»Das könnte bedeuten, dass er Strauss dorthin gelockt hat«, überlegte Francis und fragte: »Aber hat er ein Motiv, Strauss zu beseitigen?«

»Vielleicht kennen sich die beiden aus Wien. Wäre doch möglich. Ich habe nur mitbekommen, dass er auf dem Ball politisiert hat. Auch mit ihm werde ich mich unterhalten müssen.«

»Mit wem hat er politisiert?«, wollte Francis wissen.

»Mit Henry Cabot, dem ehemaligen Zeitungsverleger, der jetzt Fischgroßhändler ist. Vielleicht gibt es zwischen ihm und dem amerikanischen Präsidentschaftskandidaten Horace Greeley wirklich eine Verbindung. Vielleicht wurde er tatsächlich von Greeleys Leuten beauftragt, Strauss beseitigen zu lassen, weil sich Präsident Grant in Boston mit Strauss schmücken wird und Greeleys Leute das nicht zulassen wollen.«

»Und welche Rolle soll Cabot dabei spielen?«, fragte Francis und trank seine Tasse leer.

»Er hat eine Zeitung herausgegeben, ebenso wie Greeley.«

»Apropos Greeley. Die beiden Damen sind fanatische Vegetarierinnen und Wellnessfans.«

»Das sagt nichts über ein mögliches Motiv«, lachte Ferranelli.

»Ich werde mich jedenfalls über die Anhänger des Vegetarismus-Kults rund um diesen … Sylvester Graham, den sie so verehren, schlaumachen und herausfinden, was für Leute das sind.«

»Ich denke, das sind harmlose Gesundheitsfanatiker, die glauben, sie würden länger leben, wenn sie viele Getreidekörner essen und sich abwechselnd in kaltes und warmes Wasser begeben«, gab Ferranelli zurück. »Ich werde aber trotzdem mit den beiden sowie mit Cabot Gespräche führen und dann sehen, ob sich meine Theorie eines möglichen politischen Motivs bestätigt.«

»Ida hat sich auch deshalb verdächtig gemacht, weil sie beim Ball, also in der Nacht des gescheiterten Anschlags, plötzlich Strauss gegenüber eine komplett andere Haltung gezeigt hat – ihre Ablehnung war wie weggeblasen. Ja sie flirtete sogar mit ihm. Warum? Wollte sie die Gelegenheit nützen, um ihn irgendwohin zu locken, wo er allein und hilflos wäre?«, dachte Francis laut nach.

Ferranelli zuckte mit den Schultern. »Und was ist mit Klein? Hat er nicht einmal bei einem Wettbewerb für eine wichtige Auszeichnung gegen Strauss verloren?«, erinnerte er sich.

Francis las die Notizen, die sich der Detective über den Militärmusiker gemacht hatte: »Heinrich Klein: Aus Jessen, Deutschland. Trocken, kurz angebunden. Gibt an, die ganze Nacht in seiner Kabine geschlafen zu haben. Rechtshänder.«

»Ja, aber deswegen bringt man doch nicht Jahre später jemanden um«, seufzte Ferranelli.

Ihre Gedanken wurden unterbrochen, als plötzlich von der benachbarten Kajüte ein lautes Geräusch hörbar war. Francis wurde blass und stürzte hinaus. Kurz darauf kam er zurück. »Es war nichts. Sein Koffer ist vom Kasten gefallen.«

»Wie war eigentlich die Stimmung im Ballsaal, als du mit Strauss von den Räumen im Schiffsrumpf zurückgekommen bist und ich unten geblieben bin? Ist dir aufgefallen, dass jemand besonders erschrocken gewirkt hat, ihn zu sehen, oder gar nervös war?«

»Daran erinnere ich mich nicht. Ich war viel zu sehr damit beschäftigt, dass er ordentlich aussah. Sogar die Maske habe ich ihm wieder aufgesetzt, bevor wir in den Saal gegangen sind. Obwohl natürlich jeder wusste, dass es sich um Strauss handelte. Das war mehr wegen der Gepflogenheit. Aber warum fragst du?«

»Befand sich der Drahtzieher im Saal, muss er davon ausgegangen sein, dass Strauss tot war. Als er plötzlich in den Saal trat, musste er denken, er sehe ein Gespenst.«

»Das stimmt«, lachte Francis. »Ihm muss in dem Moment klar geworden sein, dass der Anschlag erneut danebengegangen ist.«

»Also keine besonderen Reaktionen?«

»Da muss ich leider passen. Dazu fällt mir nichts ein.«

»Na ja, vielleicht fällt jemand anderem etwas ein.« Ferranelli rauchte ein Zigarillo an. »Eigentlich hast du Strauss schon zweimal das Leben gerettet«, stellte er anerkennend fest und blies dem jungen Mann den Rauch ins Gesicht.

SONNENUNTERGANG

Die untergehende Sonne tauchte den Himmel in warme Gold- und Orangetöne, die sich auf den Wellen spiegelten und von den Rauchfahnen des Dampfschiffs zart durchzogen wurden. Francis hatte Strauss vorgeschlagen, sich gemeinsam den Sonnenuntergang an Deck anzusehen. Überraschend hatte er eingewilligt.

Ferranelli war ihnen gefolgt. Er hoffte, dem Komponisten ungestört ein paar Fragen stellen zu können, die ihn vielleicht in seinen Ermittlungen weiterbringen würden. An der Reling gesellte er sich zu den beiden.

»Das Licht scheint die Wellen fast zum Glühen zu bringen. Es gibt wohl keinen besseren Ort, um solch einen Moment zu erleben«, bemerkte der Engländer, der sich normalerweise genauso wenig wie Strauss etwas aus Sonnenuntergängen machte. Doch dieser hier war tatsächlich etwas Besonderes. Die Wolken brachen das Licht und ließen einige Strahlen hindurchscheinen, die wie goldene Bänder auf das Meer hinunterfielen, die Schatten wurden lang und weich.

Strauss musterte ihn von der Seite. »Oh ja, wirklich nett, dieses Schauspiel«, gab er höflich zurück.

»Sie haben sich ganz prächtig geschlagen, als Sie am Ball die Mitternachtseinlage dirigierten.« Vorsichtig versuchte Ferranelli, mit einem Kompliment ein Gespräch zu beginnen.

»Danke, das ist sehr freundlich von Ihnen.« In seiner bescheidenen Art verneigte sich Strauss leicht. Er schien gut aufgelegt zu sein.

»In diesem Schiffsbauch war es kaum auszuhalten«, setzte Ferranelli die Unterhaltung fort und kam gleich zur ersten Frage. »Sagen Sie mir bitte eines: Wer hat Ihnen gesagt, dass Sie dieses Zirkusmädchen bei den Diamanten treffen würden?«

Strauss sah ihn verständnislos an.

»Sie haben dort unten im Rumpfbereich gesagt, dass Sie eine Botschaft erhalten hätten, Ella würde dort auf sie warten«, versuchte Ferranelli, ihm auf die Sprünge zu helfen.

»Ach so, das war ein Kellner, der mir das mitteilte. Er sagte, die als Ella verkleidete Dame lasse ausrichten, dass ich in fünf Minuten dort unten sein solle.«

»Es war also keine schriftliche Mitteilung?«

»Nein. Da hat sich anscheinend jemand einen dummen Scherz erlaubt.«

»Kann man wohl sagen«, antwortete Ferranelli und nahm sich vor, ihn später nach dem Kellner zu fragen. Dann knüpfte er an: »Gibt es auf diesem Schiff eigentlich jemanden, der Ihnen nicht so gut gesonnen ist?«

»Nicht dass ich wüsste.«

»Haben Sie einen der Passagiere vorher schon kennengelernt, außer Klein, die Opernsängerin und natürlich Ziegfeld?«

»Nein, aber ich habe auf dem Schiff ein paar nette Bekanntschaften gemacht. Mit Ida Greeley zum Beispiel.«

»Und haben Sie in Wien Feinde?«

»Jeder erfolgreiche Mann hat Neider. Meinen Sie nicht?«, blieb Strauss ausweichend.

Das Farbspektakel am Himmel war nun um eine violette Nuance reicher, zinnoberrot tauchte der Sonnenball ins Meer. Die letzten Sonnenstrahlen wurden von den metallenen Elementen des Ankerrohrs am Bug reflektiert. Ein leichter Wind kam auf und trug den Geruch von salziger Luft und Kohlenrauch aufs Deck.

Francis war hingerissen von dem Spektakel. In stummem Staunen beobachtete er dieses Farbenspiel am Himmel, während die Abenddämmerung langsam hereinbrach.

»Es ist kühl geworden. Begleiten Sie mich doch ins Billardzimmer, dann können wir unsere Unterhaltung bei einem Spiel fortsetzen«, schlug Strauss vor. »Francis muss natürlich auch mitkommen.«

»Ist Ihnen aufgefallen, dass irgendjemand in der Menge besonders nervös geworden ist, als Sie nach dem Ausflug in den Schiffsbauch zurück in den Ballsaal gekommen sind? Vielleicht kommen wir dem Scherzbold damit auf die Spur«, knüpfte Ferranelli an das Gespräch von zuvor an, während er eine Kugel mit seinem Queue im Loch versenkte.

»Die Rinaldi, die Dame, die beim Ball ganz in Schwarz gekleidet war. Sie wirkte leicht aufgeregt. Aber das war garantiert darauf zurückzuführen, dass sie nervös war, wie die Reaktionen wohl ausfallen würden, wenn ihre wahre Identität nach der Entmaskierung ans Licht kommen würde«, gab Strauss an. »Ich jedenfalls habe sie erst in dem Moment erkannt.«

Der Detective versuchte, mehr über die Persönlichkeit des Komponisten zu erfahren. Doch er wusste, dass er dabei vorsichtig vorgehen musste.

Da begann der Musiker, sich von selbst zu öffnen. An Francis gewandt bemerkte er: »Du erinnerst mich an einen gleichaltrigen Jungen, der in einem Wirtshaus um die Ecke meiner ehemaligen Wohnung in der Taborstraße Billard spielte. Von ihm lernte ich dieses Spiel. Mein Vater war meist mit Komponieren beschäftigt, wenn er nicht gerade bei seiner Lebensgefährtin oder mit seinem Orchester auf Reisen war.«

»Seiner Lebensgefährtin?«, fragte Ferranelli.

»Ja, er hat neben unserer Familie eine weitere gegründet.«

»Das muss hart für Sie gewesen sein. Wie war Ihr Vater denn so?«, hakte Ferranelli ein.

»Ach, ich will gar nicht viel über ihn reden. Zum Glück war er meist nicht zu Hause. Er wollte mir verbieten, die Musikerkarriere einzuschlagen. Stattdessen wollte er, dass ich Beamter werde.« Geschickt lochte er eine Kugel ein, während er bitter lachte. »Doch er hat die Rechnung ohne meine Mutter gemacht. Sie hat uns Brüder hinter seinem Rücken gefördert und uns Musikunterricht zuteilwerden lassen.«

»Ihre Brüder sind beziehungsweise waren auch Musiker, habe ich gehört. Wie war oder ist Ihr geschwisterliches Verhältnis?«, fragte Ferranelli vorsichtig. Er wollte ausloten, ob der jüngere Bruder Eduard, genannt »Edi«, vielleicht als Drahtzieher hinter den Anschlägen auf Johann stecken könnte. Denn er wusste, dass die Beziehung unter den Geschwistern zu Lebzeiten des Bruders Josef, Spitzname »Pepi«, nicht allzu gut gewesen war und Johann seine jüngeren Brüder gern runtergeputzt hatte. Den letzten gemeinsamen Auftritt der drei Brüder hatte es vor zwei Jahren bei einem Konzert im Wiener Musikverein gegeben, kurz bevor Pepi gestorben war.

Strauss überhörte die Frage und erzählte stattdessen: »Als mein Vater 1849 starb, übernahm ich sein Orchester. Doch die Musiker lehnten mich als Nachfolger ab, und so blieb mir nichts anderes übrig, als das Orchester aufzulösen und neu zu organisieren. Ich ging dann mit einigen Musikern nach Berlin und später nach Warschau. Zarin Alexandra Fjodorowna, eine Tochter des Preußenkönigs, lud mich zu Auftritten im Palais Łazienki ein, wo neben dem russischen Kaiserpaar auch Kaiser Franz Joseph von Österreich anwesend war.«

»Und mit welchem Stück gelang Ihnen dann der musikalische Durchbruch?«, fragte Ferranelli, obwohl er wusste, dass ihm diese Information in seinen Ermittlungen nicht weiterhelfen würde. Doch er wollte das Vertrauen des Musikgenies weiter gewinnen.

Strauss dachte kurz nach. »Ich denke, das war mit der ›Annen-Polka‹ im Sommer 1852. Ich bin dann mit dem Orchester über Prag zu einer sechswöchigen Deutschlandtournee aufgebrochen.«

Francis wollte die Kugel Nummer acht versenken, womit er das Spiel gewonnen hätte. Doch er machte einen Fehler. Die Kugel stieß an die Bande und landete nicht in ihrem Ziel.

Strauss schrie vor Freude laut auf. Gerade noch hatte er den Zählapparat am Tisch manipulieren wollen, um nicht zu verlieren. Doch nun hatte Francis von sich aus einen Fehler begangen.

»Wo waren wir stehen geblieben?«, fragte Ferranelli, als sich der Musiker von seinem Jubel erholt hatte.

»Die Tournee.«

»Was war mit Ihren Brüdern?«, versuchte der Detective, das Gespräch fortzusetzen. Obwohl er wusste, dass Josef zwei Jahre zuvor gestorben war, wollte er die Beziehung der Geschwister besser verstehen.

Strauss ignorierte die Frage geflissentlich. »Ich bin dann nach Pawlowsk, wo ich des Sommers regelmäßig aufgetreten bin und immer noch auftrete.«

Ferranelli versuchte eine andere Strategie, um das Gespräch wieder auf die Brüder zu lenken. Und so stellte er ihm eine etwas provokante Frage, um ihn aus der Reserve zu locken. »Stimmt es, dass Ihr Bruder Josef nahezu ebenso begabt war wie Sie?«

»Wie bitte? Das meinen Sie doch wohl nicht im Ernst?« Strauss lachte höhnisch auf. »Josef mag zwar eine gewisse Begabung besessen haben. Aber er hatte die Ausstrahlung eines ›Pompes-funèbres-Mandls‹, wie meine Ehefrau zu sagen pflegt.«

»Was bedeutet das?«

»Na, er war so unscheinbar wie ein Leichenbestatter.«

Ferranelli musste über den Vergleich laut lachen. »Und wie verstanden Sie sich mit ihm?«, beharrte er.

»Es geht so. Als Pepi noch am Leben war, haben meine Brüder sehr oft gestritten. Ihre Beziehung hat sich auch nach dem Tod unserer Mutter vor zweieinhalb Jahren nicht gebessert. Da konnten auch die beiden Schwestern Netti und Resi nichts dagegen tun.«

Wieder war er der Frage aus dem Weg gegangen. Ferranelli versuchte es jetzt direkt, indem er fragte: »Würde Ihnen Ihr Bruder Edi den Tod wünschen?«

»Ich hoffe nicht!«, rief Strauss und stieß einen Ball so stark mit seinem Queue, dass er polternd über den Tisch auf den Boden flog.

Francis hob ihn auf.

»Edi lebt mit seiner Familie immer noch in unserem Familienanwesen, im Leopoldstädter Hirschenhaus, und leitet die

Strauss-Kapelle. Als mein Nachfolger als k.u.k. Hofball-Musikdirektor erhält er zweihundertsechzig Gulden pro abendlichen Einsatz. Das hat er mir zu verdanken. Warum sollte er mir also den Tod wünschen?«

Ferranelli antwortete nicht. Er sah ein, dass Strauss nicht gern über seine Familie sprach und die internen Konflikte und seine despektierliche Art, die er, glaubte man den Klatschrubriken in den englischen Zeitungen, den Brüdern gegenüber stets an den Tag gelegt hatte, verdrängte. »Eines würde mich noch interessieren, um herauszufinden, welcher Scherzbold Sie beim Maskenball hereingelegt hat: Welcher Kellner hat Ihnen die Nachricht zukommen lassen?«

»Keine Ahnung, ich denke, er hatte dunkles Haar.«

Ferranelli gelang es, den Kellner ausfindig zu machen, der Strauss die irreführende Botschaft übermittelt hatte. Dieser war eher wortkarg. Er erinnerte sich jedoch, dass er die Nachricht dezidiert von einem Mann und nicht von einer Frau erhalten hatte. Da alle Passagiere an jenem Abend Masken und Fracks oder elegante Anzüge trugen, konnte er ihn nicht identifizieren. Nicht einmal, ob er jung oder alt gewesen war, konnte er mit Sicherheit sagen. »Wissen Sie, ich hatte an dem Abend alle Hände voll zu tun. Beim besten Willen kann ich Ihnen keine nähere Auskunft geben.«

Obwohl alles darauf hindeutete, dass es ein Mann gewesen war, der Strauss in den Schiffsbauch gelockt hatte, um ihn dort beseitigen zu lassen, nahm sich der Ermittler vor, auch die weiblichen Verdächtigen zu interviewen. Vor allem Rinaldi, die bei Strauss' Rückkehr angeblich nervös gewesen war, wollte er sich vorknöpfen. In den kommenden Tagen versuchte er also, alle Passagiere zu befragen, die seiner Meinung nach ein Motiv hatten, Strauss loszuwerden.

Francis war indes damit beschäftigt, den Musikstar, der sich am liebsten in seiner Kajüte aufhielt, wo er an seiner Operette arbeitete, vierundzwanzig Stunden am Tag zu bewachen und ihn nur dann allein zu lassen, wenn er dorthin musste, wohin auch der Kaiser zu Fuß ging. Selbst dann ließ Francis die Toilettentür nicht aus den Augen. Ab und zu war Strauss auch im Spielzimmer bei einer Partie Tarock anzutreffen. Francis saß dann hinter ihm und blätterte gelangweilt in einer Zeitschrift. Ferranelli ging er – so gut er konnte – aus dem Weg. Nicht, weil er kein Interesse mehr an ihm gehabt hätte. Im Gegenteil: Je öfter er ihn aus der Entfernung sah, desto mehr fühlte er sich zu dem Engländer hingezogen. Doch er wusste, dass diese Beziehung keine Zukunft hatte, und Ferranelli war zudem ohnehin mit seinen Ermittlungen beschäftigt. Außerdem hatte sich dieser nicht um eine Fortsetzung ihrer ersten Annäherung bemüht, auch wenn er, Francis, am nächsten Tag einen leichten Rückzieher gemacht hatte. Francis war der Meinung, dass er sich mit dem ersten Schritt bereits weit aus dem Fenster gelehnt hatte. Wenn von dem Detective keine weiteren Gesten oder Absichten kamen, so schien sich sein Interesse in Grenzen zu halten.

»So ein Zufall, dass wir uns immer wieder über den Weg laufen. Sind Sie auch ein Nachtmensch?«, fragte Ferranelli Cabot, als er ihn eines späten Abends in der mit dunklem Holz vertäfelten Raucherlounge traf. Der Detective mochte die warme Ausstrahlung des Raums mit seinem gedämpften Licht, den schweren Orientteppichen und den hochwertigen Ölgemälden mit Szenen aus der Seefahrt an den Wänden.

Cabot saß in einem der großzügigen, schweren Ledersessel, vor sich ein Glas Whiskey, und rauchte eine Zigarre. »Es scheint fast so. Etwas an dieser Seeluft macht das Schlafen schwer, finden Sie nicht?«, antwortete der Amerikaner.

»Sie sagen es. Obwohl die meisten das Gegenteil behaupten.« Mit solch oberflächlichen Themen versuchte der Detective, seine verdeckten Ermittlungen zu führen, um dann das Gespräch mit viel Geschick unauffällig auf sein Gegenüber zu lenken.

Ferranelli konnte nicht widerstehen, beim Steward ein Glas Absinth zu bestellen. Nachdem dieser das Gewünschte auf den massiven Beistelltisch aus edlem Mahagoniholz platziert hatte, erhob er es. »Auf unsere gemeinsame Reise!«

Sie stießen an.

»Henry Cabot – französische Abstammung?«, fragte Ferranelli.

»Sie sagen es.«

»Was für ein talentierter Musiker Johann Strauss doch ist. Haben Sie früher schon einmal seine Bekanntschaft gemacht?«

»Ich muss gestehen, dass ich das erste Mal von ihm gehört habe, als ich auf das Schiff gekommen bin. Aber Sie haben recht. Er ist tatsächlich ein Genie. Seine Musik elektrifiziert einen geradezu. Und wie er dirigiert! Einfach phantastisch!« Cabot nahm einen kräftigen Schluck aus seinem Whiskeyglas. Dann fragte er: »Wie weit sind Sie eigentlich mit Ihren Ermittlungen im Fall des armen jungen Mannes gekommen, den man tot auf Deck aufgefunden hat?«

Dieser Zwischenfall war durch den Maskenball bei den meisten Passagieren in Vergessenheit geraten – schließlich hatte es sich bei dem Toten, so hörte man, um einen einfachen Reisenden der Holzklasse gehandelt, ohne Prominentenstatus.

»Ach, wissen Sie, es dürfte doch ein blöder Unfall gewesen sein«, gab der Detective zur Antwort, um nicht den Eindruck zu erwecken, dass er nach wie vor in der Sache ermittelte. »Wie ich höre, waren Sie früher Zeitungsherausgeber. Da kennen Sie vielleicht Horace Greeley?«, lenkte er das Gespräch in die Richtung, die er brauchte.

Cabot dachte scharf nach. »Ist er etwa mit Mary und Ida Greeley verwandt?«

Ferranelli nahm ihm ab, dass er ihn nur ungenau einordnen konnte. »Genau genommen ist er der Ehemann von Mary. Er ist ein einflussreicher amerikanischer Journalist und Verleger. Er gründete und leitet die New-York Tribune.«

»Wie interessant!«, rief Cabot aus und legte seine Zigarre in den schweren Porzellanaschenbecher, um die Luke zu öffnen, worauf frische Seeluft in den Raum zog.

»Er ist auch politisch aktiv und vertritt liberale, reformorientierte Positionen.«

»Ach, wissen Sie, ich interessiere mich nicht sonderlich für Politik.«

»Den Eindruck habe ich nicht von Ihnen. Hatten Sie nicht auf dem Maskenball einen politischen Disput mit dem Grafen?«

»Ach so, das. Ich habe irgendetwas Provokantes gesagt, und Rotkowsky ist in Rage geraten. Aber sonst ...«

»Dass Sie als Amerikaner und ehemaliger Zeitungsherausgeber den US-Präsidentschaftskandidaten Greeley nicht kennen, nehme ich Ihnen nicht ab.«

»Ich war jetzt drei Monate in Europa, um den Markt für meine Hummer auszuloten. Dinge ändern sich schnell in Amerika, Politiker kommen und gehen. Die Zeiten sind eben anders als früher.«

»Ich helfe Ihnen auf die Sprünge. Greeley war überzeugter Abolitionist, er setzte sich im Bürgerkrieg stark für die Abschaffung der Sklaverei ein. Auch in anderen sozialen Fragen gilt er als fortschrittlich und unterstützt Reformen wie das Frauenwahlrecht und die Rechte von Arbeitern.«

»Ach, ist er etwa derjenige, von dem das Zitat stammt: ›Go West, young man‹?«

»Das kenne ich nicht«, antwortete Ferranelli.

»Ein Appell an junge Männer, in den Westen zu ziehen und neue Möglichkeiten zu suchen. Ja, jetzt erinnere ich mich, ein bemerkenswerter Mann. Es ist mir tatsächlich ein bisschen unangenehm, nicht gleich an ihn gedacht zu haben, das muss ich zugeben. Aber ich komme aus Boston und nicht aus New York und beschäftige mich derzeit mit dem Verkauf von –«

»Hummer. Ich weiß. Was versprechen Sie sich eigentlich davon?«

»Hummer wird jetzt schon als Luxusware gehandelt, ähnlich wie russischer Kaviar. Ich konserviere Hummer, indem ich ihn in Konserven verpacken und in andere Regionen versenden lasse. Frischen Hummer verkaufe ich an Luxusschiffe. Aber die Bestände gehen aufgrund intensiver Fischerei zurück, was zu einer Regulierung der Fangmethoden führt. Dies verstärkt den Wandel des Hummers zu einem begehrten, teureren Lebensmittel. Das spielt mir in die Hände. Boston entwickelt sich gerade zu einem zentralen Handelsplatz für Hummer. Ich bin jetzt schon groß im Geschäft und werde bald ein gemachter Mann sein.«

Ferranelli hatte gelangweilt zugehört. »Was ist mit der Sängerin?«

»Was soll mit ihr sein?«

Der Detective antwortete nicht, denn der Steward erschien an ihrem Tisch, um den Aschenbecher zu wechseln. »Haben die Herren noch einen Wunsch?«

»Für mich noch ein Glas Whiskey, bitte«, bestellte Cabot.

»Und für mich noch so einen.« Ferranelli deutete auf sein leeres Glas. »Haben Sie eine Affäre mit der Sängerin?«, fragte er, als der Steward zurück an der Bar war.

»Nein, aber wenn doch, wäre das so verwerflich?«

Der Detective erkannte, dass Cabot nun am Ende seiner Geduld angelangt war. Darum zögerte er kurz, bevor er seine letzte Frage stellte. »Sagt Ihnen ›Ella, die Zirkusprinzessin‹ etwas?«

»Wie bitte?« Cabot wurde hochrot im Gesicht. »Meinen Sie die Dame, die sich beim Maskenball als Zirkusfrau verkleidet hat? Die ist doch jedem aufgefallen, der zwei Augen im Kopf hat. Was ist mit ihr? Hat sie etwas angestellt?«

Wieder merkte Ferranelli, dass der Geschäftsmann völlig arglos war und seine plötzliche Gesichtsverfärbung eher damit zu tun hatte, dass er Ella attraktiv fand. Ferranelli glaubte nicht, dass Cabot derjenige war, der Strauss zu dem Raum mit den Diamanten gelotst hatte. Cabots Reaktion verstärkte seine Einschätzung, dass dieser zwar ein ignoranter, selbstbezogener Mann war, jedoch nicht gelogen hatte, als er sagte, dass er sich nichts aus Politik mache. Ferranelli wurde klar, dass seine Theorie nicht standhielt, Cabot könnte von den Demokraten beauftragt worden sein, Strauss beseitigen zu lassen, um Präsident Grants kulturellen Trumpf, den er mit Johann Strauss in Boston feiern würde, zu vernichten. Viel zu sehr war der Unternehmer mit seinen Hummern beschäftigt. Er traute ihm auch zu, dass er als Zeitungsmanager nicht sehr geschickt agiert hatte und sein Geschäft deswegen den Bach hinuntergegangen war.

Der Steward kam mit den Bestellungen zurück. Ferranelli wollte seine Zeit nicht länger mit dem Mann aus Boston verschwenden, und so trank er sein Glas mit einem Schluck leer und verabschiedete sich höflich, in der Hoffnung, im Spielzimmer noch auf den einen oder anderen Passagier zu treffen. Doch er wurde enttäuscht, und so blieb ihm nichts anderes übrig, als für diesen Tag in seine Kajüte zu gehen und sich seinen Träumen hinzugeben.

GESCHENK DER KÖNIGIN

Der Detective hatte an diesem Tag zu viel Wermut zu sich genommen. Wieder plagten ihn Alpträume. Diesmal träumte er, dass er durch die engen Schiffsgänge rannte, hinter ihm zwei Matrosen mit Messern in den Händen, die ihm nach dem Leben trachteten. Immer enger wurden die Gänge, und schließlich landete er in einer Sackgasse. Die Matrosen lachten hämisch. Schweißgebadet schreckte er aus dem Schlaf auf und vernahm tumultartigen Lärm, der vom Gang herrührte.

Er blickte auf die Uhr. Es war bereits fast halb neun. Rasch kleidete er sich an und stürzte hinaus.

Ida Greeley stand auf dem Gang und weinte hemmungslos, weil ihre Mutter einen Zusammenbruch erlitten hatte. »Sie hat Blut gespuckt, meine Mutter hat Blut gespuckt!«, rief sie immerzu.

»Brauchen Sie Hilfe?«, fragte Ferranelli.

Ida deutete auf den Schiffsarzt, der in die Kajüte der beiden Amerikanerinnen geeilt war. Mary Greeley lag in ihrem Bett und hustete unaufhörlich. Sie war kreidebleich im Gesicht.

Der Arzt drückte ein Stethoskop auf den Rücken der Patientin und lauschte. Dann schüttelte er bekümmert den Kopf. »Ich glaube, sie hat es mit der Lunge. Sie braucht vor allem Ruhe und viel Meeresluft. Am besten, sie legt sich für den Rest der Reise untertags auf einen Sonnenstuhl an Deck, warm eingepackt, mit einer Tasse Tee.«

Ida nickte unter Tränen. »Das haben sie uns auf der Isle of Wight auch geraten, dass Mum die Schifffahrt nützen soll, um viel Meeresluft einzuatmen.«

»Was hat man Ihnen sonst noch empfohlen?«

»Feuchte Tücher neben das Bett zu hängen, aber das hat bisher nichts gebracht«, schluchzte Ida.

Der Arzt packte seinen Koffer wieder zusammen und verabschiedete sich. Ida half ihrer Mutter vorsichtig beim Ankleiden und führte sie gemeinsam mit Ferranelli behutsam hinauf aufs Deck.

Das Wetter hatte sich wieder beruhigt. Es war ein nahezu windstiller, halbsonniger Tag. Der Detective bat den Steward um einen Sonnenstuhl, eine Wolldecke und heißen Tee für Mary, dann half er ihr beim Hinsetzen.

»Seit wann haben Sie diese Zustände?«, fragte er.

»Ach, das hat vor ein paar Monaten begonnen. Deswegen sind wir nach Southampton gereist. Aber es wird nicht besser«, antwortete sie mit schwacher Stimme.

Der Steward brachte den Tee und die Decke. Ida hatte sich wieder gefasst. Sie packte ihre Mutter fest ein.

»Haben Sie überhaupt schon gefrühstückt?«

»Ja, wir haben unser Frühstück bereits früh am Morgen in unserer Kajüte eingenommen«, antwortete Ida. Ihre Sommersprossen waren in den letzten Tagen durch den Aufenthalt an Deck stärker hervorgetreten, bemerkte Ferranelli. »Wissen Sie, die Aufregung um die Kandidatur meines Vaters hat meine Mum viele Nerven gekostet«, erklärte sie.

»Sie haben also erst auf der Isle of Wight davon erfahren?«

»Ja, kurz vor unserer Abreise. Das war wohl eine spontane Entscheidung meines Mannes«, gab Mary zur Antwort.

»Wissen Sie«, meldete sich Ida zu Wort, »meine Mutter hat sich jahrelang für die Rechte der Frauen eingesetzt. Sie hat in New York und in anderen Städten Vorträge darüber gehalten. Mein Vater hat sie darin bestärkt. Und als sie erfahren hat, dass er für das Präsidentenamt kandidiert, hat sie sich gefreut, weil sie wusste, was das für eine Wirkung auf die Frauenrechte haben würde. Es hat sie aber auch sehr aufgeregt. Aber egal, ob mein Vater gewinnt oder nicht, das Thema Frauenrechte haben wir gemeinsam mit anderen Frauen so vehement verbreitet, dass künftig niemand mehr daran vorbeikommen wird.«

»Das ist allerdings schön. Und was sagt Ihr Verlobter dazu?« Ferranelli deutete auf ihren Verlobungsring.

»Ach, der ist Marineoffizier und selten zu Hause. Aber er findet es großartig, was wir machen.«

Der Detective wurde direkt. »Was denken Sie eigentlich über Johann Strauss?«

»Ich finde, er ist ein Chauvinist.« Nach einer kurzen Pause korrigierte sie: »Ein guter Musiker, aber ein Chauvinist.«

»Das haben Sie ihm deutlich gezeigt. Warum haben Sie am Ball dann ... sagen wir ... Ihre Meinung geändert?«

Ida lief knallrot an. »Manchen Männern muss man beizeiten eine Chance geben. Außerdem betreibe ich ganz gerne Studien ...«

»Sind Sie Strauss vor dieser Reise schon einmal begegnet?«

»Nein! Außer in England waren wir in keinem anderen Land außerhalb Amerikas.«

»Aber Sie kannten seine Musik?«

»Nur diesen Fluss-Walzer.«

»Sie meinen den ›Donauwalzer‹?«

»Ja, den ›Donauwalzer‹.«

»Dann haben Sie auch nie von einer ›Ella-Polka‹ gehört, benannt nach einer Zirkusprinzessin?«

»Leider nein. Sie finden mich jetzt sicher sehr ungebildet.«

»Überhaupt nicht. Aber vielleicht können Sie mir weiterhelfen. Ich suche jemanden, der weiß, wo genau im Schiff sich die Diamanten befinden.«

»Haben all diese Fragen mit den Ermittlungen zu dem Tod dieses armen jungen Mannes zu tun, der an Deck verstorben ist?«, mischte sich Mary in das Gespräch ein.

»Nein. Es war ein Unfall. Er ist bei einem Unfall gestorben«, flunkerte Ferranelli.

Ida war wie immer neugierig. »Was für ein Unf–«

»Pst, über Tote soll man keine Fragen stellen«, wies ihre Mutter sie zurecht.

»Ihre Mutter hat recht. Lassen wir die Toten ruhen«, schlug

der Ermittler erleichtert vor. Er wollte sich jetzt nicht mit diesem Fall aufhalten.

Ida Greeley seufzte. »Also, Sie wollten wissen, wer weiß, wo genau die Diamanten gelagert sind. Da kann ich Ihnen nicht weiterhelfen. Aber vielleicht kann es der Juwelier. Wie heißt er gleich noch? Hat er nicht einen polnischen Namen?«

»Er heißt Graf Rotkowsky«, kam Mary Ferranelli zuvor und atmete tief ein. »Diese Meeresluft tut mir tatsächlich wohl.«

Ferranelli bedankte sich höflich bei den Damen für die nette Gesellschaft und verabschiedete sich. Die Amerikanerinnen bedankten sich ihrerseits für seine Hilfe.

Gedanklich strich Ferranelli die Amerikanerinnen von seiner Liste der Verdächtigen. Sie wirkten nicht wie Mörderinnen. Und da sie erst am Ende ihres Kuraufenthalts in England von Horace' Kandidatur erfahren hatten, wäre es logistisch schwierig gewesen, Teil eines Komplotts gegen Strauss zu sein, um den amtierenden Präsidenten Grant zu schwächen.

Während er die Stufen vom Deck hinunterstieg, dachte Ferranelli an Francis. Bereits seit zwei Tagen hatte er ihn nicht zu Gesicht bekommen. Er wusste, dass Johann Strauss sich in seiner Kajüte verschanzte und Ruhe haben wollte und dass der junge Mann an ihn gebunden war. Aber er sehnte sich nach dem Amerikaner. Seine leichte, fröhliche Art fehlte ihm. Und er sehnte sich auch danach, ihn zu berühren. Wenn er an seinen muskulösen Körper dachte, der sich unter seinem Hemd abzeichnete, bekam er Gänsehaut.

Doch er hatte keine Zeit für Liebeleien. Das Schiff war nur drei Tage vom Zielhafen New York entfernt, und er hatte immer noch keine Ahnung, wer hinter den Anschlägen auf Strauss steckte. Wären sie erst einmal an Land angekommen, so würde es fast ein Ding der Unmöglichkeit sein, den Täter zu entlarven. Er musste seinem Chef telegrafieren, um den Auftrag zu erhalten, an Land weiterzuermitteln. Gemeinsam mit

Francis würde er den Komponisten während seines gesamten Aufenthalts in Boston begleiten und darauf schauen, dass ihm niemand zu nahe kam. Das jedoch bedeutete eine Herkulesaufgabe, so viel war jetzt schon klar. Denn für die Konzerte auf dem Weltfriedensfest hatten sich an die hunderttausend Menschen angemeldet. Alle wollten Strauss erleben oder ein Autogramm von ihm haben. Wie sollten sie ihn zu zweit beschützen können? Wenn er daran dachte, schüttelte es ihn. Die Zeit lief ihm davon.

Ferranelli blickte auf seine Taschenuhr. Fast elf Uhr! Wieder war beinahe ein halber Tag verstrichen, und von der Lösung des Falls war er meilenweit entfernt.

Nach dem Mittagessen übermannte Ferranelli ein heftiger Kopfschmerz. Wahrscheinlich wechselte das Wetter. Er nahm sich vor, ein Mittagsschläfchen zu halten und danach ins Spielzimmer zu gehen, um dort einen der weiteren Verdächtigen auf seiner Liste zu treffen.

Tatsächlich saß dort der Graf. Er war gerade dabei, beim Tarock zu verlieren. Sein Kopf war hochrot vor Aufregung. Geduldig wartete Ferranelli das Ende des Spiels ab. Dann wandte er sich an ihn und fragte, ob er ihn auf ein Getränk einladen dürfe. Erfreut nahm der Graf das Angebot an. Sie setzten sich an einen der hinteren Tische, deren Spielflächen kunstvoll ins Holz eingelassen waren und eigene Fächer für Spielsteine und Karten hatten. Der Graf wirkte fröhlich. Er schien schnell über seinen bitteren Verlust beim Kartenspiel hinweggekommen zu sein – oder er hatte ihn schon wieder vergessen.

Der Steward brachte ihnen die Teekarte, die er stolz kommentierte. »Wollen Sie einen chinesischen Schwarztee, zum Beispiel Keemun-Tee aus der chinesischen Provinz Anhui? Er ist mild und hat einen leicht rauchigen Geschmack. Oder lieber einen schwarzen Tee aus Indien? Wir hätten Assam oder Darjeeling. Assam hat einen kräftigen, malzigen Geschmack, während Darjeeling für seine blumigen und komplexen Noten geschätzt wird. Oder soll es lieber etwas Spritziges sein? Dann empfehle ich Ceylon-Tee. Wir haben aber natürlich auch Jasmintee –«

»Für mich Absinth.« Ferranelli genoss es, das enttäuschte Gesicht des Kellners zu beobachten.

»Ich hätte gerne einen Assam-Tee«, bestellte Rotkowsky mit einem freundlichen Lächeln.

»Was für ein grandioser Maskenball das doch war«, begann Ferranelli das Gespräch.

»In der Tat, ein unvergesslicher Abend.«

»Ich habe bemerkt, dass Sie sich bei dem Ball kurz über Cabot geärgert haben. Um was ging es dabei?«

»Wir hatten einen Disput über seine Familie.« Rotkowskys Kopf wurde noch röter, als er ohnehin schon war. »Sie müssen wissen, die Cabots waren ursprünglich eine Kaufmannsfamilie mit französischen Wurzeln, die sich im 17. Jahrhundert in Neuengland niederließ und im 18. Jahrhundert ein beachtliches Vermögen durch Handel aufbaute, insbesondere durch den transatlantischen Handel, der den Import und Export von Waren zwischen Neuengland, Europa und der Karibik umfasste. Ihr Wohlstand wurde in der Kolonialzeit durch das Geschäft mit Zucker, Rum und später auch durch Beteiligungen am Sklavenhandel weiter vermehrt. Sie gehörten zu den Gründern und Investoren von Banken, Versicherungen und Eisenbahngesellschaften, die die Industrialisierung der Vereinigten Staaten vorantrieben.«

»Halt, warten Sie, sagten Sie, Sklavenhandel?«

»Ja, durch den Einsatz von Sklaven als billige Arbeitskräfte konnten sie ihren Reichtum aufbauen.«

»Hm.« Ferranelli dachte an sein Gespräch mit Cabot. Als er ihm von dem Politiker Greeley erzählte, der sich strikt gegen den Sklavenhandel aussprach, hatte er keinen Einwand dagegen geäußert. »Hat er in Ihrem Streit den Sklavenhandel seiner Familie verteidigt?«

»Nein, ich habe ihm nur klargemacht, dass er auf dem Vermögen seiner Familie aufbaut und sich nichts selbst geschaffen hat.«

»Immerhin war er Zeitungsherausgeber und handelt jetzt mit Hummer«, warf Ferranelli ein.

»Na ja, ohne die Investitionen seiner Familie wäre das nicht möglich gewesen. Die haben ein Vermögen in seine Firmen gepumpt. Wahrscheinlich setzt er sein Geschäft mit dem Hummer auch noch in den Sand. Ich sage immer, dass der alte Adel das einzig Ehrliche ist. Diese neureichen Geschäftsleute glauben, sie können mit Geld alles kaufen.«

Ferranelli, der am Anfang des Gesprächs geglaubt hatte, Cabot habe ihn getäuscht und sei in Wahrheit ein glühender Anhänger des Sklavenhandels, erkannte, dass die beiden Männer nur über diesen trivialen Vorwurf gestritten hatten, den der Graf Cabot gemacht hatte – dass er auf Kosten des Vermögens seiner Familie lebte. Er probierte es mit der Frage zu den Diamanten, die an Bord des Schiffs transportiert wurden. Obwohl er Rotkowsky als vergesslichen alten Mann kennengelernt hatte, erinnerte sich dieser genau an die wertvolle Fracht.

»Es sind spezielle Exemplare, die aufgrund ihrer Seltenheit, Größe oder Geschichte als besonders wertvoll und begehrt gelten. Sie wurden mit handwerklicher Präzision geschliffen, nach dem sogenannten ›Old European Cut‹, also dem ›Alten Europäischen Schliff‹, der eine runde, symmetrische Form hat und dem Brillantschliff ähnelt.«

Eigentlich wollte der Detective von ihm erfahren, ob er wusste, wo genau sich die Steine auf dem Schiff befanden. Doch er wollte den ehemaligen Juwelier nicht unterbrechen.

»Die Steine kommen aus südafrikanischen Diamantenminen«, fuhr der Graf mit ehrfurchtsvoller Stimme fort.

Ferranelli war es gleichgültig, woher die Steine stammten. Und so entschied er doch, ihm die Frage zu stellen, die ihm unter den Fingernägeln brannte. »Wissen Sie, in welchem Raum die Steine liegen?«

»Na logisch! Schließlich habe ich den Transport persönlich angeordnet.«

Der Detective war verblüfft. Nie im Leben hätte er ihm zugetraut, dass er immer noch im Diamantengeschäft tätig war. »Das müssen Sie mir näher erklären.«

Stolz erzählte Rotkowsky, dass er die Steine im Auftrag von Königin Victoria, der Monarchin des Vereinigten Königreichs, nach Amerika transportieren sollte und dass sie für den US-Präsidenten Ulysses S. Grant gedacht waren, um die Freundschaft zwischen Großbritannien und den Vereinigten Staaten zu fördern, als Teil einer diplomatischen Geste sozusagen. Die Diamanten sollten ihm während einer feierlichen Zeremonie in Washington, D.C., überreicht werden.

Ferranelli wusste nicht, wie er diese neuen Informationen einordnen sollte. Schließlich bestellte er noch ein Glas Absinth.

Der Graf wollte auch ein Glas, obwohl sein Tee unangetastet vor ihm stand. Er schien ihn vergessen zu haben.

Als der Steward mit den Getränken kam, stellte der Ermittler Rotkowsky noch eine Frage. »Haben Sie Strauss eigentlich schon vor Ihrer Reise kennengelernt?«

»Ja natürlich! Ich kenne ihn aus Wien.«

Es zeigte sich, dass Rotkowsky den Komponisten einmal bei einer Aufführung im Wiener Casino Zögernitz getroffen hatte, doch sie hatten kein Wort miteinander gewechselt. Der Graf war zu dem Konzert gekommen, weil er ausländische Kunden, die musikaffin waren, dazu eingeladen hatte. Er erklärte, dass es in Wien zahlreiche Komponisten gebe, die versuchten, Strauss nachzueifern. Einige von ihnen seien zweifelsohne talentiert, doch keiner habe je den gleichen Erfolg wie Strauss erzielt. Insgesamt verlief auch diese Spur ins Nichts.

Nachdem sich Rotkowsky höflich verabschiedet hatte, betrat Heinrich Klein den Raum. Er wollte gerade an einem der Tische Platz nehmen, als Ferranelli ihn freundlich begrüßte und ihn einlud, mit ihm eine Zigarre zu rauchen. Erfreut nahm Klein an.

Nach einem kurzen Einleitungsgeplänkel – »Ich habe gehört, die Maschine läuft mit fast unglaublichen zwölf Knoten. Ein wahres Meisterwerk der Technik!« »Ja, ganz erstaunlich. Kaum vorstellbar, dass wir in so einer Geschwindigkeit übers Meer gleiten. Reisen Sie oft mit Dampfschiffen?« – kam Ferranelli zum Punkt. »Stimmt es, dass Sie einmal einen Streit mit Johann Strauss hatten?«

»Streit? Wie kommen Sie darauf?«, rief Klein aus.

»Angeblich ging es um einen Musikwettbewerb, den er für sich entschieden hat.«

»Ach, Sie meinen bei der Pariser Weltausstellung vor fünf Jahren. Damals hat meine Kapelle gewonnen. Ich bin mir nicht sicher, ob Sie das meinen.«

Ferranelli war überrascht. Strauss hatte ihm erzählt, dass es sich genau umgekehrt zugetragen und er, Strauss, gewonnen habe. Er nahm sich vor, dem nochmals nachzugehen. »Und sonst? Hatten Sie sonst Kontakt zu ihm?«

»Nein. Warum fragen Sie? Ist er auf meine Medaillen eifersüchtig? Ich habe vor fast zehn Jahren vom österreichischen Kaiser Franz Joseph persönlich eine Auszeichnung verliehen bekommen, für mein ›Kaiser Franz Garde-Grenadier-Regiment Nr. 2‹, das nach dem Großvater von Franz Joseph benannt ist«, erzählte Klein mit unverhohlenem Stolz.

Der Detective lenkte das Thema auf den Maskenball. »Wie hat Ihnen die Veranstaltung gefallen?«

»Sehr gut, ich durfte schließlich meine Kapelle dirigieren.«

»Ist Ihnen dieses Zirkusmädchen aufgefallen?«

»Sie meinen die als Zirkusmädchen verkleidete Dame? Ich denke, die ist allen aufgefallen.«

Ferranelli beobachtete seine Reaktion. Hatte Klein Strauss die Botschaft zukommen lassen, Ella im Schiffsbauch zu treffen? Doch er blieb gelassen und wirkte auf keine Weise nervös.

Dann wechselte Klein das Thema und erzählte von einer

österreichisch-ungarischen Nordpol-Expedition unter der Leitung von Julius Payer und Kapitän Carl Weyprecht, die dieser Tage mit der »Admiral Tegethoff« von Bremerhaven aufgebrochen war, um das Nördliche Eismeer zu erkunden. »Auch zwei Tiroler Gebirgsjäger sind unter der vierundzwanzigköpfigen Besatzung. Zudem haben sie fünf Schlittenhunde an Bord des Segelschiffs«, erzählte er aufgeregt.

Ferranelli hatte kein großes Interesse an dieser Geschichte. Er versuchte noch einmal, das Thema auf Strauss zu lenken, doch Klein wirkte nahezu besessen von dieser Expedition.

»Ein Finanzier dieser Forschungsreise ist übrigens Graf Hanns Wilczek. Strauss wird ihn aus dem Salon Todesco kennen.«

Ferranelli sagte weder der Name Wilczek etwas, noch konnte er den Salon Todesco einordnen. Er nahm sich vor, Ziegfeld darüber zu befragen. Dann sah er auf die Uhr. Es war spät geworden.

Klein entschuldigte sich, als er bemerkte, dass sein Gegenüber verstohlen auf seine Taschenuhr blickte, und begab sich zu den Spieltischen.

Ferranelli war in Versuchung, ein weiteres Glas Wermut zu bestellen, doch er verzichtete darauf und machte sich stattdessen daran, Francis zu finden.

Er traf den Amerikaner in seiner Kajüte. »Schade, dass wir in den letzten Tagen so wenig Zeit füreinander hatten. Ich habe dich sehr vermisst. Wo warst du nur?«

»Entweder bei Strauss in der Kajüte oder im Musik- und Gesellschaftsraum, wo er sich abends gerne zurückzieht, um zu komponieren. Das Zimmer ist stets leer, weil alle nach dem Essen ins Spielzimmer oder in die Raucherlounge gehen.«

»Wir bleiben in Amerika zusammen. Ich denke, wir werden uns gemeinsam mit dem Fall beschäftigen müssen. Ich werde dir helfen, Strauss zu überwachen. Zuvor muss ich von New York aus nach London telegrafieren und um weiteren Personenschutz für seinen Aufenthalt in Boston ansuchen. Die Amerikaner müssen jemanden aus dem United States Secret Service mobilisieren.« Zärtlich strich Ferranelli die helle Locke aus Francis' Gesicht, die ihm in die Stirn gefallen war. Francis wollte ihn küssen, als Ferranelli wie versteinert innehielt. »Apropos. Wo ist eigentlich Strauss?«

»Beim Kapitän. Er hat ihn auf ein Glas Cognac eingeladen.«

»Du solltest ihn doch nicht aus den Augen lassen. Schnell, wir müssen ihn finden!«, rief der Engländer.

EIN REVOLUTIONÄR

Vom Deck her war laute Musik zu hören. Atemlos kam Francis dort an, gefolgt von Ferranelli. Eine Gruppe Reisender hatte sich nach Aufforderung der Matrosen in dieser lauen Nacht spontan zum Tanz getroffen und feierte ausgelassen bei notdürftig aufgestellten Öllampen Abschied. Unter ihnen befand sich auch Kapitän Meyer, der sich umso mehr freute, je mehr Unterhaltung die Matrosen boten, um den Passagieren die Reise so angenehm wie möglich zu gestalten. Der Kapitän hatte ein paar Musiker der preußischen Kapelle zusammentrommeln lassen. Sie spielten unter dem wunderschönen Juni-Sternenhimmel unter Strauss' Anleitung ausgelassene Polkas.

»Lass ihn nicht aus den Augen.« Die Bitte an Francis klang wie ein Befehl des Detectives.

Der Mond stand hell am Himmel. Der Nachtwächter Erwin, der eigentlich seine Runden drehen sollte, schaute wie gebannt zu und klatschte im Rhythmus der Klänge mit. Elisabetta Rinaldi tanzte vor den Augen des Komponisten mit seinem Diener Stepi, den der Walzerkönig zu diesem Anlass wieder an Deck der Luxusklasse hatte holen lassen. Auch das Dienstmädchen Anna durfte diesmal dabei sein. Sie tanzte mit einem eleganten Herrn. Dass sie ihm dabei ständig auf die Füße trat, störte ihn nicht.

Rinaldi hatte sich aufgedonnert. Ihr stark geschminktes Gesicht strahlte unter ihrer auftoupierten Frisur. Sie hoffte, dass ihre Aufmachung nicht umsonst war. Doch Strauss würdigte sie keines Blickes. Er war wie elektrisiert, während er dirigierte. Plötzlich hörte er abrupt auf. Er wirkte erschöpft.

Meyer nahm ihn beiseite und bot ihm eine Zigarre an, Francis blieb in seiner Nähe. Die Matrosen sorgten weiterhin für Stimmung und sangen alte Seemannslieder, zu denen die Gruppe weitertanzte.

Für Ferranelli war das der richtige Moment, um sich die Witwe vorzuknöpfen. »Warum verfolgen Sie Strauss auf Schritt und Tritt?«, wollte er von ihr wissen.

»Ich bewundere ihn. Er ist ein toller Mann.«

»Wo haben Sie ihn das erste Mal getroffen?«

»In Pawlowsk bei St. Petersburg. Das ist zehn Jahre her. Ich war dort mit meinem verstorbenen Mann, Gott hab ihn selig. Nach dem Konzert tauschten wir mit ihm ein paar Freundlichkeiten aus. Ich werde nie vergessen, wie er mein Taschentuch aufhob, das mir hinuntergefallen war, und mir tief in die Augen blickte.« Sehnsüchtig blickte die Witwe zu Strauss, der mit dem Kapitän an der Reling stand.

»Wann verstarb Ihr Mann eigentlich?«

»Das ist jetzt genau sieben Jahre her. Seitdem fahre ich allein nach Pawlowsk, wenn Strauss dort auftritt.«

»Haben Sie Strauss am Abend des Balls in den Schiffsbauch gelockt?« Ferranelli ging es jetzt direkt an.

»Sie meinen den Maskenball hier an Bord? Wieso um Himmels willen hätte ich das tun sollen? Wann war er überhaupt dort? Er war doch fast die ganze Zeit im Saal. Einmal ging er auf die Toilette, kam aber bald wieder zurück.«

»Sie haben ihm also keine versteckte Nachricht überbringen lassen?«

Rinaldi standen Tränen in den Augen. »Ich schwöre. Ich habe nichts getan!«

Ferranelli glaubte ihr. Er wandte sich ab und erspähte Minna Peschka-Leutner. Die Sängerin war umringt von einer Gruppe junger Männer. Sie war ganz in ihrem Element und genoss die Zuwendung.

»Man nennt sie auch die ›Nachtigall von Leipzig‹«, hörte der Engländer einen Passagier seiner Begleitung zuflüstern, der am Rand der Gruppe stand. Ihre Bewunderer baten die Sängerin um eine Probe ihres Könnens, doch sie zierte sich. Schließlich willigte sie ein, ein Lied darzubieten. Sie würde die Arie »Caro nome« aus Verdis Oper »Rigoletto« singen, eine lyrische und gefühlvolle Arie. Es war ein magischer Moment. Minna Peschka-Leutner führte auf elegante Weise die Schönheit und Beweglichkeit ihrer Sopranstimme vor. Als sie verstummte, blieb es einen Augenblick still. Wie verzaubert waren die Zuhörer. Dann spendeten sie minutenlangen Beifall.

Ferranelli nützte die Gelegenheit, um mit der Sängerin ein kurzes Gespräch zu führen. Überschwänglich gratulierte er ihr zu ihrer Darbietung, als die Matrosen wieder die Musik übernahmen. Dann lenkte er die Unterhaltung auf Strauss, der ebenfalls ergriffen war von dem Gesang. »Glauben Sie, dass der Komponist Feinde hat oder ihm sogar jemand nach dem Leben trachtet?« Er deutete auf Strauss.

»Niemals. Der Schani wird von allen Menschen verehrt wie ein Gott. Auch ich bewundere ihn. Er ist ein Ausnahmetalent, das es nur einmal in hundert, ach, was sage ich, in tausend Jahren gibt«, schwärmte sie.

»Sie nennen ihn Schani?«

»Na ja, das ist in Wien sein Spitzname.«

»Sagt Ihnen ›Ella, die Zirkusprinzessin‹ etwas?«

»Ich glaube, ich habe von ihr gelesen. Und soviel ich weiß, hat Strauss für sie sogar eine Polka geschrieben. Die ›Ella-Polka‹.«

Ferranelli war überrascht, wie gut die Sängerin informiert war. Doch schließlich war sie in der gleichen Branche wie der Komponist tätig. »Ist Ihnen beim Ball neulich eine Dame aufgefallen, die sich als Ella verkleidet hatte?«

Minna Peschka-Leutner schien überrascht. »Ich war so beschäftigt mit Tanzen, ich hatte kein Auge für andere Damen.«

Der Detective merkte, dass er mit seinen Fragen nicht weiterkam. Gedanklich strich er die Sängerin von der Liste der Verdächtigen. Sie machte keinen Hehl daraus, dass sie den Komponisten bewunderte. Dass sie ihn beseitigen lassen würde, weil sie vielleicht Interesse daran hatte, selbst als Komponistin zu glänzen, schien ihm völlig aus der Luft gegriffen.

So verabschiedete er sich höflich mit einem Handkuss, als

sein Blick auf Ziegfeld fiel, der ebenfalls an der Reling lehnte, an einem Glas nippte und vergnügt das bunte Treiben beobachtete, neben ihm seine charmante Frau Rosalie. Ihr Bäuchlein begann sich bereits unter ihrer Brust abzuzeichnen. Sie hatte man in den letzten Tagen nicht oft zu Gesicht bekommen. Die Schwangerschaft machte ihr wohl zu schaffen. Doch diesen Abend wollte sie anscheinend mit ihrem Mann genießen.

Ziegfeld war nicht darüber informiert worden, dass jemand versuchte, Strauss zu ermorden.

»Seit wann kennen Sie Strauss eigentlich?«, fragte der Detective beiläufig und deutete mit dem Kopf in Richtung des Komponisten, der in ein Gespräch mit dem Kapitän vertieft war.

»Seit mich Gilmore, der Initiator des Bostoner Weltfriedensfests, nach Wien schickte, um den Vertrag mit Strauss zu unterfertigen.« Nach einem Schluck aus dem Glas stellte Ziegfeld fest: »Doch es war eine schwere Geburt, ihn hierherzubringen.«

»Davon habe ich gehört«, antwortete Ferranelli.

»Letztlich ist es auch seiner Frau zu verdanken, dass er schließlich zugesagt hat. Er hat sie übrigens als Alleinerbin seines Vermögens eingesetzt, sollte ihm auf der Reise etwas zustoßen«, erzählte Ziegfeld weiter.

»Ach, das ist mir neu. Das ist eine interessante Information«, antwortete der Detective nachdenklich.

»Sehen Sie? Strauss hat für diesen Abend seinen Diener und sein Dienstmädchen an Deck bringen lassen. Wie großzügig von ihm«, bemerkte der Musikagent.

Ferranelli beachtete die Bemerkung nicht und bohrte stattdessen weiter. »Hat Strauss eigentlich Feinde?«

»Ich denke nicht. Vielleicht ein paar Missgünstlinge. Sein verbliebener Bruder zum Beispiel ist nicht so gut auf ihn zu sprechen. Aber sonst … Warten Sie! Mir fällt ein, dass Johann während der Märzrevolution Aufständische unterstützt hat. Zum Entsetzen seines Vaters.«

»Inwiefern hat er sie unterstützt? Politisch?«, hakte Ferranelli ein.

»Eher musikalisch. Der junge Strauss verlieh damals seiner Sympathie für die Aufständischen mit bestimmten Kompositionen Ausdruck, etwa mit dem ›Revolutions-Marsch‹ oder dem ›Studenten-Marsch‹. Die Stücke wurden vom Staat sofort verboten, und er musste sich wegen der öffentlichen Aufführung der ›Marseillaise‹ und seines ›Revolutions-Marschs‹ sogar vor der Stadthauptmannschaft Wien verantworten. Man sagt, er konnte sich damals gut herausreden. Jahre später, als er um die Verleihung des Titels des Hofballmusikdirektors ansuchte, wurde das Gesuch vom Kaiser jedoch abgelehnt.« Ziegfeld blies den Rauch aus. »Er war halt jung und hat sich von den revolutionären Studentenstimmen mitreißen lassen. Nach dem Attentat auf den jungen Kaiser durch den ungarischen Schneider János Libényi vor fast zwanzig Jahren komponierte Strauss dann sozusagen als Wiedergutmachung den ›Kaiser-Franz-Joseph-I.-Rettungs-Jubel-Marsch‹. Zur Hochzeit des Kaisers mit Elisabeth von Bayern folgten der Walzer ›Myrthen-Kränze‹ und der ›Vaterländische Marsch‹, den er mit seinem Bruder Josef produzierte.«

»Hat er den Titel schließlich bekommen?«

»Den als Hofballmusikdirektor? Ja, den hat er Jahre später bekommen.« Während Ziegfeld den Komponisten fixierte, sagte er: »Wissen Sie, Strauss mag ein von Ängsten geplagter Mensch sein. Aber obrigkeitshörig war er noch nie und ist es heute noch nicht. Er ist halt ein Verfechter der Freiheit.«

Ferranelli wandte sich ab. Er musste nachdenken. Von den politischen Umtriebigkeiten des Komponisten hatte er schon gehört. Konnte es sein, dass es sich bei den Anschlagsversuchen um eine politisch motivierte Tat handelte? Steckten ein oder gar mehrere Kaisertreue dahinter? Fanatische Monarchisten, die es Strauss übel nahmen, dass er die »Marseillaise« und den »Revolutions-Marsch« gespielt hatte?

Der Detective zündete sich ein Zigarillo an. Er wusste, dass die Revolution erhebliche Auswirkungen auf das politische Denken und Handeln der Monarchisten hatte. Sie wollten die konservative und reaktionäre Haltung gegenüber demokratischen Reformen bewahrt sehen und hießen die nationalistische, autoritäre Politik willkommen, die der Kaiser und seine Regierung in der österreichisch-ungarischen Herrschaft eingeführt hatten. Dabei schränkten sie die demokratische Mitbestimmung und auch bürgerliche Freiheiten massiv ein. Nicht nur ungarische und italienische Nationalisten, die während der Revolution versucht hatten, größere Autonomie oder Unabhängigkeit zu erreichen, litten darunter. Sicher, jemand wie Strauss profitierte von diesen Strömungen, denn die Bevölkerung war in ihrem durch Repressalien getrübten Alltag gierig nach zügelloser Unterhaltung und Spaß. Ja, so war es. Eine Dauerbeschwipstheit hatte sich breitgemacht. Man wollte tanzen und vergessen und die Welt ein bisschen bunter machen.

Ferranelli betrachtete Strauss, der immer noch in das Gespräch mit dem Kapitän vertieft war. Ausgerechnet Johann Strauss, selbst zutiefst unglücklich und voller Ängste, ein Mann, der nicht allein sein konnte und gleichzeitig die Geselligkeit scheute, gab den Menschen mit seiner Musik diese starke Droge, die Glück und Freude brachte und die Gesellschaft vereinte. Nicht viel nachdenken, die Sorgen einfach wegtanzen! Leichtigkeit und Freude statt Angst. Aber war das überhaupt im Sinne der Unterdrücker? Eigentlich schon. Die vergnügungssüchtigen Wiener waren damit abgelenkt.

Während Ferranelli seinen Gedanken nachhing, ergriff Strauss ein letztes Mal seine Violine von seinem Diener Stepi und stimmte den »Donauwalzer« an.

Walzermusik, schoss es dem Detective in den Kopf, während er die erfreuten Tanzpaare beobachtete. Und er sinnierte weiter: Walzermusik war für die Bevölkerung ein Ausdrucksmittel, das auf subtile Weise Freude, Nostalgie, Sehnsucht und auch eine gewisse Freiheit symbolisierte. Die Menschen verbrannten beim Tanzen Energie, die sie sonst vielleicht gegen die Monarchie gewandt hätten. So wie es die Franzosen getan hatten. In Frankreich war die Revolution viel blutiger ausgefallen als in Österreich.

Ferranelli wurde von einer jungen Dame aus seinen Gedanken gerissen, die ihn zum Tanz aufforderte. Doch er lehnte höflich ab und setzte seine Überlegungen fort. Die Monarchisten konnten froh sein, dass sie jemanden wie Strauss hatten, der die Menschen mit seiner Musik benebelte. Oder war den Kaisertreuen diese Lebenslust gefährlich geworden, und sie wollten den Hauptverursacher dieser fröhlichen Ekstase nun loswerden?

Als er den Diener des Komponisten mit der vornehmen Sängerin Minna Peschka-Leutner und sein Dienstmädchen Anna mit einem jungen, eleganten Passagier tanzen sah, wurde dem Detective klar: Die Walzermusik verband das Bürgertum und die Aristokratie auf dem Tanzparkett. Strauss schuf damit einen »unpolitischen« Raum. Einen Raum, der Selbstentfaltung zuließ und die unterdrückten Sehnsüchte und Emotionen der Bevölkerung spiegelte.

Der Detective war höchst alarmiert. War Strauss möglicherweise in Gefahr, weil er mit seiner Musik die Klassenunterschiede entzauberte?

NEW YORK

Am Morgen des 15. Juni, zwei Tage vor der Eröffnung des Jubiläumsfestivals, erreichte die »Rhein« New York. Strauss, flankiert von Francis und Ferranelli auf der einen, dem Ehepaar Ziegfeld auf der anderen Seite, stand reisefertig an Deck, als das Schiff im Vorort Hoboken, New Jersey, einlief. Stepi und Anna befanden sich hinter ihm. Sein Diener trug geflissentlich seinen Mantel und den Geigenkasten sowie seine Kompositionen in einer Mappe. Strauss fieberte dem Festland entgegen. Die Matrosen waren emsig mit dem Anlegemanöver beschäftigt.

Die Industrie- und Hafenstadt direkt am Hudson River gegenüber von Manhattan war ein Schmelztiegel von Immigranten und beherbergte Tausende von Arbeitern, die hier unter miserablen Bedingungen lebten und ihr Brot verdienten. Florenz Ziegfeld mimte wieder einmal den Reiseführer. »Vor drei Jahren ist die Hoboken Terminal Station eröffnet worden, die den dampfbetriebenen Eisenbahn- und den Schiffsverkehr miteinander verbindet«, erklärte er an Strauss gewandt und deutete auf ein riesiges Bahnhofsgelände. »Sie müssen wissen, der Hudson River dient vielen Arbeitern als Schifffahrtsweg, und so gibt es zahlreiche Fährverbindungen zwischen Hoboken und Manhattan.«

Strauss war entsetzt von dem Stadtbild, das sich ihnen beim Einlaufen bot, mit den zahlreichen Werften, Eisenbahnschienen und Fabriken. Unzählige Frachtschiffe und Passagierschiffe lagen im bleiernen Wasser am Pier, ihre Segel ragten majestätisch in den wolkenverhangenen Himmel. In der Ferne blitzten silbrig die Silhouetten der Häuser von Manhattan auf. Der Kapitän hatte die Passagiere, die nach Boston, Massachusetts, weiterreisten, darüber informiert, dass sie in »Bush's Hotel« an der Ecke Third Street und Hudson zu einem feierlichen Empfang geladen seien, bevor ihre Fähre am Nachmittag desselben Tages ablegen würde. Ihr Gepäck würde von den Matrosen direkt ins nächste Schiff verladen werden.

Mit lautem Pfeifen legte die »Rhein« am Hafen von Hoboken an, begleitet vom Rasseln der Ankerketten. Ein Zeichen für die Passagiere, über die Treppe hinunterzusteigen. Der Erste Offizier, der Strauss beim Ablegen in Bremerhaven durch das Schiff geführt hatte, geleitete die Gruppe bis zum Pier, wo Kapitän Meyer bereits auf sie wartete, um sie persönlich zu verabschieden, bevor er sich um die Formalitäten kümmern musste, nicht zuletzt wegen der drei Toten, die er vom Ersten Offizier in einer Seebestattung über Bord hatte werfen lassen.

»Was für ein ungewohntes Gefühl, wieder festen Boden unter den Füßen zu spüren«, stellte Rosalie Ziegfeld fest. Francis stimmte ihr zu. Zwei Korrespondenten hatten auf ihre Ankunft gewartet und machten sich Notizen.

Am Pier trennte sich die Gruppe zuerst von Josef Rotkowsky. Er würde die Bahn nach Washington, D.C., nehmen, sobald er gemeinsam mit speziell geschulten Matrosen die wertvollen Steine aus dem Schiff entladen hätte. In der Hauptstadt würden die Juwelen unter seinem Beisein mit einem versiegelten Empfehlungsschreiben der Königin von England an Präsident Grant übergeben werden.

Auch für Martha Mills und ihre beiden Kinder sowie für die Greeleys hieß es in New York, Abschied von der Gruppe zu nehmen. Galant küsste Strauss den Damen die Hände und schenkte Ida zum Abschied eine von ihm unterzeichnete Speisekarte aus der »Rhein« als Erinnerung an die gemeinsame Fahrt. Ferranelli wünschte Mary beste Genesung, und so trennte man sich teils unter Tränen voneinander.

Ferranelli wusste, dass die Chance, den wahren Drahtzieher hinter den Anschlägen an Strauss zu finden, hier in Amerika schrumpfen würde. Auf dem Schiff hatte es kein Entrinnen für den oder die Täter gegeben. Da hatte er noch die Möglichkeit

gehabt, eine Spur zu verfolgen. Doch er war kläglich gescheitert – auch deshalb, weil ihm zu wenig Zeit bis zur Ankunft in
New York geblieben war. Nun war diese Chance verstrichen,
das Zeitfenster geschlossen.

Ein Großteil der Passagiere waren Emigranten, die mit einer
Fähre zum US-amerikanischen Einwandererzentrum nach
Castle Garden gebracht wurden. Anna tauschte mit einem
Passagier der Holzklasse, den sie auf der Reise kennengelernt
hatte, letzte Worte und Adressen aus, bevor sie sich mit einer
innigen Umarmung voneinander verabschiedeten.

Der Hafen, gesäumt von großen Lagerhäusern, in denen die
Waren gestapelt wurden, war schon am Morgen von Hafen-
und Lagerhausarbeitern sowie Besatzungsmitgliedern bevölkert. Obwohl die Sonne auf sich warten ließ, war es ungewöhnlich schwül. Der Geruch von Kohle, Öl und Meer mischte sich
mit dem des Schweißes der Matrosen und Tagelöhner. Strauss
fiel vor allem der Lärmpegel auf, der ungleich stärker war als
in der gemütlichen Hafenstadt Southampton. Das laute Knarren der Schiffsplanken und die Rufe der Arbeiter in den verschiedensten Sprachen verschluckten das beständige Schlagen
der Wellen gegen die Mole und das Gekreische der Möwen.
Reisende, die auf dem Weg nach Europa oder in den Westen
der USA waren, verabschiedeten sich von ihren Familien.

Am Weg zum Hotel, das nur wenige hundert Schritte hinter
dem Pier lag, erblickte Strauss eine Werbung für eine Rasur
vor einem Friseurgeschäft. »Oh, du lieber Herrgott! Fünfzig
Cent fürs Rasieren!«

Kopfschüttelnd konterte Ziegfeld: »Na ja, Sie bekommen
hunderttausend Dollar für Ihre Amerika-Auftritte.«

Die Straßen waren voll von emsigen Menschen. »Jeder in
Amerika hat es eilig«, stellte Strauss verwundert fest. Nachdem
er zweimal hintereinander von Passanten angerempelt worden
war, rief er: »Oh mein Gott, wenn ich das gewusst hätte, wäre
ich gar nicht erst losgefahren! Diese kollektive Hast hat ein

Ausmaß, mit dem nicht einmal meine eigene nervöse Energie mithalten kann.«

»Man muss länger hier leben, um die Menschen zu verstehen«, erklärte Ziegfeld.

»Da ich nicht Englisch spreche, kann ich die Natur der Amerikaner auch nicht verstehen«, gab Strauss zu. Plötzlich packte ihn Heimweh. »Zu Hause habe ich jede Menge Ehre und Ruhm. Was brauche ich mehr?«

Ziegfeld übte sich in Schweigen.

Im Hotel wurde die Gruppe neben rund vierzig weiteren Passagieren, die nach Boston weiterreisen wollten, darunter die preußische Musikkapelle, von Hermann Busch, genannt »Captain«, empfangen. Er war einer der vielen ausgewanderten Norddeutschen und stand dem »Jersey Schützen Corps« und den »New York Schützen« als Präsident vor. Stürmisch wurden die völlig überraschten Reisenden von den emigrierten Norddeutschen unter lauten »Hurra«- und »Hallo«-Rufen und dem Schwenken unzähliger schwarz-weiß-roter Flaggen begrüßt. Ihre Landsleute behandelten sie wie tapfere Kriegshelden, weil Preußen nur ein Jahr zuvor die Schlacht gegen Frankreich in einem zweijährigen Krieg gewonnen hatte. Überschwängliche Umarmungen, freundschaftliches Schulterklopfen und ein reger Austausch von Händedrücken prägten die Szene. Außerdem wollte jeder Johann Strauss persönlich begrüßen.

Francis blieb dicht hinter seinem Schützling. Er hatte reichlich zu tun, die euphorischen Gastgeber zu kontrollieren.

Ferranelli befahl Stepi, seinen Herrn nicht aus den Augen zu lassen. Der Diener, die Hände voll mit Strauss' persönlichen Wertsachen, war ohnehin darauf trainiert, Strauss überallhin zu folgen. Nachdem der Engländer es geschafft hatte, an der Rezeption ein Telegramm nach London zu schicken, um eine Bestätigung für seinen Einsatz rund um die Ermittlungen und Verstärkung für den Schutz von Johann Strauss zu erwirken sowie sich wegen der Reisespesen rückzuversichern, übernahm er die Überwachung.

Francis seinerseits nutzte die Zeit, um Jetty ein Telegramm nach Wien zu schicken und ihr mitzuteilen, dass ihr Ehemann Johann Strauss sicher in Amerika gelandet war.

Die Hotellobby glich im Handumdrehen einem riesigen Jahrmarkt. Der »Captain« führte die Gesellschaft in einen weitläufigen Garten, in dem an die hundert Holztische mit Bänken aufgestellt waren und Bierfässer von deutschen Brauereien und Bratwürste auf überdimensionierten Kohleöfen bereitstanden. Dort warteten – mit Helmen ausgestattet – rund drei Dutzend Mitglieder deutscher Landmannschaftsvereine, die nach Amerika ausgewandert waren. Außerdem hatten sich fünfzehn Chöre eingefunden. Sogar der Vizebürgermeister von Hoboken war zugegen, um die prominenten Ankömmlinge zu begrüßen. Die Mitglieder der preußischen Kapelle hatten Pickelhauben aufgesetzt, um ihrerseits ihre Ehrerbietung zu zeigen. Den Neuankömmlingen wurden Bierkrüge in die Hände gedrückt; wer wollte, bekam auch Wein oder gar Champagner ausgeschenkt. Bald schon spielte die Kapelle unter Mitwirkung der Chöre das Lieblingslied deutscher Patrioten, »Die Wacht am Rhein«. Und die Menge schunkelte und sang mit.

»Es braust ein Ruf wie Donnerhall,
Wie Schwertgeklirr und Wogenprall:
Zum Rhein, zum Rhein, zum deutschen Rhein!
Wer will des Stromes Hüter sein?
Lieb' Vaterland, magst ruhig sein,
Fest steht und treu die Wacht, die Wacht am Rhein!«

Strauss bemühte sich nur anfangs, der euphorischen Menge seine Identität zu erklären. »Ich bin Österreicher, eigentlich Wiener.«

Doch es war sinnlos. Man nahm ihn als einen der ihren auf. Hauptsache, er war kein Franzose. Und so musste er, ob er wollte oder nicht, mit der Menge mitfeiern und dem Deutschtum huldigen, was ihm eigentlich zuwider war.

Minna Peschka-Leutner hatte mit Cabot einen zuverlässigen Beschützer gefunden. Seit ihrer Ankunft hatte sie sich bei ihm untergehakt. Er hatte für sie einen sicheren Platz in der hintersten Ecke des Gartens gefunden. Rosalie Ziegfeld gesellte sich zu ihnen, in der Hand ihren Fächer. Sie trank keinen Alkohol und war froh, dass ihr von dem Trubel nicht übel wurde. Ihr Gatte, ganz umtriebiger Geschäftsmann, war damit beschäftigt, bekannte Gesichter zu begrüßen. Die schwüle Luft verleitete die Gesellschaft dazu, viel Bier zu sich zu nehmen.

Plötzlich wurde Francis unruhig. Seine grünen Augen flackerten auf. Kurz hatte er sich mit einem irischen Zirkusartisten unterhalten, der nach Amerika ausgewandert war, als er Strauss in der Menge nicht mehr sehen konnte. Nervös begann er, die Reihen abzusuchen, was nicht einfach war, denn ein Teil der Gäste stand in Gruppen, ein Teil saß auf den Bänken. Manche hatten im Inneren des Hotels Platz genommen, weil sie dort der schwülen Luft entgehen wollten. Aufgeregt lief er zu Ferranelli, der sich gerade mit Rinaldi über die neueste Mailänder Mode unterhielt. »Hast du Strauss gesehen?«

»War er nicht die ganze Zeit bei dir?«

»Ich habe ihn kurz aus den Augen verloren. Wo kann er nur sein?«

»Der sitzt sicher mit jemandem in der Raucherlounge oder in sonst einem Raum im Hotel, wo er dem Trubel entgehen kann«, mischte sich Rinaldi ins Gespräch.

»Woher wollen Sie das wis…?« Ferranelli brach seine Frage ab. Natürlich, die Rinaldi kannte den Walzerkönig besser als jeder andere. Er nahm sich vor, sie in seine Ermittlungen einzubeziehen. Wer weiß, vielleicht würde sie eine gute Hilfe sein. Stets befand sie sich in der Nähe des Künstlers, sodass sie als perfekter Personenschutz dienen konnte.

Francis rannte in die Lobby des Hotels und fragte atemlos nach Johann Strauss. Der Rezeptionist zeigte auf eine Tür. Francis stürmte hinein, und tatsächlich – da saß Strauss seelenruhig und unterhielt sich mit dem »Captain« über seine »Polka Mazur«, die er vor zweieinhalb Jahren anlässlich der Faschingszeit komponiert hatte. Die Uraufführung hatte jedoch verspätet bei seinem Abschiedskonzert vor seiner Reise nach Pawlowsk stattgefunden. »Wieso hast du mir nicht gesagt ...?«, brach es aus ihm heraus, und sogleich biss er sich auf die Lippen. Strauss war ihm keinerlei Rechenschaft schuldig. Er wusste ja weder, dass er von ihm bewacht wurde, noch, dass er in höchster Gefahr war. »Entschuldigung, ich machte mir Sorgen«, stotterte er und wollte die Tür hinter sich wieder schließen.

Strauss fühlte sich in diesem Ambiente sichtlich wohl. Er schien sich mit dem Hotelbesitzer vorzüglich zu verstehen. »Darf ich vorstellen?«, rief er ihm zu. »Das ist mein treuer Freund aus Wien, Francis Kingsley. Francis, das ist mein neuer Freund Hermann Busch. Busch führt dieses Hotel, das sicherlich für seine exzellente Küche und seine Gastfreundschaft bekannt ist. Wir tun hier ein bissl Schmäh führen, wie man in Wien zu sagen pflegt.«

Freundlich reichte der Hotelier Francis die Hand. »Was für eine angenehme Erscheinung«, stellte er fest, als er dem jungen Mann in die Augen schaute. Dann sagte er: »Zeit, sich wieder unter die Menge zu mischen. Kommen Sie, Strauss.«

Ferranelli warf Francis einen erleichterten Blick zu, als sie den Garten betraten.

Als die Gastgeber und Gäste schon recht viel Flüssiges zu sich genommen hatten, drängte man den berühmten Walzerkönig schließlich, eine Rede zu halten. Stepi half seinem zaudernden Herrn zusammen mit Francis dabei, auf eine Bank zu steigen, damit seine Worte auch wirklich alle erreichten. Strauss erhob seine Stimme, die zögerlich und dünn wirkte.

»Ja ... äh, meine deutschen Freunde hier in Amerika! Es ist

wirklich ... ähm, beeindruckend, hier zu stehen und zu sehen, wie sehr Sie alle noch ... ja, verbunden sind mit der Heimat. Der Sieg Preußens über Frankreich ... ja, das ist wirklich etwas, worauf wir alle sehr stolz sein können. Die deutschen Soldaten haben ... äh ... Großes geleistet, das muss man sagen. Also, äh, lassen Sie uns diesen Sieg feiern und ... ja, weiterhin an unsere Heimat denken, egal, wo wir sind. Vielen Dank.«

Mit ausgelassenem Applaus quittierte die Menge seine Worte. Dann spielte die Kapelle den »Donauwalzer«, bevor man erneut die »Wacht am Rhein« anstimmte:

»*Durch Hunderttausend zuckt es schnell,*
Und Aller Augen blitzen hell,
Der deutsche Jüngling, fromm und stark,
Beschirmt die heil'ge Landesmark.«

Die Stunden verflogen. Francis und Ferranelli hatten zu ihrer Erleichterung keine verdächtigen Vorkommnisse mehr ausmachen können. Unter großem Gejohle wurde die fünfzigköpfige Reisegruppe schließlich von einem Teil der Gastgeber verabschiedet, während eine Handvoll von ihnen sie zurück zum Hafen eskortierte.

Das gigantische Dampfschiff »Fall River Line«, das von seinem Betreiber, der Old Colony Steamboat Company, als »schwimmender Palast« tituliert wurde, stand zur Abfahrt bereit. Das Fährschiff, das zwischen New York und Boston pendelte und dessen Route über New Port, Rhode Island und Fall River führte, war nahezu hundertdreißig Meter lang, vierstöckig und bot Platz für tausendfünfhundert Reisende. Kapitän Meyer war zum Pier gekommen, um sich von seinen Passagieren zu verabschieden. Man tauschte Freundlichkeiten aus, winkte einander noch einmal zu, dann verschwanden die Reisenden in der anonymen Masse der Fahrgäste.

Die Überfahrt bedeutete für Francis und den Engländer eine erneute Herausforderung. Dicht gedrängt standen die

Passagiere auf den vier Decks, die meisten von ihnen verströmten einen intensiven Alkoholgeruch. Ziegfeld hatte erwirkt, dass die Gruppe der »Rhein«, ausgenommen die Mitglieder der Kapelle, Sitzplätze in einem luxuriös ausgestatteten Salon bekam.

Irgendjemand im Raum erzählte laut und mit bereits lockerer Zunge, dass eine »Horde« Indianer einen Zug überfallen habe und mehrere Europäer, die sich in der Eisenbahn befunden hätten, dabei ums Leben gekommen seien. Wo genau das passiert war, gab der Erzähler nicht bekannt. Sofort reagierte Strauss verängstigt. Francis versuchte, ihn zu beruhigen, und übersetzte ihm eine Broschüre der Fährgesellschaft mit Informationen über die technische Beschaffenheit des Schiffs und die Sicherheitsvorkehrungen auf der Fähre. Doch der Geruch nach Erbrochenem machte die Situation nicht angenehmer. Aus den halb geöffneten Schwingtüren strömte frische Seeluft in den Salon. Die Meeresbrise konnte diesen penetranten Gestank jedoch nicht wettmachen.

Um die Stimmung zu heben, gab Florenz Ziegfeld wieder einmal sein Wissen zum Besten. »Wussten Sie, dass sich der Name Massachusetts von einem Indianerstamm herleitet?« Als er Strauss' verstörten Gesichtsausdruck wahrnahm, beeilte er sich zu erklären, dass es weder in der Hauptstadt Boston noch im Bundesstaat irgendwelche Kämpfe gebe, vor denen sich die Festivalgäste ängstigen müssten.

»Wann genau sind eigentlich die Vereinigten Staaten gegründet worden?«, versuchte Francis, die unangenehme Atmosphäre, die sich im Salon breitgemacht hatte, zu entspannen.

Wie aus der Pistole geschossen antwortete Ziegfeld: »Die Verfassung der Vereinigten Staaten wurde im Jahr 1787 in Philadelphia ausgearbeitet und unterzeichnet. Elf Jahre zuvor, also 1776, hatten die dreizehn englischen Kolonien an der Ostküste Nordamerikas ihre Unabhängigkeit erklärt. Erst mit dem Vertrag von Versailles hat man diese anerkannt. Die Amerikaner haben dann ihren Landbesitz über die Appalachen nach Westen ausgeweitet, 1803 kauften sie Französisch-Louisiana und 1819 Spanisch-Florida, 1845 eroberten sie Texas, und später traten ihnen die Engländer Oregon ab.«

Eine Gruppe stark betrunkener, lärmender Amerikaner betrat den Salon, alle hielten amerikanische Flaggen in der Hand. Sie waren anscheinend ebenfalls auf dem Weg zum Bostoner Musikfestival.

Ziegfeld wandte sich wieder an seine Zuhörer. »Die hundertjährige Gedenkfeier der Unabhängigkeitserklärung der dreizehn nordamerikanischen Staaten findet zwar erst 1876 statt, da Boston als Hauptstadt des Staates Massachusetts aber schon 1772 die Lossagung von England beantragte, feiern wir jetzt schon dieses Ereignis.«

»Und wieso befinden sich sechsunddreißig Sterne auf der amerikanischen Flagge?« Francis deutete auf die Fahnen.

Auch darauf wusste Ziegfeld eine Antwort. »Ursprünglich hatte die Flagge dreizehn Sterne, die für die dreizehn Gründungsstaaten standen. Im Laufe der Zeit wurden immer mehr Sterne hinzugefügt, um die wachsende Anzahl der Bundesstaaten widerzuspiegeln, erst vor wenigen Jahren kam ein Stern für Nebraska dazu. Jedes Mal, wenn ein neuer Staat beigetreten ist, wurde die Anzahl der Sterne angepasst, aber die der Streifen blieb immer gleich, um die ursprünglichen dreizehn Kolonien zu ehren.«

»Und die Ausweitung ihres Staatsgebiets erkämpfen sich die Einwanderer in blutigen Schlachten gegen die Ureinwohner«, sagte Ferranelli nachdenklich und strich sich über das schwarze Haar. Doch niemand beachtete seine Bemerkung.

In der Bucht von Fall River legte die Fähre zum zweiten Mal an, als die Sonne blutrot und tief am Himmel stand. Für die Gruppe, die auf dem Weg nach Boston war, hieß es aussteigen. Die letzte Etappe würden sie am nächsten Tag mit der Bahn zurücklegen. Ziegfeld führte sie in ein einfaches, aber ordentlich ausgestattetes Hotel neben dem Bahnhof.

Am nächsten Morgen machte sich eine allgemeine Vorfreude auf das bevorstehende Weltfriedensfest breit.

Allein Strauss war, obwohl sie beinahe am Ziel waren, nicht entspannt. Verzweifelt hielt er bei der Abfahrt des Zuges nach den Sicherungsposten am Bahnsteig Ausschau. Aus Europa kannte er dieses wichtige Amt, bei dem Bahnbedienstete dem Lokführer mit Signalfahnen Zeichen gaben, dass der Zug zur Abfahrt bereit sei. »Wie kann der Fahrer wissen, ob alle Passagiere eingestiegen sind oder dass die Schienen frei sind?«, fragte er wiederholt an Francis gewandt.

»Wir haben es fast geschafft. Beruhige dich«, versuchte dieser, ihn zu beschwichtigen.

Das vorherrschende Gesprächsthema war nun das Musikfestival in Boston. »Wussten Sie, dass die Konzerte in einer riesigen hölzernen Halle stattfinden, in die hunderttausend Menschen hineinpassen – die Bevölkerung einer ganzen Stadt?« Diesmal war es Henry Cabot, der die Reisegesellschaft mit seinem Wissen beeindruckte. »Diese Halle nennen wir das ›Kolosseum‹«, erklärte er stolz. »Es ist eine der größten ihrer Art, ihre Konstruktion gilt als ingenieurtechnische Meisterleistung«, schwärmte er.

»Wie haben die Zuhörer dort alle Platz?«, fragte Rosalie Ziegfeld zweifelnd.

»Die Zuhörer sitzen dicht gedrängt.«

»Stellen Sie sich vor, wie jemand dort Platz finden soll, der übergewichtig ist«, malte sich Minna die unbequeme Lage aus.

»Oder, Gott bewahre, wie es ist, wenn jemand in Ohnmacht fällt!«, rief Rosalie.

Die Männer mussten bei dem Gedanken lachen. »Dann wird er mit einem Kran herausgehoben«, antwortete Ziegfeld.

Strauss war nicht zum Lachen zumute.

Ziegfeld warf ein: »Aber der Höhepunkt dieses Spektakels wird sein, wenn zwanzigtausend Sänger den ›Donauwalzer‹ singen.«

BOSTON

Die Sonne hatte an Kraft zugelegt, als die Bahn am frühen Vormittag in Boston eintraf. Dutzende Musikliebhaber warteten bereits am Bahnsteig, um Johann Strauss und die anderen Musiker, die beim Festival auftreten sollten, zu empfangen. Johlend schwenkten sie Schilder mit der Aufschrift »Welcome, Waltz King«, »We love Waltzer« oder »Boston grüßt Wien«.

Aus der Menge schälte sich Patrick Gilmore, unverkennbar mit seiner Nickelbrille und seinem an den Spitzen gezwirbelten Schnurrbart. In Begleitung einer deutschen Delegation war er persönlich zum Bahnhof gekommen, um dem Walzerkönig die Ehre zu erweisen. Herzlich umarmte er Strauss. »Johann, altes Haus! Haben Sie die Reise gut überstanden?«

Offensichtlich gerührt von diesem warmen Empfang zog dieser verstohlen ein Taschentuch aus seiner Jackentasche und tupfte sich das Gesicht. Überschwänglich begrüßte Gilmore auch Florenz Ziegfeld und Rosalie, die sich gleich darauf höflich verabschiedeten, um sich von einer Kutsche nach Hause bringen zu lassen. Strauss stellte ihm die restliche Runde vor. Vor der Sängerin verbeugte sich Gilmore ehrfürchtig.

Minna Peschka-Leutner fragte ihn: »Mr. Gilmore, ist es wahr, dass Ihr Festival Menschen aus verschiedenen Ländern durch die Sprache der Musik vereinen soll?«

»So kann man es bezeichnen«, bejahte der Veranstalter die Frage und drückte seine Nickelbrille auf die Nase. »Nachdem der Deutsch-Französische Krieg vergangenes Jahr geendet hat, ist es doch ein schönes Zeichen, wenn Musiker auch aus den verfeindeten Nationen zusammenkommen, um eine Union aller Nationen in Harmonie zu schaffen. Darum nennen wir die Veranstaltungshalle auch ›Tempel des Friedens‹.«

»Eine visionäre Veranstaltung! Ich freue mich, dass ich ein Teil davon sein darf, und hoffe, dass das Fest dazu beitragen wird, internationale Freundschaften zu fördern und den Frieden zu stärken«, sagte die Sopranistin.

Cabot verabschiedete sich von der Gruppe. Er wohnte in Boston und musste in die entgegengesetzte Richtung. Strauss und Peschka-Leutner versicherten ihm, dass sie sich freuen würden, wenn er ihre Konzerte besuchen würde. Die Sängerin schenkte ihm zum Abschied als Erinnerung ein mit Rosen besticktes roséfarbenes Stofftaschentuch.

Ferranelli hatte entschieden, sich in derselben Unterkunft wie Strauss und Francis einzuquartieren. Sein Chef hatte ihm die Übernahme der Reisespesen versichert.

»Ihr Hotel liegt etwa dreißig Gehminuten vom Bahnhofsgelände entfernt«, erklärte Gilmore. »Kommen Sie, wir nehmen eine Kutsche.« Er half Minna Peschka-Leutner beim Einsteigen. »Nur keine Angst, diese Kutschen unterscheiden sich nicht von denen aus Wien«, lachte Gilmore, als er das Zögern des Musikers bemerkte. Ihm war seine Ängstlichkeit nicht unbekannt. »Die restliche Gruppe kann ein Horse Car nehmen, also die Pferdebahn«, rief er.

Die Gesellschaft setzte sich in Bewegung und stieg in einen Wagen, der auf in die Straßen eingelassenen Schienen fuhr und von Pferden gezogen wurde. Stepi und Anna waren beeindruckt.

»Haben Sie solche Vehikel noch nie gesehen? Diese Wagen sind deutlich schneller und komfortabler als normale Kutschen, da sie auf festgelegten Routen verkehren«, erklärte Gilmore. »Ich bringe Sie alle ins Hotel. Dann geht's weiter zur ersten Probe.«

»Wollen wir dem Herrn Strauss nicht ein bisschen Ruhe gönnen und die Probe auf den Nachmittag verschieben?«, fragte Francis vorsichtig, als er bemerkte, dass Strauss seine Stirn in Falten gelegt hatte.

»Ausruhen können wir, wenn wir im Grab liegen. Ganz Amerika wartet auf den großen Auftritt des Walzerkönigs. Da muss jeder Ton sitzen«, rief Gilmore fröhlich.

Heinrich Klein war gemeinsam mit der Gardekapelle in einem anderen Hotel untergebracht, nur einen Block weiter, im Lancaster House an der Ecke Washington und East Concord Street. Die vier Dutzend Mitglieder setzten ihre Helme auf und marschierten in Reih und Glied durch die Stadt. Ihr auffälliges Auftreten sorgte bei den Passanten für viel Aufmerksamkeit.

Auf der Fahrt durch die Straßen Bostons bot sich Strauss ein verblüffendes Bild: Die Stadt war vollgepflastert mit großzügigen Reklametafeln, auf denen das »World's Peace Julilee« mit seinem Konterfei angekündigt wurde. Der Komponist wusste nicht, ob er lachen oder weinen sollte, als er ein haushohes Anschlagbild erblickte, auf dem er als König abgebildet war, der, auf der Weltkugel thronend, den Taktstock als Zepter über das Universum schwang.

»Sehen Sie das? Gefällt es Ihnen?«, rief Gilmore stolz, weil er es geschafft hatte, den Walzerkönig zu diesem Festival nach Boston zu bringen. Und schließlich war er mitverantwortlich für diese gigantischen Werbeplakate.

»Die Amerikaner sind völlig meschugge«, urteilte der Komponist trocken.

Auf weiteren Bildern trug er eine rote Schleppe und tanzte mit einem leicht bekleideten Mädchen Walzer, das entfernt an Ella erinnerte.

Schmunzelnd tauschten Ferranelli und Francis, die die Plakate von der Pferdebahn aus ebenfalls entdeckt hatten, vielsagende Blicke aus. Die Straßen waren dicht bevölkert, die Aufregung vor der großen Eröffnung lag in der Luft.

»Menschen aus dem ganzen Land sind gekommen. Unsere Hotels sind ausgebucht, auch die Restaurantbesitzer freuen sich über volle Tische. In den letzten Tagen erst hat das Kolosseum seinen letzten Anstrich bekommen«, erzählte Gilmore. Im Boston Common, dem größten Park der Stadt, übten Blaskapellen für ihren Auftritt.

Bevor Elisabetta Rinaldi die Bahn verließ – ihr Hotel lag eine Haltestelle von jenem entfernt, in dem die restliche

Gruppe untergebracht war –, weihte Ferranelli die Witwe in seinen Plan ein. Auf Italienisch, damit die übrigen Mitreisenden nicht verstehen konnten, was er ihr mitteilte, bat er sie, Strauss möglichst unauffällig zu überwachen, damit er hier in Boston keinem Attentäter zum Opfer fiel.

Erschrocken fragte Rinaldi: »Gibt es etwa einen Grund, anzunehmen, dass ihm jemand etwas antun könnte?«

»Nein, um Gottes willen. Das ist eine reine Vorsichtsmaßnahme«, antwortete der Engländer. Er ersuchte sie, sich an seine Anweisungen zu halten, wenn es so weit sei. Erfreut, etwas für ihr Idol tun zu dürfen, willigte sie ein. Ferranelli beschwor sie, Strauss gegenüber nichts über ihren gemeinsamen »Geheimplan« zu verraten.

»Wie viele Konzerte werden Sie spielen, Herr Strauss?«, wollte Minna wissen, als sich die Kutsche durch die Stadt schob, was nicht einfach war, weil sich ganz Amerika in der Bostoner Innenstadt aufzuhalten schien.

»Wir haben vierzehn Konzerte vertraglich vereinbart«, antwortete Gilmore an seiner statt. Dann wies er auf die Sehenswürdigkeiten, an denen sie vorbeifuhren, und erklärte seinen Gästen: »Boston ist nicht nur ein Handelszentrum, sondern auch ein intellektueller Treffpunkt. Hier gibt es zahlreiche Schulen, Universitäten und kulturelle Einrichtungen wie Bibliotheken und Museen.«

Viele Gebäude im Handelszentrum waren im viktorianischen Stil errichtet und spiegelten den Wohlstand der Stadt wider. Oft waren die Häuser mit dekorativen Holzfassaden und engen Treppenhäusern versehen – anmutig, doch nicht gegen Feuersbrünste geschützt.

Sie waren im erst vier Jahre zuvor eröffneten St. James Hotel am Franklin Square untergebracht. Das Hotel lag auf einem riesigen Platz mit einem kleinen Park davor. Das Gebäude mit Mansardendach strahlte eine Pracht aus, die mit der der großen Hotels in Städten wie New York City vergleichbar war. Nicht nur Künstler, sondern auch prominente Gäste wie ein Delegierter der österreichischen Botschaft in Washington, Baron Ladislaus Hengelmüller von Hengervár, sowie Spitzendiplomaten aus den Niederlanden, Haiti, Peru und Ecuador hatten bereits eingecheckt. Auch der deutsche Komponist Franz Abt, der ebenfalls im Kolosseum auftreten sollte, war bereits einige Tage zuvor dort eingezogen. Für die Festivaleröffnung angereist waren ebenso der russische Gesandte in den USA, Baron Heinrich Offenberg, und der spanische Admiral De Palo. Sogar Präsident Grant sollte zur Eröffnung kommen und im St. James absteigen, wie es hieß.

Als sie das Hotel erreicht hatten, wartete eine Gruppe Reporter auf die Künstler aus Europa. Bevor sie mit ihren Interviews begannen, baten sie um Autogramme von Strauss und Peschka-Leutner. Dann übersetzte Francis ihre Fragen.

Woher Strauss all seine Ideen beziehe, wollte einer von ihnen wissen.

»Ich gehe mit offenen Augen durchs Leben«, antwortete Strauss trotz seiner Müdigkeit geduldig. »Wenn ich merke, dass Menschen einer Mode, einer Strömung oder einem Phänomen besonders zugetan sind, dann notiere ich es mir. Es kann auch ein Mensch sein, der die besondere Aufmerksamkeit der Gesellschaft auf sich zieht. Auch dann werde ich neugierig und überlege mir, ob diese Person vielleicht ein eigenes Stück verdient.«

Woher er immer neue Melodien hole, wollte ein anderer wissen.

»Die Natur ist genauso vielfältig wie die Vielfalt der Töne«, war seine kryptische Antwort.

»Sie sind also ein Naturmensch?«

»Nein, auf keinen Fall!«, rief er und beendete das Interview.

Die Gruppe wurde herzlich von einem älteren Ehepaar mit einem hechelnden schwarzen Pudel empfangen. Es schien, als würde er lächeln, als er die Gäste freudig begrüßte. Strauss freundete sich sogleich mit ihm an. Der Komponist, der den imperialen Stil aus Wien gewohnt war, war wenig beeindruckt von der Größe des Hotels und dem Interieur. Aber er nahm zufrieden Notiz von den prachtvollen Möbeln der Salons, der Großzügigkeit und der verschwenderischen Ausstattung der Lobby und des Speisesaals, der Anzahl und der unterschiedlichen Stile der Gästezimmer – und überhaupt dem Reichtum, der hier zur Geltung kam. Die Attraktion des Hauses aber war der dampfbetriebene Aufzug.

Francis bezog das Zimmer neben Strauss. Anna half ihrem Herrn beim Auspacken, Stepi war ihm beim Umkleiden behilflich. Dann ging es mit der Kutsche weiter zum Kolosseum, das im Back-Bay-Gebiet westlich des Bostoner Stadtzentrums am Ufer des Charles River lag. Noch vor zwanzig Jahren war hier ein riesiges Sumpfgebiet gewesen. Die Stadtverwaltung hatte das Areal jedoch trockengelegt, um Land für die rasant wachsende Stadt zu gewinnen und Häuser für die Einwohner zu bauen.

Vor ihnen bot sich der Anblick der über neuntausend Quadratmeter großen, flachen und lang gezogenen Konzerthalle. Über dem Portal des Gebäudes ragte stolz die gigantische amerikanische Fahne in den strahlenden Himmel. Darunter hing eine riesige Uhr über einer Frauenstatue. Die Muse Euterpe wachte über das Geschehen. Auf den Giebeln am Dach wehten – in kleineren Dimensionen – Flaggen anderer Staaten. Über dem hinteren Gebäudebereich flatterte eine Fahne mit der Aufschrift »Universal Peace« vor der französischen Nationalflagge.

»Nicht schlecht, was?«, rief Gilmore voller Stolz, während er seine Nickelbrille reinigte. »Es ist eines der größten Gebäude dieser Art in den Vereinigten Staaten. Drei Jahre haben wir daran gebaut«, erklärte er.

Tausende Neugierige hatten sich bereits vor dem Kolosseum versammelt, um sich ein Bild von dem Festivalgelände zu machen. Von überallher strömten Menschen und kamen Kutschen an. Die Männer trugen elegante Zylinder, die Damen lange, bauschige, dekorativ geschmückte Kleider und originelle Kopfbedeckungen.

Francis war freudig überrascht, als er sah, dass der Zufahrtsweg mit bunten Fahnen und verschiedensten Attraktionen gepflastert war. Er zog die Blicke der Standler auf sich, nicht nur wegen seines anziehenden Äußeren, sondern weil er sich augenscheinlich für die Angebote interessierte.

Unterhaltungskünstler boten ihre Shows an, von Bauchrednern bis Puppentheaterspielern, von Seiltänzern bis Straßenmalern und Schattenspielern oder Wahrsagern in ihren kleinen Zelten. Kinder verkauften für wenige Cent Noten- und Textblätter. Kaufleute hatten Operngucker im Bauchladen, sogar ein Heißluftballonbetreiber, ein gewisser »Professor Allen«, pries gemeinsam mit einem Aeronauten seine Fahrten an. Alle paar Schritte wurde Francis angesprochen, doch er winkte ab. Zu seinem Bedauern hatte er keine Zeit für die Attraktionen, auch wenn jede einzelne ihn reizte.

Vor dem Gebäude standen in einem abgegrenzten Bereich sechzehn Kanonen und fünfhundert Kirchenglocken bereit. Sie sollten bei den Konzerten zum Einsatz kommen. Über einen Telegrafen aus dem Inneren der Halle würde das Signal zum Abfeuern der Salutschüsse mit den Kanonen und zum Läuten der Glocken gegeben, erklärte Gilmore seinen sprachlosen Gästen, die aus dem Staunen nicht mehr herauskamen.

Rund achthundert Musiker – ein Viertel von ihnen spielte die erste Violine und achtzig das Violoncello – waren bereits emsig dabei, ihre Instrumente zu stimmen, als Strauss die Halle durch einen nur für die Künstler vorgesehenen Seiteneingang betrat, hinter ihm Francis, Ferranelli und Stepi mit Mantel und Geigenkasten. Letzterer hatte seit seiner Abfahrt aus Wien seine Livree, den goldenen Spitzhut mit dem kreisförmigen Abzeichen und die Knickerbocker mit dem braun-goldenen Gürtel nicht mehr abgelegt. Wegen dieser auffälligen Uniform hielt man ihn für einen türkischen Marineoffizier und wollte ihn als regulären Gast für das World's Peace Jubilee offiziell registrieren.

Doch Gilmore fuhr dazwischen. »Der gehört zu mir.«

Das Innere der Halle war schlicht, aber funktional. Die Bühne war in der Mitte aufgebaut, am anderen Ende thronte eine gigantische Orgel, einem Altar gleich.

Ferranelli pfiff durch die Zähne. »Wer hat diesen Tempel gebaut?«, fragte er.

»Ein Architekt namens William G. Preston hat ihn als temporäres Veranstaltungsgebäude speziell für das ›World's Peace Jubilee and International Musical Festival‹ geplant«, erzählte Gilmore.

Getragen wurde die Halle von einem Holzkonstrukt, das auf zwei Seiten mit je fünfzig zwölf Meter hohen hölzernen Stützpfeilern mit dem Boden verbunden war. An den Pfeilern waren Flaggen aller Länder befestigt. Wie Girlanden hingen riesige Myrtenzweige zwischen gebauschten rot-weißen Bannerstreifen als Zitate auf die amerikanische Flagge von der gewölbten Decke. Die mit schweren Vorhängen und Bannern geschmückte Bühne war groß genug, um mehrere Orchestergruppen sowie Chöre zu integrieren, die teilweise bis zu zwanzigtausend Sänger umfassten. Der Zuschauerbereich war auf mehrere Ebenen verteilt und hatte steile Tribünen, die eine gute Sicht auf die Bühne ermöglichten. Diese Tribünen waren kreisförmig um die beeindruckende Bühne herum angeordnet, sodass alle Zuschauer, auch die weit entfernten, das Spektakel miterleben konnten.

»Die Orgel wird von einem Gasmotor und acht Pumpen betrieben«, erzählte Gilmore. »Die längste Pfeife misst ganze dreizehn Meter – die kräftigste Orgel, die je gebaut wurde.«

Strauss hörte nicht hin, technische Details interessierten ihn nicht. Er entfernte sich kurz von der Gruppe und rief mehrmals seinen Namen, um herauszufinden, ob er einen Hall wahrnehmen würde.

»Bei der Aufstellung der Orgel gab es ein Unglück«, erzählte Gilmore weiter. »Ein Arbeiter ist ums Leben gekommen. Er hatte einen Schuh in einer der großen Pfeifen vergessen. Als er hineingeklettert ist, um ihn zu holen, wurde gerade heiße Luft eingeblasen.«

Erschrocken drehte sich Francis um. Er wollte prüfen, ob Strauss die letzten Sätze gehört hatte. Erleichtert stellte er fest, dass dieser soeben gebannt die Decke inspizierte. Sonst hätte er diesen von Gilmore geschilderten Vorfall garantiert als böses Vorzeichen deklariert.

»Wie steht es mit der Akustik?«, wollte Strauss stattdessen wissen.

»Das ist eine gute Frage. Wir mussten beim Design natürlich vor allem darauf achten. Aufgrund der Größe des Gebäudes war die Herausforderung, dass der Klang gleichmäßig im Raum verteilt wird. Der Architekt hat es so angelegt, dass der Schall von der Decke reflektiert wird, um eine möglichst gute Akustik zu gewährleisten.« Nach einer Pause ergänzte Gilmore: »Und als Beleuchtung haben wir achttausend Gaslampen installiert.«

»Was hat das alles gekostet?«, fragte Francis, der aus dem Staunen kaum herauskam.

»Eine halbe Million Dollar.«

Stepi fiel ob dieser gigantischen Summe beinahe der Geigenkasten aus der Hand. Francis erkundigte sich auch nach Sanitäranlagen.

»Insgesamt achtundvierzig modernste Wasserklosetts sind in der Halle eingebaut«, erzählte Gilmore stolz.

»Wie sieht es mit den Sicherheitsvorkehrungen aus?«, fragte Ferranelli.

»Ja, wie werden die Künstler geschützt?«, wollte auch Strauss wissen.

»Dreihundertfünfzig Polizisten sind für die Dauer des Festivals im und rund um das ›Coliseum‹ im Einsatz.«

»Das ist nicht allzu viel«, stellte der Engländer nüchtern fest, und der Komponist pflichtete ihm bei. »Ich bin Detective bei der Londoner Polizei und stehe Johann Strauss als Schutz zur Verfügung. Würden Sie mich mit dem leitenden Polizeichef bekannt machen?« Ferranelli kam aus seiner Deckung, obwohl er Gilmore schon bei der Ankunft vorgestellt worden war. Der Veranstalter war da aber mit der Begrüßungszeremonie beschäftigt gewesen.

Mit einer Mischung aus Überraschung, Anerkennung und Freude blickte Strauss zu Ferranelli. Als Personenschutz hatte er ihn bisher noch nicht gesehen. Es war ihm aber nur recht, dass der Engländer auf ihn schauen würde.

»Das ist gut zu wissen, dass wir hier einen Spezialisten mehr haben. Selbstverständlich mache ich Sie bekannt«, sagte Gilmore. Strauss wollte sich gerade in die Mitte der Halle begeben, als der Veranstalter eine Anekdote erzählte, die er lieber für sich behalten hätte. »Stellen Sie sich vor, die für die Sicherheit des Gebäudes zuständigen Ingenieure standen Ende April dieses Jahres vor einer großen Herausforderung.«

»Was ist passiert?« Besorgt drehte sich Strauss um.

»Wir waren noch mit der Errichtung beschäftigt, als ein Unwetter aufkam. Der Sturm hat die ganze Halle niedergerissen. Die Ingenieure hatten alle Hände voll zu tun, sie in den sechs Wochen vor der Eröffnung wiederaufzubauen.«

Wie vom Donner gerührt blieb der Komponist stehen.

Gilmore bemerkte nicht, in welchen Schockzustand seine Erzählung ihn versetzt hatte, und sprach weiter: »Weil die Zeit zu knapp war, musste man die Größe der Halle reduzieren. Sie fasst nun nicht mehr hunderttausend, sondern nur mehr sechzigtausend Zuschauer.«

Francis hakte sich bei Strauss unter und redete ihm sanft zu. »Solche Unwetter gibt es nur einmal im Jahr, wenn überhaupt. So etwas passiert nicht noch einmal.«

Schuldbewusst bestärkte ihn Gilmore. »Die Ingenieure haben die Stützen nun so gebaut, dass die Halle auch beim stärksten Sturm stehen bleibt.«

Auf wackeligen Beinen bewegte sich Strauss, von Francis geführt, in die Mitte der Halle, hinter ihm lief Stepi. Das Orchester war für die Probe bereit. Gilmore kündigte den prominenten Künstler an. Johann Strauss stieg auf die Bühne und nahm die Violine von seinem Diener entgegen. Francis und Ferranelli hielten den Atem an, als der Walzerkönig erstmals in den Vereinigten Staaten die Melodie »An der schönen blauen Donau« anstimmte.

SUPERLATIVE

Der Wettergott meinte es gut mit den Veranstaltern an jenem denkwürdigen 17. Juni, an dem die Eröffnungszeremonie stattfinden sollte. Kein Wölkchen zeigte sich am strahlend blauen Himmel. Ferranelli hatte sich noch am Vorabend mit dem Polizeichef, der während des Weltfriedensfests im Einsatz war, in der Hotellobby getroffen. Er hieß Edward H. Savage.

Savage war ein stattlicher Mann. Er trug einen schmalen Kaiser-Wilhelm-Bart mit dichten Koteletten, die in einen Schnurrbart übergingen, der sein energisches Kinn frei ließ. Nach beinahe zwanzig Jahren Polizeierfahrung hatte man ihm vor zwei Jahren die Leitung des Boston Police Departement übertragen. Savage war bereits zuvor für die Aufrechterhaltung der Ordnung bei großen öffentlichen Veranstaltungen verantwortlich gewesen. Das Weltfriedensfest übertraf aber selbst seine bisherigen Erfahrungen. Daher war er dankbar, dass Lorenzo Ferranelli als Verstärkung anwesend war. Er erzählte, dass in der Veranstaltungshalle eine eigene kleine Polizeistation eingerichtet sei.

Der Detective berichtete ihm von den beiden misslungenen Anschlägen auf Strauss auf dem Schiff nach Amerika. Er erwähnte auch, dass Francis Kingsley als persönlicher Personenschutz fungiere, und gab Elisabetta Rinaldi als assistierende Ermittlerin aus. Auch erzählte er, dass er von New York aus über London zusätzlichen Schutz aus Boston angefordert habe.

»Ich habe davon gehört, wusste aber nicht, warum das notwendig sein sollte«, sagte Savage nachdenklich. Dann gestand er zu: »Jetzt, wo mir bekannt ist, dass der prominente Musiker in Gefahr ist, werde ich veranlassen, dass man ihn unverzüglich zusätzlich bewacht.« Mit gedämpfter Stimme fügte er hinzu: »Präsident Grant und sein gesamtes Kabinett werden morgen in Boston erwartet. Er wird im selben Hotel wie Strauss absteigen. Insofern werden wir zwei unserer Leute für den Komponisten abstellen.«

Erleichtert bedankte sich Ferranelli bei seinem Amtskollegen.

Beim Frühstück betraten zwei Männer in Zivil den Speisesaal, die augenscheinlich keine Hotelgäste waren. Sie machten im Gespräch mit dem Personal keinen Hehl daraus, dass sie sich für den weltbekannten Musiker Johann Strauss interessierten. Francis und Ferranelli beobachteten, wie der Kellner mit dem Finger auf den Komponisten zeigte, der davon zum Glück nichts mitbekam, sondern in aller Ruhe sein Frühstücksei genoss. Umständlich nahmen die Männer am Nebentisch Platz. Sie machten sich nicht einmal die Mühe, ihre dünnen Mäntel auszuziehen.

Obwohl der Personenschutz verstärkt worden war, stellte die aufgeladene Stimmung in der Stadt eine große Herausforderung für Francis und Ferranelli dar. Die Eröffnungszeremonie sollte am Nachmittag beginnen. Tausende Menschen strömten aus allen Richtungen zum Kolosseum. Immer noch landeten Neuankömmlinge mit dem Schiff am Bostoner Hafen oder kamen mit der Bahn, manche, die weniger weit entfernt wohnten, reisten mit der Pferdekutsche an. Sie alle wollten die feierlichen Eröffnungsreden und das Eröffnungskonzert nicht verpassen.

Francis war höchst alarmiert. Er wich Johann Strauss nicht mehr von der Seite, überall witterte er Gefahr. In jedem, der sich dem Walzerkönig näherte, sah er einen Attentäter. Der Komponist wollte vor seinem großen Auftritt noch seinen Bart stutzen und sein dunkles Haar, das schon von ein paar silbernen Strähnen durchzogen war, färben lassen. Es war nicht einfach, einen Herrensalon ausfindig zu machen, der noch dazu nicht heillos überfüllt war. Schließlich gelang es Elisabetta Rinaldi, einen entsprechenden Barbier zu finden.

Als sie auf die Straße traten, mussten sie sich erst durch eine Gruppe von Frauen kämpfen, die das Hotel belagerte. Geduldig gab ihnen Strauss Autogramme. Von dem, was sie sagten, verstand er nicht viel, er setzte jedoch ein freundliches Gesicht auf.

»Sie wollen eine Haarlocke von dir«, übersetzte Francis.

»Die können sie nach dem Herrensalon haben«, meinte der Komponist.

Und so kam es, dass eine Schar Amerikanerinnen kichernd vor dem Barbier wartete, in der Hoffnung auf eine Locke. Sie wurden nicht enttäuscht. Heimlich klaubte Stepi Haarspitzen auf und verteilte einen Teil davon unter den kreischenden Damen.

Vor dem Hotel standen schon zwei Kutschen bereit. Mit Strauss fuhren Gilmore, Ziegfeld, Ferranelli, Francis und Stepi. Rinaldi stieg in die folgende Kutsche ein, in der auch Peschka-Leutner Platz genommen hatte. Ihr Auftritt war erst für den kommenden Tag geplant, doch sie wollte die Eröffnungszeremonie nicht versäumen. Auch Anna durfte die Damenkutsche begleiten. Für sie hatte Strauss ein eigenes Ticket reservieren lassen.

Es wurde eine feierliche Zeremonie. Die Halle war bis zum letzten Platz gefüllt. Strauss und seine Entourage saßen etwa vierzig Meter vom gigantischen Musikerpodium entfernt. Phillips Brooks, der charismatische Bischof der Gastgeberstadt, sprach das Einweihungsgebet und spendete seinen Segen für das Friedenskonzert.

»Brooks ist für seine eloquenten und inspirierenden Predigten bekannt«, flüsterte Gilmore seinem prominenten Gast zu. »Und er hat auch religiöse Lieder verfasst. Ihr habt das Weihnachtslied ›Stille Nacht, heilige Nacht‹, von ihm aber ist das Lied ›O Little Town of Bethlehem‹, das er vor drei Jahren geschrieben hat.«

Das Lied war sogar Strauss, der es mit der Religion nicht so genau nahm, ein Begriff.

»Zudem setzt sich Brooks stark für soziale Gerechtigkeit und Bildung ein«, erzählte Gilmore weiter.

Nach der Rede des Kirchenmanns gab es eine Pause. Eigentlich sollte der Bostoner Bürgermeister danach sprechen. Auf der Bühne tuschelten Männer, die den Ablauf organisierten und die jeweiligen Auftritte ankündigten. Die Zuseher rutschten aufgeregt auf ihren Plätzen hin und her. Doch plötzlich lichteten sich die Reihen, und eine Armee von fünfzig Polizisten machte den Weg für den amerikanischen Präsidenten Ulysses S. Grant frei. Feierlich bestieg der Fünfzigjährige das Podest und begrüßte das Publikum mit seiner lauten, kräftigen Stimme.

In seiner Ansprache betonte er die Bedeutung von Frieden und internationalen Beziehungen. Grant, der zuvor als General im Amerikanischen Bürgerkrieg gedient hatte, sprach sich für eine Weltordnung aus, die von Diplomatie und friedlicher Zusammenarbeit geprägt sein sollte. »Das Weltfriedensfest in Boston ist ein bedeutendes Ereignis, das nicht nur in den USA, sondern auch international Beachtung findet«, rief er.

Die Tausenden Zuhörer pflichteten ihm johlend bei und warfen ihre Hüte vor Begeisterung in die Luft.

Als Nächster war der Bostoner Bürgermeister William Gaston dran. Er unterstrich in seiner Rede die Verbindung zwischen der Stadt als Gastgeber und dem Prinzip des Friedens, und auch er sprach von der Hoffnung, dass die Veranstaltung ein Symbol für die weltweite Förderung des Friedens und der internationalen Zusammenarbeit sein würde. Seine Stimme war jedoch ungleich schwächer als die des Präsidenten. Sein Appell »Möge dieses Fest ein lebendiges Symbol des Friedens sein und die Völker der Welt an ihre gemeinsame Verantwortung erinnern, den Frieden zu bewahren!« ging im allgemeinen Jubel unter.

Als letzter Redner war Nathaniel Prentice Banks an der Reihe, Vorsitzender des Komitees des Weltfriedensfestes und ehemaliger Generalmajor der Union während des Amerikanischen Bürgerkriegs. Banks hob hervor, dass das Fest nicht nur eine Feier des Friedens sei, sondern auch ein Appell an alle Nationen, Konflikte zu vermeiden und internationale Beziehungen auf der Grundlage von Zusammenarbeit und Harmonie aufzubauen. »Die Vereinigten Staaten, die Nation, die durch ihre eigene Freiheit und durch ihre Entschlossenheit, die Union zu bewahren, einen Bürgerkrieg überlebt hat, sollen nun als Beispiel für den Frieden in der Welt dienen«, rief er und erntete dafür ebenfalls minutenlang kräftigen Beifall.

Trotzdem bekam eine Vielzahl der Gäste, die dicht gedrängt auf den Tribünen saß, nur bruchstückhaft mit, was dort unten gesprochen wurde. Doch wie bei der »Stillen Post« verbreitete sich das Gesagte, bis auch die Zuhörer in den hintersten Reihen wussten, was gemeint war. Manchmal kam auch eine völlig andere Bedeutung dabei heraus. Das tat der Freude aber keinen Abbruch.

Gebannt hatte Strauss den Worten der Politiker gelauscht. Ihm gefiel die Idee des Fests.

Francis hingegen konnte keinen Moment ruhig sitzen. Alle paar Sekunden drehte er sich um, weil er Angst hatte, jemand könnte Strauss ein Messer in den Rücken jagen.

Auf die Reden folgte schließlich das Eröffnungslied »A Mighty Fortress Is Our God« – eine protestantische Hymne, deren Text auf Martin Luther zurückging. Das größte Volumen an Musik, das jemals ein menschliches Ohr erfüllt hatte, strömte wie ein Meer aus Klängen durch das imposante Gebäude. Welle um Welle rollte es heran, mal laut wie das Brüllen des Ozeans, mal sanft wie ein murmelnder Bach.

»A mighty Fortress is our God,
A Bulwark never failing;
Our Helper He amid the flood.
Of mortal ills prevailing ...«

»Oh, wie wundervoll, wie rein, wie himmlisch!«, rief Strauss verzückt aus. »Welch erhabene Streicher, welch erstaunliche Harmonien!«

Es war wirklich gewaltig: Dieses erste Stück wurde von einem Chor mit zehntausend Stimmen und einem Orchester von tausend Instrumenten aufgeführt.

Über dem Eingangsportal waren die Tribünen für die Reporter eingerichtet. Fassungslos verfolgten sie das Geschehen auf ihren einfachen Holzsesseln und starrten mit weit aufgerissenen Augen durch Teleskope, mit denen sie die Bühne im Blick hatten, während sie sich Notizen machten. Manche von ihnen pressten als Klangverstärker Schalltrichter, hölzerne und metallene Akustikhörner, an ihre Ohren.

Es folgte die Ouvertüre aus Wagners Oper »Tannhäuser«, dieses Mal gespielt von einem Ensemble von sechshundert Musikern. Danach kamen zwei Stücke von Mozart und schließlich eine bewegende Darbietung der Hymne »Star-Spangled Banner« durch zweitausendfünfhundert Sänger.

> »*O say, can you see,*
> *By the dawn's early light,*
> *What so proudly we hailed*
> *At the twilight's last gleaming …*«

Schließlich ließ der gesamte Chor mit zehntausend Stimmen die letzten Töne gemeinsam erklingen. Und das Publikum sang lauthals mit.

> »*And this be our motto – ›In God is our trust,‹*
> *And the star-spangled banner in triumph shall wave*
> *O'er the land of the free and the home of the brave.*«

Nach einer kurzen Pause wurde es noch dramatischer. Der zweite Akt begann mit einer Friedenshymne, eigens für diesen Anlass von Oliver Wendell Holmes verfasst, einem Bostoner Arzt und Schriftsteller, der sich drei Jahre zuvor mit der Entwicklung des Stethoskops einen Namen gemacht hatte. Darauf folgten die »Wilhelm Tell«-Ouvertüre von Gioachino Rossini sowie der »Anvil Chorus« von Giuseppe Verdi, gespielt von der Berliner Philharmonie. Begleitet wurden das Orchester und der gigantische Chor von Kanonensalven, einem Arrangement von Kirchenglocken und einer eigens konstruierten, acht Meter breiten Bassdrum – der größten je gebauten Trommel.

Zudem marschierte eine Kompanie, bestehend aus hundert Bostoner Feuerwehrmännern in Helmen und roten Hemden, in Zweierreihen auf die Bühne, jeder einen Schmiedehammer auf der Schulter. Sie stellten sich frontal zu den Zuschauern auf. Auf ein Signal hin schlugen sie abwechselnd im Takt, rechts, links, rechts, links. Die Kanonen vor der Halle feuerten beim ersten Schlag jeder Taktfolge. Elektrische Signale von einem kleinen Tisch auf der Bühne sorgten für die perfekte Synchronisation.

Die Begeisterung im Publikum war überwältigend. Fahnen, Hüte, Sonnenschirme wirbelten durch die Luft, Babys wurden voller Freude emporgehoben. Die Feuerwehrmänner marschierten ab und kehrten wieder zurück, um unter lautem Gejohle die Darbietung zu wiederholen.

Schließlich war Strauss an der Reihe. Niemals zuvor hatte sich Francis so angespannt gefühlt wie in dem Moment, da der Komponist Richtung Bühne ging. Was, wenn ein Verrückter ihn attackierte? Sechs Konstabler gingen ihm und Stepi, der die Geige trug, voran, den Weg zum Dirigentenpult wie Schneepflüge bahnend. Stepi reichte ihm die Violine. Erhobenen Haupts bestieg Strauss die Bühne. In der Halle hätte man eine Stecknadel fallen gehört, so gespannt war man, den berühmten Komponisten und Dirigenten aus Wien zu hören. Man hatte ihm erklärt, dass er auf den Kanonenschuss warten müsse, bevor er beginnen sollte. Da und dort waren in dieser konzentrierten Stille Frauenstimmen zu hören, die seinen Namen oder »*I love you*« riefen.

Johann Strauss schüttelte kurz das volle pechschwarze Haar zurück und erhob seine Geige. Sogleich war von draußen ein Kanonenschuss zu hören. Das Zeichen für die Musiker, zu beginnen. Und dann ertönten die ersten Klänge des »Donauwalzers«.

MINNA

Die Stadt versank in einer brütenden Hitze, die Temperaturen kletterten weit über dreißig Grad. Stepi trug trotzdem stets den dunkelblauen Mantel hinter seinem Herrn her. Man konnte ja nie wissen. Auf der Rückfahrt zum Hotel war Strauss mehr als aufgedreht. Sein Auftritt hatte beim Publikum eingeschlagen und alle Erwartungen noch übertroffen.

»Wie fühlen Sie sich?«, wollte Ziegfeld wissen.

»Großartig! Ich konnte von meinem Podium aus halt nur die allernächsten Musiker erkennen. Aber an eine solch künstlerische Glanzleistung war bei einem so großen Orchester ja trotz der Proben gar nicht zu denken.«

»Bereuen Sie es, dass Sie nach Boston gekommen sind?«, fragte Ziegfeld.

»Kurz wollte ich schon aus der Halle rennen. Aber dann habe ich mich doch besonnen«, antwortete Strauss und erntete dafür einen Lacher.

Die Abendzeitungen brachten Bilder und Berichte von der »fabelhaften Musik« und der außergewöhnlichen Leistung der Musiker. Johann Strauss wurde hymnisch gelobt. Spätestens nach seinem Auftritt kannte jeder seinen Namen. Vor allem der »Donauwalzer« und die »Pizzicato-Polka« waren auf großen Anklang gestoßen. Dass Letztere ein Gemeinschaftswerk mit seinem Bruder Pepi war, verschwieg der Komponist. Für Furore hatten auch die Kanonenschüsse und der Auftritt der Bostoner Feuerwehrmänner gesorgt.

Vor dem Hotel wartete eine Horde von Fans, hauptsächlich Damen. Francis und Ferranelli taten sich schwer, die Menge zurückzudrängen. Der Musiker winkte ab. Jeder einzelne seiner vornehmlich weiblichen Anhänger sollte ein Autogramm bekommen. In der Lobby wimmelte es von Polizisten, wartenden Reportern und Impresarios, die den Komponisten zu weiteren Konzertveranstaltungen verpflichten wollten.

Umringt von Konstablern saß Präsident Ulysses S. Grant in einem der Salons und rauchte Pfeife, während er die Abendnachrichten in der Zeitung überflog. Man hatte ihn durch einen Hintereingang in das Hotel geführt, um die vielen Musikbegeisterten vor dem Hauptportal zu umgehen. Eine Schar von Reportern drängte in den Raum, wurde jedoch von Polizeibeamten abgewehrt. Nur Strauss, Francis, Ferranelli und vier ausgewählte Reporter durften mit hinein.

Noch immer war Strauss nicht bewusst, dass Francis sein eigentlicher Personenschützer war. Er betrachtete ihn als Freund und duldete Ferranelli als Polizisten, der auf ihn schaute.

Die Tür wurde versperrt. Als der Musiker eintrat, gratulierte ihm der Präsident herzlich zu seiner Darbietung und bot ihm sogar ein Zigarillo an.

Dann wurde Strauss in Begleitung der von Edward H. Savage neu abgestellten Polizeibeamten in ein Hinterzimmer geführt, wo er sich geduldig den Fragen der Zeitungsvertreter stellte.

»Was ging Ihnen durch den Kopf, als Sie da oben standen?«, wollte eine zierliche Reporterin wissen.

»Nun, denken Sie meine Lage angesichts eines Publikums von hunderttausend Amerikanern! Da stand ich auf dem obersten Dirigentenpult. Ich dachte mir: Wie wird die Geschichte anfangen, wie wird sie enden? Plötzlich kracht ein Kanonenschuss, ein zarter Wink für uns zwanzigtausend Musiker, dass man das Konzert beginnen müsse … Ich gebe das Zeichen, meine hundert Subdirigenten folgen mir, so rasch und gut sie können, und nun geht ein Heidenspektakel los, das ich mein Lebtag nicht vergessen werde.«

Francis sah Ferranelli fragend an. Was hatte er mit »Subdirigenten« gemeint?

»Waren Sie mit der Leistung der Musiker zufrieden?«, wollte ein Reporter wissen.

»Da die Musiker und ich so ziemlich zur selben Zeit angefangen hatten, war meine ganze Aufmerksamkeit nur noch darauf gerichtet, dass wir auch zur selben Zeit aufhören würden. Gott sei Dank, ich brachte auch das zuwege. Es war das Menschenmögliche.«

»Was war das für ein Gefühl, als Sie fertig waren, Herr Strauss?«

»Die hunderttausendköpfige Zuhörerschaft brüllte Beifall, und ich atmete auf, als ich von der Bühne hinunterstieg«, antwortete er.

Im anderen Raum fragte ein Reporter indes den Präsidenten, was sein Lieblingsmoment des Konzerts gewesen sei.

Grant antwortete sehr zum Amüsement der Anwesenden in einer lautstarken Weise, die darauf hindeutete, dass ihm der Donner des Schlachtfelds geläufiger war als die Nuancen des Konzertsaals: »Ich mag die Kanonen.«

Die Berichterstatter stellten dem Präsidenten aber auch kritische Fragen. Denn die Anwesenheit Grants und weiterer Mitglieder der Republikanischen Partei sowie die triumphale Feier der Union machte das Friedensjubiläum für sie politisch kontrovers. »Herr Präsident, während der wirtschaftlich zerstörte Süden im Zuge der Reconstruction gezwungen ist, in Zukunft Schwarze als freie Menschen zu akzeptieren, fühlt sich die Atmosphäre im Land für viele Menschen alles andere als friedlich an. Was sagen Sie dazu?«, wollte ein Vertreter der Presse wissen.

»Sie haben recht, die Infrastruktur im Süden ist schwer beschädigt, und viele ehemalige Plantagenbesitzer stehen vor dem finanziellen Ruin. Wir müssen jedoch afroamerikanischen Bürgern Zugang zu Bildung und Arbeit gewähren.«

»Aber, Herr Präsident, die Reconstruction stößt auf starken Widerstand von weißen Südstaatlern, die ihre politische und soziale Vormachtstellung behalten wollen. Wie gehen Sie damit um?«

»Indem ich sie zu Frieden und Toleranz aufrufe«, antwortete Grant.

Ein Reporter, der gerade aus dem Süden zurückkam, konfrontierte Grant damit, dass dieser Widerstand sich in der Gründung von Organisationen wie dem Ku-Klux-Klan äußere, der afroamerikanische Bürger terrorisiert habe und dem es geglückt sei, sie von der Teilnahme am öffentlichen Leben abzuhalten.

»Ich verurteile jegliche solcher Organisationen aufs Schärfste«, antwortete der Präsident.

Am nächsten Tag erschien in der Bostoner Zeitung folgende Notiz:

Grant auf Weltfriedenskonzert – und der Süden brennt
Während Präsident Ulysses S. Grant in Boston auf dem Weltfriedensjubiläum über globale Harmonie spricht und sich fröhliche Strauss-Walzer zu Gemüte führt, herrschen im Süden der Vereinigten Staaten Zustände, die alles andere als friedlich sind. Trotz Grants offener Worte, dass »die Infrastruktur im Süden schwer beschädigt« sei und »viele ehemalige Plantagenbesitzer vor dem finanziellen Ruin stehen«, bleibt der Schutz der afroamerikanischen Bürger unzureichend. Grant betont zwar, dass man »afroamerikanischen Bürgern Zugang zu Bildung und Arbeit gewähren« müsse und er »solche Organisationen wie den Ku-Klux-Klan aufs Schärfste verurteilt«, doch Kritiker werfen ihm vor, fernab der Krise zu verweilen, während gewalttätige Übergriffe gegen Schwarze an der Tagesordnung sind. Es ist fraglich, wie ernst der Präsident den Wiederaufbau und die Sicherheit für alle Bürger des Südens wirklich nimmt.

Während Strauss in Boston in der allgemeinen Bewunderung und Verehrung badete – »Er spricht kein Englisch, aber er lächelt in allen Sprachen«, hieß es in so manchem Bericht –, freute sich Minna Peschka-Leutner über den enormen Zuspruch, den auch sie erfuhr. Sie beeindruckte das Publikum mit ihrer klaren, durchdringenden Stimme, die sie in Mozarts »Königin der Nacht« und in einer Arie von Verdi zum Besten gab. Sie betörte vor allem die männlichen Zuschauer mit einem Kleid aus dunkelrosa Seide mit Hofschleppe und edler Spitze und einem Medaillon am Hals. Begleitet wurde sie von einer vom Hotel zur Verfügung gestellten Kammerdame, die sorgsam die Schleppe richtete.

Für die anwesenden Musikkritiker stand fest: Die Sopranistin war *die* Neuentdeckung des Festivals, »deren strahlender Sopran die gewaltige Halle mit Leichtigkeit zu durchdringen vermochte«, wie man in der Abendzeitung lesen konnte. »Mit ihren glanzvollen Koloraturen füllte sie jeden Winkel des Auditoriums und zog die Zuhörerschaft in ihren Bann«, stand ebenfalls geschrieben. In begeisterten Berichten hieß es, dass »jede Note, die sie sang, bis in den letzten Winkel drang«.

Ob als »Königin der Nacht« in Mozarts »Zauberflöte« oder mit Arien von Verdi, das Publikum lag ihr zu Füßen. Die Zeitungen rühmten ihre Darbietungen in den höchsten Tönen. Doch nicht nur ihre Stimme, sondern auch ihre Erscheinung entzückte die Zuhörer.

In den folgenden Tagen wiederholten sich die Szenen. Nach den Proben am Vormittag dirigierte Strauss ab drei Uhr am Nachmittag zwei bis drei seiner Walzer. Sobald er auf das Podium zusteuerte, immer in Begleitung von mehreren Konstablern, wurde er stürmisch beklatscht. Frauen küssten seinen Rocksaum, dröhnende Männerstimmen brüllten beim Vorbeigehen »*Cheers*«-Rufe in sein Ohr. Eine Berichterstatterin schrieb: »Jede Lady im Chor ist hoffnungslos in ihn verliebt.« Frauen aller Altersgruppen versammelten sich vor der Halle und dem Eingang zum Hotel, in der Hoffnung, einen Blick auf den berühmten »Walzerkönig« zu erhaschen.

In einer Zeitung war zu lesen: »Sobald Strauss erscheint, umschwirren sie ihn wie Motten das Licht, ihre bewundernden Blicke und aufgeregten Stimmen sind unüberhörbar. Junge Mädchen drücken ihm Blumen in die Hand, ältere Damen nicken ihm anerkennend zu oder stecken ihm kleine Notizen und Liebesbriefe zu.«

Vorsorglich hatte Stepi einige Locken, die Strauss beim Herrencoiffeur verloren hatte, aufgehoben, und so verteilte er, geschäftstüchtig, wie er war, Teile der dunklen Haarpracht gegen ein paar Cent an schwärmende Verehrerinnen. Als sie ihm ausgingen, begann er, den Hotel-Pudel zu bearbeiten, und verkaufte geringelte Hundesträhnen als »Strauss'sche Originallocken«.

Gegengleich fielen die Bewunderungsrufe für die Sopranistin aus. Jeden Abend kehrte sie mit Bouquets prachtvoller Rosen aller Couleurs zurück ins Hotel. Peschka-Leutner erhielt täglich mehrere Dutzend Heiratsanträge, die Bell Boys hatten große Mühe, die Verehrer abzuwimmeln, und kamen mit der Zustellung von Liebesbriefen an die Operndiva nicht nach. Schon bald verwandelte sich ihre Suite in einen duftenden Rosengarten.

Ferranelli und Francis schien es, als hätte ein unausgesprochener Wettstreit um die Gunst des Publikums begonnen. Jedes Mal, wenn ein Kellner Strauss beim Frühstück einen Stapel Liebesbriefe auf den Tisch legte, blickte er triumphierend zu Peschka-Leutner. Und umgekehrt warf sie – mehr verstohlen – einen Blick in seine Richtung, wenn sie mit Briefen oder Blumensträußen überhäuft wurde. Bei den »Autogrammstunden«, wenn ihre Verehrer Schlange standen, registrierte Strauss die Anzahl ihrer – männlichen – Fans und verglich sie mit den weiblichen, die vor ihm anstanden. Das Gleiche tat auch sie.

Für besondere Aufmerksamkeit sorgte am fünften Tag ein weibliches Gesangsduo, die Hyers Sisters, Anna und Emma Hyers, zwei afroamerikanische Sängerinnen, die unter anderem afroamerikanische Musicals zum Besten gaben. Sie hatten eine klassische Ausbildung genossen und konzentrierten sich auf Opernstücke. Sie sangen die »Schlachthymne der Republik« von Julia Ward Howe, die während des Amerikanischen Bürgerkriegs zu einem patriotischen und religiösen Kampflied für die Unionsarmee geworden war.

Ziegfeld erklärte dem staunenden Strauss: »In dem Text geht es um Erlösung und das göttliche Gericht. Das Lied ist für uns so etwas wie ein Symbol für Freiheit und Gerechtigkeit. Es wird auch hie und da in der Bürgerrechtsbewegung verwendet.«

Begleitet wurden die bildhübschen Sängerinnen von einem Chor mit hundertfünfzig afroamerikanischen Mitgliedern.

»Glory, glory, hallelujah!
Glory, glory, hallelujah!
Glory, glory hallelujah!
His truth is marching on.«

Die Aufführung war ein voller Erfolg. Die Musikkritiker schwelgten in Begeisterung. Zu lesen war da etwa:

Die schwarzen Sänger sangen nach der Melodie des John-Brown-Liedes den Chor »Mine eyes have seen the glory of the coming of the Lord«, was die Zuhörer in halb wahnsinnige Begeisterung versetzte.

Strauss hatte nichts gegen dunkelhäutige Künstler. Die Darbietung der Hyers Sisters gefiel ihm ausnehmend gut. Das politische Thema der schwarzen Bevölkerung fand auch Eingang in einer »Minstrel Show« vor dem Kolosseum. Der Walzerkönig hatte die Show gemeinsam mit Francis entdeckt. Sie bestaunten die Künstler mit ihren lustigen Gags – Francis übersetzte ins Deutsche – und gekonnten Bewegungen.

»Was für eine interessante Mischkulanz«, bemerkte Strauss im Hinblick auf die Hautfarbe der Tänzer.

Ziegfeld erklärte, was das Besondere bei dieser Truppe war. »Bei solchen Shows werden die Einlagen und Tänze normalerweise von weißen Schauspielern aufgeführt, die sich schwarz schminken und sich in dieser Aufmachung über Afroamerikaner mokieren. Dabei stellen die Schauspieler sie als dumm, faul, besonders abergläubisch oder übertrieben fröhlich dar. Hier ist es anders. In dieser ›Negro Minstrel Show‹ sind die Schauspieler durchwegs selbst Afroamerikaner.«

So mancher im Publikum wusste nicht, wie er mit diesem »Rollentausch« umgehen sollte.

Einer der Höhepunkte des Festivals stellte der erste von zwei festlichen Bällen in Anwesenheit des US-Präsidenten dar, bei dem Gilmore und Strauss das Tanzorchester gemeinsam leiteten. Es war eine opulente Veranstaltung mit einem üppigen Catering. Das Kolosseum war festlich mit Blumengebinden geschmückt. Strauss war in Bestform – zu dem Zeitpunkt hatte er bereits die Herzen des Publikums und der meisten Kritiker erobert. Bei seinem zweiten Stück des Abends, dem »Donauwalzer«, gab es kein Halten mehr. Der Tanzboden zitterte vom Stampfen der rund fünfundzwanzigtausend Festivalgäste – manche waren in einfacher Tageskleidung gekommen, andere hatten sich in ihre beste Abendgarderobe geworfen.

Klein absolvierte mit seinem Orchester lediglich zwei Auftritte im Jones Woods Park. Der Kapellmeister spielte zur Eröffnung seinen »Kaiser-Wilhelm-Marsch«. Als ihn das Publikum dazu drängte, doch bitte auch ein Stück von Strauss zu geben, entschied er sich für den »Delirienwalzer«.

Strauss zog sich abends gern in seine Suite im St. James zurück. Er hasste Abendgesellschaften. Eine Einladung konnte er jedoch nicht ablehnen – einmal in der Woche gab es im berühmten Parker Hotel, in dem vier Jahre zuvor Charles Dickens bei seinem Amerika-Aufenthalt abgestiegen war, einen Clubabend. Gilmore hatte Strauss empfohlen, die Einladung anzunehmen. Auch Peschka-Leutner war geladen. Sie kamen getrennt. Strauss brachte Francis und Ferranelli mit, Peschka-Leutner hatte Elisabetta Rinaldi eingeladen, sie zu begleiten. Es war der letzte Abend vor dem Abschlusskonzert. Strauss war bereits erschöpft von den täglichen Konzerten, Francis von der Dauerüberwachung und den lauten Darbietungen. Er schlief schlecht und sehnte sich nach der unbekümmerten Zeit im Zirkus.

Das mächtige Hotel mit seiner weißen Marmorfassade und dem protzigen Messingschild mit dem eingravierten Namen über dem Eingangsportal war berühmt für seine Cream Pies und fluffigen Parker House Rolls. Das Hotel hatte sich herausgeputzt, man schmeichelte den prominenten Gästen mit liebevollen Komplimenten. Auch Klein hatte eine Einladung bekommen. Die Gastgeber hielten ihn wegen der vielen Abzeichen auf seinem Rockaufschlag für einen General und nicht für einen Musiker.

Francis und Ferranelli hatten es sich an einem der Tische bequem gemacht, von dem aus sie einen optimalen Blick auf die Eingangstür, aber auch auf Strauss hatten. Der unterhielt sich mit zwei Gästen, die ihn mit Komplimenten überschütteten. Das Büfett war angehäuft mit Truthahn, Lachs und Hummer.

»Da wird wahrscheinlich Henry Cabot seine Finger im Spiel gehabt haben«, lachte Ferranelli, als sich Francis Hummer mit Mayonnaise auf den Teller häufte. Tatsächlich erblickten sie zu ihrer Freude den Mitreisenden vom Schiff. Er unterhielt sich gerade mit dem Herrn des Hauses.

Als er die beiden bemerkte, rief er erfreut: »Kingsley, Ferranelli! Na, haben Sie den Täter vom Schiff erwischt?«

»Leider nicht«, antwortete der Detective.

»Zu schade. Ich sehe, Sie finden Geschmack an meinem Lobster.« Er deutete auf den voll beladenen Teller.

Francis wollte antworten, doch er wurde vom Erscheinen des Bürgermeisters unterbrochen, der die Aufmerksamkeit aller Anwesenden auf sich lenkte.

Sehr zu seinem Leidwesen gab es in ganz Boston keinen Absinth, und so war der Detective auf karibischen Rum umgestiegen. Francis bestellte Tee.

Ein hoher Funktionär der Stadtregierung war auf die beiden Männer aufmerksam geworden, als der Kellner den Tee brachte. »Sie sind Engländer, wie ich sehe. Nur Engländer bestellen bei einem Empfang Tee«, bemerkte er an Francis gewandt.

»Sie irren sich. Ich bin Amerikaner. Mein Name ist Francis Kingsley.« Francis deutete auf Ferranelli. »Mein Freund ist Engländer.«

»Sehr erfreut. Mein Name ist Edward Shrein.« Und an den Detective gewandt fragte er: »Sind Sie wegen Strauss hier?«

»Eigentlich bin ich wegen der Sicherheitsvorkehrungen aus London angereist. Ich bin Polizist. Mein Name ist Lorenzo Ferranelli.«

»Sieh einer an. Ein Polizist also. Davon können wir hier eine Menge gebrauchen. Hier wimmelt es nur so von Trunkenbolden und politischen Unruhestiftern.« Sie tauschten noch kurz ihre Meinungen über das Musikfestival aus, das ja eigentlich dazu gedacht war, Frieden zu bringen und politische Spannungen zu entschärfen, dann verabschiedete sich Shrein höflich.

Als Elisabetta Rinaldi in Begleitung von Minna Peschka-Leutner an ihrem Tisch vorbeisegelte, raunte sie Ferranelli zu: »Wann ist es endlich so weit?«

»Ihre Zeit wird schon noch kommen«, antwortete er. »Geduld.«

Francis wollte wissen, was sie damit gemeint hatte.

»Ich habe der Witwe gesagt, dass Strauss in Boston in Gefahr sein könnte und ich sie einschalten würde, falls ich ihre Hilfe benötige. Genaueres habe ich ihr nicht erzählt. Seitdem ist sie in höchster Alarmbereitschaft.«

Francis amüsierte sich darüber, fand aber, dass es eine gute

Idee war, sie einzubeziehen, wo sie Strauss ohnehin auf Schritt und Tritt verfolgte. Dann wurde ihre Aufmerksamkeit auf den Gastgeber, den Herrn des Hauses, gelenkt.

Er klopfte mit seiner Gabel an ein Glas und hielt eine Ansprache. Der Hotelier ehrte die prominenten Gäste, insbesondere Minna Peschka-Leutner und Johann Strauss, die sich jeder für sich in einer Ecke des Raumes aufhielten und gequält lächelten. Dann bat er Strauss, ein Stück am Klavier vorzutragen. Francis wusste, dass ihn das Überwindung kosten würde. Er hatte ihm erzählt, dass er das Klavier wegen seines Vaters seit seiner Kindheit scheute, obwohl er ausgezeichnet spielte. Freundlich lächelnd gab er dem Gastgeber jedoch nach und ließ einen Walzer erklingen, sehr zur Freude des Publikums.

Während des Applauses erhob sich Francis. »Ich hole uns noch solche köstlichen Rolls. Die sehen aus wie Wiener Buchteln. Was ist da eigentlich drinnen?« Und ohne eine Antwort abzuwarten, bat er Ferranelli: »Lass Strauss nicht aus den Augen.«

Dann entfernte er sich. Er bahnte sich einen Weg durch die Gesellschaft. Mehrere Damen wurden auf seine Erscheinung aufmerksam. Mit seinem dunklen Leinenanzug und dem grünen Tuch, das er sich um den Hals gebunden hatte und das die Farbe seiner Augen unterstrich, sah er umwerfend aus. Doch kurze Zeit später kam er aufgeregt zurück zum Tisch.

»Was ist passiert?« Der Detective erschrak, als er das Entsetzen in Francis' Gesicht sah. Mit einem kurzen Seitenblick prüfte er, ob Strauss noch da war. Tatsächlich unterhielt er sich nach wie vor mit zwei Gästen, die ihm ihre Bewunderung ausdrückten.

»Ein Mörder ist hier. Hier in diesem Raum.« Mit bleichem Gesicht wies Francis in eine unbestimmte Richtung.

JUBILÄUMSWALZER

»Ein weiterer Killer ist unterwegs. Er wird Strauss umbringen.« Aufgebracht erklärte Francis seinen Schockzustand.

Ferranelli sprang auf. »*Come lo sai?* Woher weißt du das?«

»Ich habe einen Mann gesehen, der die gleiche Tätowierung trägt wie die Killer, die ich unschädlich machen konnte. Er ging an mir vorbei und hob ein Glas Bier vom Tablett eines Kellners. In diesem Moment nahm ich auf seinem Handgelenk eine eingravierte Schwalbe mit einem Stern über dem Kopf wahr.«

»Das Zeichen für die unterste Riege der kriminellen Organisation, über die du berichtet hast«, sinnierte Ferranelli.

»Ich habe ihn leider aus den Augen verloren, weil ein Gast zwischen uns getreten ist, der mich als Begleiter des Walzerkönigs wiedererkannt hat und penetrant auf mich einredete, währenddessen ist der Kerl in der Menge untergetaucht«, sagte Francis kleinlaut.

»Wie sieht der Mann aus? Ist dir außer der Schwalbe noch etwas an ihm aufgefallen?«

»Er ist etwa so groß wie du und hat deine Haarfarbe«, antwortete Francis.

»Das hilft uns nicht viel weiter. Erinnere dich an die Augenfarbe. Und wie alt war er in etwa?«

»Ich würde sagen, in deinem Alter.«

Entnervt stieß Ferranelli einen Seufzer aus. »Sonst noch etwas?«

»Ja, er trug einen Schnurrbart, und sein linker Mundwinkel hing hinunter. Das war eigentlich das Auffälligste an ihm.«

»Du suchst in dieser Richtung, ich gehe den Raum von hier aus ab. Danach treffen wir uns wieder«, befahl der Detective. »An welcher Hand ist die Schwalbe eintätowiert?«

»An der rechten«, rief Francis und stürmte los.

Rund hundert Gäste hielten sich in der Lobby auf. Sie standen in Gruppen zusammen oder saßen in Sitzecken auf den bequemen Fauteuils, rauchten, tranken und nahmen kleine Häppchen zu sich.

Francis scheute sich nicht, überraschten Männern den Ärmel der rechten Hand hinaufzuschieben. Er erntete erstaunte Reaktionen, doch das war ihm gleichgültig.

Ferranelli wählte eine elegantere Methode und deutete bei einigen Gästen mit dem Hinweis »Ein Fleck« auf ihre Handgelenke, worauf diese ihre Hemden hochzogen. Doch vom Gesuchten keine Spur.

Als sie sich wieder vor dem Eingangsportal trafen, fiel dem Detective ein, dass er unverzüglich Savage darüber informieren musste, dass höchstwahrscheinlich ein Killer unterwegs war, der es auf Strauss abgesehen hatte.

»Apropos Savage«, rief Francis erschrocken. »Wo sind eigentlich die beiden Männer, die er uns als Verstärkung zugesichert hat? Seit zwei Tagen habe ich sie nicht mehr gesehen.«

»Du hast völlig recht. Wir brauchen jeden einzelnen Mann für Strauss' Überwachung. Der morgige Tag wird kritisch, wenn er sein letztes Konzert gibt.« Und nach einer kurzen Pause gab er zu bedenken: »Aber auch auf der Rückfahrt nach Europa werden wir aufpassen müssen. Ich werde veranlassen, dass Meyer keinen Mann mit an Bord nimmt, der ein solches Zeichen auf der Hand trägt. Aber jetzt müssen wir uns um die aktuelle Lage kümmern.« Er trank sein Glas leer und steuerte auf Strauss zu. »Herr Strauss, wenn ich bitten darf. Morgen ist Ihr letzter Auftritt. Sie wissen, dass ich im Hintergrund auf Ihr Wohl bedacht bin. Ich würde vorschlagen, dass wir Sie ins Hotel begleiten«, versuchte Ferranelli, den Komponisten von diesem Ort wegzubringen.

Doch der machte keinerlei Anstalten, zu gehen. »Warum sollte ich vor Mitternacht ins Bett, wo ich alles so gut überstanden habe?«, fragte Strauss entrüstet. Er fühlte sich gerade sehr wohl. Man hatte ihm angeboten, an einer Partie Tarock in einem Nebenzimmer teilzunehmen, ein Spiel, das er selten ablehnte.

Zu dem Raum hatten nur die Spielteilnehmer und ein Kellner Zutritt. Diese Partie wurde für die beiden Beschützer zur Zerreißprobe. Alle drei Sekunden blickte Francis auf die große Wanduhr in der Lobby. Wo war der Unbekannte mit der Tätowierung geblieben? Wer waren die Spielpartner? Ferranelli steckte dem Kellner eine Banknote zu und bat ihn, für ihn herauszufinden, ob einer der Anwesenden einen Vogel am Handgelenk tätowiert hatte. Zu seiner Erleichterung kam der Kellner mit einer negativen Nachricht zurück.

So viel war nun klar: Solange sich Strauss in diesem Raum aufhielt, war er vor dem Attentäter sicher. Der Detective nützte die Zeit und ließ über die Rezeption des Hotels eine Nachricht an Savage übermitteln. Man warte auf die Wachposten, die Strauss observieren sollten. Als der Komponist schließlich beschwingt aus dem Raum trat, war es weit nach Mitternacht. Er hatte die Partie gewonnen.

Francis nahm ihn in Empfang, während der Engländer eine Kutsche orderte und vor dem Hotel prüfte, ob die Luft rein war.

Es war eine schwüle dunkle Nacht. Der Mond war als milchige silbrige Scheibe am Himmel sichtbar. Die gasbetriebenen Straßenlaternen spendeten nur spärlich Licht, als die Kutsche langsam durch die zur Ruhe gekommenen Straßen von Boston rumpelte. Strauss war erschöpft. Er wollte nur noch ins Bett, bevor er das Abschlusskonzert geben und dann zurück nach New York fahren würde, wo er noch drei Konzertabende zugesagt hatte. Er schloss die Augen, sehnte sich nach Jetty, seinen beiden Hunden und der geräumigen Villa in Wien. Plötzlich gab es einen Ruck, die Kutsche neigte sich seitwärts, der Kutscher straffte die Zügel und hielt an. Die Pferde kamen zum Stehen.

Strauss war kurz eingedöst und durch die Erschütterung aufgeschreckt. »Was ist los?«, rief er.

Ferranelli schaute aus dem Wagen. »Kutscher, was ist passiert?«, fragte er auf Englisch.

Der Kutscher war vom Bock gesprungen und inspizierte die Räder. In der Dunkelheit konnte er kaum etwas erkennen.

Ferranelli stieg aus und ließ ein Streichholz aufleuchten, dessen Flamme die Dunkelheit erhellte.

»Es sieht so aus, als wäre ein Rad gebrochen«, stellte der Kutscher fest und kratzte sich am Kopf.

Der Detective drehte sich um. Was, wenn ein Angreifer das Rad manipuliert hatte, um einen Unfall heraufzubeschwören, und ihnen nun hier irgendwo auflauerte? Weit und breit war keine andere Kutsche zu sehen. Sie befanden sich in einer schwach frequentierten Straße mit wenigen kleinen Handwerkerhäusern, einfachen Gebäuden aus Holz. Panik ergriff ihn. »Francis, bleib im Wagen«, befahl er.

»Was ist draußen vorgefallen?«, wollte Strauss noch einmal wissen.

»Ach, es ist nichts. Nur ein kleines Problem mit dem Wagenrad«, schwindelte Ferranelli. Insgeheim wünschte er, es wäre wirklich nur ein kleines Problem. Unmöglich konnten sie in der Dunkelheit mit dem übermüdeten Johann Strauss auf den schwach beleuchteten Straßen zu Fuß zum Hotel gehen. Sie hatten mit der Kutsche erst etwa die halbe Strecke zurückgelegt, für die sie bisher etwa vierzig Minuten benötigt hatten.

Der Kutscher jammerte. Die Reparatur würde einen Monatslohn schlucken, und er würde außerdem an so wichtigen Tagen wie diesen, wo die Stadt voller Gäste war, einen Verdienstausfall erleiden.

Ferranelli schenkte seinem Gejammer kein Ohr. Er überlegte, wie er den Walzerkönig schützen könnte, sollte die Kutsche tatsächlich überfallen werden.

Strauss saß immer noch im Wageninneren. Langsam wurde

er nervös. »Wie lange soll das hier noch dauern? Ich brauche meinen Schlaf!«, rief er.

»Mit diesem Wagen können Sie heute nirgends mehr hinfahren. Wir müssen warten, bis eine Kutsche vorbeikommt, die Sie mitnimmt«, erklärte der Kutscher. Er hatte mitbekommen, dass er einen prominenten Fahrgast hatte, dessen Geduld sich dem Ende zuneigte.

Ferranelli übersetzte die Information ins Deutsche.

»Was für eine Idiotie!« Strauss wurde ungeduldig. »Kann man sich denn auf nichts mehr verlassen?«

Francis versuchte, ihn abzulenken, und erzählte ihm, wie er einmal als Reiter eine Kutsche begleiten musste. Dabei brach eine Achse des Wagens, das Gefährt kippte um, und zwei Menschen wurden verletzt. In der Dunkelheit konnte er das Gesicht des Komponisten nicht erkennen, doch ihm war klar, dass dieser nicht sehr erfreut über die Geschichte war.

Plötzlich waren ein donnerndes Geräusch und das Getrappel von Pferden zu hören. »Ein Wagen nähert sich!«, rief der Kutscher erfreut.

Doch Ferranelli blieb angespannt. Er musste vorsichtig sein. In diesem Wagen könnte ein Attentäter sitzen und die Situation ausnützen, um seinen Auftrag auszuführen. »Francis, du weißt, was auf uns zukommen könnte«, sagte er zweideutig. Er wollte ihm damit zu verstehen geben, dass höchste Vorsicht geboten war.

Dem Kutscher des ankommenden Wagens blieb nichts anderes übrig, als stehen zu bleiben, weil sich Ferranelli, ein Streichholz in der einen Hand, mitten auf die Straße gestellt hatte und mit der anderen Hand ein Zeichen zum Anhalten gab.

»*Fermati, stop*, halt!«, rief er gleich in drei Sprachen. Die Pferde schnaubten unwillig. Er stellte sich schützend vor die Kutschentür, um einen möglichen Angreifer abzuwehren. Der Kutscher lief zum Wagen und erklärte seinem Berufskollegen, was passiert war.

»Was ist los? Warum halten wir an?« Eine durchdringende vertraute Frauenstimme durchbrach die Dunkelheit.

Peschka-Leutner! Erleichtert lief Ferranelli zur Wagentür und erzählte der Opernsängerin, was geschehen war.

»Steigen Sie doch alle in meine Kutsche. Wenn wir eng zusammenrücken, geht sich das problemlos aus«, lud sie die Männer ein. »Rinaldi wird wohl nichts dagegen haben.«

»Ganz im Gegenteil«, vernahm man die hohe Stimme der Witwe.

Francis half Strauss beim Umsteigen, der Kutscher durfte vorne auf dem Bock neben seinem Kollegen Platz nehmen, und so setzte die Gruppe ihren Weg durch die schwüle Sommernacht fort.

Der nächste Tag war der 4. Juli, Amerika feierte den Independence Day, den Jahrestag der Erklärung der Unabhängigkeit von den Briten, welche am 4. Juli 1776 erfolgt war. Von der Früh weg stach die Sonne vom Himmel, die Temperaturen kletterten schon am Morgen auf über zwanzig Grad. Dieser Tag versprach noch heißer zu werden als die vergangenen.

Mit großem Spektakel zogen Paraden durch die Straßen, angeführt von Trommlern und Bläsern. Mädchen und Buben wirbelten kunstvoll ihre Batons durch die Luft, die Kleineren streuten Blumen. Überall waren rot-weiß-blaue Sternenbanner aufgehängt. Die Bürger trugen Kleidung, die mit patriotischen Wappen bestickt war. Der Sezessionskrieg war erst sieben Jahre zuvor beendet worden, Veteranen nahmen in ihren Uniformen an dem Marsch teil, um an ihren Einsatz zu erinnern. Gewerkschaftsvertreter nützten die Veranstaltung und hielten Schilder mit Forderungen für eine bessere Entlohnung hoch. Sogar Dudelsackbläser waren zu sehen, irische Einwanderer, die in langen Kilts ihre Kultur in die Feier einbrachten und mit ihrem Anblick manch einen irritierten. Und schließlich marschierten die Soldaten der Nationalgarde mit ihren Regimentern in Paradeformationen auf. Stolz trugen sie ihre Helme, ihre hellblauen Hosen und dunkelblauen Uniformjacken mit den ausladenden Schulterklappen und goldenen Knöpfen, auf denen das Adleremblem der Vereinigten Staaten aufblitzte. In den Händen hielten sie Bajonette oder ausgediente Springfield-Gewehre aus dem Bürgerkrieg. Die Einwohner säumten die Straßen und jubelten den Soldaten zu. Alles wartete auf die Kanonenschüsse. Je dreizehn Salven sollten in der Früh und am Abend über der Stadt erklingen.

Savage hatte wie versprochen die Wachposten wieder aktiviert, sehr zur Zufriedenheit Ferranellis. Er habe sie abziehen müssen, um die Bewachung hoher politischer Funktionäre zu verstärken, wie er entschuldigend erklärte. Trotzdem hatte Lorenzo den Polizeichef ins Hotel bestellt, um mit ihm die weitere Vorgangsweise zu besprechen. Er bezog auch Gilmore in die Beratungen mit ein. In aller Kürze erzählte er von dem Unbekannten, der Francis im Parker Hotel aufgefallen war und der die gleiche Schwalbe am Handgelenk hatte wie die beiden vorigen Attentäter. Er erklärte Gilmore auch, was er von Francis über das Symbol wusste. Und er beschwor den Organisator, dem Walzerkönig nichts von der Gefahr zu berichten, der er ausgesetzt war.

Schließlich kam er zu seinem Hauptanliegen: War es nicht zu riskant, Strauss jetzt, da offensichtlich war, dass ein Attentat auf ihn in Boston geplant war, noch einmal auftreten zu lassen? Sollte man nicht lieber die Tournee abbrechen und ihn kurzerhand versteckt zum Bahnhof geleiten, um ihn unbemerkt mit dem nächsten Schiff vom New Yorker Hafen aus nach Europa zurückzubringen?

»Was wollen Sie dem Publikum sagen? Alles wartet auf die große Abschiedsshow des Walzerkönigs, für die er extra den ›Jubilee Waltz‹ komponiert hat. Das würde das ganze Festival ruinieren«, gab Gilmore zu bedenken.

»Und was ist, wenn wir sagen, dass Strauss plötzlich erkrankt ist?«, versuchte es der Detective.

»Unmöglich. Wenn herauskommt, dass er gesund ist, und ihn jemand bei der Rückreise sieht, fällt das alles auf mich zurück. Er würde damit auch viele Leute vor den Kopf stoßen«, sagte Gilmore und rückte seine Nickelbrille zurecht.

»Ich kann die Verantwortung für ihn nicht mehr übernehmen, es ist zu riskant«, sagte Ferranelli entschieden.

Doch Gilmore bestand darauf, dass der versprochene Auftritt wie geplant stattfinden sollte. Man garantiere für den Walzerkönig die höchste Sicherheitsstufe und werde die Aufsichtspersonen verdoppeln, versprach Savage und strich sich dabei durch seine dichten Koteletten.

Schließlich willigte Ferranelli ein. »Ich werde Sie beide dafür verantwortlich machen, sollte Strauss etwas zustoßen«, sagte er.

In diesem Moment ertönten Schüsse. Es waren die Salven der Kanonen. Dreizehn Mal war der Lärm über der Stadt zu hören. Lachend zählte Gilmore mit.

Am Nachmittag hatten sich die Teilnehmer der Paraden vor dem Kolosseum versammelt. Die Soldaten sollten den Abschlusskonzerten bei freiem Eintritt beiwohnen dürfen.

Die Aussicht auf ein paar Tage Ruhe vor den drei letzten Konzerten in New York, bevor er die Rückfahrt nach Wien antreten würde, hob die Laune des Komponisten beträchtlich. Er freute sich auch darauf, den »Jubilee Waltz«, den er für seinen Freund Gilmore komponiert hatte, erstmals aufführen zu können. Die anderen Lieder waren ihm schon langweilig geworden. Der neue Walzer sollte das Ende des Festivals einleiten.

Die Halle war zum Bersten voll, als der Walzerkönig sie erhobenen Haupts betrat, dicht gefolgt von Francis und Stepi. Trotz der schier unerträglichen Hitze trug der Diener wie gewohnt nicht nur seine Violine, sondern auch seinen Mantel am Arm.

Es roch nach Bier und Schweiß. Langsam schoben sich die

sechs Polizisten durch die Menge, um Platz für den Walzerkönig zu schaffen. Sie hatten durch die von Savage entsandten Sicherheitskräfte Verstärkung bekommen. Diese bildeten das Schlusslicht des Trosses. Die Gäste links und rechts des Saums baten um Autogramme oder wollten den Musiker einfach nur berühren. Jeder einzelnen Aufforderung kam Strauss geduldig nach. Dabei setzte er ein freundliches Lächeln auf.

Es war ausgemacht, dass Ferranelli vor der Bühne auf den Komponisten warten sollte. Neben ihm hatte sich Elisabetta Rinaldi postiert. Die Organisatoren hatten Strauss mitgeteilt, dass dieses Mal nicht nur zu Beginn jedes seiner drei Stücke, sondern auch am Ende ein Kanonenschuss abgefeuert werden würde.

Francis war aufs Äußerste angespannt. Seine Augen wanderten von den im Spalier stehenden, jubelnden Gästen hinauf zu den Tribünen, von den Fenstern bis zum Dach und wieder zurück. Keine Nuance in diesem lärmenden Gemisch von begeisterten Zurufen und Geschrei entging seinen feinen Ohren. Eine Frau fiel beinahe in Ohnmacht, als sie den Rock des berühmten Musikers zu fassen bekam. Sie waren nur noch wenige Meter von der Bühne entfernt, als Francis plötzlich auf den obersten Tribünen einen Mann wahrnahm, der seine Aufmerksamkeit erregte, weil er sich in einer anderen Geschwindigkeit fortbewegte als alle anderen Zuseher, die sich wie in Zeitlupe zu ihren Plätzen begaben. Dieser Besucher hingegen hatte es sichtlich eilig. Immer wieder rempelte er Gäste an, die sich verärgert nach ihm umdrehten oder ihm Schimpfworte nachriefen. Genaueres konnte Francis nicht hören – zu weit entfernt waren diese Tribünen auf der rechten Seite des Eingangs. Was er jedoch mitbekam, war, dass dieser Mann ein bestimmtes Ziel verfolgte. Wollte er sich rechtzeitig in Stellung bringen, bevor Strauss mit seiner Darbietung begann, um von seinem Standort hoch oben auf der Tribüne auf ihn zu schießen?

Francis war in höchster Alarmbereitschaft. Sein Puls erhöhte sich. Er riss einer Besucherin neben ihm den Operngucker aus der Hand und suchte die Tribünen ab. Wo war der Verdächtige geblieben?

»Was erlauben Sie sich?«, protestierte die Dame lautstark.

Doch Francis reagierte nicht und suchte verzweifelt nach dem Besucher. Da, er hatte ihn wieder im Visier. Gebannt sah er durchs Glas. Als sich der Verdächtige kurz zur Seite wandte, sah er, dass der linke Mundwinkel des Mannes hinunterhing. Das war der Killer! Francis versuchte, sein rechtes Handgelenk in den Brennpunkt zu bekommen, doch der Mann hielt seine Hand im Mantel. Wieso trug er bei der Hitze überhaupt einen Mantel? Da bemerkte Francis dort, wo die Hand in der Tasche ruhte, eine Ausbuchtung unter dem Stoff. War das eine Waffe?

Was sollte er machen? Er bemerkte, dass Ferranelli damit beschäftigt war, Strauss auf die Bühne zu helfen, sodass er ihm kein warnendes Zeichen geben konnte. Doch der Engländer hätte jetzt ohnehin nicht helfen können. Francis überlegte, ob er sich durch die Menge zurück zum Eingang und von dort zum Aufgang der Tribünen drängen sollte. Doch es war aussichtslos. Zu viel Zeit würde verstreichen, bis er bei dem Mann wäre.

Dann entschloss er sich, einen anderen Weg zu wählen. Er drückte der erbosten Dame den Operngucker zurück in die Hand und sah zur Decke. Unmittelbar neben ihm stand einer der vielen Holzpfeiler, die das Hallenkonstrukt stützten. Die Pfeiler waren unterhalb der Decke durch Querbalken miteinander verbunden, an denen Banner hingen, auf denen die amerikanische Flagge abgebildet war. Schnell schätzte er die Distanz vom Ende des Balkens zu dem Attentäter. Für ihn bedeutete dieser Weg kein waghalsiges Unternehmen. Es schien machbar, dass er bei ihm ankam und ihn ausschalten konnte, bevor dieser seinen Plan, auf Strauss zu schießen, umsetzte. Es war die einzige Chance, die Francis hatte.

Er warf noch einmal einen Blick Richtung Ferranelli. Dieser blickte suchend um sich. Strauss stand schon am Podium, bereit, jeden Moment loszulegen. Der Moderator hatte seinen Auftritt angekündigt. Plötzlich erblickte der Engländer ihn. Francis gab ihm ein Zeichen und deutete in Richtung der rechten Tribüne, dabei mimte er mit beiden Händen einen Schützen. Dann zeigte er ihm, über welchen Weg er dorthin gelangen wollte. Ferranelli verstand seinen Plan sofort. Er nickte.

Francis umfasste den Balken und klettert zwölf Meter hinauf. In wenigen Sekunden war er auf dem Querbalken angelangt. Er war so schnell oben, dass ihn niemand bei seiner Aktion gesehen hatte.

Ferranelli flüsterte seiner Sitznachbarin Elisabetta Rinaldi etwas ins Ohr.

In der Stille, die ein Konzert immer einleitete, kurz bevor der Kanonenschuss das Zeichen für den Beginn eines Musikstücks gab, kam es zu einem Tumult. Die Witwe aus Mailand war auf das Podium geklettert, sank auf die Knie und umarmte Strauss mit beiden Händen. Dabei rief sie laut seinen Namen. Dann stand sie auf, um wenige Augenblicke später laut stöhnend und mit geschlossenen Augen zusammenzusacken und am Boden liegen zu bleiben. Es war eine schauspielerische Glanzleistung, die sie bot.

»Ein Arzt muss her, schnell!«, schrie Ferranelli und sprang ebenfalls auf die Bühne. Strauss sah dem Ganzen überrascht zu. Innerhalb weniger Sekunden waren zwei Männer mit einem kleinen Koffer zur Stelle und beugten sich über Rinaldi.

Zufrieden hatte Francis die Szene vom Querbalken direkt unter der Decke beobachtet, nicht ohne den Killer aus den Augen zu verlieren. Langsam robbte er sich auf dem Bauch liegend zu der Tribüne, auf der der Mann saß. Rinaldi wurde weggebracht, nachdem sie den Beginn des Stücks erfolgreich verzögert hatte.

Kurz darauf ertönte der Kanonenschuss. Francis hätte vor Schreck beinahe das Gleichgewicht verloren. Strauss begann mit seinem ersten Stück, der »Pizzicato-Polka«. Der Killer war so auf die Bühne konzentriert, dass er nichts um sich herum wahrnahm. Und so konnte sich Francis ihm bis auf wenige Meter nähern. Er musste nur den richtigen Augenblick abwarten, dann würde er sich aufrichten und das letzte Stück zu ihm hinbalancieren, um sich auf ihn zu werfen und ihn unschädlich zu machen. Da beobachtete er, dass der Gast, der unmittelbar neben dem Attentäter saß, die Tribüne verließ. Was hatte der Killer seinem Nachbarn gesagt, sodass dieser gleich nach dem ersten Stück hinausging? Er wollte wohl ungestört seinen Auftrag erfüllen. Der Attentäter zögerte, während Strauss das zweite Stück, »An der schönen blauen Donau«, dirigierte. Immer wieder drehte er sich um, als hätte er Angst.

Während Francis' waghalsigem Manöver hoch über den Köpfen des Publikums drängte sich Ferranelli durch die Menge bis zum Eingangsportal und von dort aus weiter auf die Tribünen. Dabei hatte er den Blick stets auf Francis gerichtet. Ihm war bang ums Herz. Dass seinem Freund bloß nichts zustieß! Doch er wusste, dass er Artist war und das Klettern in schwindelerregenden Höhen für ihn wahrscheinlich eine Kleinigkeit darstellte. Trotzdem sah es von seiner Perspektive furchterregend aus, wie er sich da oben wagemutig fortbewegte.

Francis' Nerven waren hoch strapaziert. Vielleicht hatte er sich geirrt, und der Mann war gar nicht der Killer? Wahrscheinlich gab es mehrere Männer in der Stadt, die einen herabhängenden Mundwinkel hatten. Der »Donauwalzer« näherte sich dem Ende.

Als ein Kanonenschuss ertönte und Strauss mit seinem letzten Musikstück, dem »Jubiläumswalzer«, begann, hatte Ferranelli die Stelle erreicht, auf die Francis gedeutet hatte. Doch er konnte keine Person entdecken, auf die die Beschreibung gepasst hätte, die ihm Francis neulich im Hotel gegeben hatte. Was hatte Francis gesagt? Er sah so aus wie er, Ferranelli, nur trug er einen Schnurrbart und hatte einen heruntergezogenen Mundwinkel. Und natürlich musste er auf die Tätowierung achten, was nicht so einfach war, denn diese Symbole waren maximal einen Finger breit. Wie sollte er da …?

Plötzlich fiel ihm ein Mann auf, auf den die Beschreibung passte. Gebannt starrte dieser auf Strauss.

Geschockt sah Francis, dass der Mann tatsächlich eine Pistole herauszog. Ihm war klar, dass er nicht zögern würde zu schießen. Es wurde ihm auch bewusst, dass er auf den Kanonenschuss am Ende des Stücks wartete, um das Geräusch der Waffe zu übertönen.

Auch der Detective beobachtete, wie der Mann eine Pistole aus seiner Jacke hervorholte. Rasch eilte Ferranelli weiter. Er musste ihn aufhalten, bevor er die Waffe benützen konnte. Ein beleibter Gast stand ihm wie eine Mauer im Weg und machte keine Anstalten, auf die Seite zu weichen. In seiner Verzweiflung zeigte Ferranelli mit dem Finger auf einen unbestimmten Ort an der Decke. Der beleibte Mann folgte mit dem Blick seinem Finger, wurde in seiner Überraschung unkonzentriert, und so schaffte es der Engländer, ihn beiseitezuschieben und weiterzueilen.

Auf einmal bemerkte er, wie Francis das Gleichgewicht verlor, als er sich aufrichten wollte – sein Bein blieb am Querbalken hängen. Ferranellis Herz setzte vor Schreck beinahe aus. Doch geschickt hielt sich sein Freund an dem Banner fest, das über ihm hing. Er befreite sein Bein und baumelte nun mit beiden Händen an dem Stück Stoff.

Der Killer hatte ihn erblickt, eine Sekunde lang schien es dem Detective, als würde er auf Francis schießen wollen. Er schien sich nicht sicher zu sein, wohin er feuern sollte, auf ihn oder auf sein ursprüngliches Zielobjekt. Doch dann richtete er die Waffe auf Strauss.

In Windeseile hantelte sich Francis von einem Sternenbanner zum nächsten, bis er sich über dem Podium befand. Mit einem kurzen Seitenblick überzeugte er sich zuerst davon, dass der Mann sein Vorhaben tatsächlich umsetzen wollte. Dann blickte Francis hinunter. Abzüglich seiner Körpergröße waren es immer noch rund zehn Meter, die zwischen ihm und dem Podium lagen. Unmittelbar unter ihm befand sich die gigantische Riesentrommel mit einem Umfang von dreieinhalb Metern. Sie war direkt neben Strauss platziert.

Mit einer Hand riss er mit aller Kraft am Banner und segelte damit hinunter. Drei Meter über der Trommel blieb er hängen. Das Tuch war zu kurz und reichte nicht bis zum Boden. Der Walzer war zu Ende. Gleich würde der Kanonenschuss ertönen.

Francis ließ los. Das Fell des Instruments fing seine harte Landung ab. Im Nu richtete er sich auf und warf sich auf den Walzerkönig. Er riss ihn dabei zu Boden. In diesem Moment ertönte der Schuss, der durch die Kanone abgegeben wurde. Francis spürte einen brennenden Schmerz in der Schulter. Der Knall der Pistole war im Kanonenlärm und im Applaus untergegangen.

»Was zum Teufel ...?«, rief Strauss. Doch er konnte nicht weitersprechen. Sein Kopf schmerzte, und es wurde ihm schwindlig. Beim Aufprall war sein Schädel hart aufgeschlagen.

Francis nahm nur noch wahr, dass Polizeibeamte heraneilten und das Publikum vor Entsetzen aufschrie, als es den Meister am Boden liegen sah. Und er bemerkte eine Blutlache neben sich, die sich schnell ausbreitete. Dann verlor er das Bewusstsein.

Als der Kanonenschuss das Ende des Walzers markierte, hielt der Detective auf der Galerie wie erstarrt inne. Der Mann hatte tatsächlich einen Schuss abgegeben. Auf der Bühne lag Strauss am Boden, über ihm Francis, der sich schützend auf ihn geworfen hatte. Ferranelli hastete weiter. Endlich war er beim Täter angekommen. Er verpasste ihm einen Faustschlag ins Gesicht und riss ihm die Waffe aus der Hand. Während seiner Aktion hatte er nicht bemerkt, dass ihm einer der Polizisten gefolgt war. Aufmerksam hatte dieser beobachtet, wie Francis auf die Tribüne gedeutet hatte, dann auf den Stützbalken geklettert und Ferranelli losgerannt war. Als er den Detective schnaufend erreichte, hatte dieser den Attentäter schon überwältigt. Er lag am Bauch, seine Hände waren mit Hosenträgern gefesselt. Auf seinem Handgelenk war eine Schwalbe mit einem Stern eintätowiert.

OBELISK

Der Walzerkönig und Francis wurden aus der Halle gebracht. Als Ferranelli auf die Bühne schaute, waren beide verschwunden. Das Publikum applaudierte noch immer heftig. Gilmore kam nun auf die Bühne, um seine Abschlussrede zu halten. Auf keinen Fall wollte er, dass dieser Zwischenfall die Erinnerung an die Veranstaltung trübte. Deswegen versuchte er, ihn – so gut es ging – zu banalisieren. In einer beiläufigen Bemerkung äußerte er seine Verwunderung über die »betrunkenen« Angreifer, die jedoch einem wie dem Walzerkönig nichts anhaben konnten – ein Kommentar, der im Publikum ein erleichtertes Lachen hervorrief. Man hatte schon damit gerechnet, dass Strauss möglicherweise etwas Ernsthaftes passiert sei. Dann bedankte sich Gilmore feierlich bei allen Künstlern und beim Publikum und erklärte das Friedensfestival für beendet.

»Gott sei Dank, dass Sie da sind!«, rief Ferranelli erleichtert, als er den Polizisten entdeckte. Dann stutzte er. Wieso hielt der Mann eine Waffe in der Hand, mit der er ihn bedrohte, und warum befahl dieser Mann ihm, den Killer loszulassen? Da bemerkte er, dass auch der Polizist eine Schwalbe auf der Hand eingraviert hatte. War er von lauter Killern umgeben?

Langsam erhob er sich. Inzwischen waren Menschen aus dem Publikum auf die Szene aufmerksam geworden. Die Damen kreischten, die Herren legten schützend ihre Arme um ihre Schultern. Sie wichen zurück und entfernten sich rückwärtsgehend Richtung Stiegen. Ferranelli wusste, dass er nur ein kurzes Zeitfenster hatte. Der Trick, den er zuvor bei dem beleibten Mann angewandt hat, würde noch einmal funktionieren müssen. Er wies Richtung Decke und rief: »Oh mein Gott!«

Als der falsche Polizist seinem Finger folgte, sprang er auf ihn zu, riss ihm die Waffe aus der Hand und setzte ihn mit einem festen Schlag ins Genick außer Gefecht. Dem Attentäter trat er fest zwischen die Beine. Tatsächlich hatte er beide k. o. geschlagen, doch sie würden sich rasch erholen. Hilfesuchend blickte er sich um. Da bemerkte er mehrere Sicherheitsbeamte. Sie waren auf den Tumult auf der Tribüne aufmerksam geworden und eilten herbei.

»Hände hoch!«, rief einer von ihnen.

»Ich bin selbst Polizist«, rief Ferranelli. »Der hier«, und er deutete auf den am Boden Liegenden, »der ist nur verkleidet. In Wirklichkeit steckt er mit dem Mann, der einen Schuss auf Johann Strauss abgegeben hat, unter einer Decke!«

Der falsche Polizist, den Ferranelli erledigt hatte, war wieder bei vollem Bewusstsein. »Glauben Sie ihm kein Wort. Er war es, der auf Strauss geschossen hat!«, rief er.

Die Beamten wussten nicht, wem sie vertrauen sollten.

»Fragen wir Patrick Gilmore!«, fiel dem Detective ein.

Die Polizisten tauschten sich aus, dann nahmen sie vorsorglich alle drei Männer fest und trieben sie von den Tribünen hinunter.

Gilmore stand beim Ausgang, umringt von Stadtpolitikern und anderen honorigen Herren. »Ferranelli!«, rief er erfreut aus.

Die Beamten sahen von einem zum anderen.

»Gilmore, Sie müssen diesen Herren sagen, dass ich kein Killer bin. Diese beiden Männer sind für den Schuss auf Strauss verantwortlich. Sehen Sie die Schwalben auf ihren Handgelenken!« Er deutete auf die Tätowierungen.

Der Polizist schob seinen Ärmel hinunter, um das Mal zu verdecken. Doch Gilmore krempelte ihn hinauf, und die verblüfften Beamten mussten bestätigen, dass Ferranelli im Recht war und ihr vermeintlicher Kollege tatsächlich mit dem Attentäter unter einer Decke steckte.

»Lassen Sie den Engländer gehen«, befahl Gilmore streng. »Verhaften Sie die beiden Männer!«

Einer der Beamten zog Handschellen aus der Tasche und legte sie dem Attentäter und dem falschen Polizisten an.

»Wie geht es Strauss?«, fragte Ferranelli atemlos. »Hat er überlebt?«

»Er hatte Glück. Die Kugel traf nicht ihn, sondern diesen … Wie heißt der junge Mann?«

»Francis«, rief der Detective aufgebracht. »Francis Samuel Kingsley!« Er begann vor Nervosität zu zittern. »Wie geht es Kingsley?«

»Wir wissen es nicht. Er wurde ins Massachusetts General Hospital gebracht.«

»Und Strauss? Ist er in Sicherheit?«

»Er wurde vorsorglich ebenfalls ins Krankenhaus gebracht. Man will ihn untersuchen.«

Ferranelli wandte sich an den Mann, der den Schuss abgefeuert hatte. »Wer ist Ihr Auftraggeber?«, schrie er und stieß ihm dabei gegen die Brust.

Doch der reagierte nur mit einem kalten Grinsen, das seinen verzerrten Mundwinkel noch unheimlicher aussehen ließ.

»Wer hat Ihnen den Befehl gegeben, auf Johann Strauss zu schießen?« Ferranelli schlug ihm wütend ins Gesicht. Dann wandte er sich an den falschen Polizisten. »Für wen arbeiten Sie? Sagen Sie es!«

Doch die Männer schwiegen beharrlich. Der falsche Polizist meinte: »Nur über meine Leiche werden Sie von mir Informationen bekommen.«

»Gilmore, solange wir nicht wissen, wer hinter dem Attentat steckt, ist Strauss weiter in Lebensgefahr. Die Schweine müssen reden!«, rief der Detective aufgeregt.

»Keine Sorge, sie werden auspacken«, antwortete dieser und gab den Wachbeamten den Befehl, auf der Stelle nach Savage zu suchen. »Und ich werde ein ernstes Wort mit dem Polizeichef reden müssen. Es kann ja nicht sein, dass sich so einfach ein falscher Polizist in seine Einheit einschleust.«

»Wer weiß, wie viele Polizisten da noch mit drinhängen«,

rief Ferranelli besorgt. Er wusste, dass die Gefahr nicht gebannt war, solange der Auftraggeber weiter frei herumlief. Dieser dürfte über ein Netz von Killern verfügen, das sich von Europa aus bis in die Vereinigten Staaten spannte. »Sie haben gesagt, dass Strauss im Krankenhaus ist«, sagte er an Gilmore gewandt. »Lassen Sie mich auf der Stelle dorthin bringen. Wenn der oder die Auftraggeber dieses Attentats erfahren, dass der Walzerkönig den Anschlag überlebt hat, werden sie es weiter versuchen.«

Umringt von Schaulustigen, wurden die beiden Männer hinausgeführt, wo eine Polizeikutsche auf sie wartete. In dem Moment hielt eine berittene Polizeitruppe vor dem Kolosseum. Es war Savage in Begleitung mehrerer Polizisten. Gilmore nahm den Polizeichef zur Seite und weihte ihn in die neuesten Entwicklungen ein. Dabei wirkte er sehr erregt.

Während sich Ferranelli ins Krankenhaus aufmachte, brachte Savage die Attentäter in die Polizeizentrale. Er selbst führte die Verhöre durch. Damit hatte er Erfahrung. Seine Verhörmethoden waren berüchtigt hart.

Es dauerte nicht lange, bis einer der Attentäter mit der Wahrheit herausrückte und ihm den Auftraggeber nannte. Savage sprang auf sein Polizeipferd, um diesen ausfindig zu machen.

Francis sah jämmerlich aus. Er war blass und hatte tiefe Ringe unter den Augen. Ein Arzt hatte die Kugel aus seiner Schulter entfernt. Sein linker Arm hing in einer Schlaufe. Zwei Krankenschwestern waren im Raum und kümmerten sich um ihn. Freudig begrüßte er den Detective, der ihn erleichtert umarmte, als er sah, dass die Verletzung nicht lebensbedrohlich zu sein schien.

»Aua«, rief Francis.

»*Mi dispiace*, entschuldige bitte, aber ich bin so froh, dass du am Leben bist. Du bist jetzt ein Held. Mein Held«, sagte er.

Francis lächelte müde. »Was ist mit dem Attentäter?«, wollte er wissen.

»Nachdem du mir gedeutet hattest, wo er sich befand, habe ich mich zu ihm durchschlagen können. Doch es war zu spät. Als ich bei ihm ankam, hatte er den Schuss schon abgegeben. Ich konnte ihn aber überwältigen. Stell dir vor, mir ist ein falscher Polizist gefolgt, der ebenso wie der Attentäter dieser kriminellen Organisation angehört. Auch er trägt eine Schwalben-Tätowierung an der Hand. Als das Sicherheitspersonal kam, glaubten sie zuerst, ich sei der Attentäter. Doch Gilmore erkannte mich. Und schließlich ist es ja offensichtlich, dass sie beide zu der Verschwörung zählen, wenn man ihre Handgelenke betrachtet. Sie wurden festgenommen. Doch sie haben noch nicht verraten, wer ihr Auftraggeber ist.«

»Du bist in Wahrheit der Held. Du konntest den Attentäter dingfest machen«, sagte Francis anerkennend. »Aber was war das für ein Auftritt von Rinaldi?«

»Ich wollte Zeit gewinnen. Ich dachte mir schon, dass der Attentäter den Lärm der Kanonenschüsse nützen würde, um zu schießen.«

»Was er ja auch tat«, sagte Francis.

»Genau. Also bat ich sie, eine hysterische Szene zu simulieren. Sie sollte einen Fan mimen und die Bühne stürmen. Sie war großartig. Findest du nicht?«

»In der Tat«, antwortete Francis lachend und griff sich dabei auf die Schulter, weil ihm die Bewegung beim Lachen Schmerzen verursachte. Dann fragte er: »Wie geht es Strauss?«

»Das Gleiche wollte ich dich gerade fragen, ich dachte, er liegt in deinem Zimmer.« Nervös sprang der Detective auf. »Wissen Sie, wo Strauss ist?«, gab er die Frage an die beiden Schwestern weiter.

Diese zuckten mit den Schultern.

Besorgt stürmte Ferranelli aus dem Raum, die Schwestern schüttelten verwundert die Köpfe.

Vor dem Zimmer war ein Polizist postiert, den Ferranelli beim Eintreten nicht bemerkt hatte. »Wissen Sie, in welchem Raum sich Johann Strauss befindet?«

»Der war im Nebenzimmer. Er ist vorhin entlassen worden.«

»*Merda, shit!*«, rief der Detective. »Wer hat ihn mitgenommen?«

»Das weiß ich leider nicht.« Er rannte den Gang entlang zum Ausgang des Spitals, wo sich die Aufnahme befand. »Mit wem ist Strauss gegangen?«, keuchte er.

»Mit einem Polizisten«, bekam er von einer Mitarbeiterin zur Antwort.

»Wie sah er aus? Hatte der Mann vielleicht ein auffälliges Tattoo auf der Hand?«

»Darauf habe ich nicht geachtet, tut mir leid.«

Ferranelli rannte zur Tür hinaus. Vor dem Krankenhaus standen Kutschen, bereit, entlassene Patienten oder Besucher zu transportieren. Er wusste nicht, wo er nach Strauss suchen sollte. »Zum St. James Hotel!«, rief Ferranelli beim Einsteigen.

Als Ferranelli ins Hotel stürmte, wartete Savage bereits in Begleitung mehrerer Beamter.

»Wo ist Strauss?«, fragte Ferranelli keuchend.

Erstaunt fragte der Polizeichef: »Ist er nicht im Spital?«

Der Engländer wurde nervös. »Was konnten Sie über den Drahtzieher herausfinden?«

»Sagt Ihnen der Name Klein etwas?«

»Heinrich Klein? Ja, er ist Militärmusiker. Warum?«

»Er hat die Attentate in Auftrag gegeben«, antwortete Savage.

Ferranelli traute seinen Ohren nicht. Der Drahtzieher war stets vor seinen Augen gewesen, und er hatte es nicht bemerkt!

»Wissen Sie, wo er sich jetzt befinden könnte?«, wollte Savage wissen. »Ich suchte in dem Hotel nach ihm, in dem er abgestiegen ist. Vergeblich.«

Der Detective dachte nach. In der Morgenzeitung hatte er gelesen, dass der Preuße mit seiner Militärkapelle um sechzehn Uhr im Boston Common auftreten würde. Er schaute auf die Uhr. Es war kurz vor siebzehn Uhr. »Schnell, wir müssen zum

Boston Common. Dort befindet sich Klein zurzeit«, rief Ferranelli.

Savage ließ alle verfügbaren Männer zusammentrommeln. Unter lautem Glockengeläut und Pfeifen rasten mehrere Polizeikutschen, begleitet von berittener Polizei, in Richtung des großen Parks im Stadtzentrum. Eine Demonstration hielt den Konvoi auf. Es waren Menschen, die gegen den amtierenden Präsidenten protestierten. In kürzester Zeit lösten Beamte den Protestmarsch auf, sodass die Kutschen ihre Fahrt fortsetzen konnten. Mit wildem Galopp wurden die Pferde zu noch mehr Tempo angehalten. Schließlich kamen sie beim südlichen Tor der großen Parkanlage an. Fünfzig Beamte stürmten gleichzeitig den Park. Die Musikkapelle hatte zu spielen aufgehört und war gerade damit beschäftigt, die Instrumente einzupacken, als sie von den Polizisten umkreist wurde.

Doch Klein war nirgends zu sehen. Plötzlich nahm Ferranelli eine Gestalt wahr, die aus etwa fünfzig Metern Entfernung aus einem Gebüsch sprang und in die andere Richtung losrannte, dem nördlichen Ausgang der Anlage entgegen.

»Da ist er!«, rief er und nahm die Verfolgung auf.

Aber der Musiker hatte einen zu großen Vorsprung. In Windeseile war er aus dem Park draußen. Ferranelli war überrascht, wie schnell Klein rennen konnte. Er hatte ihn als völlig unsportlich eingeschätzt. Gerade noch nahm er wahr, wie sich der Musiker unter eine riesige Gruppe von Protestierenden mischte, vielleicht waren es aber auch Partygäste, die zum Unabhängigkeitstag angereist waren.

Als er die Menschenansammlung schnaufend erreichte, bemerkte Ferranelli, dass es sich um einen friedlichen Umzug zur Feier des 4. Juli handelte. Manche trugen bunte Kopfbedeckungen. Sie sangen patriotische Lieder. Ihr Marsch Richtung Old North Church setzte sich in diesem Augenblick in Bewegung. Der Detective wusste, dass Klein eine Militäruniform trug. Verzweifelt hielt er danach Ausschau. Plötzlich erkannte er hinter einem großen Banner, das Marschierende vor sich hertrugen, graue Hosenbeine, die Kleins Militärlook verrieten. Er hatte sich bei den Bannerträgern untergehakt, als wäre er einer von ihnen.

Ferranelli stürzte auf ihn zu, rang ihn zu Boden und setzte sich auf seine Brust. Die Reihen hinter ihnen wichen aus. Man dachte, es handele sich um zwei betrunkene Raufbolde.

»Wo ist Strauss?«, brüllte der Detective. »Wenn Sie es mir nicht gleich verraten, sorge ich dafür, dass Sie am Galgen landen.«

»Ich weiß es nicht!«, rief Klein verzweifelt.

»Sie haben genau zehn Sekunden. Dann liefere ich Sie aus. Dann werden Sie nicht nach Europa gebracht, sondern mit Ihnen wird hier kurzer Prozess gemacht wird. Sie wissen, dass die Amerikaner die Todesstrafe gerne exerzieren. In Wien hingegen könnten Sie mit ein paar Jährchen davonkommen. Also sprechen Sie jetzt, oder es ist für immer zu spät. Wo befindet sich der Walzerkönig?«

Klein schwieg eisern. Daraufhin schlug ihm Ferranelli mehrmals so heftig ins Gesicht, dass er weinend rief: »Aufhören! Ich sag Ihnen alles, was Sie wissen wollen!«

»Dann sagen Sie mir sofort, wo der Walzerkönig ist!«

»Ich habe ihn auf das Bunker Hill Monument bringen lassen. Nach den misslungenen Anschlägen wollte ich es nach einem Unfall aussehen lassen.«

»Wo genau ist dieses Denkmal?«

»Am Breed's Hill in Charlestown. Einer meiner Männer hat ihn dorthin gebracht. Er sollte ihn von dort hinunterwerfen.«

»Damit die Welt glaubt, der Walzerkönig sei durch ein Missgeschick hinuntergefallen? Wissen Sie denn nicht, dass Strauss unter Höhenangst leidet, Sie krankes Hirn? Warum machen Sie das?«, fragte Ferranelli, und ohne eine Antwort abzuwarten, zerrte er Klein hoch und packte ihn am Kragen.

Die Parade war an ihnen vorbeigezogen. Von der Ferne näherte sich eine Kutsche. Ferranelli hielt sie an. »Zum Bunker

Hill Monument«, rief er dem Kutscher zu. »Aber schnell, es geht um Leben und Tod!«

So rasch er konnte, wendete der Kutscher und peitschte die Pferde. Es schien ihm ein wahres Vergnügen zu bereiten, endlich das Tempo erhöhen zu können. Die Tiere galoppierten durch die Stadt Richtung Charlestown.

»*Più veloce!* Schneller!«, feuerte ihn der Engländer an. In atemberaubendem Tempo raste das Gefährt den steilen Hügel hinauf. Passanten mussten auf die Seite springen, andere Kutschen, die ihren Weg kreuzen wollten, hielten im letzten Moment an, um dem Höllengefährt auszuweichen. Einen Obsthändler hätten sie beinahe überfahren. Rechtzeitig konnte er zur Seite springen, seinen Karren mit den Früchten konnte er jedoch nicht mehr retten. Das Obst kugelte auf die Straße, sein Wagen war geborsten. Verärgert brüllte er ihnen Schimpftiraden nach.

»Warum wollen Sie Strauss töten?«, fragte Ferranelli Klein erneut. Als er keine Antwort bekam, nahm er ihn erneut beim Kragen und deutete an, ihn aus der Kutsche zu werfen.

»Bitte nicht, ich erkläre Ihnen alles«, jammerte der Preuße. Er rief ihm ins Gedächtnis, dass er den Komponisten bei einem Musikwettbewerb kennengelernt und gegen ihn verloren hatte. Der Verlust habe seine Karriere mit einem Schlag ruiniert. Aufträge, die ihm im Falle eines Sieges zugesagt worden seien, seien storniert worden. Von dem Zeitpunkt an sei es mit seiner Karriere steil bergab gegangen. Sogar seine Frau habe ihn verlassen, weil er nur noch wenig Geld nach Hause gebracht habe. Er sei so verärgert gewesen, dass er sich den Tod des Walzerkönigs gewünscht habe. Außerdem stehe Strauss politisch auf der falschen Seite, erklärte Klein.

»Was bedeutet das genau?«, fragte der Detective.

»Vielen ist seine antiimperialistische Ader ein Dorn im Auge. Das umfasst auch die Tatsache, dass der Walzerkönig mit seiner Musik Klassenunterschiede auflöst, was nicht allen in der Monarchie recht ist.«

»Wem genau ist das nicht recht? Stecken weitere Drahtzieher hinter den Anschlägen?«, bohrte Ferranelli nach.

»Na ja, bei einer Tournee in Köln traf ich auf den Komponisten Zirnig. Wir tauschten uns unter Musikkollegen aus, wie man es eben so tut. Und Zirnig erzählte mir, dass er Strauss gerne tot sehen würde, weil ihm dieser wichtige Aufträge vermasselt habe. Aufträge, die ihm Geld und Ansehen gebracht hätten.«

Ferranelli sagte der Name Zirnig nichts. »So taten Sie sich mit ihm zusammen und schmiedeten einen Plan gegen Strauss. O *Dio mio!*«, rief Ferranelli aus. »War sonst noch jemand an diesem Komplott beteiligt?«

Klein verneinte. Zirnig habe ihm erzählt, dass er über einen Nachbarn Kontakt zu einer Organisation der Wiener Unterwelt habe, die europaweit vernetzt sei und sogar in Amerika operiere, weil viele Mitglieder aus England und Irland kämen und ausgewandert seien. Als Erkennungszeichen hätten sie eine Tätowierung an der Hand.

»Eine Schwalbe mit einem Stern«, warf Ferranelli ein.

»Woher wissen Sie das?«, fragte Klein verblüfft.

Der Engländer antwortete nicht. Stattdessen wollte er wissen, wie er die Killer an Bord gebracht hatte.

»Das war ganz einfach«, antwortete Klein. »Für die Auftragnehmer hatte Zirnig jeweils ein Zimmer in der Holzklasse und ein gemeinsames in der Luxusklasse reservieren lassen.«

»Und wo ist Zirnig jetzt?«, wollte Ferranelli wissen.

»Er ist in Wien geblieben. Ich stehe mit ihm über Telegrafie in Kontakt. Er hat gute Verbindungen nach Boston, weil sein Bruder hier lebt.«

Als die Kutsche beim Obelisken ankam, zerrte Ferranelli Klein aus dem Wagen, warf dem Kutscher seinen Lohn samt einem saftigen Trinkgeld zu und ersuchte ihn, auf seine Rückkehr zu warten.

»Sehr gerne, Mister! Es ist mir eine Ehre, Mister«, antwortete dieser vergnügt und stieg aus, um seine Pferde zu besänftigen, die durch den wilden Ritt erhitzt waren.

Dann rannte der Detective zu dem vierundsechzig Meter hohen Denkmal mit seinen zweihundertvierundneunzig Stufen, den Musiker immer noch am Kragen, sodass er stolpernd neben ihm herlief. Gnadenlos trieb er Klein das enge Stiegenhaus im Inneren des aus Granit gebauten Obelisken vor sich hoch. Der Musiker japste schon nach den ersten Stiegen nach Luft.

Es waren keine weiteren Besucher da. An diesem 4. Juli war zwar die ganze Stadt auf den Beinen, die Menschen konzentrierten sich aber auf das Stadtzentrum. Es war kurz nach achtzehn Uhr, als sie völlig außer Atem und verschwitzt die Wendeltreppe erklommen hatten und auf der Plattform ankamen. Panik ergriff Ferranelli, als er im ersten Moment niemanden erblickte. Doch dann hörte er Stimmen. Er rannte um die Ecke neben dem Eingang zur Plattform und erblickte Johann Strauss. Kreidebleich stand der Walzerkönig am Rand des Abgrunds, hinter ihm sein Peiniger mit einer Pistole, die er auf Strauss' Rücken richtete. Große Angst erfasste Ferranelli. Er zwang Klein, seinen Killer zurückzupfeifen, wenn er nicht der Nächste sein wollte, der die sechzig Meter hinuntersegeln würde.

»Stopp!«, rief Klein. Erschrocken drehte sich der Killer um. Sofort erkannte dieser seinen Auftraggeber. »Lass ihn frei!«, rief der Militärmusiker.

Als Strauss Ferranelli erblickte, bekam sein angespanntes Gesicht einen freudigen Ausdruck.

Der Killer zögerte. »Warum soll ich ihn plötzlich gehen lassen?«, fragte er ungläubig.

»Weil ich es Ihnen befehle. Sonst sind Sie es, der fällt«, antwortete Klein in scharfem Ton.

Der Mann ließ den Arm sinken. Strauss drehte sich zögerlich zu Ferranelli um.

»Kommen Sie zu mir, Strauss!«, ermutigte dieser ihn. Er wusste, wie große Angst der Komponist vor der Höhe hatte. Immer noch hielt er Kleins Kragen fest in der Hand.

Schritt für Schritt näherte sich Strauss dem Engländer. Als

der Musiker bei ihm ankam, befahl er dem Killer, auf der Plattform zu bleiben, wenn ihm sein Leben lieb war. Er ließ Strauss die Stiegen vorangehen, dahinter Klein, den er beim Abstieg weiter am Kragen gefasst hielt. Immer wieder musste der Walzerkönig eine Pause einlegen, da ihm die Enge der Wendeltreppe, die Höhe der Stufen und die Situation generell schwer zu schaffen machten.

Unten angelangt, bat Ferranelli den wartenden Kutscher, die Polizei zu rufen. Er solle sagen, dass Savage zum Obelisken kommen solle, da er den berühmten Musiker Johann Strauss gefunden habe. Der Kutscher reagierte sofort und stieg in sein Gefährt, froh, sich nützlich machen zu können.

Bis die Beamten eintrafen, blieb Ferranelli vor dem Eingang stehen, falls der Killer es sich anders überlegen und zu türmen versuchen sollte. Klein ließ er dabei keine Sekunde los. Strauss setzte sich inzwischen in den Schatten einer Trauerweide, um sich von dem Schock zu erholen. Schon bald danach näherte sich Pferdegetrampel. Es war die berittene Einheit des Boston Police Department. Der Kutscher war im Stadtzentrum auf eine Polizeieinheit gestoßen und hatte sie zum Obelisken gelotst.

Savage stieg als Erster ab. »Wo ist Strauss?«, rief er.

Ferranelli deutete auf den Walzerkönig. Für das, was er in den letzten neunzig Minuten erlebt hatte, war dieser erstaunlich gelassen. Bleich war er immer noch im Gesicht, aber er wirkte nicht wie jemand, der gerade einem Todesstoß entgangen war. Die Panik, die er in dieser Zeit gehabt haben musste – die Todesangst, aber auch die vor der alptraumhaften Enge des nicht enden wollenden Stiegenaufgangs und vor der schwindelerregenden Höhe der Plattform –, war ihm nicht mehr anzusehen.

Savage war erleichtert, dass der prominente Musiker am Leben war. »Und wer ist dieser Herr?«, fragte er mit Blick auf Klein, der sich immer noch in Ferranellis Würgegriff befand.

»Das ist Heinrich Klein, der Auftraggeber, der gemeinsam mit einem Wiener Musiker Strauss nach dem Leben trachtete. Er hat mir alles gestanden. Da haben Sie ihn. Machen Sie mit ihm, was Sie wollen.« Damit schubste er dem Polizisten den Militärmusiker zu.

Dann gab er ihm Instruktionen. Unverzüglich solle Savage seine Amtskollegen in Wien per Telegramm informieren, um ihnen mitzuteilen, dass sie den bekannten Komponisten Friedrich Zirnig wegen eines konspirativen Mordkomplotts gegen Johann Strauss festnehmen mussten. Erschöpft bat der Detective schließlich den Kutscher, ihn und den prominenten Fahrgast ins St. James Hotel zu bringen.

Als sie im Hotel ankamen, wartete Francis bereits. Er war aus dem Krankenhaus entlassen worden, besser gesagt, er hatte sich selbst entlassen. Strauss bedankte sich tausendmal bei seinen Beschützern, immer noch nicht ahnend, dass er sich bereits seit seiner Abreise aus Wien in größter Gefahr befunden hatte. Er war fassungslos, dass Zirnig und Klein ihn beseitigen lassen wollten, und das nur aus Rache und Neid. Strauss bedankte sich auch bei Elisabetta Rinaldi, als er hörte, dass sie an seiner Rettungsaktion beteiligt gewesen war. Er versprach der Witwe zeitlebens freien Zugang zu seinen Konzerten und jedes Mal einen Ehrenplatz.

Savage entschuldigte sich seinerseits bei Ferranelli dafür, dass ihm entgangen war, dass sich ein Mann des »Schwalben-Corps« bei seinen Leuten eingeschlichen hatte. Der oberste Polizeichef würde sich auch beim Bürgermeister der Stadt erklären müssen.

Als Minna Peschka-Leutner erfuhr, was vorgefallen war, erschien sie persönlich beim Walzerkönig und überreichte ihm ein prachtvolles Bouquet mit hundert Rosen.

Gilmore konnte Savage dazu bringen, das Attentat auf Strauss wie einen »bedauerlichen Unfall wegen eines verrückten Fremden aus Europa« aussehen zu lassen und keine Informationen über die wahren Hintergründe des Zwischenfalls an die Presse zu leiten. Zwar hatte das Publikum am Ende des Konzerts mitbekommen, dass Strauss am Boden lag, nachdem sich jemand auf ihn gestürzt hatte, doch die Schüsse waren durch den Lärm akustisch untergegangen. Zudem hatte sich alles so schnell abgespielt, dass niemand ahnte, was genau vorgefallen war. Auch gelang es, die Szene auf der Tribüne, deren Zeuge eine Gruppe von Festivalgästen war, als »Rangelei einiger Betrunkener« abzutun. Über das, was beim Obelisken vorgefallen war, sickerten keine Informationen durch. Und so konnte man am nächsten Tag in der Bostoner Presse folgenden Text lesen:

Erfolgreiches Ende des Bostoner Musikfestes – zwei Zwischenfälle überschatteten das Finale
Das Bostoner Musikfest, das dieses Jahr mit einer Reihe außergewöhnlicher Darbietungen und unvergesslicher Musikveranstaltungen die Herzen der Menschen begeisterte, fand gestern seinen glanzvollen Abschluss. Der berühmte Komponist und Dirigent Johann Strauss verließ die Stadt nach einem triumphalen Auftritt, der von den zahlreich erschienenen Musikliebhabern begeistert gefeiert wurde. Seine meisterhaften Kompositionen und die brillante Ausführung durch das Orchester hinterließen einen bleibenden Eindruck bei allen Anwesenden. Der Wiener Maestro zeigte sich nach dem Festival sichtlich erfreut über die herzliche Aufnahme und den enthusiastischen Applaus, den er während seiner gesamten Zeit in Boston erhielt.
Jedoch trübten zwei unerfreuliche Vorfälle das ansonsten makellose Ende des Festes. Gegen Abend kam es im Coliseum zu zwei Zwischenfällen mit Betrunkenen, die vorübergehend die Ordnung störten. Bei einer der Szenen ging es um eine Rauferei auf einer Zuschauertribüne. Dann kam der Walzerkönig auf der Bühne zu Fall. In beiden Fällen mussten Polizeibeamte eingreifen, um die Situation zu beruhigen. Glücklicherweise wurde niemand schwerwiegend verletzt, und die Ordnung konnte schnell wiederhergestellt werden.

Trotz dieser unglücklichen Zwischenfälle wird das dies-
jährige Musikfest als ein Fest der Kultur und des künst-
lerischen Austauschs in der Erinnerung der Bostoner
bleiben. Die Stadt erwartet nun mit Freude zukünftige
musikalische Veranstaltungen und hofft, auch weiterhin
weltbekannte Künstler begrüßen zu dürfen.
Das Bostoner Musikfest 1872 hat erneut gezeigt, dass die
Stadt ein bedeutendes Zentrum der Kultur und Musik ist,
und wir blicken mit Spannung auf die kommenden Jahre,
die viele weitere Höhepunkte versprechen.

In der Nacht hatte das Wetter gedreht. Eine Kaltfront vom
Atlantik brachte eine kühle Brise. Die unerwartete und für
diese Jahreszeit ungewöhnliche Abkühlung wurde von den
Einwohnern als angenehme Erleichterung wahrgenommen.

An diesem regnerischen 5. Juli reiste Strauss, eingewickelt
in seinen dunkelblauen Mantel, in Begleitung seines Dieners
Stepi und des Hausmädchens Anna von Boston ab. Gemeinsam mit Rinaldi, Francis und Ferranelli ging es zunächst nach
New York, wo Strauss sich zu drei weiteren Konzerten verpflichtet hatte. Weil sich der Walzerkönig weigerte, nochmals
die Bahn zu nehmen, aus Angst und weil er die Fahrt als un-
bequem in Erinnerung hatte, traten sie die Reise per Schiff an.
Die »Susquehanna« legte zur Mittagszeit ab. Rinaldi und die
Bediensteten des Walzerkönigs würden während des Aufenthalts in New York bleiben, Francis und Ferranelli mit dem
nächsten Schiff nach Europa weiterreisen. Sie verabschiedeten
sich von Minna Peschka-Leutner, die noch ein paar Tage in
Boston verlängern und ihren dort errungenen Ruhm auskosten
wollte, bevor auch sie sich auf die Rückfahrt in die Alte Welt
begeben würde.

BAD AUSSEE

Als Francis in Bremerhaven ankam, las er in den Zeitungen, dass Friedrich Zirnig verhaftet worden war. Über konkrete Details schwieg die Presse. Nur so viel wurde bekannt: Er soll Mitglied eines »gefährlichen kriminellen internationalen Netzwerks« gewesen sein und geplant haben, einen Mitstreiter zu beseitigen. Um wen es sich dabei handelte, wurde nicht kommuniziert. Strauss wollte auf keinen Fall, dass die tatsächlichen Umstände und Einzelheiten der Verschwörung gegen ihn bekannt wurden. Das Ganze war ihm unangenehm genug. Alle Beteiligten mussten schwören, dass die wahren Fakten niemals ans Licht kommen würden.

Die Meeresluft hatte bei der Wundheilung geholfen, sodass Francis für seine Zirkusnummer wieder fast fit war. Seinem Boss Spencer Stokes und seinem Freund Erko hatte er die Wahrheit erzählt. Bei ihnen war er sich sicher, dass sie das Geheimnis über die Verschwörung rund um Johann Strauss mit ins Grab nehmen würden.

Es war ein eisiger Dezemberabend im Jahr 1873, kurz vor Weihnachten. Die Reise nach Boston war über ein Jahr her. Der Zirkus war auf Tournee und zog von Wien nach Warschau, weiter nach Berlin und Amsterdam und von der niederländischen Hauptstadt nach London, bevor es über Paris nach Zürich und zurück nach Wien gehen würde. An diesem Abend schneite es, auf Londons Straßen lag der Schnee geheimnisvoll und glitzernd.

Francis glänzte in einem roten Paillettenkleid mit weißen Wattewölkchen als »Ella, die Zirkusprinzessin«. Nach der Vorführung brachte ihm Erko einen riesigen Strauß roter Rosen. Dem Bouquet beigelegt war ein Brief mit dem Absender »LF«. Sofort wusste Francis, wer der Absender war. Neugierig öffnete er ihn. »Francis, ich liebe dich«, stand da mit Feder in Schnörkelschrift geschrieben. »Treffen in der Bar ›Ye Olde Cheshire Cheese‹ um zwanzig Uhr.« Francis lief vor Freude rot an.

»Ein Verehrer?«, fragte Erko beiläufig, als er ihn beim Lesen des Briefs beobachtete.

Francis antwortete nicht. Flink schlüpfte er in sein blütenweißes Hemd und seinen eleganten dunklen Anzug, kämmte sein Haar mit Pomade zurecht und klebte sich den Schnurrbart auf. Ins Knopfloch steckte er eine rote Nelke. Dann zog er seinen langen Wollmantel an und holte seine Melone vom Kleiderhaken.

Die Bar lag in einer engen gepflasterten Gasse im Zentrum der Stadt. Ein kreisrundes goldenes Messingschild machte auf die Lokalität aufmerksam. Durch die angeschneiten Fenster schimmerte gedämpft warmes Licht. Als Francis eintrat, erkannte er Ferranelli sofort. Der Engländer saß an der Theke, vor ihm ein Glas Absinth. Francis bedeckte seine Augen von hinten und begrüßte ihn lachend. Ferranelli umarmte ihn. Er sah blendend aus.

»Ein Jahr ist nun vergangen, in dem wir uns nicht gesehen haben. Wie ist es dir ergangen?«, fragte er und bedeutete einem Kellner, ein Glas für seine Begleitung zu bringen.

Francis bestellte Tee. Dann erzählte er von seinen Reisen und seinen Erfolgen als Zirkusstarlett. Er gestand, dass er genug davon habe und sich lieber niederlassen würde. Vielleicht eine Bar betreiben oder ein Kabarett. Dann fragte er nach Ferranellis Befinden.

»Ach, ich arbeite immer noch für die Polizei. Hier in London gibt es viel zu tun. Wir sind einem Serienmörder auf der Spur, der für Angst und Schrecken sorgt. Und stell dir vor: Ich bin nach der Sache in Boston befördert worden. Ich bin jetzt Detective Chief Inspector!«

Francis gratulierte ihm.

Sie wechselten das Thema. Ferranelli erzählte, dass Klein damals von Boston nach Berlin ausgeliefert worden sei und dort im Gefängnis sitze. Das Gleiche galt für Zirnig. Der Musiker war Strauss' größter Konkurrent. Er konnte es anscheinend nicht verkraften, dass der Walzerkönig erfolgreicher war als er. Jeden Auftrag hatte er ihm weggeschnappt, seine Werke hatten keinerlei Beachtung gefunden. Und so hatte er diesen teuflischen Plan gemeinsam mit Klein geschmiedet, der seinerseits ebenfalls von Neid zerfressen war. Zirnig saß in Wien ein. Beide hatten je zehn Jahre aufgebrummt bekommen.

»Was geht in einem solchen Menschen wohl vor?«, dachte Francis laut.

»Zirnig wird sich durch den Erfolg des Walzerkönigs stark bedroht oder übergangen gefühlt haben. Angeblich hat er ums Überleben gekämpft, weil er nach dem Verlust eines gigantischen Auftrags keine weiteren Aufträge erhalten hat. Dazu kam der Neid. Neid ist eine der am meisten unterschätzten Emotionen, die Menschen einen enormen Antrieb geben kann, Dinge zu tun, die sie normalerweise niemals tun würden. Der Neid kann zusätzlich von dem Empfinden herrühren, dass der Erfolg des anderen ungerecht oder unverdient ist, was zu Wut und Ressentiments führt. In extremen Fällen kommt es zu einer verzerrten Wahrnehmung von Gerechtigkeit und einem Gefühl der Machtlosigkeit, das in einer aggressiven Handlung münden kann.«

Francis schaute Ferranelli bewundernd an.

Fast entschuldigend erklärte der Engländer: »Wir lernen hier in London auch, die Seele des Menschen zu studieren. Die Motivforschung ist für die Täterfindung sehr wichtig, weißt du.« Ferranelli bestellte ein zweites Glas Absinth.

Francis fragte: »Und Klein? Was war mit dem? Warum hat er sich von Zirnig einspannen lassen? Und woher kannten die beiden sich überhaupt?«

»Zirnig und Klein haben sich in Wien kennengelernt. Sie sind auf einer Wellenlänge. Nicht musikalisch, sondern was ihre Veranlagung betrifft. Beide sind höchst motiviert und ehrgeizig, und beide wurden von Strauss weit überflügelt.« Nach einer kurzen Pause fügte der Engländer hinzu: »Bei Klein könnten psychische Probleme eine Rolle gespielt haben, soweit ich ihn kennengelernt habe. Er ist besessen vom Streben nach Anerkennung und hat ein starkes Bedürfnis nach Kontrolle und Dominanz. Wenn jemand glaubt, dass der Erfolg des anderen seine eigenen Chancen vernichtet oder seine Karriere zerstört, wird dies oft als existenzieller Konflikt empfunden, der in einem Moment der Verzweiflung oder des Kontrollverlusts zu gewalttätigen Gedanken oder Handlungen führen kann.«

»Schrecklich, solche Ängste«, sagte Francis. »Doch lass uns über etwas anderes sprechen. Wie ist es den anderen Mitreisenden ergangen?«

»Ich habe in der Zeitung gelesen, dass der Präsidentschaftskandidat Greeley das Rennen um das Amt nicht gemacht hat und in der Zwischenzeit verstorben ist«, erzählte Ferranelli.

»Wie traurig.« Francis meinte es ernst. »Und seine Familie?«

»Mary ist kurz nach seinem Tod ebenfalls gestorben. Sie war ja schwer krank.«

Francis war sehr betroffen von dieser Nachricht. »Hast du von weiteren Passagieren etwas gehört?«

»Henry Cabot hat mit seinen Hummern viel Erfolg. Er exportiert sie in alle Welt. Vom Grafen weiß ich nichts«, berichtete der Engländer.

»Aus Wien hört man, dass Minna Peschka-Leutner seit ihrer Amerikareise noch begehrter auf der Bühne geworden ist. Fast so begehrt wie Johann Strauss«, lachte Francis.

»Kein Wunder, hat Florenz Ziegfeld sie doch unter Vertrag genommen«, erwiderte der Polizeiagent.

»Ich denke, das ist doch eher ihrer Stimme zu verdanken«, meinte Francis.

Dann sprachen sie über den großen Brand von Boston, bei dem nur vier Monate nach ihrer Abfahrt die halbe Stadt abgebrannt war.

»Ein Teil der historischen Altstadt fiel dabei den Flammen zum Opfer«, erzählte Ferranelli.

Er winkte dem Kellner, deutete auf sein leeres Glas und fragte dann: »Was sind die nächsten Stationen der Tournee?«

»Ich reise nach Paris, dann nach Zürich und dann zurück nach Österreich. Hast du mich heute gesehen?«

»Ja natürlich. Als ich hörte, dass du nach London kommst, habe ich sofort eine Karte gekauft. Ich wollte dich unbedingt wiedersehen. Du bist umwerfend.«

Eine Pause entstand. Eine kurze Pause, in der Francis verlegen zur Seite blickte. Als sie sich in dieser Nacht voneinander verabschiedeten, wusste Francis, dass es nicht für immer sein würde.

Vier Monate später gab Johann Strauss ein Konzert in Bad Aussee, wo er sich in der warmen Jahreszeit am liebsten aufhielt. Er konnte dort in Ruhe komponieren und schätzte diesen Platz als Rückzugsort. Seine Oper »Die Fledermaus« hatte er zwei Wochen zuvor unter großem Jubel zur Uraufführung gebracht. Der Frühling hatte seine ersten Boten ausgeschickt. Die Wiesen waren voll mit Primeln, Veilchen und Leberblümchen. Die Bäume waren noch kahl, doch ließen sich auf den Ästen bereits die ersten Knospen blicken. Die Vögel waren erwacht. Die Sonnenstrahlen wärmten die Spaziergänger, die durch den Kurpark oder entlang der Traun wandelten. Der Walzerkönig hatte am Vorabend im Kurhaus ein Konzert zu Ehren Kaiser Franz Josephs I. von Österreich gegeben. Der Kaiser hatte eine Vorliebe für die Alpen. Bad Aussee mit seiner prachtvollen Natur war ein beliebtes Ziel für ihn und seine Familie.

An diesem ungewöhnlich warmen Sonntag im April waren besonders viele Spaziergänger unterwegs. Der Kaiser hatte Johann Strauss eingeladen, mit ihm eine Runde durch den kaiserlichen Park zu spazieren. Erfreut hatte der Komponist zugesagt. Eine Einladung des Kaisers konnte er auch nur schwer abschlagen.

Als er an der Seite des Kaisers wandelte, hinter ihm Jetty mit Kaiserin Elisabeth, am Schluss sein Diener Stepi mit dem warmen Mantel seines Herrn, erblickte Strauss einen jungen Mann, der mit Bällen jonglierte.

Wen der Komponist nicht bemerkte, war Lorenzo Ferranelli. Er saß hinter einem Baum auf einer Bank und beobachtete lächelnd jede Bewegung des Jongleurs.

Als der Walzerkönig an dem Mann mit den Jonglierbällen vorbeiging, drehte dieser sich um. Strauss glaubte, in das schöne, vertraute Gesicht seines treuen Reisebegleiters Francis zu blicken. Der junge Mann schaute ihn an und zwinkerte ihm zu. Johann Strauss zwinkerte zurück und entfernte sich, neben ihm der Kaiser von Österreich.

Nachwort

Danke an Bernhard Ecker und Peter Hosek, die mir zu Recherchezwecken ihre im Herbst 2024 veröffentlichte Biografie »Johann Strauss' amerikanische Reise«, erschienen im Molden Verlag, zur Verfügung gestellt haben.

Dieses Buch ist ein Roman. Die Umstände, unter denen sich die Geschichte abspielt, entsprechen jedoch weitgehend historischen Tatsachen.

Johann Strauss ist tatsächlich im Sommer 1872 in Begleitung seines Dieners Stefan Detoni und seines Dienstmädchens Anna Cedek auf Einladung des Veranstalters Patrick Sarsfield Gilmore mit dem Schiff von Bremerhaven über New York zum World's Peace Jubilee nach Boston gereist. Der Musikagent Florenz Ziegfeld musste ihn lange dazu überreden. Ob seine Frau Jetty Strauss begleitete, darüber gibt es nur Spekulationen. Mit an Bord waren auf jeden Fall die Opernsängerin Minna Peschka-Leutner, Mary und Ida Greeley sowie eine Mrs. Mills mit ihren beiden Kindern. Im Logbuch wurde vermerkt, dass ein Siebzehnjähriger namens Hans Riemschneider auf der Überfahrt verstorben ist. Zur Todesursache gibt es keine näheren Informationen. Er war der Sohn eines Hannoveraner Buch- und Zeitungsdruckers. Die »Rhein« hatte auch Diamanten geladen.

Das vermeintliche Zirkusmädchen Ella Zoraya war Namensgeberin für die von Strauss komponierte »Ella-Polka«. In Wahrheit handelte es sich bei Ella um Olmar Kingsley, einen amerikanischen Kunstreiter, der sein wahres Geschlecht stets geheim hielt und im Zirkus als Frau auftrat. Er begleitete Strauss aber nicht nach Boston. Anschläge auf Johann Strauss hat es nie gegeben.